KB057914

차상찬 연구

차상찬 연구

일제강점기 문화운동의 선구자

강원문화교육연구소 기획

김태웅 박길수 성주현 송민호 심경호 야나가와 요스케 오현숙 유명희 정진석 정현숙 지음

도서출판 모시는사람들

책머리에

　올해로《개벽》이 창간된 지 100년이 되었다. 개벽사는 1920년 6월《개벽》을 창간하고 1935년 3월《어린이》를 종간하기까지《부인》,《신여성》,《어린이》,《별건곤》,《혜성》,《제일선》,《학생》,《신경제》 등을 연속하여 발행하면서 한국근대잡지사에 큰 획을 그었다. 일제강점기 지식장(場)에서 이 잡지들이 지닌 지성사적 위상과 저널리즘의 역할은 새삼 강조할 필요조차 없을 정도로 독보적이다. 개벽사 잡지들은 지식과 문학을 대중화하고 여론을 형성하는 데 크게 기여하였다. 특히《개벽》은 언론, 종교, 사상, 정치, 사회, 문화, 문학 등 다양한 분야의 지식이 창출되고 다양한 장르의 문학작품이 발표되는 장이었다.

　차상찬은 개벽사의 잡지 발행을 주도하는 한편 주요 필자로 활동하였다. 그는《개벽》창간에 참여하고《개벽》이 강제 폐간된 후,《별건곤》《혜성》(《제일선》으로 개제)《신경제》창간과 발행을 주도하였으며,《개벽》을 속간하여 신간호를 발행하기도 하였다. 차상찬이 편집 겸 발행인으로 발간한 개벽사 잡지는 120여 개 호에 이른다. 또한 그는 여러 잡지에 다양한 특집 기사를 기획하였으며, 70여 개의 필명으로 여러 장르에 걸쳐 수백 편의 글을 발표함으로써 각계각층의 독자들에게 읽을거리를 풍부하게 제공하였다. 그는 개벽사가 설립될 때부터 문을 닫을 때까지 영욕의 시간을 함께한 유일한 인물이며, 식민지 시기 매체를 논의하는 자리에서 결코 간과할 수 없는 인물이다. 하지만 그동안 차상찬은 제대로 조명 받지 못하였다.

　2016년부터 그의 고향인 춘천에서 강원문화교육연구소 연구원들이 차상찬을 찬찬히 들여다보기 시작하였다. 강원도와 춘천시의 지원을 받아 우선 차상찬이 발표한 글을 조사하고 관련 자료들을 정리하면서 『차상찬전집』 발간을 위한 기초 작업을 진행하였다. 그리고 차상찬 연구를 주제로 학술대회를 기획하여 매년 한림대학교 아시아문화연구소, 청오차상찬기념사업회와 함께 개최하기로 하였다.

이 책은 지난 4년 간 학술대회에서 차상찬을 새롭게 주목하였던 발표문을 수정 보완하여 한 권으로 엮은 것이다. 처음부터 단행본을 염두에 두고 발표한 글이 아니라서 전체적인 내용이 일관성이 없고 체계적이지 않은 면도 있다. 그러나 서로 다른 관점에서 차상찬을 논의한 글들을 한 데 모아 보니, 여러 필자들이 차상찬에 대하여 가졌던 관심과 관점들이 풍성하게 담겨 있다.

이 책은 총론, 제1부 '천도교와 개벽사', 제2부 '문화와 문학'으로 구성되어 있다. 우선 총론인 정진석의 「식민지 조선의 항일 문화운동과 《개벽》」은 《개벽》이 추구한 항일 문화운동을 '민족, 문학, 사상, 여성, 어린이'의 세부적인 관점에서 규명한 글이다. 현재까지도 논란이 되는 이광수의 '민족개조론'을 살펴보고, 《개벽》이 이런 글을 실을 수 있었던 것은 1920년대 민족운동의 이론적 중심 언론임을 실증적으로 증명한다고 지적하였다. 그리고 《개벽》을 통해 한국문학사의 중요한 작품들이 발표되었고, 《부인》《신여성》《어린이》는 여성의 인권 향상과 어린이 운동에 기여하였다는 점을 강조하면서, 차상찬은 잡지 언론 역사에 획기적인 이정표를 세운 개벽사의 대표적인 편집인이었다고 평가하고 있다.

제1부 '천도교와 개벽사'에서는 차상찬이 천도교와 개벽사를 중심으로 전개한 활동을 살펴보고 있다. 성주현의 「청오 차상찬과 천도교」는 천도교 청년회(청년당), 천도교소년회, 조선농민사를 중심으로 차상찬이 전개한 청년

운동, 어린이운동, 농민운동, 문화운동에 대해서 살펴본 글이다. 박길수의 「청오 차상찬의 개벽사 활동」은 차상찬이 개벽사를 무대로 잡지 발간을 주도하고 주요 필자로서 활동한 과정을 생애 주기별로 조명하고, '조선문화의 기본조사'의 '강원도호'에 반영된 조국에 대한 현실 인식을 짚어보았다.

제2부 '문화와 문학'에서는 차상찬의 문화 인식과 문학의 의미를 짚어보고, 필명 문제를 밝히고 있다. 심경호의 「차상찬의 민족문학 발굴 공적」은 민족문학과 민족사에 각별한 관심을 기울인 차상찬의 역할에 주목한 글이다. 차상찬은 그동안 야담 세계에 머물던 김삿갓의 존재를 역사적 인물로서 적극적으로 부각시켰으며, 그의 『조선사천년비사(朝鮮四千年祕史)』는 아오야기 쓰나다로(靑柳綱太郎)의 『조선사천년사(朝鮮四千年史)』(1917)에 대항하는 의미를 지녔다고 평가하고 있다. 김태웅의 「차상찬의 지방사정 조사와 조선문화 인식」은 '조선문화의 기본조사'의 배경과 의도, 답사 과정, 성과물의 내용, 통계표의 활용 등을 면밀하게 검토하여 역사적, 사회적 의미를 분석하고, 기저에 깔린 차상찬의 조선문화에 대한 자긍심과 고유한 인식을 구명하고 있다. 송민호의 「식민지 조선의 문화기획자 차상찬」은 잡지 편집자 또는 조선문화의 기획자로서의 차상찬의 면모에 주목하고, 『별건곤』에 발표된 야담, 인물담, 언론담, 르포 등 다양한 양식의 글은 취미의 영역을 확산시키고 지식의 대중화의 계기를 마련하였다고 분석하고 있다. 유명희의 「차상찬의 민요 수집과 유형 연구」는 유고집인 『조선민요집』과 《개벽》, 《별건곤》에 채록한 민요를 비교하여 차상찬이 다양한 기능의 민요를 수집하지 않았으나, 역사적 전통에 대한 자부심과 춘천 지역에 대한 애정이 잘 드러난 민요를 선별하였다고 해석하고 있다. 오현숙의 「차상찬의 아동문학」은 차상찬이 전개한 아동 역사 서사에 주목하면서 차상찬전집 발간과 관련하여 아동문학의 대상과 범위, 분류와 체계, 표기와 이미지 텍스트의 복원

등 세 가지 관점에서 제안한 글이다. 야나가와 요스케의 「1920-1930년대 언론계와 차상찬의 위치」는 언론집회압박탄핵회, 전조선기자대회, 조선문필가협회, 조선야담사를 중심으로 차상찬의 언론 활동을 살펴보고, '신문발달사'의 내용과 특징을 상세히 검토한 글이다. 정현숙의 「차상찬 필명 연구」는 구체적인 자료를 근거로 차상찬의 필명을 확인한 글이다. 기존 논자들이 언급한 37종 중 22종을 확인하고, 새롭게 49종을 찾아내서 총 71종을 차상찬의 필명으로 확정하고 있다.

이 자리를 빌려, 먼 길을 마다 않고 춘천까지 오셔서 학술대회에서 발표해 주시고, 옥고를 다듬어 차상찬의 첫 번째 학술서를 발간할 수 있도록 마음을 모아주신 필자들께 다시 한번 감사드린다. 다양한 필명뿐만 아니라 일기자와 무기명 속에 숨어 있는 차상찬의 글을 찾아내고 자료를 확인하여 부록에 유익한 정보를 제공해 주신 '차상찬연구팀'의 노고에도 고마움을 전한다. 그리고 오래전에《개벽》창간 100주년이 되는 뜻깊은 해에 차상찬 연구서를 출간하겠다는 뜻을 밝혀 주시고, 그 약속을 지켜 주신 '모시는사람들'의 박길수 대표께 감사드린다.

2020년 6월
강원문화교육연구소 소장 정현숙

차상찬 연구

2부 · 문화와 문학

총론

식민지 조선의 항일 문화운동과 개벽

—민족, 문학, 사상, 여성, 어린이

정진석

1. 근대사상 선도, 민족주의 이념 추구

　일제강점기 35년 사이에 발행된 잡지 가운데 가장 혹독한 탄압을 받고 큰 희생을 치른 잡지는 《개벽》이다. 《개벽》은 세 차례에 걸쳐 죽었다 살아나는 과정을 되풀이하였다. 제1차는 창간되던 1920년 7월부터 1926년 8월까지 72호가 발행된 기간이다. 3·1운동의 열기가 뜨겁던 1920년대 전반에서 후반으로 넘어오던 6년 사이에 수많은 압수, 삭제 처분과 정간과 벌금을 한 차례씩 당하는 가시밭길을 걷다가 폐간의 비운을 맞았다. 하지만 《개벽》의 수명은 거기서 끝나지 않았다. 제2차(차상찬, 1934년 11월~1935년 3월, 4호 발행), 제3차(김기전, 1946년 1월~1949년 3월, 9호 발행)까지 '개벽'이라는 제호는 어렵사리 나타났다가 사라지게 되었다. 법률적 지위로 보더라도 제1차 발행 기간의 《개벽》은 '신문지법'에 의한 잡지였기 때문에 3대 민간 신문인 《동아일보》, 《조선일보》, 《시대일보》에 버금가는 언론기관으로 인정되었으며, 개벽사는 제호를 달리한 자매 잡지를 10여 종이나 발행하였기 때문에 최남선이 여러 잡지를 발행한 '신문관'의 뒤를 이은 잡지 언론 본산의 역할을 이어 나갔다.

　《개벽》은 근대사상의 선도와 민족주의 이념을 추구한 1920년대의 대표적인 종합잡지였고,[1] 사회개혁, 문화 발전, 민족정신 부활 등 거대 담론에 대한 지식인 집단의 의사를 반영하였다.[2] 《개벽》은 최초의 본격적인 종합잡지였고,[3] 1920년대 민족운동사와 문예 사조사에 가장 큰 영향을 끼친 잡지였다.[4] 『일제하 문화적 민족주의(Cultural Nationalism in Colonial Korea』(1920~1925)를 쓴 마이클 로빈슨(Michael Edson Robinson)은 《개벽》을 '문화적 민족주의' 잡지로 규정하고, 같은 시기에 발행된 사회주의 계열 잡지 《신생활》은 '급진주의'를 대변하는 잡지로 분류하였다. 그는 두 잡지를 대비하여 민족운동의 전개 과정을 고찰하면서 깊이 있는 분석과 신선한 시각으로 수준 높은 역작을 내놓았다.

《개벽》과 《신생활》은 성격상으로는 대척점에 있었다 하더라도 영향력에서는 비교가 되지 않을 정도였다. 《개벽》은 《신생활》에 비해 발행 기간이 압도적으로 길었고, 개벽사는 1920년대에서 1930년대까지 여러 종류의 잡지를 발행하였을 뿐 아니라 광복 이후에도 잠시 같은 제호로 발행하였다. 이와는 달리 《신생활》은 단지 2년여 발행되고 사라졌기 때문에 두 잡지의 영향력을 동일한 위치에 놓고 비교할 수는 없다. 《개벽》은 항일 민족운동 이론의 발표 무대였다.

로빈슨 교수는 《개벽》이 대표하는 '문화적 민족주의자'들은 점진적 독립운동론을 폈다고 평가하였다. 문화적 민족주의자들은 엘리트주의적 특성을 지니고 있었으며 조화와 비폭력을 주장하면서 교육과 경제발전을 강조하였

1 백순재·하동호, 「개벽지 총목차를 제공하며」, 『개벽지 총목차: 1920~1949』, 국회도서관, 1966, 1쪽.
2 Michael E. Robinson, 『일제하 문화적 민족주의』(Cultural Nationalism in Colonial Korea, 1920-1925), 김민환 역, 나남, 1990, 94쪽.
3 김근수, 『한국잡지사』, 청록출판사, 1980, 최덕교, 『한국잡지 100년』, 현암사, 2004.
4 김동인, 「창조·폐허시대」, 『한국문단 이면사』, 강진호 엮음, 깊은 샘, 1999.

1920	1922	1924	1926	1928	1930	1932	1934	1938 → 1946	1948

개벽(1920.7 창간)　　정간(1925.8-9)　　　　　　　　　　　복간(1934.11)　　　　복간(1946.1)
　　　　　　　　　　　　　　폐간(1926.8)　　　　　　　　　　　　　폐간(1935.8)　　　폐간(1949.3)
부인(1922.6 창간)　　　　　　　　　　　　　　　　　　폐간(1934.8)
　　신여성(1923.9 제호변경)
　　어린이(1923.3)　　　　　　　　　　　　　　　　폐간(1934.7)
　　　　　　　　조선농민(1925.12)　　폐간(1930.6)
　　　　　신안간(1926.4)　　　　　　　　　　　　　　　　발행중(~현재)
　　　　　　　별건곤(1926.11)　　　　　　　폐간(1934.8)
　　　　　　　　학생(1929.3)　폐간(1930.11)
　　　　　　　　　혜성(1931.3)　　폐간(1934.3)
　　　　　　　　　　제일선(1932.5 제호변경)
　　　　　　　신경제(1932.5)
　　　　　　　　폐간(1932.8)

다. 민립대학 설립운동과 물산장려운동이 그 구체적인 실천 방안이었다. 미래의 독립을 위한 바탕을 마련하기 위해서는 민중의 민족주의 의식을 고취하면서 새로운 가치와 기술을 배양하는 교육과 계몽사업이 필요하다고 주장하였다. 그 수단은 보수적이지만, 사업의 목표는 혁명적이었다. 그들은 강력한 중추 계급의 형성과 정치적 참여를 주장하였다. 그러나 이러한 점진적 독립운동을 반대하고 나선 사회주의 사상의 대표적인 잡지가 《신생활》이었다고 로빈슨은 지적하였다. 필자는 이 글의 부제「민족, 문학, 사상, 여성, 어린이」에서 《개벽》이 추구한 항일 문화운동을 구체적으로 규명해 보기로 한다.

2. 민족운동: 이광수의 민족개조론

《개벽》은 천도교를 배경으로 운영되었기 때문에 다른 잡지에 비해 정신적·경제적으로 기초가 확고하였다. 천도교는 민족운동의 중심기관이었다. 3·1운동 후 개조주의(改造主義), 민족자결주의와 같은 새로운 사상이 나타났을 때에 이러한 용어들을 체계화하면서 민족의 진로를 제시하려 했던 잡지가《개벽》이다.

1)《개벽》에 실린 이광수 논문 3편

《개벽》에 실린 점진적 독립운동론의 대표적 논문은 이광수의 「민족개조론」(1922.5)이다. 이 논문은 독립운동의 방안을 둘러싸고 당시에 많은 논란을 불러일으키면서,《개벽》의 성가를 높여 주기도 하였다. 이광수는 1919년 초 동경에서 「2·8독립선언문」을 작성하고 이를 영문으로 번역하여 상하이로 탈출하였다. 그는 상하이에서《독립신문》을 창간(1919.8.21)하여 사장 겸 주필로 활동하였다.《독립신문》은 상하이임시정부의 활동과 독립운동사 연구에 중요한 자료가 되고 있음은 설명이 필요 없을 정도로 널리 알려져 있다.[5]

이광수는 1921년 3월 말경 상하이에서 국내로 돌아왔는데, 그의 귀국에는 의혹과 비난의 소리가 많았으므로 자숙하는 자세로 3년 칩거를 작정하였다. 하지만 그는 글을 쓰지 않고는 못 배길 정도로 하고 싶은 말이 많았다. 이광수는 국내의 어떤 사람보다도 많은 견문을 쌓은 지식인이자 이론가였다. 일본에 유학하여 공부한 지식과 중국, 상하이, 만주, 러시아를 떠돌면서 다양한 독립운동가를 만나고 상하이 임시정부의 구성에 참여하고《독립신문》을 발행하며 경험한 일들을 마음에 담아 두고 있을 수는 없었다.

이광수의 글을 실을 수 있는 잡지는《개벽》이었다.《개벽》에 글을 쓸 기

5 　정진석, 『언론인 춘원 이광수』, 기파랑, 2017, 110쪽 제3장 이하 참고.

회를 준 사람은 김기전(金起田) 주간이었다.[6] 김기전은 1917년 매일신보에 입사하였다가 1920년경에는 편집과장을 맡았으나 1921년 초에 개벽사로 옮겨 편집장으로 근무 중이었다. 이광수는 1921년 7월 호《개벽》에「중추계급과 사회」를 먼저 발표한 다음에 11월 호부터「소년에게」라는 논문을 연재하였다.「소년에게」는 경어체 문장으로 된 편지 형식의 글로 1922년 3월까지 5회에 걸쳐 연재되었다. 200자 원고지로 계산하면 약 220매의 긴 논문이었다.

"여러분! 나의 이 편지는 진실로 아니 쓰지 못하야 쓰는 것입니다. 내가 이 편지 속에 고하려 하는 말슴은 진실로 우리의 죽고 사는 데 관한 긴급한 말슴입니다."라는 서두로 시작하였다. 조선민족은 3대 파탄에 직면해 있다고 이광수는 주장하였다. 경제적 파산, 도덕적 파산, 지식적 파산에 처해 있다고 분석하였다.[7] 이 논설은 곧이어 발표할「민족개조론」의 연장선상에 있는 논리를 제시하였다.「소년에게」첫 회가 나간 후인 11월 12일 오후 종로경찰서 형사가 이광수를 연행하였는데[8]「소년에게」가 문제였지만 별다른 처벌은 받지 않았다.

「소년에게」가 끝난 지 한 달 후《개벽》5월 호에 발표한 글이「민족개조론」이다. 이 글은 200자 원고지 300매 분량에 달하는 논문으로「소년에게」와는 달리 연재가 아니라 54쪽에 걸쳐 한 번에 전문을 실었다. 분량만으로도 당시로서는 보기 드문 대논문이었다. 시작 부분에 "신유(辛酉) 11월 11일

---

6 이광수,「문단생활 30년의 회고, 3, 무정을 쓰던 때와 그 후」,《조광》, 1936.6, 119쪽.
7 노아자,「소년에게」,《개벽》, 1921.11~1922.3. 이광수는 이때 '노아자(魯啞子)'라는 필명을 사용했다. '미련한 벙어리'라는 뜻을 지닌 필명이었다.
8 「이광수 씨 돌연히 검속, 동경사건 관계인가」,《동아일보》, 1921.11.13. "오늘 오후 한시에 종로경찰서 형사 한 명이 와서 출판법 위반으로 구인장의 왔다 하고…."

태평양회의가 열리는 날에 춘원"이라 쓰고 마지막에는 "신유 11월 22일 야(夜)"라 하여 아직 「소년에게」가 연재 중인 시기의 열하루 만에 이 대논문의 집필을 마친 것으로 되어 있다. 오래전부터 지니고 있던 사상을 글로 옮겨 쓴 것인데 논리적이면서 대단한 속필이었음을 증명한다. 「민족개조론」은 식민 통치를 극복하기 위해서는 철저한 자기반성이 선행되어야 한다는 논리에서 출발하였다. 논문은 이렇게 시작한다.

> 나는 만흔 희망과 끓는 정성으로, 이 글을 조선민족의 장래가 어떠할가, 어찌하면 이 민족을 현재의 쇠퇴에서 건져 행복과 번영의 장래에 인도할가, 하는 것을 생각하는 형제와 자매에게 들입니다.

민족개조 사상은 상하이에서 만난 안창호의 영향을 많이 받았다. 그는 일본의 식민 통치에서 벗어날 수 있는 방법은 민족개조를 이룩하여 민족의 역량을 배양하는 길밖에 없다는 확신을 가지게 되었다. 민족의 흥망성쇠는 그 민족성에 달려 있다. "민족적 성격의 개조, 이것이 민족이 살아 나갈 유일의 길"이라는 것이 암울한 현실을 타개할 수 있는 방략이었다.

「민족개조론」은 상, 중, 하 3개 장으로 되어 있다. 첫째는 민족개조의 의의를 밝히고(상), 둘째는 개조의 내용(중), 끝으로 개조의 방법(하)이었다. 민족개조란 무엇인가? 그것은 민족성의 개조를 의미한다. 우리 국민의 성격을 개조하자는 것이다. 우리 민족이 왜 이렇게 쇠약해졌는가? 타락된 민족성 때문이다. 그러므로 낡은 성격의 낡은 사람을 새 성격의 새 사람으로 만들어야 한다.

이광수는 희랍의 소크라테스와 플라톤으로 이어지는 철학자에서 시작하여 일본의 메이지유신, 한말의 갑신정변, 독립협회와 같은 동서고금의 사례에서 민족개조 운동을 역사적으로 고찰하였다. 그는 이 같은 사례를 들어 민족성이 개조되는 경로를 밝히면서 바람직한 민족개조주의의 내용이 무엇인지도 구체적으로 지적하였다.

이광수는 앞서 발표한 논문 「소년에게」에서 조선민족은 경제적, 도덕적, 지식적 3대 파산 상태에 처했기 때문에 민족적 생활 능력을 거의 상실한 상황이라고 진단하였다. 민족개조는 공허한 구호나 이론으로 이루어지는 것이 아니라 장구한 시간에 걸쳐서 계획성 있게 추진하는 체계적인 과정을 거쳐야 하는데 이를 위해서는 개조를 위한 '단체'를 결성하여야 한다고 주장하였다.

앞서 《개벽》에 발표한 「소년에게」에서는 '동맹'으로 표현하였지만 조직을 통한 운동이라야 한다는 점에서는 '단체'와 같은 개념이었다. 개조 운동을 단체(또는 동맹)를 통해 추진해야 하는 이유는 개인의 수양만으로는 개조 운동이 영속성을 띨 수 없기 때문이다. 우리나라에서는 독립협회가 단체를 통한 개조 운동을 벌인 최초의 모임이었지만, 회원 간의 단결이 공고하지 못하였고 정치적 색채를 띠고 있었으며 협회를 이끌 인격과 학식을 갖춘 인물이 부족하였기 때문에 실패하였다는 것이 이광수의 평가였다.

2) 도덕성과 실천력을 지닌 선각자

민족개조는 세월이 흐르더라도 무너지지 않을 공고한 결속력을 가진 단체를 구성하여 영속적인 사업으로 운동을 펼쳐야 하는데 이를 위해서는 그 구성원이 되는 사람들이 있어야 한다. 구성원은 '소수의 선인(善人)'의 자각과 결심으로부터 확산되어야 한다. "이 민족을 개조해야 한다."라는 생각을 가진 사람이 먼저 자기를 힘써 개조하고 다음에 개조하자는 뜻을 같이하는 사람을 많이 모으기로 동맹을 하여 차차 3인, 4인씩 늘어 수천만의 민족 중에서 수백 인 또는 수천 인을 모집하여 한 덩어리, 한 사회, 한 개조 동맹의 단체를 이룩하게 된다는 것이다. '소수의 선인'이란 '도덕성과 실천력을 지닌 선각자'와 같은 개념으로 민족개조 운동의 씨앗이 되는 사람들이다.

이광수는 민족개조 운동의 구체적인 방법을 제시하였지만 최종의 목표로 삼은 가장 중요한 요체는 도덕성의 회복이었다. 그는 조선이 쇠퇴한 직접적인 원인은 '악정(maladministration)', 즉 위정자와 정치의 잘못에 있지만 더 근본적으로는 민족 전체에 책임이 있다고 보았다. 악정을 용인한 것도 결국 민족 전체의 잘못이다. 조선이 쇠퇴한 원인을 "타락한 민족성"으로 규정한 것이다.

민족개조를 이룩하여 생활력이 없는 현재의 조선에서 생활력 있는 민족을 조출(造出)하여야 한다고 외쳤다. 그러나 이와 같이 철저한 자기비판은 조선 민족을 비하하는 것 같은 인상을 주었고, 독립운동가들에 대한 시각도 냉소적인 것으로 비쳤다. 다음과 같은 구절이 그런 예였다.

> 우리는 수십 인의 명망 높은 애국자들을 가졌거니와 그네의 명망의 기초가 무엇인지를 찾아보는 것은 참으로 허무합니다. 다 그렇다고 하는 것은 아니나, 대부분은 허명(虛名)이외다. 그네의 명망의 유일한 기초는 떠드는 것과 감옥에 들어갔다가 나오는 것과 해외에 표박(漂迫)하는 것인 듯합니다.

그는 조선 명사들의 특징이 공론(空論)과 공상이라고 비판하였다. 일제에 저항하다가 형무소에 들어가거나 해외에 망명하여 떠도는 것으로 독립은 달성되지는 않는다는 것이다. 3 · 1운동이 일어난 지 2년 뒤의 시점이었다. 일제를 이 땅에서 몰아내야 한다는 열망이 불타오르던 때에 이광수는 일제의 노예가 된 원인이 민족 자신에게 있고 이를 극복하기 위한 방안으로 적어도 50년에서 100년의 세월이 소요되는 개조 운동을 논하였으니 당시의 정서로서는 이를 받아들이기 어려웠다. 더구나 이 땅을 강점한 일제를 비난하기보다는 일제의 노예가 된 것은 우리의 탓이라는 논조로도 해석되었으므로 크게 비난받지 않을 수 없었다.

그래서 사회주의 성향의 잡지《신생활》은 이광수를 강하게 비난하였다. 「춘원의 민족개조론을 독하고 그 일단을 논함」(申相雨, 1922.6, 제6호), 「춘원의 민족개조론을 평함」(辛日鎔, 1922.7, 제7호)을 연달아 실었다.《동아일보》는 동경 유학생 최원순(崔元淳)의 기고를 실으면서 "이론에 대한 비판은 이론으로써 하며 학설에 대한 토론은 학설로써 하되 결코 감정론으로써 하거나 혹은 폭력으로써 또는 여론을 빙자하야 개인에게 사회적 압박"을 가하지 말아야 한다고 조심스럽게 당부하였다.

이광수는 후에 당시를 회상하는 글에서 「민족개조론」이 발표되자 신문 잡지의 총공격은 물론이고 사회 인사들로부터 많은 비난을 받았다고 말하였다. 밤중에 여섯 사람이 항의의 뜻으로 이광수의 집으로 찾아가기도 했고, 천도교중앙대교당 경내에 있던 개벽사의 사무실을 때려 부수기도 하였다. 또 손병희 이후 천도교 지도자였던 최린(崔麟)의 집에 달려가서 "천도교종학원(宗學院) 교수로 왜 그 나쁜 이광수를 쓰느냐."면서 협박하기도 하였다.[9]

「민족개조론」은 오늘날까지도 찬반으로 의견이 갈릴 정도로 많은 논쟁점을 지닌 글이다. 그 같은 글을 실을 수 있는 잡지가《개벽》이었다는 사실은 1920년대 민족운동의 이론적 중심 언론이《개벽》이었음을 실증적으로 증명

9 이광수, 「민족개조론과 경륜, 최근 10년간 필화사」, 『삼천리』, 1931, 5월 호, 14~16쪽.

한다.[10]

3. 문학사에 남을 작품들

개벽사는 우리나라 신문화사상 가장 권위 있는 대표적 종합잡지로서, 우리에게 문화적으로 사상적으로 그만큼 큰 영향을 준 잡지는 일찍이 없었으며(김근수), 우리 신문학 운동의 귀한 발상지(백철)라는 평가를 받을 정도였다. 《개벽》은 문학사에 남는 작품의 발표 무대였다. 문예지가 아니었지만 많은 문인들이 《개벽》을 통하여 문단에 진출하였고 작품을 발표하는 무대가 되었다. 김동인은 말한다. "상섭(염상섭)과 빙허(현진건)―이 두 소설가가 《개벽》을 무대로 하여 출세하였다는 점만으로 《개벽》은 조선 문예사상에 공헌한 바가 크다. 그러나 그뿐이 아니었다. 그때엔 온갖 잡지가 모두 폐간되고 《개벽》 혼자 든든한 기초 위에서 발행을 계속하던 때인지라 한 때는 조선의 전(모든) 문인이 《개벽》을 무대로 놀았다. 소월도 《개벽》을 요람으로 삼고 출세한 시인이었다. 폐허파의 석송(김형원), 백조파의 도향(나도향) 모두 《개벽》을 무대로 이름을 높였다.[11] 개벽사에 근무했던 백철의 말이다.

> 20년대에 등장하고 활동한 우리 문단 초기의 대표적인 시인 · 작가들의 출세작 대표작들의 이름들이 거의 다 개벽과 함께 떠오르기도 한다. … 이런 작가들의 이름들에서 미루어 볼 때에도 개벽 잡지가 우리 문단사 위에

---

10 더 상세한 논의는 필자의 『언론인 춘원 이광수』(기파랑, 2017)를 참고하기 바란다.
11 김동인, 「창조 · 폐허시대」, 『한국문단 이면사』, 강진호 엮음, 깊은 샘, 1999, 33쪽.

남긴 발자취가 얼마나 컸던지를 잘 알 수 있다.[12]

백철은 이어서 말한다. "그러나《개벽》은 우리 신문학사와만 관련시켜서 그 공적이 이야기될 것이 아니라, 1920년대의 사회 · 경제 · 문화 전반에 걸친 거대한 발자취를 돌아보며 그중에서도 1920년대 신문학 개화기에 이《개벽》잡지가 그 온상지로서 특별히 가까운 연고를 갖고 있는 사실도 이야기되어야 한다."《개벽》에는 주요한, 김동환(파인) 등의 시인 소설가들과 김기진 · 박영희 · 현진건 · 최서해 등 사회주의적 또는 동반자작가적 성향을 지닌 문인들의 작품도 실렸다.

김소월은 국민이 애송하는 많은 작품을《개벽》에 발표하였다. 아래 작품 외에도 발표 작품은 30여 편에 달한다고 한다.

〈금잔디〉외 8편(1922.1)

〈바람의 봄〉외 1편(1922.4)

〈진달래 꽃〉외 1편(1922.7)

〈꿈자리〉외 1편(1922.11)

〈사욕절(思欲絶), 못 잊어 생각나겠지요〉(1923.5)

〈예전엔 미처 몰랐어요〉(1923.5)

〈자나 깨나 앉으나 서나〉(1923.5)

〈삭주 구성〉(1923.10)

〈혼〉(1925.5)

12 백철,「개벽시대」,『한국문단 이면사』, 위의 책, 90쪽.

항일 저항시인 이상화도 시를 여러 편 발표했는데, 〈빼앗긴 들에도 봄은 오는가〉(1926.6)가 《개벽》에 실려 널리 알려졌다. 최초의 자연주의 수법을 쓴 작품으로 평가받는 염상섭의 〈표본실의 청개구리〉는 1921년 8월부터 10월까지 3회에 걸쳐 연재되었다. 김기진(김팔봉), 박영희, 현진건, 최서해와 같은 사회주의적 또는 동반자작가적 성향을 지닌 문인들도 《개벽》을 통해 초기 작품을 발표하였다.

4. 문화운동, 여성, 어린이

1) 문인들의 집합소

개벽사 편집자 가운데 대표적인 인물은 차상찬(靑吾 車相瓚, 1887.12.2-1946.3.24)이다. 보성전문학교를 졸업한 뒤 같은 학교의 교수로 재직한 경력도 있는데 1920년부터 개벽사에 근무하면서 《별건곤》, 《혜성》, 《제일선》 등의 편집자 겸 발행인을 맡았다. 1920년대 후반에서 1930년대에 걸치는 기간을 대표하는 전문 잡지인이다. 사학자 겸 문필가로 개벽사가 발행하는 잡지를 비롯하여 여러 신문과 잡지에 많은 글을 발표하였다. 1934년 11월에 《개벽》이 제2차로 발행되었을 때는 차상찬이 이를 살려 내었으나 오래 지속하지는 못했다. 임꺽정을 쓴 작가이자 언론인인 홍명희, 일제강점기 신문 제작의 '귀재'로 불리던 이상협과 보성고보의 동기였으며, 정치인 신익희와는 같은 때에 보성전문의 교수를 지냈다.

개벽사는 일제강점기에 활약한 문인들의 집합소였다. 차상찬을 비롯하여 신형철(申瑩澈), 안석주(安碩柱), 이정호(李定鎬)가 기자로 근무하였고, 여성부에 김경숙(金慶淑), 최이순(崔義順), 학생부에 손성엽(孫盛燁)이 있었다.

1928년 11월에는 박승진(朴勝進)과 여기자 백(白)시라가, 1929년 1월에는 이태준(李泰俊)과 최신복(崔信福)이 입사하였고 1931년 10월경에는 만화와 만문으로 유명한 김규택(金奎澤)이 입사하였다.

1932년 8월경에는 신형철, 백철(白鐵), 박진(朴珍), 최경화, 허익환, 이학준, 채만식(蔡萬植)이 근무했다. 1933년 1월경의 사원은 차상찬, 신형철, 김규택, 최영주(崔泳柱), 이정호(李定鎬), 안필승, 이석훈(李石薰), 박승진, 허익환, 이학중(李學仲) 등이었다. 박영희(朴英熙), 안회남(安懷南), 윤석중(尹石重,) 노수현(盧壽鉉), 김규택(金奎澤), 전준성(田畯成) 같은 문인들이 모여 있었다. 여성으로는 김경숙(金慶淑), 최의순(崔義順), 김원주(金源珠), 이선희(李善熙) ,장덕조(張德祚), 송계월(宋桂月), 이경원(李敬媛)이 개벽사에 근무했다.

2) 여성 계몽과 지위 향상

개벽사는 1922년 6월에 《부인》을 창간하였다가 이듬해 9월에 제호를 《신여성》으로 바꾸어 1934년 8월까지 발행하였다. 《개벽》 이전에도 여성지는 있었다. 우리나라 첫 여성잡지는 한말 상동청년학원 가정잡지사가 발행한 『가뎡잡지』(1907.7~1908.8, 14호 발행)였다. 뒤이어 나온 『녀ᄌ지남』과 『자선부인회잡지』는 특정 여성 단체의 기관지 성격을 띠고 있었으나, 이 잡지는 일반여성 특히 가정부인을 대상으로 교육적 · 계몽적이면서 교과서적 성격을 띠고 있었다.

『녀ᄌ지남』(1908.4 창간, 통권 3호)은 여자교육회 소속 여자보학원(女子普學院)에서 발행하였다. 『자선부인회잡지』(1908.8)는 자선부인회가 월간 발행을 계획하였으나 창간호 단 1호 발행으로 종간되었다. 편집인은 신소설 작가 최찬식(崔贊植)이었는데 그의 아버지 최영년(崔永年)은 친일 신문 국민신보의 사장이 되었다. 창간호가 나올 당시에는 친일과는 전혀 상관이 없었다. 한글 전용으로 띄어쓰기를 했는데 구두점은 사용하지 않았다.

이상은 한말에 발행된 여성잡지였고, 일제강점기에 개벽사가 발행한 여성지 『부인-신여성』은 12년에 걸쳐서 발행하여 일제강점기 여성의 인권 향상과 계몽에 기여하였다. 창간호에서 다음과 같이 말하였다.

> 우리는 문명이라는 말만 취할 것이 아니라 그 내용을 취(取)하여야 할 것이며, 우리는 개조라는 소리에만 따를 것이 아니라 개조할 거리를 장만하여야 할 것이며, 우리는 남녀 동권이라는 아름다운 글자에만 취(醉)할 것이 아니라 남자와 같은 힘을 길러야 할 것이며 우리는 참정권을 얻는다는 여자들만 부러워할 것이 아니라 그만한 자격을 길러야 할 것이며 우리는 양머리만 하기를 좋다 할 것이 아니라 양머리를 하지 아니하면 아니 될 경우를 만들어야 할 것이며…. (하략)

특이하게도 이 잡지 창간호는 한글 전용으로 하되 한자를 루비 문자처럼 옆에 붙이는 방식으로 편집되었다. 국한문 혼용으로 편집되던 당시 잡지와는 달리 한자를 잘 모르는 부녀자들이 읽기 쉽도록 한 것이다.

《부인》은 1922년 6월부터 이듬해 8월까지 통권 13권을 발행한 뒤에 9월부터는 제호를 《신여성》으로 바꾸어 1934년 8월까지 발행하였다. 신여성은 구시대의 낡은 여성관을 벗어 버리고 신시대의 발전적 여성관을 지향한다는 의미로 1920~1930년대에 '신여성'이라는 사회적 용어로 널리 사용되던 풍조를 선도했다는 의미를 지닌다.[13]

---

13 박용옥, 「여성잡지 부인과 신여성」, 《신인간》, 1986. 4, 88쪽.

3) 어린이 운동

개벽사는 1923년 3월 20일에《어린이》를 창간하여 1935년 3월까지 발행하였다. 잡지 제호인 '어린이'라는 단어는 방정환이 창안하였다.《개벽》제3호(1920.8)에 '잔물'이라는 이름으로 외국 동시 〈불 켜는 아이〉를 '어린이 시'라고 소개하면서 처음 사용하였다. '잔물'은 '소파(小波)'를 우리말로 풀어쓴 것이다.[14]

개벽사에서 발행한 여러 잡지 가운데《어린이》는 가장 오랜 기간 많은 지령을 쌓아 통권 122호까지 당시로는 매우 긴 발행 실적을 쌓았다. 처음에는 월 2회 발행을 목표로 하였으나 총독부의 검열을 비롯한 여러 어려운 여건 때문에 결국 1924년 1월 지령 제12호부터는 월 1회 발행으로 바꾸었다.《어린이》편집인은 창간호부터 1925년 7월(제30호)까지는 김옥빈이었다. 어린이 운동의 선구자 소파 방정환(方定煥)은 손병희의 사위였는데《개벽》창간 당시에 동경 특파원으로 임명되어 동경에 있으면서 잡지를 편집하였다.[15] 그러다가 1925년 8월(제31호)부터 방정환이 직접 편집겸 발행인으로 등재되어《어린이》를 편집하였다. 방정환은 1931년 7월에 사망하였다.《어린이》는 이해 9월 호(제9권 제7호)를 「고 방정환 선생 추모특집호」로 편집하여 그를 추모하고, 어린이 운동에 공헌한 일화들을 모았다.

방정환 사망 후《어린이》는 외형상의 편집을 바꾸면서도 방정환의 정신은 그대로 계승하다가 1935년 3월 제122호까지 발행한 뒤에 일제강점기에

---

14 윤석중, 어린이 잡지 풀이,《어린이》영인본1, 보성사, 1976.
15 정용서, 「해제, 새로 발견한 어린이를 영인하며」, 『미공개 어린이』4, Ⅶ.

는 더 이상 발행하지 못하였다.[16] 하지만 광복 이후 1948년 5월에 속간하여 1949년 12월까지 일제강점기 호수를 합쳐 137호가 발행되었다. 《어린이》는 아동문학가들의 발표 무대이자 후에 아동문학가로 활동하는 많은 문인들을 양성한 잡지였다. 이 잡지는 두 차례에 걸쳐 영인본이 발행되었다. 두 번째 영인본은 첫 번째에 수록되지 않은 호수만 묶어서 영인하였다.

> 첫 번째, 8책으로 묶어서, 1976년 9월, 보성사
> 두 번째, 4책으로 묶어서, 1915년 11월, 소명출판
> *두 번째 책과 함께 『어린이 총목차: 1923~1949』 발행

　방정환은 천도교의 청년운동과 농민운동이 독립운동의 지름길이라는 다수의 주장에 맞서 소년운동의 중요성을 극구 주장하여 천도교소년회(1921)를 창립하고 처음으로 어린이날(1922.5.1)을 제정 실천한 선각자였다. 그가 주관한 《어린이》는 맨 뒤 페이지에 "씩씩하고 참된 어린이가 됩시다. 그리고 늘 서로 사랑하며 도와 갑시다."라는 구호를 내걸어 아동인권 옹호운동과 소년운동의 지주(支柱) 역할을 하고 구체적 실천의 장이 되었다.[17]

5. 잡지 언론 역사에 이정표

　개벽사는 잡지 언론 역사에 획기적인 이정표를 세웠다. 일제강점기에 가장 여러 종류의 잡지를 발행하였는데, 당시에는 창간호를 내고 더 이상 발

---

16 정용서, 위의 「해제」.
17 이재철, 「민족주의 소년운동의 보루」, 《어린이》 영인본1, 보성사, 1976.

행할 수 없는 잡지가 많았다. 재정이 열악하고 검열에 통과하기 어려웠다는 사정과 필자난 등으로 창간호가 바로 종간호가 되었던 것이다. 하지만 개벽사는 다양한 잡지를 장기간 발행하면서 조선 민중의 항일 의식을 고양하고 문화 수준을 높여 주었다.

총독부는 《개벽》을 다음과 같이 평가하면서 탄압을 가한 이유를 자신들의 관점에서 기록하였다.(1926년, 『신문지요람』, 경성지방검사국: 정진석 편, 『극비 총독부 언론탄압 자료총서』1, 79~83쪽, 이후 매년 발행한 총독부의 비밀 기록에 같은 내용이 수록되었다.)

월간잡지 《개벽》은 창간 이래 호를 거듭하여 72호에 이르렀고, 그사이에 치안방해의 혐의가 있어 행정처분에 회부한 것이 실로 32회에 이르렀지만, 당국은 조선 유일의 잡지인 고로 매번 발행 책임자를 초치하여 엄중 계고(戒告)를 가해서 선도를 힘써 왔으나 그들의 개전은 찰나에 지나지 않고 시일이 지나면 금방 표변하여 그 성의를 인정할 수 없고, 움직임을 보면 당국을 분롱(奔弄, 분주히 농락한다는 뜻인 듯)하는 것 같은 태도를 보여 한결같은 계고를 해서는 도저히 그들을 반성케 하여 참된 개전을 바라기는 불가능하다. (총독부의) 미온적 태도로는 달라지기를 희망하는 것과는 달리 당국의 주의를 준수하지 않기 때문에 철저적이고 준엄한 취체[단속]를 가하지 않아서는 소기의 목적을 달성하기는 어렵다고 인정하고 있던 때인 1925년(대정 14년) 8월 호 지상에 실린 「밖에 있는 이 생각/ 이역풍상(異域風霜)에 기체안녕(氣體安寧)하신가」라는 제목으로 불온한 기사를 게재하여 발행정지 처분을 받기에 이르렀으나, 같은 해 10월 이를 해제했을 때에 이르러서는 근신의 뜻을 표하고 굳게 장래를 서약했음에도 불구하고 같은 해 11월 호에 재차 불온 기사를 게재하여 행정처분에 부쳤다. 이 같은 불성의를 드러내어 책임자를 당국에 불러들여 엄계(嚴戒)를 가했던 바 그들은 그 불신을 사과하고 정간해제 직후에 사내의 불통일을 애소(哀訴)하고 오직 당국의 동정을 탄원하면서 장래에 대해서 맹서하여 그다음 호와 1926년 2월 호, 3월 호에 이어서 행정처분을 받기에 이르러 또한 엄계(嚴戒)를 가한 결과 4월 호 이하는 미리 검열을 받고 당국의 지시에 따르기로 서약하였다. 하지만 5월 호 기사에 불량으로 인정되는 부분을 삭제하도록 주의했는데도 불구하고 당국에 납본한 것만 그 부분을 삭제하고 그 발매 반포한 잡지는 기사를 그대로 존치해 둔 것을 발견하고 행정처분에 부쳐서 그들의 태도를 징벌하였지만, 도저히 개전의 정이 없어서 단호히 처분키로 했는데 그때 이왕 전하(순종)의 국장(國葬)에 직면하여 민중이 흥분한 시점에서 민심을 충동하고 불안의 감정을 유발한 것으로 인정해서, 마땅한 처치를 두고 잠시 그들의 행동을 감시 중인 때인 같은 해 8월 1일에 발행한 8월 호 지상에 재외 거주 조선인 박춘우(朴春宇)가 집필하였다는 「모스크바에 새로 열린 국제농촌학원」이라는 글을 실었다. 조선의 혁명은 변증적으로 반드시 도래할 수밖에 없으며 그 혁명을 일으킬 사명을 가진 자는 노농(勞農)군중 및 혁명적 인텔리겐차라고 분명히 말하고, 혁명적 방법으로는 국제농촌학원에서 연구하고 있는 과학적 방법에 의존할 수밖에 없다고 주장[推賞]하는 기사로서, 조선혁명을 고취선동하는 극히 불온교격(不穩矯激)한 기사를 게재하였다. 원래 본 기사 자체가 이미 극에 달하고 위험(危激)에 이를 뿐만 아니라 국장 직후 아직 조선 내의 민심이 완전히 진정되어 있지 않은 터에 이 같은 불온한 기사를 게재함은 그들의 진의를 미루어 짐작하기 어렵지 않다. 당국은 《개벽》의 존재는 문화 향상에 공헌하지 않을 뿐 아니라 인심을 혹란(惑亂)하여 통치상 유해하고 안녕질서를 방해하는 바 크다고 인정하여 금년(1926년) 8월 1일, 단호히 발행금지(폐간) 처분하고 책임자는 사법처분에 부치려 하였으나 이를 발매 반포하였다는 형적이 전연 없으므로 책임자의 고발은 중지하였다.

《개벽》 잡지의 폐간(발행금지)은 조선 언론계에 일대 충격을 주어 종래 무책임한 무문곡필(舞文曲筆)을 농하고 있던 무리들이 스스로 신중한 태도로 일단의 반성을 촉진한 동기가 되어 일반의 필봉이 점차 온건의 방향으로 흐르는 경향을 유지하게 되었다고 총독부는 자평(自評)하였다.

---

* 위의 번역문은 어색한 문장이 적지 않다. 이는 총독부 경무국이 기록한 문장과 용어가 현재와는 다르기 때문이다. 외국어대 일본어과 원로 교수의 자문을 받아 원문의 긴 문장을 더러는 자르고, 의역한 부분도 있다.

청오 차상찬과 천도교*

성주현

* 이 글은 『한국민족운동사연구』 제99집(2019.6)에 발표한 「청오 차상찬의 천도교 활동
에 대한 고찰」이라는 글을 수정, 보완한 것이다.

1. 머리말

아버님은 포덕 45년에 입도하여 노암(蘆菴)이라는 도호를 받았으며 도사 (道師), 종법사(宗法師), 청년회 중앙간무(幹務), 청우당 중앙집행위원장을 역임하였고, 셋째 형 되는 차상학(車相鶴)은 천도교 최초의 기관지『만세보(萬歲報)』기자와《천도교회월보》초창기 발행인 겸 편집인으로 활약하였을 뿐만 아니라 아버님과 함께 천도교를 위하여 일생 동안 크게 헌신하였다.[1]

車相瓚 蘆菴 京城人 妻洪順嬅誠一堂 布德四十五年入道 道師 靑年會中央 幹務 黨中央執行委員 五款繼續 特殊誠力 備嘗艱苦[2]

전자의 글은 청오 차상찬의 아들 차웅렬이 남긴 아버지에 대한 글이고, 후자는『천도교창건록』에 기록된 차상찬의 이력이다. 전자 글은 차웅렬이 『천도교창건록』을 토대로 작성한 것이지만 차상찬에 대한 가장 일반적인 기록이며, 차상찬이 천도교의 중요한 인물임을 알려 준다. 그럼에도 차상찬의 천도교에서의 다양한 활동에 대해서는 아직 제대로 알려진 바가 없다.

---

1 차웅렬,「나의 아버지 청오 차상찬」,《신인간》543, 신인간사, 1995, 52쪽.
2 이돈화 편저,『천도교창건록』, 천도교중앙종리원, 1934, 566쪽.

청오 차상찬은 1887년 강원도 춘천에서 출생하여 1904년 천도교에 입교하였다. 이를 계기로 보성중학교를 거쳐 보성전문학교 법과에 입학하여 졸업한 후 모교에서 후진을 양성하기도 하였다. 1910년대 천도교 기관지《천도교회월보》에 학술적 글을 게재한 이후 천도교단에서 발행한《개벽》창간 동인으로 참여하여 제72호로 폐간될 때까지 일관되게 편집인으로 활동하였다. 이 외에도《제일선》,《혜성》,《어린이》,《조선농민》등 천도교 관련 출판물에 많은 글을 기고한 바 있다. 그뿐만 아니라 1922년 3월 천도교청년회 간무로 선임되어 청년운동의 중심에서 활동하기도 하였다.

그동안 차상찬에 대한 연구는 주로 언론과 문학 분야에서 이루어졌다.[3] 이들 기존의 연구에서 차상찬이 천도교인이라는 것은 언급하고 있지만 천도교에서의 활동과 역할과 관련해서는 매우 소홀하게 취급하였다. 그렇지만 차상찬이 언론인, 문학인으로 성장하게 된 배경은 천도교라고 해도 과언이 아니다. 앞서 차웅렬이 언급한 바와 같이 차상찬은 셋째 형 차상학과 함께 일생 동안 천도교인으로 삶을 살았다고 할 수 있다. 본고에서는 그동안 관심을 가지지 못하였던 차상찬의 천도교에서의 활동과 역할을 중점적으로 고찰하고자 한다.

---

3 차상찬에 대한 연구는 다음과 같다.
정현숙,「차상찬 연구①-기초조사와 학술적 연구를 위한 제언」,『근대서지』16, 소명출판, 2017; 정현숙,「차상찬 연구②-필명 확인①」,『근대서지』17, 소명출판, 2018; 정지창,「해학과 재치의 문필가 청오 차상찬」,『사람과 문학』75, 도서출판 사람, 2015; 유명희,「차상찬의 민요 수집과 유형 연구:《개벽》과《별건곤》을 중심으로」,『한국민속학』54, 한국민요학회, 2018; 장성희,「방정환의 필명 雙S 재론」,『한국아동문학연구』, 한국아동문화학회, 2017; 박길수,『차상찬 평전』, 모시는사람들, 2012 등이 있다. 이 외에 개벽사와 관련하여 정용서,「개벽사의 잡지 발행과 편집진의 역할」,『한국민족운동사연구』83, 한국민족운동사학회, 2015: 정용서,「1930년대 개벽사 발간 잡지의 편집자들」,『역사와 실학』57, 역사실학회, 2015 등이 있다. 최근 청오차상찬기념사업회가 조직되어 2016년부터 매년 학술대회를 개최하고 있다.

2. 천도교 입교와 청년단체 활동

청오 차상찬은 1887년 2월 12일 강원도 춘성군 신동면 송암리(현 춘천시 송암동)에서 부 차두영과 모 청주 한씨 사이에서 5남 1녀 중 막내로 태어났다. 그렇지만 장남 차대륜과 차남 차상필의 요절로 실제적으로는 삼형제(차상학, 차상준, 차상찬)로 어린 시절을 보냈다. 부모의 열성적인 교육열에 따라 어려서는 고향에서 한학을 수학하였고, 청년기에 들어서는 부모의 적극적인 권유와 큰형 차상학의 영향으로 서울로 이주하였다.[4]

차상학은 1894년 성균진사에 급제하였으며, 1903년 천도교[5]에 입교하였다.[6] 이후 차상학은 《대한민보》 기자를 거쳐 천도교에서 1906년 6월 창간한 《만세보》의 기자로 활동하였으며, 1910년 8월 창간한 《천도교회월보》의 주간과 발행인을 역임하였다. 이와 같이 천도교에서 중요한 역할을 맡아 활동한 차상학의 영향을 받은 차상찬은 17세가 되는 1904년 천도교에 입교하였고,[7] 일생을 천도교와 함께하였다.

차상찬의 천도교 입교와 관련하여 『차상찬 평전』에서 다음과 같이 밝혔다.

---

4 박길수, 『차상찬 평전』, 모시는사람들, 2012, 30쪽.
5 차상학과 차상찬이 천도교에 입교한 시기인 1903년과 1904년은 '동학'이라고 불리는 시기였다. 본고에서는 전체적 흐름을 이해하기 위해 동학시기도 천도교로 통칭하여 사용하고자 한다. 이는 서학의 경우도 '서학'이라기보다는 '천주교'로 통칭하여 사용하는 맥락과 같다.
6 이돈화, 「追悼 香山文」, 《천도교회월보》 97, 1918.9, 37쪽. 차상학이 천도교에 입교할 당시에는 동학이라 불렀다. 이돈화는 차상학의 추도문에서 천도교 입교에 대해 다음과 같이 기록하였다. "去布德四四年에 一朝有豁然之志하야 遂奮身入吾敎하니."
7 이돈화, 『천도교창건록』, 566쪽.

이 갑진개화운동 당시 춘천 지역에서 정한교 등과 함께 주동자로 활약하던 민영순의 인도로 차상찬은 두 형들과 함께 깊숙이 참여하였다. 상학, 상준, 상찬 3형제는 이 갑진개화운동의 일환으로 전개된 흑의단발 운동에 동참하여 춘천 지역에서 가장 먼저 단발을 하고 천도교에 입교하였다.[8]

이 글에 의하면 차상찬은 형인 차상학, 차상준과 함께 당시 천도교단에서 전개한 갑진개화운동에 참여하였으며, 이를 계기로 3형제가 천도교에 입교하였다. 갑진개화운동은 1904년 8월 30일 진보회를 조직하고 '흑의단발'을 한 천도교단의 근대화 운동이었다. 진보회는 당시 천도교인으로 조직되었기 때문에 천도교에 입도하지 않은 상태에서 진보회에 참여하는 것은 사실상 불가능하였다. 더욱이 흑의단발한 천도교인은 친일 세력으로 오해를 받아 강원도 등 일부 지역에서는 의병으로부터 목숨을 잃는 등 상당한 위협을 당한 바 있다. 이와 같은 상황에서 차상찬이 천도교에 입교하기도 전에 '진보회에 참여하고 단발하였다'는 것은 부적절하다고 판단된다. 더욱이 차상학이 1903년 천도교에 입교한 점[9]에서 갑진개화운동이 전개되는 과정에서 3형제가 함께 천도교에 입교하였다는 점도 역시 부적절하기는 마찬가지이다. 이로 볼 때 차상찬은 갑진개화운동에 참여한 후 천도교에 입교한 것이 아니라 형 차상학의 영향을 받아 1904년 천도교에 입교한 후 갑진개화운동에 참여하였다고 보는 것이 타당하다고 판단된다.

차상찬은 천도교에 입교하였지만 17세라는 청년기였기 때문에 천도교단

---

8 박길수, 『차상찬 평전』, 46쪽.
9 『차상찬 평전』에서 차상학의 천도교 입교는 '1904년'으로 밝혔다. 박길수, 『차상찬 평전』, 38쪽.

에서 활동하기보다는 학업에 충실하였다. 형 차상학의 주선으로 1906년 보성중학교에 입학, 1910년 졸업하였다. 이어 보성전문학교 법과에 입학한 차상찬은 1913년 3월 29일 졸업하였다.[10] 보성전문학교에 입학한 차상찬은 천도교와 관련하여 첫 활동으로 천도교 기관지《천도교회월보》에 학술기사를 게재하였다. 즉 차상찬은 「무기화학」·「화학」이라는 제목으로 제2호부터 6회를 연재하였다.[11] 이 글은 당시 일반 교인들에게 무기화학이라는 과학계의 기초적인 내용을 소개한 글이었다. 그런데 이 연재 글은 제8호에서 중단하여 연재를 끝까지 마치지 못하였다. 이는 아마도 학업에 더 충실하기 위한 것으로 풀이된다. 보성전문학교를 졸업한 차상찬은 천도교단에서 활동하기보다는 천도교에서 운영하는 보성전문학교에서 강사로 교육계에 나아가 후진을 양성하였다. 1917년에는 보성학교 간사로 활동하기도 하였다.[12]

차상찬이 천도교 활동에 직접적으로 참여한 것은 3·1운동 이후 천도교 청년단체가 조직된 이후였다. 천도교 청년단체는 1919년 9월 2일 천도교청년교리강연부가 처음으로 조직되었으며, 이듬해 1920년 4월 5일 천도교청년회로 발전하였다.[13] 차상찬은 천도교청년교리강연부가 조직될 당시 회장

10 「보전졸업」,《천도교회월보》 34, 1913.5, 44쪽.
11 차상찬이 연재한 「무기화학」·「화학」은《천도교회월보》제2호(1910.9, 40~42쪽), 제3호(1910.10, 35~38), 제5호(1910.12, 36~38), 제6호(1911.1, 39~40), 제7호(1911.2, 30~32), 제8호(1911.3, 28~30)에 게재되었다. 제8호의 경우 「무기화학(속)」이었지만, 이후 연재를 중단하였다.
12 「인사소식」,《매일신보》1917년 8월 29일 자.
13 천도교 청년단체에 대해서는 성주현, 「천도교청년당(1923-1939) 연구」, 한양대학교 대학원 박사학위논문, 2009을 참조할 것. 천도교청년회는 1923년 9월 2일 천도교청년당으로 개칭하였으며, 1926년 교단의 신구로 분화되자 천도교청년당은 천도교청년당(신파)와 천도교청년동맹(구파)로 분화되었다. 1931년 신구 교단이 합동을 함에 따라 천도교청년당과 천도교청년동맹도 합동하여 천도교청우당으로 재출범하였다. 그러나 1932년 교단이 다시 신구로 분화되자 천도교청우당도 천도교청년당(신파)과 천도교청년동맹(구파)으로 각각 분화되었다가 1939년 각각 해체되었다.

등 주요 임원진으로 참여하지는 않았고, 일반 회원으로는 참여한 것으로 추정된다. 교리강연부가 천도교청년회로 조직체를 변경한 이후 중앙조직체인 중앙본부 임원으로 참여하였다. 또한 천도교청년회에서 창간한 《개벽》의 창간 동인으로 참여한 것으로 보아 청년회원이었음을 알 수 있다. 차상찬은 천도교청년회의 임원은 아니었지만, 천도교청년회에서 주최하는 전국 순회 강연대의 강사로 참여하였다.

천도교청년회는 1920년 9월 "교회의 발전상 인내천(人乃天) 종지(宗旨)를 광(廣)히 세계에 선전키 위하야 또는 지방지회의 요구"에 따라 관북과 관서, 그리고 관동지방을 대상으로 추계대강연대를 조직하였다. 이에 차상찬은 박사직과 함께 1920년 9월 9일 함경도로 출발하여 함흥, 신흥, 풍산, 장진, 삼수, 장백현, 갑산 일대를 순회하면서 강연을 하였다.[14] 차상찬이 참여한 강연대 활동에 대해 구체적으로 확인할 수는 없지만, 신흥과 함흥, 풍산, 북청에서의 강연 활동에 대해 당시 언론에서 다음과 같이 보도한 바 있다.

天道敎靑年會 新興支會에서는 京城 本部로부터 車相瓚 朴思稷 兩 氏를 請邀하여 九月 十三日 午後 八時부터 同 敎區室 內에서 講演會를 開催하고 康禮德 氏의 司會로 車相瓚 氏는 『朝鮮靑年의 希望』, 朴思稷 氏는 『急히 解決할 朝鮮民族의 宗敎觀』이란 演題로 各其 熱辯을 吐하여 三百名 聽衆에게 無限한 感想을 與하였다더라.[15]

本月 十一日 下午 七時부터 咸興天道敎區室에서 天道敎靑年會 咸興支

---

14 「천도교청년회 강연 상황」, 《천도교회월보》 122, 1920. 10, 107~108쪽.
15 「천도교청년회 강연」, 《동아일보》 1920년 9월 23일 자.

會의 主催로 屋外 大講演會를 開한 바, 劉炳瓚 氏의 司會下에서 演士 車相瓚 氏는 『自我를 覺하라』는 演題로, 朴思稷 氏는 『改造의 朝鮮과 天道敎』란 演題로 雄辯을 揮하야 滿場 聽衆에게 大覺醒을 與하고 散會하였는데, 當日 參聽者가 千餘에 達하여 大盛況을 呈하였다더라.[16]

當郡 天道敎靑年會 支部에서는 本月 九日 下午 八時에 大講演會를 開催하였는데, 演士는 京城 本部 特派로 朴思稷 氏는 「思潮에 順應한 人乃天」, 車相瓚 氏는 「人類의 價値」라는 問題로 各各 熱辯을 試한 바, 五百餘 名의 聽講者가 拍手喝采하는 狀況은 참 山邑에 稀有한 警鐘이 되었고, 翌 十日은 當地 勉勵靑年會의 主催로 遠來의 前記 兩 氏를 請邀하여 耶蘇敎會堂 內에 特別講演會를 開催하였는 바, 豫定下午 八時 鍾이 將鳴함에 飛集의 聽講者는 無慮 五百餘 名에 達하여 旅塵에 勞를 忘케 하고 前記 兩君의 雄辯을 再唱케 함은 實로 奧地에 本鐸을 鳴함 같더라.[17]

天道敎靑年會 支會에서는 去 十六日 下午 七時에 京城 本部 特派員 朴思稷 車相瓚 兩氏의 特別大講演會를 天道敎區 內에 開催하였는데, 氏의 熱辯은 數千餘의 聽衆으로 하여금 非常한 興奮을 惹起케 하고 會場을 振動할 大拍手 聲裡에 十一時 鐘聲과 共히 閉會하였더라.[18]

위의 네 기사에 의하면, 차상찬은 신흥 강연회에서는 「조선 청년의 희망」

16 「天道敎靑年 大講演會」, 《동아일보》 1920년 9월 16일 자.
17 「豊山 天道 講演會」, 《매일신보》 1920년 10월 26일 자.
18 「천도교청년회 강연」, 《매일신보》 1920년 10월 26일 자.

을, 함흥 강연회에서는 「자아를 각하라」, 그리고 풍산 강연회에서는 「인류의 가치」라는 주제로 각각 강연을 하였으며, 북청에서도 강연하였음을 알수 있다.[19] 강연회에는 적게는 3백 명 많게는 수천 명이 참가하였으며, '비상한 흥분을 야기'할 정도로 성황리에 마쳤다. 신흥과 함흥에서의 강연 내용은 여타 지역 강연회에서도 했을 가능성이 많다고 보인다.

차상찬의 강연 내용에 대해서는 구체적으로 알려진 바는 없지만, 강연 제목으로 볼 때 "당시 식민지 조선의 희망이 청년에게 있으며, 청년들이 자기 스스로를 먼저 깨달아 앞장서서 조선을 지도해 나가야 한다."는 내용일 것으로 추정된다.

차상찬은 천도교청년회에서 전개한 강연회에 몇 차례 밖에 참가하지 못하였다. 이는 박사직, 이돈화, 김기전, 방정환 등 천도교청년회 주요 임원에 비하면 사실상 강연회에 참여하였다고 할 수 없을 정도였다. 이는 차상찬이 천도교청년회에서 핵심 사업으로 창간한 《개벽》의 편집을 책임지고 있었기 때문으로 풀이된다. 이처럼 관망적인 차상찬이 천도교청년회 임원으로 참여한 것은 1921년이었다. 이해 3월 4일 간무[20]였던 박래홍이 사임하고 차상찬이 후임으로 보결되었다. 간의원[21]이었던 차상찬은 20여 일 후 간의원을 사임함에 따라 이종린이 후임이 되었다.[22] 이에 따르면 차상찬은 1921년에 간의원으로 선임되었으며, 천도교청년회의 실무를 맡아서 담당하는 간무로 자리를 이동한 것이다. 이를 계기로 차상찬은 천도교 청년운동에 적극적으로 참여하게 된다. 이어 차상찬은 1922년 10월 26일부터 29일까지 개최된

19 북청에서는 천도교구 외에도 靑友俱樂部에서 1920년 10월 17일 강연을 한 바 있다.
20 幹務는 천도교청년회의 통상 업무를 처리하는 직책으로 상근하였다.
21 幹議員은 천도교청년회의 예결산 등 중요한 의사를 결정하는 직책으로 비상근이었다.
22 「임원의 임면」, 『천도교청년회회보』 4, 1921.12, 11쪽.

천도교청년회 제6회 정기총회에서 간무로 재선되어 청년회의 실무를 이어 갔다.[23] 당시 간무로 차상찬과 함께 활동한 인물은 김옥빈과 이병헌이었다. 이들 역시 차상찬과 함께 천도교 청년운동의 중심적 역할을 담당하였다.

간무로 활동하던 차상찬은 1921년 천도교소년회 창립에 적극적으로 참여 하였다.[24] 천도교소년회 창립 1주년인 1922년 5월 1일 차상찬은 김기전, 방 정환, 구중회, 박달성 등과 함께 지도위원이 되어 5월 1일을 '어린이의 날'로 제정하였다.[25] 이어 차상찬은 천도교소년회가 1922년 6월 18일 개최한 환등 회에서 사회를 보는 등 진행을 주도하기도 하였다. 이날 환등회에서는 차상 찬이 전국 각지의 명승 사진을 설명하면서 시간이 지체되자 예정되어 있던 김기전과 방정환의 강연이 연기될 정도로 성황리에 마쳤다.[26] 이 외에도 차 상찬은 1924년 5월 1일부터 5일까지 진행되는 천도교소년회의 어린이날 행 사의 실행위원으로 활동한 바 있다.[27]

차상찬의 어린이 운동과 관련해서는 개벽사에서도 그 활동이 이어졌다. 천도교소년의 중심인물인 방정환은 1925년부터 세계아동예술전람회를 준비하고 있었다. 이 세계아동예술전람회는 1928년에 가서야 결실을 맺게 되었는데, 이를 위해 개벽사 어린이부에서 준비위원을 선정할 때 차상찬도 정리부 준비위원으로 참여하였다.[28] 이 외에도 차상찬은 어린이 운동과 관 련하여 적극 참여하였다. 1929년 3월 26일 개최한 조선소년총연맹 상무위

---

23 「천도교청년회 제6회 정기총회 경과」,《천도교회월보》 146, 1922. 11, 79쪽.
24 「본회의 각부 사업경과」, 『천도교청년회회보』 3, 1921. 12, 4쪽;《어린이》운동소사」, 《연합신문》, 1950년 5월 5일 자.《연합신문》에는 1922년에 천도교소년회가 창립되었다 고 하였는데, 이는 1921년의 오류이다.
25 김응조, 「소파와 천도교소년회」,《신인간》 389, 1981. 7, 32쪽.
26 「가정의 보물은 어린이들이다」,《매일신보》 1922년 6월 20일 자.
27 「어린이날 여러 가지의 장쾌한 거행이 많다」,《매일신보》 1924년 4월 24일 자.
28 「세계아동예술전」,《동아일보》 1928년 9월 25일 자.

원회에서 어린이날 행사를 준비하는 준비위원을 구성하였는데, 차상찬은 방정환 등과 함께 잡지사 측의 특별위원으로 선정되기도 하였다.[29]

한편 간무로 활동하던 1922년 12월 25일 천도교 교우의 친목을 도모하기 위해 천도교만화회를 창립하였는데, 차상찬을 이사에 선임하였다.[30] 이 외에도 수운 최제우의 환생이라고 주장하는 최상룡이 권병덕의 집에서 '수운 최제우 소생식'을 거행할 때, 차상찬은 최상룡의 정체를 밝히려다가 폭력을 가하기도 하였다.[31]

천도교청년회는 1923년 9월 2일 발전적 해체를 통해 천도교청년당으로 재조직되었다. 그런데 앞서 살펴본 바와 같이 천도교청년회 간무로 활동하던 차상찬은 이때 천도교청년당 임원으로 참여하지 않았다. 이는 개벽사의 정경부 주임[32]과 간사[33] 등으로 활동하면서《개벽》의 편집과 전국을 순방하는 등 바쁜 일정으로 사실상 참여가 어려웠던 것으로 보인다. 이 시기 차상찬은《개벽》지에 기획취재인 '조선문화 기본조사'를 연재하기 위해 전국을 답사하던 시기였다. 차상찬은 이 기획을 1925년까지 진행하였다.

한동안 천도교 청년운동에 직접 참여하지 않았던 차상찬은 개벽사의 기획연재를 마친 후 1926년부터 천도교청년당의 임원으로 적극 참여하였다.

---

29 「朝鮮少年總同盟常務委員會ノ件」, 1929년 3월 28일.
30 「교우의 친목기관으로 창립된 천도교만화회」,《매일신보》1922년 12월 27일 자. 천도교 만화회의 목적과 강령은 다음과 같다.
　"一, 敎友의 親睦을 敦篤히 하며 敎의 宗旨와 目的을 實現할 것. 一, 修練에 勉勵하여 道義의 向上과 信仰의 鞏固를 圖할 것. 一, 意見을 交換하여 思想의 統一과 智識의 普及을 計할 것. 一, 實業을 奬勵하여 自活의 道를 開拓하며 共濟의 義를 實現할 것"
　천도교만화회 임원은 회장 최린, 부회장 정광조 주옥경, 이사 이종린 차상찬 박래홍 등이었다.
31 「수운신사 환생이라고 허무맹랑한 괴물」,《매일신보》1923년 5월 31일 자.
32 「인사소식」,《매일신보》1923년 4월 1일 자.
33 「인사소식」,《매일신보》1923년 8월 22일 자.

4월 4일 개최한 천도교청년당 제3회 정기총회에서 중앙위원으로 선임되었다.[34] 차상찬이 이때 천도교청년당에 직접 참여하게 된 배경은 두 가지로 보인다. 첫째는 개벽사의 사세 확장이다. 제3회 정기총회에서 '개벽확장기성회'를 후원하기로 하였는데, 개벽사에서 중심적 역할을 맡은 차상찬의 입장에서는 무엇보다도 중요하게 인식하였던 것이다. 둘째는 천도교단의 분화로 추정된다. 천도교는 1925년 8월 14일 교단의 운영과 관련하여 신구 양파로 분화되었다. 이에 따라 천도교청년당도 분화되었는데, 신파는 천도교청년당을 고수하였고, 구파는 천도교청년동맹을 창립하였다. 이에 따라 천도교청년당과 청년동맹은 조직을 안정화시키기 위해 새로운 인물을 수혈하였는데, 신파의 경우 대표적인 인물이 차상찬이었던 것이다. 차상찬은 개벽사에서 오랫동안 이돈화, 김기전, 방정환, 박달성 등 신파 계열 청년들과 교류하였고, 한솥밥을 먹고 지낸 절친한 사이였다. 마침 《개벽》에 연재하던 '조선문화 기본조사'도 끝난 상태라 부담감도 적었다. 이에 차상찬은 신파 계열의 천도교청년당에 적극 참여할 수 있었던 것이다.

이에 앞서 차상찬은 천도교가 신구 양파로 분화되는 과정에 신파의 입장을 적극적으로 대변하였다. 천도교 분화는 1925년 6월 지도체제를 문제로 야기되었다. 이해 4월 천도교 중앙종리원은 종리사총회를 개최하고 의절을 개정하였는데, 교주제를 인정하지 않고 무교주제를 채택하였다. 당시 교주제의 부활을 주장하는 오영창을 지지하는 세력은 무교주제를 반대하였다.[35] 교단의 최고 책임자인 박인호가 양측을 조정하여 해결되는 듯하였으나[36] 오

---

34 「청년당 3회 정기총회」, 《매일신보》 1926년 4월 6일자.
35 「천도교 신구 충돌」, 《동아일보》 1925년 6월 24일 자.
36 「천도교 분규 해결」, 《동아일보》 1925년 6월 27일 자.

청오 차상찬과 천도교 ｜ **47**

영창 측이 이를 받아들이지 않고 교인대회를 개최함에 따라 분화는 심화되었다. 오영창의 교인대회 측은 8월 14일 박인호를 교주로 추대하였다. 그러나 박인호가 이를 거부함에 따라 분화는 점차 격화되었다.

이처럼 교단이 심한 내홍을 겪게 되자 천도교청년당원 50여 명은 오영창의 교인대회를 반대하는 격문을 지방 교인들에게 발송하였는데, 그 내용은 다음과 같다.

> 一. 天道敎는 一個人의 專有物이 이니요, 信者 全體의 것임을 確言하노라.
> 一. 우리의 精神的 信仰은 三世 神聖의 創明한 人乃天眞理에 限함은 二言이 다시 없노라.
> 一. 敎會 運營機關은 敎人 全體 意思를 基礎로 한 現下 議會制를 그대로 是認하노라.[37]

청년당원은 천도교는 교주 개인의 전유물이 아니며, 현재의 의회제를 그대로 인정할 것을 주장하면서 현체제를 옹호하였다. 차상찬도 격문에 서명함으로써 신파에 동조하였다.[38] 이어 중앙종리사들도 현체제를 지지하는 성명서를 발표하였는데, 차상찬은 이 성명서에도 이름을 올렸다.[39] 그뿐만 아니라 청년당원들이 현체제를 옹호하기 위해 지방을 순회하기로 함에 따라

---

37 「천도교 청년 비격」, 《조선일보》 1925년 8월 29일 자.
38 「천도교 분규와 청년당 측의 격문」, 《동아일보》 1925년 8월 29일 자.
39 「중앙종리사도 성명서 발표」, 《동아일보》 1925년 8월 29일자. 중앙종리사의 성명서의 내용은 다음과 같다.
"一. 敎人 全體의 意思에 基本된 現制度를 絶對擁護할 事. 一. 此 主義를 貫徹하기 爲하여 各自 責任을 지고 巡廻宣傳하여 一致團結에 努力할 事. 一. 自體의 地盤을 充實히 하기 爲하여 年月誠에 對한 義務를 더욱 佫勤히 隨行할 事.

차상찬은 함경도에 파견되었다.[40] 즉 차상찬은 전근대적인 교주제보다는 근대적 제도라고 할 수 있는 '의회제'를 지지하였다. 이를 통해 신파의 입장임을 밝힌 것이다. 차상찬은 이후에도 한 차례 더 교단이 분화하는 상황을 겪게 되지만 여전히 신파의 입장을 지지하였다.

이 외에도 천도교청년당은 정기총회에서 조선농민사를 후원할 것, 어린이날 선전을 후원할 것, 염색의를 실시할 것 등을 결의하였는데, 이 역시 차상찬의 활동과 매우 밀접하다고 할 수 있다. 한편 당시 천도교청년당은 부문운동을 추진하기 위하여 유년부를 비롯하여 소년부, 청년부, 학생부, 여성부, 농민부, 노동부 등 7개 부문위원을 두기로 하였는데, 차상찬은 강우와 함께 노동부 위원에 선임되었다.[41] 이어 1927년 3월 25일 개최된 천도교청년당 제4회 정기총회에서도 중앙집행위원으로 선임되었으며[42] 청년부 위원이 되었다. 1928년 4월 3일 개최한 천도교청년당 제2차 대표대회에서도 중앙집행위원에 임명되었으며,[43] 상민부 위원으로 활동하였다.[44] 차상찬은 1932년 4월 천도교청년당과 천도교청년동맹이 통합하여 천도교청우당이 조직될 때까지 천도교청년당에서 중앙집행위원으로 활동하였다.[45] 차상찬은 주로 개벽사의 편집사무에 집중하였지만, 1930년 5월 29일에는 천도교청년당

---

40 「天道敎ノ動靜ニ觀スル件」, 1925년 9월 10일. 이 외에 이돈화는 평안도, 박달성은 황해도와 전라도, 허익환은 경상도로 각각 파견되었다.

41 「천도교청년당 책임자 선정」, 《매일신보》 1926년 9월 15일 자; 조기간, 『천도교청년당소사』, 천도교청년당본부, 1935, 72쪽.

42 「천도교청년당 정총회 결의」, 《매일신보》 1927년 3월 30일 자; 조기간, 『천도교청년당소사』, 천도교청년당본부, 1935, 73쪽.

43 「천도교청년당 제2차 대표대회」, 《매일신보》 1928년 4월 5일 자; 「천도교청년당 제2차 대표대회」, 《중외일보》 1928년 4월 5일자.

44 조기간, 『천도교청년당소사』, 천도교청년당본부, 1935, 74쪽.

45 「천도교청년당 임원 등 개선」, 《중외일보》 1930년 4월 7일 자.

상무위원인 정응봉과 함께 신간회 철산지회 사건을 조사하기 위해 현지에 출장한 바 있다.[46]

천도교청년당에 참여한 차상찬은 천도교청년당의 부문 운동의 하나로 조직된 조선농민사에도 참여하였다. 조선농민사는 1925년 천도교청년당 농민부 사업의 일환으로 창립되었다. 창립 초기에는 유광렬, 김준연, 국기열, 선우전 등 사회 인사도 참여하였지만, 실제적으로는 천도교청년당의 부문 운동의 일환이었다. 차상찬은 1928년 4월 6일 개최한 조선농민사 제1회 전선대표대회에서 중앙규율심사위원으로 선임되었다.[47] 1930년 들어 천도교청년당은 조선농민사를 천도교청년당 산하 부문 조직으로 확정하기 위해 이른바 '법적관계'를 맺게 되는데, 차상찬도 적극 찬성하였다. 조선농민사는 이해 4월 6일 제3회 전선대표대회를 개최하고 조선농민사의 법적관계를 추인하였다. 당시 맺은 법적 관계의 내용은 다음과 같다.

天道敎靑年黨과의 法的關係 條文

一. 朝鮮農民社는 天道敎靑年黨의 指導를 受함

二. 朝鮮農民社 中央理事長은 天道敎靑年黨 農民部 首席委員으로써 任함

三. 朝鮮農民社 全鮮代表大會 中央理事會 決議案은 天道敎靑年黨 本部의 同意를 經하여 實行함[48]

---

46 「소식」,《중외일보》1930년 5월 30일 자;《매일신보》1930년 5월 30일 자. 신간회 철산지회 사건은 지회 설립과 관련하여 회원 정상균, 정용중 등 9명에 대한 치안유지법 및 출판법 위반으로 신의주지방법원에서 공판 중이었다.
47 「조선농민사 신임 제 위원」,《중외일보》1928년 4월 8일 자.
48 「농민사 제3회 전선대표회의」,《매일신보》1930년 4월 12일 자.

즉 조선농민사는 천도교청년당의 부문 조직인 농민부의 기관으로 관계가 정리된 것이다.[49] 이와 같은 결정을 하는 데, 차상찬은 이의 없이 찬성하였으며, 조선농민사 부이사장에 선임되었다. 1931년 4월 10일 개최한 조선농민사 제4차 전선대회에서 중앙이사로 선임되었으며,[50] 1932년 4월 4일 개최한 제5차 전선대회에서도 중앙이사로 재선되었다.[51] 그리고 이해 12월 25일 개최한 조선농민사 임시전국대회에서도 중앙이사로 선출되었다.[52]

1931년 천도교단의 신구 양파가 통합됨에 따라 산하 청년단체인 천도교청년당과 천도교청년동맹도 통합되었다. 이해 2월 16일 두 단체는 대표위원 40여 명이 모여 통합하기로 하고 천도교청우당으로 새롭게 출범하였다. 이에 따라 새로운 중앙집행위원을 선임하였는데, 차상찬은 김기전, 방정환 등과 같이 피선되었다.[53] 그러나 교단이 통합된 지 불과 1년 정도 지나 다시 신구 양파로 분화됨에 따라 청년단체도 다시 분화되었다. 신파와 구파의 두 청년단체는 한동안 천도교청우당 명칭을 같이 사용하였지만, 각각 기존의 명칭을 사용하게 되었다. 즉 신파는 천도교청년당, 구파는 천도교청년동맹으로 복원하였다.

이처럼 천도교청우당이 분화되었지만 차상찬은 기존과 마찬가지로 신파의 청년단체에서 활동하였다. 신파의 천도교청우당이 1932년 4월 6일 제1차 전당대표대회를 개최하고 임원진을 새로 구성할 때 차상찬은 중앙집행

49 이와 같은 법적관계에 불만이 있는 이성환 등은 '전조선농민사'를 조직하였다. 이성환은 조선농민사 창립 당시부터 이사장을 맡아 활동하였다.
50 「조선농민사 공함 우송의 건」, 1931년 4월 13일.
51 「무역생산기관과 농민고등학원 설치」, 《중앙일보》 1932년 4월 11일 자.
52 「조선농민사 임시대회 경과」, 《매일신보》 1932년 12월 29일 자.
53 「청우당의 성립으로 천도교 완전통일」, 《매일신보》 1931년 2월 18일 자.

위원으로 선임되었으며,[54] 이어 신파의 천도교청우당은 이해 12월 23일 임시전당대회를 개최하고 당명을 천도교청년당으로 복원시키고 임원진을 개편하였는데, 차상찬은 중앙집행위원으로 선출되었다.[55] 이 외에도 차상찬은 학술연구위원으로 임명되었다.[56] 차상찬이 참여한 학술연구위원회는 1932년 4월 6일 제1차 전당대표대회에서 설치한 특종위원회의 후신이었다.[57] 특종위원회는 청년당의 지도이론의 구명 및 정책 수립, 내외 정세 연구, 인내천주의 문화 수립을 위한 연구를 목적으로 설치되었으며, 제2차 전당대표대회에서 학술연구위원회로 명칭을 변경하였다. 학술연구위원회는 종교부, 철학부, 정경부, 사회부, 예술부, 체육부 등 6개 부서로 구성되었는데, 차상찬은 조기간과 함께 사회부에 배속되었다.[58] 천도교청년당은 노동부 사업의 일환으로 부문단체인 조선노동사를 1931년 5월 12일 창립하였다. 노동부 부문위원으로 활동한 바 있는 차상찬은 조선노동사 창립총회에서 중앙위원으로 선출되었다.[59]

1934년 4월 4일 개최한 천도교청년당 제8차 전당대회에서 차상찬은 상의원[60]으로 선출되었다.[61] 이를 끝으로 차상찬은 천도교청년당의 임원으로서 더 이상 참여하지 않았다. 이는 아마도 천도교청년당이 전시체제기가 형성

---

54 「천도교청우당 제1차 전당대표대회」,《매일신보》1932년 4월 10일 자:「천도교청우당 제1차 대표대회」,『중앙일보』1932년 4월 10일 자.
55 「천도교청우당 임시대회 개최」,《매일신보》1932년 12월 26일 자;「천도교청년당 임시대회 개최」,『중앙일보』1932년 12월 26일 자.
56 조기간,『천도교청년당소사』, 천도교청년당본부, 1935, 78쪽.
57 성주현,「천도교청년당(1923~1939) 연구」, 한양대 박사학위논문, 2009, 101쪽.
58 「임시전당대회 결의」,『당성』제19호, 1933. 2, 2면.
59 「조선노동사 창립」,『당성』제3호, 1931년 6월 2일, 2면.
60 조기간의『천도교청년당소사』에는 중앙집행위원으로 되어 있다.
61 「천도교청년당 제8차 전당대회」,《매일신보》1934년 4월 8일 자.

되면서 제국 일본에 협력하는 체제가 되어 이를 수용하기 어려웠기 때문으로 풀이된다.[62]

3. 천도교 문화운동과 '조선문화' 조사 활동

일제는 강점 초기부터 제국 일본의 신민을 양성하기 위하여 식민지 문화의 재편을 시도하였다. 그 기조는 일방적으로 조선문화의 낙후성이나 열등성을 강조하였다. 그렇지만 3·1운동 이후 문화통치로 지배 정책이 변화되면서 조선문화에 대한 조사와 연구는 새로운 관점에서 확충되었다. 즉 조선인을 지배하기 위해 조선인의 민족적 특성, 민족의식과 밀접한 관련이 있는 전통문화를 적극적으로 활용하고자 하였다. 이러한 의도에서 조선총독부는 일본과 조선민족의 동원 및 동조(同祖)에 관한 조사, 양 민족의 과거 교통에 관한 조사, 현행 시설에서 직접 이용할 수 있는 조선의 제도와 관습에 관한 조사, 마을 조사 등에 중점을 두었다. 그리고 이를 활용하여 식민사학의 토대를 마련하였다.[63]

이와 같은 흐름에 대해 식민지 조선에서는 조선 중심의 문화운동이 대두되었다. 즉 신사회, 신문화를 수립하는 것을 가장 급선무로 인식하였다. 이를 신문화운동[64]이라고 하였다. 이에 따라 천도교에서도 청년들을 중심으로

---

62 천도교청년당은 일면에서는 전시체제 이후 제국 일본에 협력하였지만, 일면으론 여전히 민족의식을 고취시키는 활동을 전개하였다. 그렇지만 1939년 4월 제국 일본에 의해 해산당하였다.

63 이지원, 『한국 근대 문화사상사 연구』, 혜안, 2007, 157~162쪽.

64 이와 관련하여 이지원은 다음과 같이 정의한 바 있다. "신문화운동은 문화주의에 입각하여 개인과 사회, 민족의 유기체적인 관계의 자각을 전제로 하여 근대 자본주의 신문화 건설을 추구하였다. 이러한 유기체적 사회 인식, 민족 인식은 사회와 민족이 공유해 온 역사적 '전통'을 중시하였다."(이지원, 『한국 근대 문화사상사 연구』, 혜안, 2007, 197쪽)

문화운동의 한 축을 형성하였다.[65] 천도교 청년들은 천도교청년회, 천도교청년당 등 청년단체가 문화운동을 이끌어 갔다. 천도교청년당은 당운동의 대강 중 문화운동에 대해 다음과 같이 밝혔다.

> 人間社會의 一切 勝敗得失은 各其 自體의 意識程度와 文化程度의 高下를 따라서 생기어지는 成果이다. 思想의 新舊, 時代의 古今, 方法의 優劣 等 關係도 적지는 않으나 人間社會의 根本的 向上은 蒼生級의 意識的 覺醒과 文化的 向上에 있는 것이다.[66]

즉 인간 사회의 승패득실은 의식 정도와 문화 정도의 높고 낮음에 따른 성과이며, 이를 근본적으로 향상하기 위해서는 일반 민중의 의식적 각성과 문화적 향상이 뒤따라야 한다는 것이다. 이에 따라 천도교청년당은 '의식적 각성과 문화적 향상'을 위해 인내천운동의 일환으로 인문개벽운동 즉 신문화운동을 전개하였다. 천도교청년당은 신문화운동에 대해 다음과 같이 밝힌 바 있다.

> 人間力의 總和, 社會力의 總和를 文化라 하는 것이다. 어떤 民族社會를 勿論하고 그 民族社會의 總努力의 結晶은 그 民族社會의 文化로 表現되어진다. 그러므로 文化란 것은 民族社會의 文野程度를 測量하는 水準點이며 尺度라고 할 수 있는 것이다. (중략) 天道敎의 人乃天運動은 後天開闢運動

---

65 당시 문화운동은 《동아일보》를 중심으로 한 계열, 수양동우회를 중심으로 기독교 계열, 청년회연합회를 중심으로 한 사회주의 계열, 천도교청년당을 중심으로 한 천도교 계열 등이 중심이 되어 전개하였다.
66 조기간, 『천도교청년당소사』, 19쪽.

인 同時에 後天 新文化建設運動 — 則 人類의 新文化를 創造하는 運動이라는 뜻이다. 다시 말하면 地上天國建設運動이란 말은 後天 新文化建設運動이라 말하여도 틀림이 없을 것이다. 天道教의 人乃天主義로써 먼저 人間의 思想을 開闢하려는 (精神, 民族, 社會의 三大開闢의 하나인) 精神開闢은 後天 新文化創造의 前提가 됨에서 큰 意義를 갖게 되는 것이다. 이 點에서 天道教 運動 中에는 新文化運動이라는 것이 가장 重大한 任務를 갖지 않으면 아니 된다. 우리 教會는 여러 가지로 新文化運動에 努力하여 오는 中인 바[67]

즉 문화는 민족사회의 총노력의 결정이며 문명과 야만을 측량하는 수준점이라고 인식하였으며, 이에 따라 천도교의 신문화운동은 인내천주의에 입각한 지상천국건설운동이며 후천 신문화건설운동임을 주창한 것이다. 그리고 이를 위해 인내천주의에 의한 '정신개벽'을 전제하였다.

이에 따라 천도교청년당은 신문화운동으로 '개벽사 창립, 신문화 선전, 조선정형건연구회 조직, 신인간 자학 창설, 시일학교 창설, 당 기관지 『당성』 발행, 간행물 출판, 자수대학강의 발행, 당학 창설' 등을 전개하였다. 그중에서도 가장 중점을 둔 것이 '개벽사 창립'이었다. 그럼 왜 개벽사 창립을 급선무로 인식하였을까? 이는 다음의 글에서 확인할 수 있다.

知識이 없는 經營은 아무리 하여도 盲目에 빠지는 것이오, 知識이 없는 活動은 畢竟-矛盾撞着에 떨어지고 마는 것입니다. 우리는 무엇보다도 먼저 知識의 要求가 있어야 하겠습니다. 지금 우리 朝鮮社會에 앉아 知識을 얻으려 하면 實로 難事의 하나일 것이나, 그러나 只今 나의 知識 要求라 하는

---

67 조기간, 『천도교청년당소사』, 60~61쪽.

것은 特히 專門的 知識을 이름이 아니오 普遍的으로 누구든지 實地에 符合할 만한 普遍 知識을 말하는 것입니다. 그리하여 그를 要求하는 方便으로 나는 우리 同胞가 누구든지 爲先 新聞雜誌의 價値를 理解하고 그를 購讀함이 最先 急務라 할 것입니다. 우리 同胞 가운데는 아직도 新聞이 무엇인지 雜誌가 무엇인지 알지 못하는 사람이 얼마나 많은가요. 彼 文明先進의 民族이 知識을 要求하는 熱은 처음 듣는 우리 朝鮮 사람은 한 번 놀랄 만합니다. 歐洲는 고만두고 日本으로 말할지라도 但히 東京에서 發行하는 新聞雜誌 種類가 一百三十餘 種에 過하고 그 部數가 三百三十九萬 一千 三百餘 部에 達하며 其他 地方 大都會에 發行하는 者와 及 諸 專門科學界, 實業 方面, 各種 學界 講義錄, 諸團 會報 等을 合計하면 實로 可驚할 만합니다. 이를 우리 朝鮮 現象에 比較하면 어떻다 말할 수 없이 差異가 있습니다. 朝鮮에는 이즈음 겨우 34種의 新聞과 56種의 雜誌가 있을지라도 그나마 購讀者가 적은 까닭에 스스로 廢止의 境에 이르게 됩니다. 어찌 恨心코 可痛치 아니 합니까. 우리는 爲先 新聞을 보고 雜誌를 읽어야 하겠습니다. 아니 그 마음이라도 두어야 합니다. 될 수만 있으면 强制일지라도 新聞雜誌를 配達케 하였으면 하는 생각이 납니다. 그럼으로 나는 朝鮮文化 建設의 第 一步로 新門雜誌 講讀熱을 鼓吹합니다.[68]

즉 당시 시대적 상황에서 지식을 구할 수 있는 가장 바람직한 방안은 '신문과 잡지'이며, 신문과 잡지를 가능한 한 조선 사람이 많이 볼 수 있게 해야 한다는 것이다. 그리고 신문 잡지의 구독열이 조선문화의 건설의 제일보임을 강조하고 있다. 이러한 인식에 따라 천도교청년회는 문화운동을 위해 개

---

68 이돈화, 「조선신문화 건설에 대한 도안」, 《개벽》 4, 1920.9, 11쪽.

벽사를 창립하였다. 개벽사 창립에 대해서는 다음과 같이 밝혔다.

大正 九年 六月에 天道敎靑年會 編輯部 事業으로 言論機關 '개벽사'를 創
立하여 一般 社會 民衆을 相對로 하는 政治時事 雜誌로 月刊《개벽》을 發
行하게 된 바, 當時 朝鮮 言論界에 唯一한 權威를 占하게 되었으며 追後로
다시 朝鮮 어린이를 相對로 하는 雜誌 月刊《어린이》와 朝鮮 女性을 相對
로 하는 雜誌『新女性』과 學生을 爲한 잡지『學生』等을 發行하였다.[69]

즉 개벽사는 1920년 6월에 천도교청년회 편집부 사업으로 창립되었으며,
정치시사 잡지《개벽》, 어린이를 위한《어린이》, 여성을 위한《신여성》과
《부인》, 학생을 위한《학생》등을 발행하였다. 이 외에도 개벽사에서는《개
벽》강제 폐간 이후《혜성》,《제일선》,《별건곤》,《부인》,《조선농민》,《농
민》등의 잡지를 발행하였다.[70] 천도교청년회와 천도교청년당의 문화운동
의 핵심은 개벽사의 창립이었으며, 이를 통해 천도교의 인내천주의를 통한
'신문화'를 확산시켜 나가고자 하였다.

이와 같이 천도교청년회와 천도교청년당에서 핵심적인 사업 즉 개벽사를
통해 전개한 신문화운동의 중책은 차상찬이 도맡아서 추진하였다. 차상찬
은《개벽》의 창간에서 폐간과 복간, 그리고 개벽사를 통해서 발행한 천도교
관련 잡지에 직간접적으로 관여하였다.

---

69 조기간,『천도교청년당소사』, 61~62쪽.
70 개벽사의 잡지 발행 현황에 대해서는 유석환,「개벽사의 출판활동과 근대잡지」, 성균
관대학교 석사학위논문, 2006; 이요섭,「천도교 잡지 간행에 관한 연구」, 중앙대학교
석사학위논문, 1994; 천도교청년회중앙본부,『천도교청년회팔십년사』, 글나무, 2000,
219~270쪽 참조.

개벽사는 천도교청년당원이며 박천당부를 조직하는 데 중심적 역할을 담당하였던 최종정[71]과 변군항의 재정지원으로 설립되었다.[72] 개벽사는 편집국 산하에 조사부, 정경부, 사회부, 학예부를, 영업국 산하에 경리부, 판매부, 광고부, 대리부, 그리고 서무과 등 2국1과 체제로 운영되었다.[73] 개벽사 설립 당시 임원진은 사장 최종정, 편집인 이돈화, 발행인 이두성, 인쇄인 민영순이었으며, 사원은 김기전, 차상찬, 강인택, 노수현, 박용회, 방정환 등이었다.[74] 차상찬은 개벽사 사원, 개벽사 간부, 개벽사 기자, 간부 사원, 본사 답사 특파원, 정경부 주임, 개벽사 주필, 개벽사 주무, 편집인 겸 발행인[75] 등의 직책으로 개벽사에서 시작과 끝을 같이 하였다.

차상찬은 앞서 살펴본 바와 같이 천도교청년회와 천도교청년당의 간의원, 간무, 중앙집행위원 및 부분위원, 조선노동사의 중앙이사와 부이사장으로 활동하였지만, 개벽사에서 함께 일한 이돈화, 김기전, 박달성 등에 비해 주로 출판을 통한 문화운동에 집중하였다. 이는 개벽사 직원들 간에 역할 분담이 있었기 때문으로 추정된다. 개벽사의 집필진으로 같이 활동한 이돈화, 김기전, 박달성, 방정환, 전준성, 강인택 등은 천도교청년회와 천도교청년당 등 천도교 청년운동의 핵심적 역할을 담당하였다는 점에서 차상찬마저 청년운동에 참여할 경우 개벽사의 운영과 유지에 적지 않은 영향을 받을

---

71 조기간, 『천도교청년당소사』, 83쪽.
72 「개벽사 약사」, 《별건곤》 30, 1930.7, 8쪽.
73 「부 사규 적요」, 《개벽》 29, 1922.11, 115쪽; 최수일, 『《개벽》 연구』, 소명출판, 2008, 31쪽.
74 천도교청년회중앙본부, 『천도교청년회팔십년사』, 글나무, 2000, 222쪽.
75 『시대일보』 1924년 10월 4일자; 『시대일보』 1926년 6월 24일 자; 《중앙일보》 1929년 6월 30일 자; 《개벽》 32, 1923.2, 84쪽; 《개벽》 35, 1923.6, 1쪽; 《개벽》 39, 1923.9, 151쪽; 《별건곤》 23호, 1929.9, 174쪽; 《중앙일보》 1931년 11월 26일; 『중앙일보』 1932년 3월 20일; 《매일신보》 1927년 9월 30일 자; 《매일신보》 1923년 4월 1일 자.

수 있기 때문이다. 이로 인해 차상찬은 청년운동보다는 개벽사를 실질적으로 맡아서 이끌었던 것이다.

차상찬은《개벽》의 창간과 강제 폐간, 속간과 폐간을 거듭하는 과정을 처음부터 끝까지 함께한 유일한 '개벽인'이었다.《개벽》이 폐간된 이후에는 1926년 11월에 창간한《별건곤》의 책임 편집을 맡았으며, 1928년 7월부터는 편집인 겸 발행인이 되었다. 1931년 3월 개벽사에서 일곱 번째 창간한《혜성》의 편집인 겸 발행인으로, 1932년 5월《혜성》의 속간으로 발행한《제일선》의 편집인 겸 발행인을 맡았다. 그리고 1932년 5월 개벽사에서 마지막 창간한 정기간행물『신경제』도 차상찬이 발행인으로 관여하였다.[76] 개벽사에서 발행한 잡지는 모두 9종이었는데, 이중 5종의 잡지 편집인과 발행인으로 그 책임을 맡았다.

그러나 무엇보다도 차상찬의 역할은 집필활동이었다. 차상찬은 개벽사에서 발행한 잡지 외에도 천도교청년당과 관련된 잡지 즉《조선농민》과《농민》,《신인간》등에도 활발히 기고하여 문화운동을 전개하였다. 이들 잡지에 기고한 글의 현황은 아래 〈표1〉과 같다.[77]

〈표1〉 차상찬이 잡지에 기고한 글 현황

잡지명	기고 편수	잡지명	기고 편수
개벽	142	어린이	50
별건곤	182	학생	17

---

76 천도교청년회중앙본부,『천도교청년회팔십년사』, 221~240쪽; 정현숙,「차상찬 연구①-기초조사와 학술적 연구를 위한 제언」,『근대서지』16, 소명출판, 2017, 68쪽.
77 〈표1〉의 현황은 정현숙의「차상찬 연구①」에서 정리한 것을 토대로 작성하였다. 차상찬은 본명 외에도 많은 필명으로 기고하였기 때문에 기고문의 편수가 정확하게 파악이 안 되고 있는 실정이다. 이에 대해서는 청오차상찬기념사업회와 연구자들에 의해 꾸준히 밝혀지고 있다.

신여성	47	신인간	6
부인	1	조선농민	3
혜성	14	농민	6
제일선	11	계	479

〈표1〉에 의하면 차상찬의 기고문은《별건곤》이 182건으로 가장 많으며, 그다음이《개벽》으로 142건이다. 이 두 잡지에 기고문이 많은 것은 우선 발행 호수가 많았기 때문이기도 하다.《별건곤》은 73호,《개벽》은 속간을 포함하여 76호가 발행되었다. 두 번째는 차상찬이 두 잡지의 책임 편집을 맡았기 때문이다.《별건곤》은 창간 당시에는 편집만 맡았지만 제14호부터 발행인을 겸하여 책임이 더 커졌다.《개벽》역시 창간부터 편집을 맡았기 때문에 그 만큼 집필을 많이 해야 했다. 이와 같은 이유로 차상찬의 기고문은《별건곤》과《개벽》에 편중되었다.

이 외에도《신여성》과《어린이》두 잡지에 기고한 글이 각 50여 편에 달하는데, 이는 차상찬이 직접 편집을 담당하지는 않았지만, 발행 호수가 여타 잡지보다 많았기 때문이다. 그리고《어린이》는 천도교소년회 창립, 그리고 소파 방정환과 친밀한 관계, 어린이를 위한 위인전 등으로 많이 기고를 한 것으로 추정된다.《신여성》의 경우는 차상찬이 여성에 대하여 높은 인식이 있었기 때문이기도 하였다. 차상찬은 천도교청우당에서 개최한 좌담회에서 "우리 교회에서는 중앙이나 지방을 물론하고 특수 기술 기타 능률을 보아도 여자 직원을 차차 쓰도록 하는 것이 필요하다."고 주장한 바 있다.[78] 이에 대해 김기전, 이돈화, 김병준, 김일대, 김병제, 김도현 등 참석자들이 찬동하였다. 이와 같이 여성의 사회적 활동을 적극 주장한 차상찬은 여성의 권리 등

---

78 「좌담회」,『당성』창간호, 1931년 4월 1일, 4면.

에 대하여 다수의 글을 게재하였다.

그러나 차상찬의 잡지를 통하여 추구한 문화운동의 핵심은 '조선문화'에 대한 인식의 전환과 확산이었다. 앞서 언급한 바 있듯이 3·1운동 이후 일제는 관제 조선 연구의 확대와 개편으로 조선문화를 왜곡하는 한편 식민사학을 주입시키고자 하였다.[79] 이에 대한 대응으로 천도교청년당에서는 '조선문화' 즉 민족문화를 적극적으로 내세웠다.

各 民族은 各各 그 民族에 在한 特殊의 民族性을 가졌으므로써 그 各 民族性에 因하야 나타나는 文化의 光도 또한 多少 特殊의 色彩를 發揮함은 實로 避치 못할 先天的 約束이라 하야도 過言이 아니로다. (중략) 일찍 某 外國人이 東洋 三國의 古代 藝術에(特히 佛像 彫刻) 就하야 一言하되 支那는 純厚에 善하고 日本은 色彩에 能하고 그리하여 朝鮮의 藝術은 此 兩者를 兼全한 觀이 有하다 하였나니, 이는 地理的으로 觀察할지라도 그럴듯한 考察이라 할지라. 元來 朝鮮은 支那의 藝術을 受하야 그를 一層美化한 後 日本에 傳하였는 故로 朝鮮의 藝術은 스스로 此 兩者를 兼全하였다 할지로다. 如斯한 觀察이 能히 東洋 藝術觀에 適中한 與否는 別問題로 하고 如何든지 同一

79 大垣丈夫는 "조선은 수천 년의 역사를 사진 舊民으로서 하나의 언어, 문장, 풍속, 관습 등을 갖고 사상성에 있어서 동일 민족이므로, 그 민족적 심리와 전통적 정신을 고려하여 통치의 방책을 강구하지 않으면 안 된다."라고 밝힌 바 있으며, 조선총독부는 『조선인의 사상과 성격』에서 "조선을 이해하는 데에 조선인의 사상 및 그 성격을 살펴보는 것이 가장 우선적인 조건이다. 그러나 이 사상 및 성격의 참모습을 바르게 묘사하는 것이 쉬운 일은 아니다. 왜냐하면 사상은 동요무상하고 성격은 잠재되어 보이지 않는 것이 일반적이기 때문이다. 이를 포착하여 설명하는 데는 사상 및 성격 자체를 직접적으로 다루면 헛수고가 되는 일이 많아서, 이들을 형성시킨 문화와 이들의 발전으로서의 사회현상에 의해서 간접적으로 살피지 않으면 안 된다."라고 밝힌 바 있다.(이지원, 『한국 근대 문화 사상사 연구』, 158~159쪽 재인용)

한 文明을 受한 三國의 藝術이 스스로 그에 對한 多少의 差異가 生케 됨은 事實이며 그리하여 그 差異는 各各 그의 民族性에 따라 表顯케 될 것도 無疑한 事이니, 然하면 各 民族은 그 民族性이 有하여 처음으로 民族의 民族된 價値를 나타낼 것이오. 民族의 民族된 表障이 있다 할 것이 아니냐.[80]

즉 조선과 중국, 일본은 서로 문화에 차이가 있음을 전제하고, 그 차이를 예술과 관련하여 비교하면서 민족마다 특수의 민족성을 가지고 있다는 것을 강조하였다. 그리고 조선의 자랑거리인 조선인의 민족적 특성이 '선심(善心)'에 있음을 주장하였다.[81]

이와 같은 인식을 공유한 차상찬은 '조선문화 기본조사'를 기획하고 이를 《개벽》을 통해 연재하였다. 물론 '조선문화 기본조사'는 차상찬 외에 김기전, 박달성, 조기간 등과 함께했지만, 이들은 편집실에 앉아서 집필을 한 것이 아니라 '답사원'이라는 이름으로 조선 전국을 직접 답사하면서 조선의 역사와 문화를 전달하였다. '조선문화 기본조사'는 개벽사가 "조선의 혈손(血孫)된 누구의 머리에나 조선의 금일 정형(情形)을 그대로 감명케 하여써 우리들 일반 이제 각(各)히 분명한 조선의 호주(戶主)되게 하자 함이며 제각기 조선과 결혼하는 자(者) 되게 하자 함이다."라고 밝힌 바와 같이, '조선인으로서의 호주' 즉 주인 의식을 심어주기 위한 것이었다.

그러나 무엇보다도 '조선문화 기본조사'는 조선총독부의 식민지조선에 대한 통계의 과장과 왜곡을 밝혔다. 이에 대하여 비판하고 조선의 실상을 바로 알리기 위한 것이었다. 즉《개벽》은

---

80 이돈화, 「조선인의 민족성을 논하노라」, 《개벽》 5, 1920.11, 3쪽.
81 이돈화, 「조선인의 민족성을 논하노라」, 《개벽》 5, 10쪽.

조선총독부에서는 산업 교육 및 기타의 각 방면에 대한 연년 통계를 작출하고 일한합방의 당시와 대조 설명하여서 조선의 발전을 과장한다. 뿐 아니라 조선을 잠깐 통과하는 외국인들까지 왕왕 근래 조선의 수년 발전을 칭양한다. 그러나 조선의 발전은 반드시 조선인의 발전이 아니다. 우리의 장탄단우(長歎短吁)할 비애도 실로 여기에 있으며, 재사 결의할 이유도 반드시 여기에 있는 것인가 한다.[82]

이라 하였다. 이에 따라 차상찬과 김기전, 박달성 등은 '조선문화 기본조사'를 〈표2〉와 같이《개벽》에 연재, 보고하였다.

〈표2〉 차상찬 등이 기획 연재한 '조선문화 기본조사' 내용

조사 지역	발간 호수 및 시기	주요 내용
경남	34호, 1923. 4	道勢. 교육, 종교, 산업, 조선인의 처지, 지리산과 남강과 관련된 애환, 잡화, 답사 여정과 소감 등
경북(1)	36호, 1923. 6	1부 22군 1도의 진한고국, 남선의 보고인 경북의 산업, 의구부진한 본도의 교육 상황, 지방 발전의 중심이 되는 본도의 청년단체, 나병 환자의 은인 대구나병원, 김충선의 기행, 경북의 민요와 한시, 기생 향랑의 죽음, 민원이 장천한 의성군청, 내가 본 경북의 각군 등
경북(2)	38호, 1923. 8	1천 년 고도 경주 지방, 종교, 동척, 울산만초
경북(3)	39호, 1923. 9	곡향 영천의 발전, 일선융화에 발광된 영천졸, 동해안의 대도시, 영덕은 어떠한 지방,
경북(4)	40호, 1923. 10	영남의 파촉(영양)
경북(5)	41호, 1923. 11	동해의 일점벽인 을릉도를 찾고서, 이조에 공헌한 청송
평북(1)	38호, 1923. 8	도세, 평북의 산업, 교육, 국경의 1부 7군, 국경의 삼림, 잡화 등
평북(2)	39호, 1923. 9	묘향산으로부터 국경천리에, 내가 본 평북의 각군, 청강 이북과 홍경래 장군 등
강원	42호, 1923. 12	강원도 장타령, 조선의 처녀지인 관동, 도내 교육과 종교, 강원도의 산업, 영서 8군과 영동 4군, 이 땅의 민요와 동요, 관동잡영, 궁예, 민긍호, 강원도를 일독한 총감상 등
함북	43호, 1924. 1	함북 종횡 47일, 함북의 도세(역사, 교통, 산업), 함북 사람이 본 함북과 기자가 본 함북 등

82 「조선의 발전과 조선인의 발전」,《개벽》 30, 1923. 12, 3쪽.

충남	46호, 1924. 4	양반의 연수인 충남 지대, 산업일독, 엄벙이 충청남도를 보고, 전사상으로 본 충청남도, 민종식 의병과 홍주, 계룡산, 호서잡감, 명승과 고적, 갑오 이전의 호속 일반 등
경기(1)	47호, 1924. 5	경기정형, 각 지역 정형, 고려인삼, 개성 점원의 참담한 생활을 논하여 등
경기(2)	48호, 1924. 6	경성과 인천의 정형(학교, 종교, 문화계, 외국인 등), 경성의 빈민, 인물백태 등
평남	51호, 1924. 9	총언(연혁, 위치, 지세, 호수, 교통, 교육, 종교, 산물, 산업 등), 각 지역 정형(평양, 대동군, 안주, 개천 등)
함남(1)	53호, 1924. 11	가급인족의 함경남도(위치, 지세, 연혁, 인구, 교통, 교육, 종교, 사업, 경찰 등), 본도 열읍 대관(단천, 이원, 북청 등), 함남 균세, 함남에서 본 이꼴저꼴
함남(2)	54호, 1924. 12	함남 열읍 대관(함흥, 신흥, 장진, 정평, 영흥, 고원, 문천, 덕원, 원산, 안변 등), 북국 천리행, 함흥과 원산의 인물백태
충북	58호, 1925. 4	충청북도 총언(면적, 지세, 역사, 산업, 인구 등) 각지 정형(청주, 진천, 음성, 충주, 괴산, 영동, 옥천 등), 충북 3대 명물과 2대 광산, 호중잡기 등
황해	60호, 1925. 6	황해도 총관, 가공할 황해도 내의 일본인 세력, 각지 정형(연백, 해주, 옹진, 장연, 송화 등), 황해도의 3대 자랑과 2대 수치, 잡동사니, 군수제군에게 등
전남	63호, 1925. 11	조선의 보고 전남 대관, 전남의 3대 산업, 군세 개관(광주, 화순, 담양, 곡성 등), 전남에 대한 지주의 세력, 점차 조직화한 농민운동, 호남잡관 등
전북	64호, 1925. 12	전라북도 종횡관, 조선인 교육과 일본인 교육, 산업상으로 본 전북, 일인에게 전멸된 전북의 토지, 전북의 청년운동과 노동운동, 명승과 고적, 열읍 개관, 호남을 일독하고 등

〈표2〉에 의하면 '조선문화 기본조사'는 각 지방의 역사, 인물, 풍속, 민담, 명승고적, 산업과 교육의 상태, 사회문제, 종교, 사업기관 등을 포괄적으로 다루었다. 그러나 중요한 것은 조선총독부의 통계와 비교하면서 조선의 실정을 직접 확인하였다는 점이다. 차상찬 등이 연재한 '조선문화의 기본조사'는 연재하는 과정에서 많은 어려움이 있었기 때문에 '난사(難事)이며 대사(大事)'였다.[83]

'조선문화 기본조사'를 위한 답사는 모두 14회에 걸쳐 진행되었는데, 그 핵심에는 차상찬이 있었다. 차상찬은 경남 일대, 경북 일대, 강원 일대, 충남 일대, 평남 일대, 함남 일대, 충북 일대, 황해 일대, 전남 일대, 전북 일대 등

83 「사고」,《개벽》43, 1924.1, 141쪽.

가장 많은 지역을 답사하였다. 차상찬 등이 답사하여 연재한 '조선문화 기본조사'는 조선총독부의 통계 연보에도 확인되지 않는 중요한 자료들이 적지 않다는 점에서 자료적 가치가 크다.[84] 이와 같은 차상찬을 통한 개벽사의 문화운동에 대해 당시 《조선일보》 사장 방응모는 "귀사(貴社)는 비록 중간에 기구한 운명을 밟아 왔으나 사실에 있어서는 과거 15년간을 하루같이 꾸준한 노력을 계속하야 조선문화 향상에 공헌이 많았습니다."라고 평가한 바 있다.[85]

차상찬의 문화운동은 《개벽》에서만 그치지 않고, 〈표1〉과 같이 개벽사에서 발행한 다른 잡지를 통해 폭넓게 전개되었다. 《어린이》와 《학생》, 《별건곤》, 《혜성》, 《제일선》 등 개벽사 잡지뿐만 아니라 《신인간》, 《조선농민》, 《농민》, 『삼천리』, 《조광》, 『조선교육』, 『가정노우(家政の友)』,[86] 『야담』,[87] 『반도노광(半島の光)』,[88] 『사해공론(四海公論)』,[89] 《여성》[90] 등의 잡지에도 동

84 정현숙, 「차상찬 연구①-기초조사와 학술적 연구를 위한 제언」, 80-81쪽.
85 「개벽 폐간에 대한 각계 인사의 축사」, 《개벽》(신간) 1, 1934.11, 96쪽.
86 『家政の友』에 기고한 글은 車青吾, 「教育史話 兄弟友愛, 司馬溫公과 그 兄님, 金慕齋 先生과 그 아우」, 『家政の友』, 18 1939.2, 조선금융조합연합회; 車相瓚, 「가신이의 面影-金玉均 先生의 生涯」, 『家政の友』, 37, 1940.11, 조선금융조합연합회; 車相瓚, 「가신이의 面影-仇珍川과 崔茂宣 先生」, 『家政の友』, 41, 1941.11, 조선금융조합연합회 등이 있다.
87 『野談』에는 車相瓚, 「獨眼怪龍」, 『野談』 18, 1937.6, 野談社가 있다.
88 『半島の光』에 기고한 글은 車相瓚, 「가신이의 面影, 柳磻溪 馨遠 先生」, 『半島の光』 42, 1941.4, 朝鮮金融組合聯合會; 車青吾, 「半島의 處女瀑布」, 『半島の光』 46, 1941.8, 朝鮮金融組合聯合會; 車相瓚, 「北方守護史譚, 千島南侵」, 『半島の光』 57, 1942.8, 朝鮮金融組合聯合會; 車相瓚, 「朝鮮教育昔日譚」, 『半島の光』 63, 1943.3, 朝鮮金融組合聯合會 등이 있다.
89 『四海公論』에 기고한 글은 車相瓚, 「朝鮮名人物과 牛」, 『四海公論』 3-1, 1937.1, 四海公論社; 車相瓚, 「目睹한 日淸戰爭」, 『四海公論』 4-7, 1938.7, 四海公論社; 車相瓚, 「歷史地理上으로 본 武漢三鎭」, 『四海公論』 4-8, 1938.8, 四海公論社 등이 있다.
90 『女性』에 기고한 글은 車青吾, 「怪談 女僧魂」, 『女性』 제1권 제4호, 1936.7, 朝鮮日報社 出版部; 車相瓚, 「新羅의 옛 傳說 延日의 日月池와 細烏娘」, 『女性』 제1권 제9호, 1936.11, 조선일보사 출판부; 車相瓚, 「義牛塚」, 『女性』 제2권 제1호, 1937.1, 조선일

학잡화(東學雜話), 사화(史話), 사담(史談), 역사동화 등을 기고 또는 연재하였다.[91] 이들 기고문이나 연재물에서 대부분 역사적 사건이나 인물들의 이야기를 쉽고 흥미있게 전달하고자 하였다. 차상찬은 이를 통해 조선민족의 자긍심을 고양시키고자 하였다.

천도교청년회, 천도교청년당의 문화운동은 앞서 언급한 바와 같이 다양하지만 그중에서도 가장 핵심적인 것은 출판을 통한 문화운동이었으며, 바로 개벽사의 창립이 그 기반이 되었다. 개벽사는《개벽》을 비롯하여 9종의 잡지를 간행하였으며, 이 외에도 천도교 관련 잡지도 관여하였다. 이들 잡지는 천도교뿐만 아니라 식민지 조선에도 적지 않은 영향을 미쳤으며, 문화운동의 선구자로서의 책임을 다하였다. 그 중심에 차상찬이 있었다. "당시

보사 출판부; 車相瓚,「女性과 朝鮮 正月 風俗」,『女性』 제2권 제2호, 1937.2, 조선일보사 출판부; 車相瓚,「寒食 名節의 由來」,『女性』 제2권 제4호, 1937.4, 조선일보사 출판부; 車相瓚,「朝鮮 名女性과 꽃」,『女性』 제2권 제5호, 1937.5, 조선일보사 출판부; 車相瓚,「端午史談, 五月 五日인 端午 名節은 一名 天中佳節, 이 名節이 생겨난 由來를 알아둡시다」,『女性』 제2권 제6호, 1937.6, 조선일보사 출판부; 車相瓚,「朴淵瀑布와 龍女」,『女性』 제2권 제7호, 1937.7, 조선일보사 출판부; 車相瓚,「金剛八潭과 羽衣八仙女」,『女性』 제2권 제8호, 1937.8, 조선일보사 출판부; 車相瓚,「鐵砲로 敵軍 突破한 金兵使 夫人」,『女性』 제2권 제8호, 1937.8, 조선일보사 출판부; 車相瓚,「李适亂中에 活躍하던 南武裝의 女勇士」,『女性』 제2권 제10호, 1937.10, 조선일보사 출판부; 車相瓚,「烈女 貞氏의 魂」,『女性』 제2권 제11호, 1937.11, 조선일보사 출판부; 車相瓚,「戊寅史上에 빛나는 女性, 高麗太祖 王后柳氏」,『女性』 제3권 제1호, 1937.1, 조선일보사 출판부; 車相瓚,「蠱神鬼談 蜀女馬頭娘」,『女性』 제3권 제5호, 1937.5, 조선일보사 출판부; 車相瓚,「百種의 由來」,『女性』 제3권 제8호, 1938.8, 조선일보사 출판부 등이 있다.

91 이 외에 차상찬이 기고한 글은 車相瓚,「夜餤, 再生」,『新時代』 2, 1941.2, 新世代社; 車相瓚,「京城勝地 巡禮記」,『新世代』 5, 1941.5, 新世代社; 車相瓚,「怪傑 佟豆蘭(銷夏野談)」,『新世代』 8, 1941.8, 新世代社; 車相瓚,「張德秀論」,『白光』 3·4, 1937.3, 白光社; 車相瓚,「西京艶話」,『白光』 5, 1937.5, 白光社; 車青吾,「仁祖反正의 裏面史」,『蒼空』 1, 1937.4, 朝鮮文化社; 車相瓚,「염소 百話」,『春秋』 1943.1; 車相瓚,「煎芭蕉」,『博文』 4, 1939.1, 박문사; 車相瓚,「朝鮮史上 兩大 教育家」,『春秋』 2, 1941.3, 春秋社; 車相瓚,「歷史上에 나타난 間諜」,『春秋』 30, 1943.7, 春秋社; 車相瓚,「兵書이야기」,『春秋』 33, 1943.11, 春秋社; 車相瓚,「이름난 古代 力士이야기」,『春秋』 39, 1944.10, 春秋社 등이 있다.

개벽사를 전면에 나서서 이끌어 간 인물은 차상찬 외에 달리 없었다. 그리고 개벽사를 마지막까지 온갖 역경을 감내하며 지켰던 인물도 차상찬이었다. 그만큼 차상찬은 개벽사와 운명을 함께했다."[92]라고 차상찬을 평가하였듯이, 차상찬은 천도교 문화운동의 상징이며, 개벽사 문화운동의 아이콘이라고 할 수 있다.

4. 맺음말

이상으로 차상찬의 천도교 청년운동과 1920년대 천도교에서 전개한 문화운동에서 차상찬의 역할에 대하여 살펴보았다. 강원도 춘천에서 출생한 차상찬은 형 차상학의 영향으로 1904년 초 천도교에 입교하였다. 당시에는 동학이라 불렸으며, 정부로부터 여전히 탄압을 받고 있는 상황이었다. 그럼에도 불구하고 천도교에 입교하였다는 것은 천도교의 사상과 종교적 교리에 공감하였음을 의미하다. 즉 천도교의 시천주의 인간존중사상, 후천개벽의 혁세 사상, 민족주체의 보국안민사상 등을 수용하였다고 할 수 있다. 이를 공감하고 천도교에 입교한 차상찬은 천도교 청년운동에 참여하였으며, 천도교에서 전개한 문화운동의 중심에서 그 역할을 다하였다.

천도교 청년단체는 3·1운동 이후 1919년 9월 2일 천도교청년교리강연부를 시작으로 1920년 천도교청년회, 1923년 천도교청년당, 1926년 천도교청년당(신파)과 천도교청년동맹(구파), 1931년 천도교청우당, 1932년 천도교청년당(신파)와 천도교청년동맹(구파)를 거듭하면서 활동하다 1939년 4월 해산되었다. 이 과정에서 차상찬은 천도교 첫 청년단체인 천도교청년교리강

---

92 최덕교 편, 『한국잡지백년』 2, 현암사, 2005, 36쪽.

연부 창립부터 관여한 것으로 보인다. 회원 명부를 통해 확인을 할 수는 없지만, 1921년 천도교청년회의 간의원과 간무로 중앙의 임원으로 활동하였다는 점에서 충분히 유추할 수 있다. 이후 차상찬은 천도교청년당의 중앙집행위원과 부문위원으로 활동하였다. 1926년 중반 천도교청년당이 신구로 분화되자 차상찬은 신파의 천도교청년당에서 중앙집행위원으로 활동하였으며, 1931년~1934까지 통합 단체인 천도교청우당의 중앙집행위원으로 활동하였다. 이후에는 일반 당원으로 그 역할을 다한 것으로 추정된다. 이 외에도 차상찬은 천도교청년회와 천도교청년당의 부문단체인 천도교소년회, 조선농민사, 조선노동사 중앙 임원으로 참여하였다. 이와 같이 차상찬은 천도교 청년단체와 부문단체의 주요 임원으로 참여는 하였지만, 이들 단체의 대내외 활동에는 적극적인 모습을 보이지 못했다. 이는 개벽사의 실질적 편집인으로 역할을 하였기 때문이었다.

한편 차상찬은 1920년대 천도교 청년단체에서 전개한 문화운동에서는 한 축을 담당하였다. 천도교청년회의 문화운동의 상징은 '개벽사의 창립'이었다. 개벽사는 천도교 유지의 자금으로 설립되었지만 차상찬은 사원, 정경부 주임, 특파원, 간부, 발행인, 편집인 등 다양한 직책으로 시작과 끝을 같이 하였다. 개벽사의 실질적 편집을 담당하면서 핵심적인 사업인 '조선문화의 기본조사'의 중심에서 현장을 답사하고 《개벽》을 통해 발표하였다. 조선문화의 기본조사는 일제에 의해 왜곡된 조선의 현실을 바로잡고자 하는 작업이었는데, 차상찬이 중심적 역할을 하였다고 평가할 수 있다. 이 외에도 개벽사에서 발행한 잡지, 천도교 관련 잡지, 일반 사회 잡지 등에 조선의 역사 사건과 인물 등을 비롯하여 조선의 자긍심을 고취시키는 글을 기고하였다. 차상찬과 개벽사는 1930년대에 전개된 '조선학운동'의 선구자의 역할을 하였다고 할 수 있다.

청오 차상찬의 개벽사 활동

박길수

1. 들어가는 말

〈개벽사〉와 《개벽》은 올해(2020)로 창립/창간 100주년을 맞이한다. 개벽사의 편집국장(주간)은 모두 네 사람이 맡았는데, 야뢰 이돈화(1884-1950?), 소춘 김기전(1895-1948?), 소파 방정환(1899-1931), 그리고 청오(青吾) 차상찬(車相贊, 1887-1946)이다. 그중 청오 차상찬은 〈개벽사〉가 창립될 때부터 문을 닫을 때까지, 흥망성쇠와 희비고락을 함께한 유일한 인물이다. 청오 차상찬은 개벽사 편집진 중에서 비교적 연배가 높은 편에 속했으나, 띠동갑인 소파(小波) 방정환(方定煥, 1899-1931)과도 때로 호형호제하는 선후배로, 그보다 더 많은 시간을 든든한 동료이자 동지로서 함께한, 소탈한 인물이었다.

1931년 7월 23일, 오랜 지병을 앓던 소파 방정환이 임종하는 자리를 지키며 처연히 눈물짓는 사람 중에 청오 차상찬이 있었다. 소파가 "우리 어린이들을 어찌 하지요?"라는 말을 남기는 그 순간에, 청오는 10년 지기를 잃는다는 슬픔에 더하여, 개벽사는 물론 조국의 미래가 암흑의 중으로 빠져드는 것을 직감하며, 통곡하였다. 청오와 소파의 개벽사 시절을 직접 목격한 한 평론가는 "청오가 들보라면 소파는 기둥이요, 소파가 들보라면 청오는 기둥"[1]이라고 할 만큼 서로가 의지하는 사이였다. 무엇보다 청오의 눈에는 소파와

---

1   박진, 『세세연년』, 동화출판사, 1966.

서로 등을 기대어 지탱하던 개벽사의 운명이 소파의 환원(還元-'죽음'을 이르는 천도교 용어)과 더불어 '쇠락으로 향하는 길'에 본격적으로 접어드는 광경이 눈앞에 선명하게 펼쳐졌을 것이기에, 그의 울음은 처연하고 간절했을 터였다. 개벽사를 낳고 키워 온 두 거인 이돈화와 김기전은 각각의 사정(천도교단 업무와 투병)으로 개벽사의 최일선에서 그 고난의 길을 헤쳐나가는 역할을 감당할 수 없었다. 이제 그 개벽사의 운명은 차상찬이 앞장서서 열어나가야 할 시점이 시작되고 있었다.

대외적으로 〈개벽사〉를 대표하던 간판이라면 김기전-이돈화를 한 축으로 하는 사상 중심의 흐름과 소파와 청오를 한 축으로 하는 잡지-어린이 운동의 두 갈래를 상정할 수 있다. 그러나 소파와 청오는 서로 의지하고 협력하는 사이이면서 한편으로 그 나이차만큼이나 개벽사 내에서의 역할이 판이했다. 방정환을 '아동문학가'와 '어린이운동가'로 자리매김할 수 있다면, 차상찬은 주로 '잡지언론인'이요 '편집자'로서 자리매김할 수 있다. 물론 방정환도 《어린이》와 《학생》지를 비롯한 개벽사 여러 잡지들의 편집에 직간접으로 참여한 뛰어난 '편집자'이고, 차상찬 또한 천도교청년회 임원으로서 어린이날 제정과 운영에 함께하였으며, 어린이운동에 직간접으로 간여한 운동가요, 《어린이》지 등에 어린이를 위한 수많은 글(위인전기)들을 발표하며 '아동문학가'로서의 위상을 충족시키는 인물임도 사실이다.

이 글에서는 차상찬(靑吾)의 생애와 활동에 관한 기본적인 사실들을 중요한 생애 구분을 통해 소개하면서, 별도의 장에서 청오와 그의 태생지인 강원도에 대한 그의 소회를 집중적으로 살펴본다. 그의 생애를 한마디로 하자면, 《개벽》을 통해 '개벽'을 꿈꾸고, 풍자와 해학 속에서 조국의 광복을 꿈꾸고, 고난의 행군 속에서 밝은 미래를 꿈꾸었다는 것이다. 그는 죽을 때까지 꿈을 잃지 않은 소년이며, 풍류를 잃지 않은 한량이며, 민족과 시대의 아픔을 껴안고 어둠의 계곡을 뛰어넘은 호협 활달의 사나이였다.

2. 시대 구분으로 본 차상찬의 생애[2]

"맹호은림(猛虎隱林)!" 이 말은《별건곤》에 실
린 청오의 인물평에서 청오의 이름 앞에 쓰인
별명이다. 불행한 시대에 태어나, 민족과 시대
의 운명을 온몸으로 아파한 사람, 민족의 문화
와 역사에 보석 같이 박힌 이야기들을 살려내
서 자신의 피와 땀으로 연마하여 잡지 갈피마
다 빼곡히 채워 넣은 이야기꾼, 자신이 일군 이

야기의 숲에 웅크리고 앉아 민족과 인류의 새로운 미래를 꿈꾸던 청오의 성
품과 꿈을 잘 드러낸 말이라 할 수 있다.

청오 차상찬은 서세동점(西勢東漸)이 대세를 이루어 물밀어 오는 조선 근
대화 시기, 문명사적 대격변기에, 잡지를 통한 신문화 운동과 항일운동을 전
개한 언론인이자 저널리스트이다.[3] 또한 청렴하고 강직한 지사로서, 우리
역사와 인물을 깊이 사랑했던 사학자로서, 민중 계몽의 큰 뜻에 시종여일한
교육자로서, 민족의 풍속과 설화와 민담을 흥미진진하게 기록한 민속학자
로서 앞으로 그 진가가 더욱 밝게 드러나야 할 분이다. 또 해학과 풍자를 즐

2　이 장은 박길수 지음, 『한국 잡지의 선구자 차상찬 평전』(모시는사람들, 2012)을 참조하
　　여, 편집하고 부연하여 작성하였다. 이 도서의 문장을 전재할 때에는 별도 출처 표시를
　　하지 않았다.
3　〈개벽사〉는 잡지사였지만, 개벽사 기자들은《개벽》지가 신문지법에 의해 승인을 받은
　　매체인 이유 등으로 해서, 당시 신문사를 중심으로 한 '언론인'의 투쟁 대열에서 핵심 세
　　력의 한 축을 담당했고, 개벽사 편집실은 투쟁 본부로 자주 활용됐다.

긴 당대의 풍류인이자 민중적 지식인으로서 차상찬은 〈개벽사〉와 그 운명을 같이하면서 당대 민중의 생활과 역사, 웃음과 회한을 속속들이 그려내고 그들과 아픔을 같이한 사람이다.

1) 제1기-성장기 : 개벽사에 입사하기까지 - 신학문과 학자/강사의 길

차상찬의 생애 제1기는 탄생에서 성장기까지이다. 주로 30대 초반까지 차상찬은 시대 상황에 따른 우여곡절로부터는 자유스럽지 못했지만, 전체 생애 주기에 견주어 볼 때, 부모님과 가족들의 지원 속에서 문사(文士)로서의 재능을 성숙시키며 대학 강단에서 뜻을 펼칠 희망을 품었던, 비교적 평온한 삶을 누린 시기였다. 제1기는 다시 성장-학습기와 강단 활동기로 나뉜다.

보성중학 시절의 청오 차상찬(왼쪽)과 보성전문 법학과 간사 시절(오른쪽, 난로 옆 뒷짐 진 이)

(1) 성장-학습기(1887-1913)

이 시기에 청오는 구시대의 마지막 여울을 타고 고향에서 한학을 수학하던 인물에서, 격변하는 시대의 흐름을 목격하고 뒤늦은 나이에 신학문(보성중학-보성전문)의 길로 나아갔다. 청오는 1887년 강원도 춘성군의 '자라우'라는 마을에서 5남 1녀 중 막내로 태어나 어려서는 한학을 주로 수학하였다. 1904년, 고향 춘천에서 두 분 가형(家兄, 상준, 상학. 다른 두 분은 夭折) 외에 정한교, 민영순 등 동향의 선배들을 따라 갑진개화운동(1904)에 참여하였고, 그 이후 민영순의 안내로 가형들과 함께 천도교에 입교하였다. 민영순은 춘천과 인접한 경기 가평 출신으로 청오보다 앞서서 천도교의 '언론-출판' 부문에서 활약하고, 후에 개벽사 창립에도 간여하여 운영진과 필자로 활동한 인물이다. 말하자면, 차씨 형제들의 친구이자 멘토로서 이들의 서울 생활을 이끌어주었다고 할 수 있다. 청오는 부모님의 후원과 가형들의 보살핌 속에 보성중학교 1기생으로 입학(1906)-졸업(1910)하였다. 이 시기 작문 노트 등에 남겨진 글(〈위인걸사는 선량한 가정에서 생겨난다〉)에서 이미 그의 필력이 두드러져 보인다. 또 청오는 이때(1910) 이미《천도교회월보》(1910.8 창간, 천도교 機關誌)에 〈무기화학(無機化學)〉에 관한 글을 연재하기도 했다.[4]

(2) 강단 활동기(1913-1918) : 사범강습소-보성전문 법학과

차상찬은 보성중학 졸업 직후부터, 당시 막 운영을 시작한 천도교 교역자(敎役者) 양성기관인 '천도교사범강습소' 강사가 되었다. 대외적으로는 개성에 있는 사립 보창학교 교사, 보성소학교 교감 등을 역임하였다(연보 참조). 이어, 보성전문학교 법학과에 입학-졸업(1913, 제6회)하고 모교(보성전문) 법

---

4 전문 필자로서의 최초의 글은 1910년-1911년에 걸쳐《천도교회월보》(제2호-8호) '학술부'에 발표한 무기화학(無機化學)에 관한 글이다. 다만, 이 글 이후 개벽에 다시 글을 기고할 때까지는 주로 강단 활동에 전력한 듯하다. 이때까지는 교사(敎師)이던 넷째 형 상준이 가는 길을 따라가는 듯했다.

학과에서 간사 또는 강사로서 봉직하였다.[5] 방정환이 1918년에 보성전문에 입학한 것으로 추정되므로, 학교에서 직접 마주치지는 못하였을 것으로 보인다. 그러나 천도교사범강습소가 천도교 교주 의암 손병희의 숙소와 인접한 곳에 있었으므로, 1917년에 의암의 사위가 된 방정환과는 이미 이 무렵부터 직·간접적인 교류가 있었을 것으로 추정된다. 이 사범강습소는 의암 손병희가 동학을 천도교로 근대화하면서, 교단 내 지도자를 양성하기 위해 설립한 대학(전문학교) 수준의 교역자 양성 기관이다.[6]

2) 제2기-개벽사 활동 전기(1920-1926) : 기자와 편집국장, 어린이운동

제2기는 차상찬이 강단을 떠나 〈개벽사〉에 합류하면서 기자로서, 청년 활동가로서 언론인의 길로 진출하는 시기이다. 이 개벽사 활동 전기는 잡지 《개벽》이 창간되어 제72호까지를 발행하고, 또《부인》,《어린이》(1923),《신여성》(1923) 등 자매 잡지들이 잇달아 창간-발행되면서 개벽사가 가장 왕성한 활동을 전개하던 시기이다. 이 시기에는 개벽사가 천도교 및 청년당으로부터 비교적 지원과 성과가 풍족했던 상황을 배경으로 차상찬도 다양한 활

---

5 청오의 직책이 '간사'인지 '강사(교수)'인지(아니면 둘 다인지)는 좀 더 엄밀한 자료 분석을 통해 재확인할 필요가 있다. 그의 작품 목록에서 법과 관련된 내용은 거의 보이지 않는다.

6 이 사범강습소는 천도교단이 '보성전문학교'를 인수·운영하게 되자 두 개의 '대학'을 운영할 수 없어서 보성전문학교에 통폐합되었다. 그러나 보성전문학교에 '천도교 교역자 양성 과정'을 편성하려는 움직임은 재학생들의 반대에 부딪혔다. 의암 손병희의 지시로 이 계획은 보류되고 말았다. 도리어 천도교단은 보성전문학교와 동덕여학교 운영에 전력하느라 교단 내의 '사범강습소' 기능을 약화시켜야만 했다. 1920년 이후 사범강습소는 '천도교종학원'으로 개편되었으나 2년간 단기 속성 과정으로 운영 후 운영을 잠정 중단하였다.(『동학천도교편년사』 참조) 천도교단으로서는 두고두고 큰 부담으로 작용했다.

개벽 창간호 표지(왼쪽)와 창간호에 투고되었다가 당국의 기
휘로 묵자(墨字) 처리된 청오의 한시 작품 부분(오른쪽). 창간
호 표지는 정작 창간호가 발행금지(결국 '호외'로 발행)되는
바람에 사장될 뻔하다가, 다행히 창간 1주년 특집호 표지로
사용되면서, 오늘날까지 전해지게 되었다.

동을 전개하였다. 무엇보다 김기전을 위시하여 방정환, 박달성 등 기라성
같은 선후배, 동지들이 의기투합하고 당대의 지사, 문사들이 앞 다투어 개벽
사에 입사하여 기자로 활약하던 시기로서, 차상찬으로서는 상대적으로 압
박과 부담이 덜한 상태에서 마음껏 활동하던 시기이다.

(1) 개벽 창간기(1920) : 기자 입문과 개벽 창간 동인 참여

 청오의 생애에서 가장 극적인 변곡점은 1920년 《개벽》지가 창간된 일이
다. 이에 앞서 그의 가형이자 멘토이던 차상학(車相學, 1879년생)이 1918년 8
월에 지병으로 환원한다. 차상학은 당시 승천(昇天)의 기세로 성장하던 천도
교단의 기관지(機關誌)인 《천도교회월보》의 발행 겸 편집인을 역임하면서
많은 논설과 특히 한시 작품을 남긴, 차상찬의 자랑이자 그의 집안의 들보였
다. 그런 차상학의 요절은 개인적으로나 가정적으로 크나큰 충격이었다. 아
마도 이 사건이 차상찬으로 하여금 '잡지사 기자'로 입문하게 하는 중요한 계
기가 되지 않았나 생각된다.

개벽사 초기 동인들(개벽사 편집실 앞에서), 앞줄 오른쪽 1번째 박영희, 2번째 방정환, 4번째 차상찬 /
뒷줄 왼쪽부터 1번째 신영철, 2번째 이정호, 3번째 박달성(1926)

《개벽》지의 발행은 '천도교청년회'의 핵심 사업으로서 본래 천도교 선포

(宣布=大告天下, 1905) 전에 간행하던 일간신문 《만세보(萬歲報)》를 잇는 '신

문'을 창간하려 했으나, 자금 사정 등이 여의치 않아 '언론잡지'라는 개념 하

에 창간한 것이다. 1894년의 동학농민혁명과 1904년의 갑진개화운동의 좌

절로 수십만 명의 희생을 내면서 벼랑 끝으로 몰리던 천도교단은 1910년대

이후 기적 같은 성장으로 세칭 '300만 교단'을 일구어(당시 기독교인수 20만 내

외, 총인구 약 2000만 명)[7] 1919년 3월 1일의 3.1운동을 주도적으로 전개하였

---

7   '300만' 또는 '200만' 또는 '100만' 등 당시 천도교인 수를 말하는 단어는 편차가 극심하다.
    실제 성미를 납부하는 교인이 100만 명이라는 것이 교단 중진의 증언이었으나, 이마저
    도 과장된 숫자라는 것이 필자의 생각이다. 1924년에 건립된 '수운탄신백주년기념관' 건
    립 성금자 명부를 토대로 할 때, 필자는 실질적인 천도교인 숫자가 60만을 넘지 않았던

다. 그러나 그 결과로 주요 지도자들이 순국하거나 투옥되면서 천도교단은 또다시 위기에 봉착하였다.

이때 천도교단의 새로운 활로를 맡아 나선 이들이 바로 '청년'들이었다. 천도교청년들은 1919년 9월 2일 〈천도교청년교리강연부〉를 창립하여 교단 내적인 결속과 교양 증진을 도모하고, 밖으로는 신문화운동과 청년(정치) 활동을 전개하기 시작했다. 이들은 동학-천도교의 창도 이념이라고 할 수 있는 '다시 개벽'을 당시 세계적인 최신의 사상 조류이자 시대정신이던 '개조(改造)' 사상의 자주적·선구적 사상이자, 그것을 보충하고 포월(包越)하는 사상이라고 보아, '개벽-개조'를 넘나들며 새로운 문화운동을 전개하려는 모색에 열중했다.[8] 차상찬이 보전 강사직을 그만두고 천도교 청년 활동과 인연을 맺은 것은 바로 이 무렵이다. 차상찬은 〈교리강연부〉에서 〈천도교청년회〉(1920.4), 〈천도교청년당〉(1923.5.1)으로 거듭 개편되는 천도교 청년 조직에서 방정환과 함께 집행위원 등을 잇따라 맡으며 신문화운동을 전개해 나갔다. 천도교 청년운동의 일환으로 창간(1920.6.25-7월 호)된 것이 바로《개벽》잡지이다.

것으로 본다.

8 춘원 이광수는《개벽》지에 〈민족개조론〉(1922년 5월)을 발표하기 이전부터 '개조'의 관점에서 여러 편의 글을 발표하며 청년회-청년당 활동에도 일정 부분 간여하였다. 즉 이때까지만 해도《개벽》지의 주체들은 '개조' 사이의 접합점을 모색하는 입장이었다. 그러나 민족개조론에 대한 사회 전반의 대대적인 반격에《개벽》지 주체들은 '개조론'의 시각을 접고 좀 더 선명한 입장으로 선회하였으며, 이광수는 그로부터 2년 후《동아일보》에 민족적 경륜을 발표하며 좀 더 타협적인 방향으로 나아갔다. 필자(박길수)는 '민족개조론'의 발표 시점이자 공간(한반도내)이라는 점을 고려할 때 이후 이광수의 친일과 민족개조론의 내용을 분리해서 볼 필요가 있지 않나 생각한다. 민족개조론을 둘러싼 '진영간 대립'의 촉발 양상은 그 이후 '좌우-대립'을 거쳐 오늘날의 이른바 '진보-보수' 대립으로까지 이어져 온다.

(2) 청년회 활동기(1920-1923) : 개벽 창간동인, 방정환과 차상찬 그리고 어린이운동

차상찬은 개벽사의 창간 동인으로서 창간호에서부터 필력을 선보이며 한시 〈경주회고〉〈남한산성〉을 발표한다.[9] 개벽 창간 동인의 진용은 사장 최종정(崔宗禎), 편집인 이돈화(李敦化), 발행인 이두성(李斗星), 인쇄인 민영순(閔泳純) 외에 김기전(金起田), 차상찬, 강인택(姜仁澤), 노수현(盧壽鉉, 화가), 박용회(朴用淮), 방정환(方定煥)이며 인쇄는 신문관(新文館, 사장 최남선)에서 했다. 차상찬의 이때 나이 34세. 22세이던 방정환보다는 12세나 많았고, 민영순, 이돈화 정도가 그보다 앞선 이였다. 주간 이돈화는 당시 이미 타

《어린이》 주요 필진 중에서 차상찬이 첫자리를 차지하고 있고, 이광수, 윤백남, 이은상, 김자혜, 피천득, 박태원, 이승만, 윤극영, 고한승, 마해송, 정순철, 진장섭, 정인섭, 주요섭, 박화성, 이태준, 이무영.

의 추종을 불허할 필력을 발휘하고 있었으나, 차상찬은 개벽사의 중추로서 창사 이후 숱한 궂은일을 도맡아 하는 역할을 감당했다. 또 한편으로 이때 천도교청년회(청년당)의 조직 활동에 주력하면서, 한편으로는 청년회의 핵

9 그러나 차상찬이《개벽》창간호에 기고한 한시 〈경주회고〉〈남한산성〉은 '故國(朝鮮)'을 그리워하는 마음을 담은 명시로,《개벽》창간호 압수의 한 원인이 된다. 그 여파로 차상찬은《개벽》29호에 가서야 〈남한산성〉을 다시 게재하고 34호부터 본격적인 집필-게재 활동을 재개할 수 있었다.

심 활동인 순회강연의 연사(演士)로서 후배인 박사직 등과 같이 함흥, 삼수, 갑산을 비롯한 한반도 북부 지역은 물론 중국의 길림성에까지 순회하며 민족의식을 고취하는 강연 활동에 전력했다. 차상찬은 1923년 9월 〈개벽사〉 '정경부' 주임으로 본격적인 기자(필자) 대열에 재합류한다.

이 시기 또 하나 중요한 활동은 바로 어린이운동이다. 천도교청년회 포덕부 산하 〈소년부〉에서 출발하여 1921년 5월 1일 〈천도교소년회〉가 창립되었다(회장 구자춘, 총재 김기전, 고문 정도준, 박사직). 천도교소년회의 초기 핵심 진용은 차상찬의 후배 그룹이었다. 이 시기에 방정환은 주로 일본에 체류하면서 서신을 통해 개벽사의 선배들에게 '어린이'(천도교소년회)와 《어린이》를 잘 보살펴 달라는 당부를 해 오곤 했다.

차상찬은 1922년 4월 제2기 천도교소년회 지도위원(차상찬, 김기전, 방정환, 구중회, 박달성)으로 본격 합류하였으며, 그해(1922) 5월 1일의 천도교소년회가 주최하는 최초의 어린이의 날 행사 기획에 핵심적으로 참여하였다.[10] 이때부터 불붙기 시작한 어린이운동의 열기는 그 이듬해 1923년 3월 《어린이》지 창간의 주된 동력이 되었다.

어린이운동의 또다른 중심인 〈색동회〉는 차상찬과는 10년 전후의 나이 차이가 있는 방정환, 정순철을 비롯한 천도교 청년들과 그의 동경유학생 동지들이 주축을 이루었으나, 천도교청년당 당수인 김기전은 어린이운동의 이론적 뒷받침을 해주었으며 차상찬을 비롯한 개벽사의 이사진, 그리고 이정호를 비롯한 천도교소년회원 등으로 짜여진 천도교청년당의 직·간접적

---

10 '어린이의 날'은 다시 그 이듬해 5월 1일 조선소년군, 불교소년회 등이 합류하여 '조선소년운동협의회' 주최의 '어린이의 날' 행사로 이어졌는데, 오늘날의 어린이날 회수는 이날을 기점으로 삼는다.

인 지원과 후원과 참여가 어린이운동과 《어린이》지 간행을 가능케 한 결정적인 계기였다. 예컨대, 1923년 5월 1일의 '제1회 어린이날'도 〈조선소년운동협회〉(천도교소년회 등이 결성한 연합 단체) 주최로 진행했지만 이것을 실질적으로 주최하고 주선하며 조직화하고 행사를 준비한 것은 김기전, 박달성, 차상찬을 비롯한 당시 천도교청년당의 임원들이었다.[11]

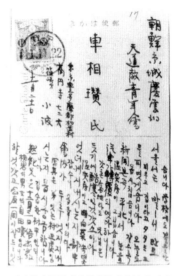

방정환이 동경에서 차상찬에게 보낸 엽서

한편, 이 시기 차상찬과 방정환 사이의 교유 관계를 보여주는 주요한 사료가 있다. 1922년 당시 일본 동경에 머물던 방정환(小波)이 서울(朝鮮 京城 慶雲洞)의 차상찬에게 보낸 엽서가 그것이다.

서울에서는 벌써 난로를 피웠겠습니다. 오늘도 신문 본즉 평북(平北)서 눈으로 기차가 전복되었다 하니 듣기에 혹한인 것 같소이다. 어떻게 지내시는지 부중(部中=少年部), 회내(會內=靑年會)가 두러 어찌 지내시는지 몹시 궁금합니다. 연포(然飽=박사직) 형은 12월 3일쯤 출발할 것 같고 회우일동(會友一同=靑年會 東京地部)이 잘들 있습니다. 학교에서도 불을 안 피우고 집이라고 다다미고 몹시 춥습니다. 잘수록 온돌방이 그립습니다. 같은 객지라도 형님은 온돌방이고, 백채 속대궁 잡수니 다행이외다. 사진(=엽서전면)

11 장인섭, 『색동회 어린이 운동사』(학원사, 1975), 48쪽; 도종환, 『정순철평전』, 충청북도, 옥천군, 정순철기념사업회, 2011, 129쪽 재인용.

은 제(弟) 있는 촌 근처입니다. 깊숙한 촌중인데 상사(相思)의 남녀(男女) 자유경입니다. (엽서 全文)

방정환은 이 시기 주로 천도교소년회원들과 많은 편지를 주고받았는데 그 속에서도 소년회원들에 대한 사무치는 그리움과 어린이들을 통해 밝은 미래를 희망하는 것으로 지금 타국에서의 외로움과 고난을 견디어 나가노라는 심정을 구구절절이 밝히고 있다.[12]

(4) 개벽사 기자 활동 전기(1923-1926) : 집필 활동과 언론운동

개벽사 기자로서 차상찬의 활동(집필, 기고)은 '정경부' 주임으로 합류하던 1923년경부터 본격적으로 전개된다. 《개벽》을 위시하여 《어린이》(1923.3 창간), 《부인(신여성)》(1923.9), 《조선농민》(1923.10), 《신인간》(1926.4), 《별건곤》(1926.11), 《학생》(1929.3), 《혜성》(1931.3), 《제일선》(1932.5), 《개벽신간》(1934) 등에 걸쳐 차상찬은 매월 최소한 두세 편의 글을 실명 또는 필명으로 기고한다.[13]

---

12 이 편지들은 제138호(1922.2.15)에 〈몽환(夢幻)의 탑(塔)에서〉라는 제목의 기고로 실린 것을 비롯하여, 당시 간행되던 천도교기관지인 《천도교회월보》에 주로 실렸다.

13 차상찬을 비롯하여 이돈화, 김기전, 박달성 등 개벽사 기자들이 한 잡지에 여러 편의 기사(논설)를 게재하고, 개벽사의 여러 잡지를 넘나들며 원고를 집필했던 것은 그들의 왕성한 필력을 보여주는 사례라기보다는 첫째는 필화 사건에도 불구하고 집필을 계속하기 위함이요, 둘째는 〈개벽사〉가 가진 물적 재원(원고료)의 한계 때문인 것으로 보인다.(그리고 이 둘은 결국 하나의 이유인 셈이다.)《개벽》창간 당시 '자금 부족'으로 신문 대신 잡지 창간으로 돌아선 점이나, 창간-발행 자금을 확보하지 못해 몇 개월 미루다가, 최종정·변군항의 회사로 창간 작업에 착수한 것도 이를 반증한다. 개벽사 창립 10주년을 회고하는 글(〈개벽사 창립 10주년을 맞으며〉)에서 방정환은 "(지난 10년 동안) 사원들이 먹을 것을 못 먹고 주리어 왔습니다. 그러다가 병들어 죽은 사람이 두 사람입니다."(《어린이》 8권 6호, 1930년 7월)라고까지 했다. 즉 '다른 잡지에 비해서 비교적 원고료를 많이 주는 개벽사'라는 신화는 개벽사 전체 시기로 볼 때 극히 일부 시기에만 유효한 설

《개벽》을 비롯한 잡지의 편집과 운영에 주력하던 차상찬이 집필 활동에 본격적으로 뛰어든 이후 처음 맞이한 대형 기획이 〈개벽사〉가 의욕적으로 기획하여 1923년에서 1925년까지 진행한 〈조선문화의 기본조사〉 기획 취재이다. 이 기획은 당시 일본의 필요에 의해 왕성하게 진행되던 '토지조사사업'과 조선사 연구, 조선의 문화 조사 등에 대응한다는 원대한 포부를 안고, 조선 13도 각지를 차례로 답사하면서 각 도의 정치, 경제, 사회, 문화, 역사 전반을 종합적으로 조사 소개하는 대형 프로젝트였다.

차상찬이 〈조선문화 기본조사〉에 나서기 전 개벽사 앞에서 찍은 사진.

차상찬은 개벽사 편집실 일을 후배들에게 나누어 맡기고 주로 박달성과 짝을 이루어 직접 전국을 돌며 각 도별 현황과 문제점, 중심인물과 주요기관, 인정과 풍습, 산업/교육/종교 현황, 명승고적과 전설 등을 조사하여 1925년까지 특집호[14]로 발표했다. 이는 근대적인 시각으로, 조선인에 의해 자주적으로 실시된 최초의 전국적인 조사사업이었다.[15]

명일 뿐이다. '잡지 왕국'이라는 말을 듣던 〈개벽사〉인 만큼, 다른 잡지사가 넘볼 수 없게 동시에 많은 잡지를 낸 점을 감안하더라도, 〈개벽사〉의 기자들이 '상대적으로 풍족한 가운데' 잡지를 간행했다기보다는, 그들 역시 고난을 견디며 잡지 발행에 사생결단의 사명감을 가지고 임했다고 보는 것이 더 적확할 것이다. 다만 이 점은 추후 관련 사료의 분석을 통해 실증적으로 검증해 나갈 문제이다.

14 이 조사 결과는 《개벽》 통권34호(1923.4)의 '경남도호'를 시작으로 통권64호(1925.12)의 '전북도호'까지 각 도별(남/북)로 1회~5회에 걸쳐 각각 게재되었다.

15 조선문화 기본조사에서 차상찬의 역할에 대해서는 이 글 '제3절 청오 차상찬과 강원도'에서 좀 더 상세히 다룬다.

왕성한 집필 활동과 함께 중요한 것이 일제의 탄압에 맞서 언론 자유 활동을 전개하는 일이었다. 1924년 언론인 단체인 '무명회' 등 31개 단체가 모여 결성한 '언론집회압박탄핵회' 실행위원으로 참여한 이래(이때 차상찬은 당국에 연행, 수감된다), 1925년에는 전조선기자대회("죽어 가는 조선을 붓으로 구해 보자!") 집행위원으로 참여하였다. 이러한 활동과 필화사건으로 차상찬은 1926년에는 6.10만세 관련 예비 검속[16]된 데 이어, 1927년 개벽지 필화사건으로 (방정환, 백상규, 김명순 등과 함께) 옥고를 치르기도 한다. 그리고 이때 방정환은 간수까지도 반하게 만들 만큼 빼어난 '동화 구연'을 한 일화를 남겼다. 이때의 일을 차상찬은 《어린이》 방정환 추도 특집호(9권 7호)에서 증언한다.

> (전략) 몇해 전에 그와 나는 소위 필화사건(筆禍事件)으로 서대문감옥에 들어가서 미결로 약 열흘 동안을 잇다가 무사히 석방된 일이 잇섯습니다. 그때에도 그는 감방에서 여러 죄수들과 동화를 하는데 엇지나 자미잇게 잘하엿던지 담당 보는 간수(看守)들까지도 아주 반해서 이야기하기를 금지하기는 고사하고 자기네가 파수를 세워 가며 동화를 드럿습니다. 그리하야 나올 림시에는 방정환이란 성명을 부르지 안코 그저 동화 선생이라고 여러 죄수와 간수들이 출감하는 것을 퍽 섭섭이 녁이엿습니다. (후략)

---

16 이때 예비검속은 6월 6일경 일제가 6.10만세운동의 기미를 포착하면서 진행되었다. 그러나 이는 대중에게는 알려지지 않고 있었는데, 종로경찰서 형사들의 '수상한' 움직임을 취재하던 '우리나라 최초의 여기자' 최은희가 안면이 있는 형사를 만난다며 취조실까지 접근하여 마침 그곳에 있던 김기전, 방정환, 차상찬 등 개벽사 기자들을 맞닥뜨리고, 그 사실을 '특종기사'로 보도함으로써 세상에 알려지게 되었다.

《개벽》지가 1926년 8월 1일 통권 72호로 강제 폐간되자 폐간을 통보받은 직후 개벽사 직원들이 "革命 鬪爭 開闢 67年(포덕67=1926) 8月 1日, 午后 4時 還元"이라고 크게 써 붙이고 울분을 되새기고 있다. 왼쪽 앞줄 5번째가 방정환, 뒷줄 2번째가 박달성, 3번째가 차상찬

3) 제3기-개벽사 활동 중기 : 1926-1931

(1) 개벽 폐간 이후의 역경

1920년 창간된《개벽》은 명실상부한 개벽사의 대표 잡지이면서, 일제강점기를 통틀어 압권의 민족지(民族誌)로서 자타가 공인한다. 그러나 1926년까지 총 72호를 발행하는 동안 발매금지 34회, 정간 1회, 벌금 1회의 제재를 통해 총 발행부수 434,000여 권 가운데 112,000여 권이 압수(파쇄) 당하는 악전고투 속에 지탱해 오던《개벽》지는 1926년 8월 호를 종간호로 폐간되는 운명을 맞이하고 말았다. 그 당시 개벽사의 직원들은 이돈화, 차상찬, 김기전, 박달성, 방정환, 박영희 등이었다.《개벽》지 폐간 처분을 통보 받은 그들은 한동안 아무 말도 할 수 없었다. 그 처연한 침묵을 깨뜨린 것이 청오였다. 청오는 커다란 흰 종이에 "革命 鬪爭 開闢 七年 八月 一日 午後 四時 還元"

이라고 쓰고 개벽사의 동지들을 불러 모았다. 편집국장 차상찬은 머리에 흰 수건을 두르고 큰소리로 선창하였다; "개벽은 살아 있다."

《개벽》지의 절명(絶命). 이는 한 잡지의 수난이라기보다는 민족 전체의 수난을 상징하는 것이며, 이 시기를 전후로 실질적으로 민족운동의 쇠퇴기(친일화)가 시작되는 한국사 전체를 상징하는 사건이라고 해도 과언이 아니다. 그날의 풍경을 증언하는 목소리는 이렇다.

> (전략) 차상찬 씨는 가장 은근히 나(=金辰久)더러 하는 말이 "우리가 그동안 너무 피곤했다고 총독부에서 그만 일을 쉬라고 한답니다." 나는 직감적으로 정간(停刊)을 연상하면서 "왜요? 정간을 당하셨습니까?" "아니오. 아주 그만 두란답니다." 한마디 말이 떨어지면서 그의 얼굴에는 침통한 빛이 떠올랐다. 휘돌아 살피니 차씨(=차상찬)뿐만 아니라 침정과묵(沈靜寡黙)의 김기전 씨나 광면호담(廣面豪談)의 박달성 씨나 원만비대(圓滿肥大)의 방정환 씨나 개결다재(介潔多才)의 박영희 씨 얼굴에는 죄다 한 가지 빛이 떠오른다. 눈에는 눈물이 그렁그렁한 이도 있었다. (하략, 김진구, 〈개벽사의 첫인상〉, 《별건곤》, 개벽사 10주년 회상기 중에서)

(2) 《별건곤》과 차상찬

《개벽》지 폐간 당시 개벽사는 《어린이》《신여성》《조선농민》《신인간(新人間)》(天道敎 月刊 機關誌) 등의 잡지를 간행하고 있었으나, 그 전부를 합친다고 해도 《개벽》의 자리를 메울 수는 없었다. 이는 다른 말로 노다공저(勞多功低)의 상황에서, 잡지사 〈개벽사〉의 경영(생존)이 풍전등화의 상황으로 내몰린다는 것을 의미했다. 차상찬에게 돌아오는 책임은 더욱 막중해졌다. 천도교단으로부터의 지원도 이미 눈에 띄게 줄어들었다. 자생의 길을 도모하지 않을 수 없었다. 1926년 11월의《별건곤》창간은 "건곤일척"의 승부수 같은 것이었다(《별건곤》잡지는 개벽사 간행 잡지 중에서 상대적으로 '대중성'이 가장 두드러지는 잡지이다). 이 잡지를 가장 앞장서서 이끈 이는 단연 차상찬이었다. 속울음을 울며 겉으로는 웃음을 머금은 희극배우처럼 차상찬은 수십 개의 필명을 오가며《별건곤》의 지면을 메우고 그로써 개벽사의 재정을 보전하고자 안간힘을 다하였다.

이때 방정환도 순회강연, 동화 구연 등의 현장 활동과 더불어《어린이》《학생》지 등의 편집, 기고, 간행에 매진하였다. 차상찬은 박달성, 신영철, 최영주 등과 더불어《어린이》지의 훈화적 교양물을 주로 담당하면서 역사 인물 위인전, 조선의 자랑거리 등을 기고하여 어린들에게 민족적 자긍심을 고취하는 데 심혈을 기울였다.

(3)《혜성》창간과 방정환 타계

그러나 개벽 폐간 이후 개벽사의 쇠락은 눈에 띄게 심화되었다. 이 모든 것이 '대표 잡지'의 부재에 따른 것이라고 판단한 차상찬 등 개벽사의 주역들은《개벽》에 필적할 잡지로 시사종합지로《혜성》을 창간(1931.3)한다. 이 잡지 창간을 주도한 이도 차상찬(편집 겸 발행인)이었다. 그러나 그해 8월, 개벽사를 떠받치던 두 기둥 중 하나인 방정환이 과로로 심화된 지병으로 인하여 타계하면서 어려움은 가속화되었다. 방정환보다 앞서 1929년 3월 개벽 창간동인이자 초창기에 인쇄와 배포를 주로 맡았던 민영순이 환원하였고, 1930년 5월에는 이두성이 잇달아 환원한 뒤의 일이어서 개벽사의 형편은 실로 참담한 지경이었다. 차상찬은 방정환의 부인(손용화, 의암 손병희 선생의 따님)과 아들(운용), 조재호(색동회), 박진(개벽사) 등과 함께 방정환의 임종을 지켜보았다. 차상찬은 방정환 장례의 장의위원장을 맡아 천도교중앙대교당

앞에서 진행된 영결식을 집전하였다. 이때 화장하여 홍제 화장장에 안치했던 유해는 그로부터 5년이 지난 뒤 최영주,[17] 이정호[18] 등 방정환의 동지와 후배들이 앞장서고 차상찬 등 선배들이 후원하여 망우리에 묘역을 마련하고, 오세창 선생이 써 주신 '동심여선(童心如仙)'을 새긴 비석을 마차에 싣고 이틀을 걸쳐 묘역에 도착하여 유택에 모셨다. 이날 차상찬이 남긴 글에 소파의 동지이자 선배로서 차상찬의 심정이 절절이 묻어난다.

오호, 일월이 유운(流運)하여, 소파 방정환 군이 영서한 지도 벌써 6개 성상이 되어 본월 23일 제5주년 제를 지내게 되었다. 군은 우리 조선 어린이 운동의 선구자요 제일인자다. 어린 사람을 지도 교육하는 〈어린이〉 잡지가 군의 손으로 창간되고, 어린 사람을 인격으로 대우 경칭하는 '어린이'라는 용어가 군의 입으로 주창되어 현재 전 민족적으로 사용하게 되었으며, 어린 사람의 귀중한 찬물(讚物)인 『사랑의 선물』이 또한 군의 손으로 발간되어 만천하 어린 사람의 열광적 환영을 받았고, 경향 각지 방방곡곡으로 순회하며 연단 상에서 또는 보통 석상에서 장시간 심혈을 토하는 열변으로 다녀간 어린 사람의 부형(父兄), 모매(母妹)를 각성시켜 어린 사람의 교도, 해방을 촉진시키고, 또 어린 사람을 모아가지고 혹은 훈화로 혹은 동화로 가장 유육하고 가장 재미있고, 또 웅변을 통해 수천수만의 어린 사람들을 일시에 웃기고 일시에 울리고 하여, 한창 당시에는 "방정환은 어린이 대통령이니

17 최영주는 당시 개벽사의 《어린이》지 편집기자, 훗날 '소파전집' 간행(1940)도 최영주의 주도로 진행되었으며, 죽어서도 방정환 곁을 지키겠다며, 망우리 방정환 묘역 근처에 유택을 마련하였다.
18 이정호는 〈천도교소년회〉 회원 출신의 개벽사 기자로 《어린이》 창간호부터 실질적인 실무를 맡았던 인물이며, 《어린이》 창간호의 권두언을 썼다.

또는 어린이 신이니" 하는 말까지 들었다. (중략) 우리 조선 사회가 복이 없든지 군의 복이 박(博)하였던지 군은 지난 신미(1931)년 7월 23일 오후 7시 뜻하지 아니한 병마로 다루다한(多淚多恨) 이 세상을 등지고 마치 천리침구(千里駸驅)가 첫걸음을 걷다가 무참하게 거꾸러지고, 만리대붕(萬里大鵬)이 장공(長空)을 떠오르다가 중도에서 추락한 것 모양으로 33세를 일기로 하고 암연히 장서(長逝)하였다. 위로 백발의 조부모와 아래로 창상고아(靑孀孤兒)를 두고 모르는 듯이 영서(永逝)한 군의 집 사정도 가련하였거니와 지도자를 잃은 조선 어린이들의 사정도 여간한 낭패가 아니다. (중략) 죽는 사람에 대하여는 누구나 슬퍼하고도 눈물 흘리는 것이 사람의 상정이지마는 군의 죽음과 같이 가장 슬픔이 많고 눈물이 많은 일은 드물 것이다. 그것은 군의 개인을 위함이 아니라 조선 사회에 유망한 큰 일꾼이 없어진 까닭이다. (하략, 차상찬, 〈오호 고 방정환군, 어린이 운동의 선구자! 그 短碣을 세우며〉,《조선중앙일보》 1936.7.25)

4) 제4기(1931-1946)-개벽사 해산과 최후의 날

방정환 환원 이후 개벽사의 주간은 이돈화, 김기전, 방정환에 이어 차상찬이 제4대 주간으로 취임하였다. 차상찬은 주간으로서 개벽사에서 간행하는 각종 잡지의 간행을 진두지휘할 뿐만 아니라 특히 개벽사 운용 재정을 전적으로 책임지지 않으면 안 되었다. 백철은 이 무렵에 개벽사에 입사하였는데 "소파가 작고한 뒤에 주간으로 나앉은 분이 청오였다. 소파의 큰 체구와는 대조적이라 할까, 아주 단단해서 바늘 틈도 없어 뵈는 알찬 모습이면서도 그 왜소한 모습이 어딘지 이 큰 집 살림을 짊지는 데는 힘이 부칠 것 같은 불안함 같은 것이 처음 입사한 나에게도 비쳐졌다. 어떻게 보면 텅빈 무대 위에

고독하게 서 있는 비극 배우, 아니 희극적인 배우"같이 보였다고 회고한다.
차상찬은 《혜성》에 이어 《제일선》(1932.5), 《신경제》(1932.5) 등을 잇따라 창
간하며 1930년대 초 한때는 《신여성》, 《어린이》, 《농민》, 《별건곤》, 《학생》
등 6개의 잡지를 동시에 간행할 정도로, 전성기의 위용을 회복하기 위해 안
간힘을 썼다. 특히 1934년 11월에는, 고향의 땅을 팔고 집을 저당 잡혀 마련
한 자금을 들여 《(신간)개벽》을 복간하여 4호까지 발행(통권 73~76호)하였다.

여러분, 다 같이 기뻐하여 주십쇼. (중략) 금년 7월은 우리 개벽사가 창건
(=《개벽》 창간)한 지 제14주년 돌맞이 기념이었습니다. 그 기념을 제회(際會)
하여 《개벽》이 다시 나오게 된 것은 마치 생일잔치를 하는 사람이 아들까
지 낳게 된 것과 마찬가지로 이중의 기쁨이라 아니할 수 없습니다. (《개벽》
복간사 중에서)

그러나 대세는 이미 돌이킬 수 없는 지경이었다. 《개벽》 신간호는 그러므
로, 방정환 이후로도 박달성(~1934), 송계월(~1933) 등 함께하던 벗들이 속절
없이 쓰러지는 가운데 내지르는 차상찬의 '피투성이의 아우성'이었다.

추풍비우(秋風悲雨) 8개 성상에 세사(世事)는 격변하여 창상(滄桑)의 감이
있고 인사 또한 무상하여 전날 《개벽》지를 위하여 고심혈투하던 민영순,
이두성, 박달성, 방정환 제 용사가 소지(素志)를 미성(未成)하고 벌써 이 세
상을 따나고 김기전 동지가 또 병마(결핵)에 걸려 4, 5 성상을 해서(海西) 일
우(一隅)에 누워 있고, 개벽 당시의 인으로 다만 나와 이정호 군이 남아 있어
서 본지를 다시 편집하게 되니 독수고성(獨守孤城)과 같이 쓸쓸하고 외로운
감을 스스로 금할 수 없습니다. (복간사 중에서)

결국 차상찬이 자신의 고향의 땅을 팔고, 가회동의 집을 저당 잡혀 빚을 내면서까지 운영하고자 하던 〈개벽사〉는 더 이상 지탱할 수 없는 상황으로 내몰렸다. 1936년 11월《학생》지 폐간을 끝으로 잡지사 개벽사조차 문을 닫고 말았다. 마지막까지 개벽사를 사수하던 차상찬과 이정호(李定鎬)[19]는 개벽사 편집실에 마주앉아 막걸리 한 되를 나누어 마시며 눈물을 뿌리며 기약 없이 작별을 고했다. 차상찬은 부인 홍순화와 함께 수레에 개벽사의 각종 재고 도서를 싣고 앞에서 끌고 뒤에서 밀며 가회동 집으로 옮겨 왔다.

3. 청오 차상찬과 강원도[20]

청오의 글발은 미치지 않은 데가 없고, 그 주제 면에서도 '역사 논설'에서 부터 '풍자 해학'의 잡문에 이르기까지 망라하지 않은 것이 없었다. 여기서 는 그중에 청오가 그의 고향인 춘천과 강원도에 대해 쓴 글을 중심으로 그의 필적(筆跡)을 좇아 본다.

1) 어린 시절의 청오와 강원도

청오는 늘 "나는 강원도 사람이다. 강원도에서 뼈가 굵고 살이 컸다. 나의

---

19 아호는 미소(微笑), 1906년 1월 27일 평남도 순천군에서 이교홍(李敎鴻)의 차남으로 출생, 순천군교구실 의연회사금 10원(1915), 개벽사 입사한 이후 방정환을 도와《어린이》, 《신여성》등을 10년간 편집하는 한편, 최병화(崔秉和), 연성흠(延星欽) 등과 함께 아동 문학연구단체인 '별탑회'를 조직하여 소년운동에 진력하였다. 1939년 5월 3일 창신정 374번지 자택에서 향년 35세로 요절하였다.
20 이 장은 2016년 5월 20일, 한림대학교 국제회의실에서 열린 "청오 차상찬 서거 70주년 기념학술대회"의 기조발표인 〈청오 차상찬과 강원도〉의 내용을 수정 증보한 것이다.

조선(祖先)이 역대를 여기에 살았고, 또한 나의 자손이 여기에서 몇 대를 더 살지도 알 수 없다. 그러므로 항상 강원도를 더 사모하고 더 사랑하였다."[21] 라고 자처하였다.

청오가 태어난(1887.2.12) 강원도 춘성군 신동면 송암리(현 춘천시 송암동) 자라우 마을은 연안 차씨 집성촌으로 차상찬의 8대조로 지중추부사(知中樞府使)를 지낸 차세진 때 황해도 장연에서 이곳 송암리로 이사해 오면서 일가를 이루었다. 부친 차두영은 37세 나이로 성균관 진사가 되어 가학을 이었으며, 저서로『오산설림(五山說林)』,『향암일지(香岩日誌)』와 네 권으로 된『별집(別集)』을 남겼다. 차상찬의 숙부 차철영은 사무시를 거쳐 의금부도사를 지냈다.

청오가 10세 전후되던 때는 동학혁명(1894, 8세)과 을미사변(1895, 9세)이 잇달아 일어나서 인심이 흉흉하고, 특히 반일 감정이 극에 달했던 때였다. 그 무렵 어느 날 청오가 살던 자라우에 일본인 사진가가 나타난 일이 있었다. 마침 어른(부친과 훈장님)이 안 계신 터라 필담(筆談)이 가능한 아홉 살(만 나이) 청오가 동네의 유명한 산포수를 대동하고 그를 대면했다. 청오는 한문 필담으로 그 일본인과 대화한 끝에 "그에게 남의 동네를 함부로 휘젓고 다니지 말 것과, 동네 사람들에게 해로운 일을 하지 말" 것을 당부하고 한편으로 '좋은 경치'를 사진에 담는 것이 취미라는 그의 사정을 동네 사람에게 전달하여 불상사를 방지하였다. 그 무렵 일본인을 비롯한 외국 사람이 조선 명산을 돌아다니면서 남의 묘를 파헤쳐 유물을 도굴하거나 명당의 혈을 질러 민족의 정기를 끊어 놓는다는 유언비어 아닌 유언비어가 횡행하던 때라 자칫 불상사가 일어날 수 있던 상황이었다.

---

21 청오, 〈강원도를 일별한 총감상〉,《개벽》 제42호, 1923년 12월 호, 108쪽.

2) 차상찬의 조선문화 기본조사와 강원도

고향을 떠난 지 20년 만에, 청오는 '개벽사 기자'로서《개벽》의 대형 기획 프로젝트인 〈조선문화 기본조사〉의 강원도편 기사 작성을 위해서 고향을 다시 찾았다. 이때 청오는 '89일간'이나 강원도에 머물면서 역사와 문화, 풍속과 인물 등을 낱낱이 조사했다.《개벽》통권42호(1923년 12월 호, 105쪽)에는 상자기사로 다음과 같은 감사 광고(謝告)가 실렸다; "소생 등이 앞서서[先者] 조선문화의 기본조사를 위하여 함북(咸北), 강원(江原)의 양도(道)를 답사하올 제에 여러 방면으로 그곳 인사의 고호(顧護)를 입은[蒙]바, 매우[甚] 약례[略禮]이오나 먼저 지상(紙上)으로 감사의 뜻[謝意]을 표(表)하나이다(개벽사 편집국 차상찬 박달성)."

여기서 '조선문화의 기본조사'는 개벽사가 최전성기(最全盛期)를 구가하던 1923년 4월부터 1925년도까지 전국 8도를 15회에 걸쳐(남도, 북도 각각) 답사하고 그 지역의 지리, 역사, 기후, 인구 분포, 풍속, 문화, 경제, 교육, 인물 등을 총망라하여 소개한 것이다. 여기에 실린 각 도호의 조사 내용은 조선 총독부 당국이 식민통치를 위하여 체계적으로 조사한 것을 제외하면, 근대 시기 조선인이 주체적·종합적으로 '개벽적 대사업'을 체계적으로 전개하기 위해 조사한 거의 유일한 사례라 할 만하다.

이 '조선문화의 기본조사'는 개벽사의 사운(社運)을 걸다시피 정력을 기울여 진행하였다. 한정된 인력으로 감당하기 어려울 만큼 큰 사업을 진행하는 고충이 이만저만이 아니었다. 청오와 함께 조선문화 기본조사의 핵심 조사요원(기자)이었던 박달성의 술회를 통해 이 기본조사가 어떠한 난관 속에서 진행되었는지를 짐작할 수 있다.

기자(박달성-인용자 주)는 이미 평북에서 실패를 당한 놈이외다. 이미 실패의 경험이 있는지라 함북(咸北)에서는 기어코 승리를 얻으려 단단히 별렀습니다. 그러나 급기야 또 실패이외다. 할 수 없이 예전 바퀴를 다시 밟게 됩니다. 왜 그러냐? 원체가 난사(難事)요 대사(大事)이니까 실력 부족이외다. 무엇이 그렇게 난사요 대사이냐? 적어도 몇 백 방리(方里) 적어도 몇 백 만인(萬人) 적어도 몇 천 년사를 가진 그 도(道)의 과거 현재 및 장래까지의 문화의 총량을 답사하기에 여간 월여(月餘)의 시일, 한두 개인의 관찰로 감히되겠습니까. 여간 월간 잡지사로는 일(事) 자체가 본래 환영치 아니할 것이외다. 그런 줄 알면서 왜 시작을 하였느냐? 그래도 해야겠습니다. 난사요 대사이지만 그래도 해야겠다고, 아니하면 할 놈이 없겠다고, 이때에 아니하면 다시 때가 없겠다고, 가다가 엎어지고 오다가 쓰러질지라도, 개인의 피가 다하고 사(社)의 힘이 다한다 해도, 다하기 그때까지 우리의 손으로 향토의 문화를 저울대 복판에 올려놓아 보자고 그래서 시작한 것이외다.[22]

여기서 "그래도 해야겠습니다"라는 말의 이면에는 당시 조선총독부가 식민통치를 위하여 조선 전역을 조사하는 것과 대비하여 "우리의 손으로 향토의 문화를 저울대 복판에 올려놓아"야 한다는 굳은 사명감과 의지가 깃들어 있었다. 그야말로, 문화-경제-사회-역사 방면의 '독립운동'이라고 할 수 있었다. 이 조선문화의 기본조사에서 청오는 박달성과 더불어 핵심 중의 핵심이었다. 청오는 모든 특집 도호에 빠짐없이 참여하거나 단독으로 조사와 답사를 행하였고, 일부 도호에는 김기전이나 박달성이 함께 참여하여 업무를 분담하

---

22 春坡(박달성), 〈먼저 함북호를 읽으실 이에게〉, 《개벽》 제43호, 1924년 1월 호, 141쪽.

였다.[23] 이 조사에 임하는 각오와 실제 상황을 청오는 이렇게 술회하였다.

나는 작년(1923; 인용자 주) 봄부터 조선문화 기본조사의 임무를 띠고 남으로 경상남북도와 동으로 강원도 각 군을 답사하였다. 따라서 도호(道號)에 관한 기사도 많이 썼다. 그 기사 중에는 물론 남의 호평도 썼겠지마는 악평(惡評)도 많이 썼다. (중략) 나의 버릇이 그러한지 지방의 사정이 나로 하여금 그렇게 만드는 것인지 알 수 없으나 여전히 악평만 하게 된다. 그러나 내가 어찌 악평하기를 좋아하리오. 사실은 사실대로 쓰자니까 자연 악평이 되는 것이다. 이것을 생각하라 형제여! 금일 우리 조선에 있어서 무엇을 그다지 자랑하며, 무엇을 그다지 칭찬할 것이 있는가. (중략) 다만 우리로서는 편달하고 서로 경성(경계하고 각성-인용자 주)시키는 수밖에는 없다. 독약(毒藥)이 입에는 쓰나 병에는 이롭고 충어는 귀에 거슬리나 행(行)에는 이롭다. (하략, 현대어역-인용자)

특히 청오는 1923년 12월 호(통권 42호)에 게재된 강원도호의 취재를 전담한 것으로 보인다. 강원도호에 청오는 '청오'라는 필명으로 '관동잡영(關東雜詠)'이라는 전체 제목 하에 10편의 한시(漢詩)[24]를 게재하였다. 모두 강원도 내의 지역이나 명승고적을 소재로 한 한시들이다.

---

23 즉 경남도호(34호, 1923.4+김기전), 경북도호(36호, 1923.6), 강원도호(42호, 1923.12+박달성) 함북도호(43호, 1924. 1+박달성), 충남도호(46호, 1924.4), 경기도호1, 247.48호, 1924-5-6, 추정, 2는 오늘의 서울, 인천), 평남도호(51호, 1924.9+김기전), 함남도호 1, 2(54호, 1924.11-12, 1은 박달성 2는 차상찬), 충북도호(58호, 1925.4), 황해도호(60호, 1925.6+박달성), 전담도호(63호, 1925.11), 전북도호(64호, 1925.12) 등.
24 그 제목은 다음과 같다. 〈莊陵〉〈葉城〉〈大滄〉〈寒松亭〉〈烏竹軒〉〈龍池〉〈養魚池〉〈三日浦〉〈洪川豊巖〉〈鐵原〉.

이때 강원도호 총론을 청오가 썼다. 이 글은 강원도에 관한 청오의 소회를 가장 적나라하게 밝힌 글이다. 여기서도 청오는 '강원도의 장처보다는 단처를' 더 많이 쓰게 됨을 널리 용서하여 주기를 바란다고 썼다.

금반(今般)에 본사에 나보다 지식이든지 경험이든지 나은 이가 많이 있지마는 특별히 내가 (강원도에-인용자주) 가게 된 것은 또한 구연(舊緣)이 있는 까닭이다. 그러나 나의 성력(誠力)이 부족함인지 지식력이 부족함인지 정신적이나 물질적이나 하등의 효과를 얻지 못하였다. 날 수로는 89일에, 다닌 곳은 불과 10여 군이다. 급기야 얻은 것은 산국(山國)에서 잘 보지 못하던 바다 구경과 평생에 원하던 금강산 구경뿐이다. 그나마 호사다마로 천사(天師; 한울님과 스승님-인용자 주)가 육화진(六花陣)을 쳐놓아서 금강산도 자세히 보지를 못하였다. 도무지 계산하니 공공연할 뿐이다. 또 기사를 쓰려고 하니까 강원도의 장처(長處)는 잘 보이지 아니하고 단처(短處)만 보인다. 속담에 "그 싹이 클 것을 알지 못한다(莫知其苗之)"라고, 내가 강원도 사람이니까 그 장점을 잘 알지 못함인지 알 수 없으나 여하튼 강원도의 단처를 많이 말하였다. 동포여, 생각하라! 매 끝에 정이 들고 사랑하는 아이에게 매를 많이 주는 법이다. 내가 그 단처를 말하는 이면에는 피가 맺히고 눈물이 많이 난다. 산천은 천하 절승이지마는 온 가지가 어찌 남보다 그다지 떨어졌나. 나의 단단무타(斷無他)한 충심을 생각하면 그 말이 비록 귀에 거슬리고 마음이 불만할지라도 반드시 너그럽게 용서(厚恕)할 줄로 안다. (후략, 현대어역-인용자)

그 밖에도 강원도호(42호)에는 다음의 기사들이 수록되었다.

(기행) 朝鮮의 處女地인 關東地域　　　　　　　　(무기명)

(시) 溟洲懷古	冷齋 柳惠風
(시) 藥城懷古	冷齋 柳惠風
(시) 寧越道中	李媛
(소식) 萎靡不振한 江原道의 産業	(무기명)
(소식) 嶺西八郡과 嶺東四郡	(무기명)
(문예) 이 땅의 民謠와 童謠	(무기명)
(雜著) 陟州東海神廟(一名 退潮碑)	(무기명)
(시) 關東雜詠	青吾
(소식) 泰封王 金弓裔는 엇더한 人物인가	一記者
(소식) 悲絶壯絶한 閔大將의 畧史	(무기명)

청오의 이름을 밝힌 것은 창작(創作)인 한시뿐이지만, 나머지 기사들도 조사기록 또는 자료의 경우 모두 청오의 기사인 것으로 보인다. 강원도호와 다음 달(43호)에 게재된 함북도호를 청오와 박달성[25]이 함께 진행한 것으로 되어 있지만, 청오가 강원도를 전담하였고, 박달성이 함북도호를 주로 담당하면서 청오가 그중 일부 맡았다.[26]

강원도 편의 종합 조사보고서인 〈조선의 처녀지인 관동지역〉이라는 기사는 '관동(關東)의 지명 유래'에서 시작하여 지리 분포, 지세, 기후, 인정, 풍속, 언어, 연혁, 교육과 종교 개황 등을 개괄하였다. 〈위미(시든 장미처럼) 부진한

---

25 박달성(朴達成, 春坡, 1895.4.9.-1934.5.9), 평북 태천생, 1919년 천도교교회월보사 기자, 1921년 3월 동경동양대학문과 입학, 8월에 귀국, 천도교강습소 강사, 창동학교(평강군) 교사 역임, 청년회동경지회장(1921), 동경유학생순강단원(1921.6~1921.8), 1923년 1월 개벽사 입사, 이후 천도교중앙총부 임원, 천도교청년당임원, 천도교신인간사 주간, 조선 농민사 이사 등 역임.
26 43호의 "成北縱橫四十有七日"이라는 종합 답사기를 박달성이 실명으로 게재하였다.

강원도의 산업)은 "(강원도는) 산악이 많고 평야 적은 중에 토질이 대개 척박하고 또한 예부터 교통이 심히 불편하여 인문(人文)의 발전이 조선에서 제일 낙오되고 따라서 산업도 천산물(天産物)을 제(除)한 외에는 별로 볼 만한 것이 없다"고 개괄하면서 농업, 임업, 광업, 어업, 상공업, 잠업과 축산의 현황을 각각 소개하였다. 〈영서팔군과 영동사군〉은 춘천-홍천-횡성-원주-양구-화천-평강-철원의 영서 8개 군과 강릉-양양-고성-통천의 영동4개 군의 지리, 역사 등에 대해 개괄하였다. 그 밖에도 민요와 주요 인물의 역사를 소개하였다.

〈조선문화의 기본조사〉 강원도 편은 다른 도호에 비하여 그 양이 풍부하다고 할 수는 없으나, 민대장(민긍호)[27] 약사를 소개하며 강원도의 정신을 찾으려 애쓴 흔적이 역력하다. 무엇보다 조선문화의 기본조사는 일제의 조선 침탈 현황을 낱낱이 고발하여, 조선의 자주 독립 역량을 복원하고 장려할 싹을 찾아내는 데 있었으므로,[28] 앞서 말한 '독한 필설'이 자연 지면을 우점(優點)하게 되었으며, 지역 현황의 우울한 면을 더 예리하게 드러내었던 것이다.

3) 청오의 강원도(춘천) 자랑

《개벽》 제61호는 창간 5주년 기념호로 간행되었다. 이때에 개벽사는 다시 초심을 되찾고자, 《개벽》지가 조선의 장래를 기약하는 중심이 될 수 있도록

---

27 민긍호(閔肯鎬, 1865~1908.2.29). 조선 말기의 의병대장이자, 독립운동가. 대한제국 군인으로 원주 진위대에 장교로 근무 중 1907년 고종이 물러나고 군대가 해산됨에 분개하여 강원도 지역에서 의병들을 모집하고 의병을 일으켜 관동 일대에서 다수의 왜병을 사살하였다. 이인영이 양주에서 의병을 일으켰을 때 가담하여 관동군 창의 대장이 되어 100여회의 전공을 세웠다. 1908년 2월말 치악산에서 왜병의 불의의 습격을 받고 체포되었다. 2월 29일 의병들의 구출작전 도중 일본군에 의해 순국하였다. (네이버 백과사전을 참조하여 편집)
28 박길수, 『잡지언론의 선구자 - 차상찬 평전』 159쪽 참조.

노력할 것을 다짐하면서, 특집을 '조선 자랑'으로 기획하였다. 그 가운데 조선 팔도의 대표를 내세워 각 도를 자랑하게 하였다. 당연, 강원도 대표로 나선 이는 차상찬이었다(車賤子는 차상찬의 필명)[29]

강원대표 차천자(車賤子) 군 등단

무슨 끔찍한 성공이나 할 것처럼 기고만장해서 까불까불 나와 딱 제치고 선다. 곱슬머리 참새 이마는 쳐다볼수록 웃음이 덜컥 난다. 일동은 킥킥 웃는다. "우선 서기(書記)에게 부탁합니다. 주의해서 한마디라도 빼지 말고 기록해 주시오. 빼면 큰 야단납니다. 자~ 강원도 자랑 나옵니다. 근청하시오. 자~ 보십시오. 조선 명산 아니 천하 명산 세계 명산 억만고(億萬古) 명산 기절장절(奇絕壯絕)의 금강산이 강원도에 있지요. 만고동방(萬古東方) 조화신공(造化神功) 관동팔경(關東八景)이 강원도에 있지요, 특히 재자가인(才子佳人)의 노래에 오르내리는 경포대가 그중의 하나이지요. 산수풍경(山水風景)은 말도 말고 동양의 대표적 괴걸(怪傑) 진시황을 때려 부순 창해역사(滄海力士)가 강원도서 났지요. 유명한 학자요 정치가인 이율곡(李栗谷)도 강원도 사람이지요. 김응하(金應河) 같은 충신도 있고, 근래로 말하면 박용만(朴容萬), 김규식(金奎植) 같은 지사도 있고 또 김연국(金演局)[30] 같은 교주도 강

---

29 이때 각도의 대표는 다음과 같다. 강원도대표 차천자(車賤者), 경기도대표 민자작(閔自酌), 경상도대표 최문동(崔文童), 전라도대표 김광대(金廣大), 충청도대표 이청풍(李淸風), 평안도대표 박울뚝이, 함경도대표 조알개, 황해도대표 신경우(申耕牛). 이 기사는 '朴돌이 記'라고 되어 있는바, 실제 기사는 박달성과 차상찬이 '조선문화 기본조사'의 경험을 살려 작성한 것으로 보인다.
30 김연국은 동학의 2세교조 해월 최시형의 수제자 중 한 사람으로 의암 손병희, 송암 손천민과 더불어 삼암(三菴)으로 불린다. 의암 손병희가 동학을 천도교로 근대화한 이후 2인자인 대도주가 되었으나, 곧 천도교를 이탈하여 시천교로 갔다가, 후에 상제교(上帝敎)를 세우고 교주가 되었다.

원도에 있소.(너절하다고 떠든다) 인물은 그만하고 산물로 강원도 백청(白淸),
강원도 산삼(山蔘), 녹용(鹿茸) 또는 강원도 범(虎)과 곰(熊)이 유명하지요. 그
리고 강원도 월자(月子)가 유명하고 석의(石衣), 느타리 같은 것도 유명하고,
강원도 바다의 고래는 전선(全鮮)에 유명하오. 그리고 사찰도 강원도가 제
일이요 중(僧)도 강원도가 제일이요, 행랑(行廊)살이도 강원도가 제일이오.
그리고 강원도에는 종조가 유명하여 추업부(醜業婦)가 없소. 강원도 기생이
란 하나도 없소. (그따위는 자랑이 아니라고 야지가 일어났다.) 여보, 없는 것도
자랑이지 무슨 말이오. 그리고 강원도 금강산의 만폭동 물이 없었으면 경
성, 인천의 수십만 인구가 목이 말라 죽었을 터이니 특히 경성 거주자로서
는 강원도에 대하야 '생명수를 주시니 감사합니다' 하고 절을 몇 백 번씩 해
야 합니다. (잡담이라고 야지하면서도 모두 웃었다) 자랑거리가 하도 많으니 선
후도 가릴 수 없고 또한 너무 많으면 도리어 자랑거리의 가치가 줄어들 듯
하여 그만둡니다."[31]

청오는 〈춘천의 봄〉[32]이라는 기사에서 '고향 강원도와 춘천'의 자연을 추
억한다. 청오는 먼저 '우리는 춘천 사람'이어서 '춘천의 봄'이 항상 그립다 하
고, 춘천(春川)은 그 이름대로 봄 경치가 다른 어느 곳보다 아름답다고 한다.
이어 삼산이수[三山二水; 삼악산과 신연강(소양강+장양강)]의 자연경관, 소양정
(昭陽亭) 조양루(朝陽樓)의 명정승루(名亭勝樓), 신연강의 뱃놀이, 봉황대에서
바라보는 경관 등을 추억한다. 이어 청오는 춘천의 특별한 자랑거리로 우두
(牛頭)의 배꽃을 주목하였다.

31 박돌이 記, 〈팔도대표의 팔도자랑〉, 《개벽》통권61호, 1925년 7월, 40-41쪽.
32 청오, 〈춘천의 봄〉, 《별건곤》통권6호, 1927.4, 78-80쪽.

(중략) 우두(牛頭)의 배꽃은 참으로 조선에서 제일일 것이외다. 평남 영유(永柔)의 이화정(梨花亭) 배꽃은 선조(宣祖) 대왕이 임란파천(壬亂播遷) 시에 상찬(賞讚)한 까닭에 그다지 장할 것도 없는 것이 서선(西鮮)에서 명성이 높았지마는 우리 춘천의 우두 배꽃은 그러한 총애는 받지 못하였을망정 누구나 자랑할 만한 것이겠지요. 상중하리(上中下里) 수백여 호 대촌(大村)에 집집마다 4, 5그루 내지 십여 그루의 배나무를 재배하여 늦은 봄의 꽃 필 때가 되면 천수만수(千樹萬樹)에 백설이 분분한 듯, 원촌 근촌(遠近)에 호월(皓月)이 용용(溶溶)하여 퍽도 번화스럽고 깨끗하지요. 그리고 진병산(鎭屛山)의 척촉화(躑躅花), 삼학산(三鶴山)의 두견화(杜鵑花), 청평산(淸平山)의 동백화(冬柏花)도 옛날과 다름이 없겠지요마는 근래에는 경춘(京春) 신가도(新街道)에 앵두꽃[櫻花]이 매우 번성하여 잠깐의 봄빛[春光]을 또한 자랑한다지요. 화전놀이도 예와 같이 잘들 하고 꽃쌈(花戰)도 또한 잘들 하는지요. 궁금도 하고 그립습니다.[33]

이어 정조와 절개를 지킨 기생 계심(桂心), 청평사와 상원사의 더덕, 도라지를 이야기하고, 영동 지역에 대한 추억을 떠올린다.

(중략) 영동의 봄은 영서의 봄과 정취가 아주 다릅니다. 천연의 지세가 영동-영서를 엄격하며 구분함과 같이 봄도 동서가 상이합니다. 영동의 봄을 바다의 봄이라 할 것 같으면 영서의 봄은 산의 봄이요, 영동의 봄은 어부의 봄이라 할 것 같으면 영서의 봄은 농부의 봄입니다. 또 영서의 봄을 심규처녀(深閨處女)에 비한다면 영동의 봄은 호협소년(豪俠少年)과 같고, 영서의 봄

---

33 위의 글.

을 고산유수(高山流水)의 동양화 일 폭과 같다면 영동의 봄은 노도홍랑(怒濤洪浪)의 서양화 일 폭과 같습니다. 창해만리(滄海萬里)에 흰 갈매기가 편편이 날아들고 십리명사(十里明沙)에 해당(海棠)이 만발한데 장정단항(長汀短港)에 어즙(漁楫)이 운집하야 '어기여차'의 닻 감는 소리와 북을 둥둥 울리는 소리가 아침저녁으로 끊이지 않고, 잠수경(潛水鏡) 독회곤(犢會褌)에 손에는 비창, 배에는 뒝박, 허리에는 망사(網絲)를 두르고 벽해(碧海)로 둥둥 떠나가는 해녀의 무리들은 장관이라면 장관이요 기관(奇觀)이라면 참 기관일 것입니다. 이 몇 가지는 영서의 산국(山國)에서는 도저히 볼 수 없는 일이겠지요. 그리고 총석정(叢石亭)의 송풍(松風), 경포사(鏡浦寺)의 화월(花月), 삼일포(三日浦)의 선유(船遊), 금강(金剛)의 관폭(觀瀑), 청초호(靑草湖)의 관어(觀魚), 낙산사(洛山寺)의 죽림(竹林), 해금해(海金海)의 관도(觀濤) 등 그 어느 것이 장쾌하고 기엄(奇嚴)히 아니하겠습니까? 조선의 봄을 구경하는 사람은 이 영동의 봄을 보지 못하고는 감히 조선의 봄을 말하지 못할 것 같습니다.[34]

춘천의 봄 이야기로 시작해서 영서 전역과 영동 전역, 나아가 강원도 전체의 봄 풍경을 그리고 있다. 이러한 '아름다운' 추억의 자리에서도 청오는 현실로 향하는 눈을 어쩌지 못한다. 결국 청오는 "금강산도 식후경이라고 배고픈 사람들이야 봄인들 어찌 즐길 수가 있겠습니까? (중략) 향촌의 여자들은 낮에는 김을 매고 누에를 치며 밤에도 방아 찧고, 바느질하느라고 잠 한잠도 잘 못 자고 일을 하건만 배가 고파서 '춘궁춘궁(春窮春窮)' 하고 우수비탄(憂愁悲歎)하니 이것이 다 무슨 불공평한 일일까요. 하느님은 공평하여 서울에도 봄이 오게 하고 시골에도 봄이 오게 하고 부자의 집에도 오게 하고

---

34 위의 글.

빈자의 집에도 오게 하지마는 인간사회의 제도는 어찌 그리 불공평한가요. 생각할수록 가슴이 답답하고 울화가 납니다. 우리의 손으로 한번 좀 뜯어고쳐 볼 수가 없을까요."라는 바람을 토로하며 글을 맺는다.

이런 청오의 춘천 사랑은《개벽》폐간호(제72호)에 다음과 같은 글을 남기기에 이른다.

수춘만평(壽春漫評) - 昭陽學人

조선 각도 중 교통이 제일 불편한 곳은 아마 우리 춘천일 것이다. 철도는 그만두고 자동차 길까지도 불완전한 중에 작년 홍수 이후로는 더욱 파괴가 되어 불편이 심하다. 그런데 당국에서는 도로공사 청부인으로 유희(遊戱)를 시키는 모양인지 언제부터 착수한 그놈의 길이 아직까지 완공의 전도(前途)가 망연할 뿐 아니라 이번 폭우로 인하여 기성(旣成)한 공사까지도 대부분이 다 또 손실을 하게 되었으니 어느 시기에나 준공이 될지 모르겠다. 도로야 잘 되든 안 되든 공사 맡은 일본인의 배만 불렀으면 제일 상책인가. 당국에 한번 묻고자 한다. 교통 말이 났으니 말이지 경춘간(京春間) 자동차 대금처럼 고가인 대금(貸金)은 세계에 드문 일[稀有]일 것이다. 불과 190리(朝鮮里)에 6원이 다 무엇이냐. 그런데 민간에서 그 임금의 감하문제(減下問題)를 일으키니까 자동차회사 측에서 하는 말이 내리는 것이 당연한 일이나 아직까지 남선(南鮮)과 같이 도로가 완성되지 못한 이상에는 시간 관계상 실비(實費)가 많으니까 감하(減下)할 수가 없다고 하더라고. 구실로는 그를 듯 하다만 너무나 과(過)한 구실이 아닐까. 도립 기업전습소(機業傳習所) 학생(여자) 40여 명은 일본인 선생이 사직한다고 단식동맹을 하였다 한다. 사직을 하였기에 그렇지 만일 죽었더라면 전부 순사(殉死)할 터인가. 하하[阿阿].

그 밖에 강원도가 낳은 위대한 근대 문인인 김유정을 문단에 발탁한 것이 청오라는 것은 익히 알려져 있다. 청오가 개벽사의 편집주간으로 재직하고 있던 1933년 김유정의 〈산골나그네〉가 잡지 《제일선》에 발표되었다. 《제일선》은 《개벽》 폐간 후 그 대신 발간한 잡지 《혜성(彗星)》(1931.3~1932.4)이 1년 만에 폐간되자 이를 이으려 간행한 개벽사의 주력 잡지(1932.3~1933.10)로서 발행인이 차상찬이었었다. 김유정은 휘문고보 친구이자 개벽사의 기자였던 안회남의 소개로 《제일선》에 작품을 발표하였다.

이렇게 해서 문단에 발판을 마련한 김유정은 1935년 《조선일보》 신춘문예에 〈소낙비〉가 1등으로 당선되고, 《조선중앙일보》에 〈노다지〉가 가작으로 당선되면서 문단의 기린아로 떠올랐다. 그를 발굴한 차상찬과의 인연을 잊지 않고 김유정은 《(신간)개벽》 1935년 3월 호(속간4호)에 단편소설 〈금 따는 콩밭〉을 발표하였다. 기울어가는 개벽사를 되살려 보고자 하는 노선배의 절절한 원고 청탁에 응한 결과였다.

4) 청오, 잡지 속으로 가다

개벽사가 마지막 고비를 넘던 무렵부터 차상찬은 《조광》, 《여성》(조선일보사 간), 《소년》, 《월간야담》 《춘추》 등에 기고하거나 그동안 잡지에 기고한 글을 엮어 『조선사천년비사』(1933), 『해동염사』(1935)을 발간하여 호구지책을 삼으며, 절치부심하였다. 특히 1936년 4월부터는 《조선중앙일보》에 역사소설 〈장희빈〉을 연재하기에 이르렀다. 그동안 숱한 역사 논설을 집필해 온 해박한 지식과 해학 만발한 그의 필력이 어우러진 〈장희빈〉은 공전의 인기를 얻었다. 그러나 그마저 《조선중앙일보》가 손기정 선수의 베를린 마라톤 우승 기사에 '일장기 말살' 사진을 실어 '정간' 처분되면서 중단되고 말았다. 몸은 나날이 쇠약해지고, 만주사변 이후 전시 체제로 돌입한 한반도에서 차상찬의 붓은 시나브로 무디어지던 어느 날, 영원할 것 같던 일제의 강점이 끝나고 '해방'이 왔다.

해방이 되자 잇달아 지인들이 청오를 찾아와 잡지의 발행에 관하여 협의했다. 윤석중이 청오를 찾아와 어린이 잡지 복간을 추진한 것도 그 무렵이다. 그러나 청오는 생계를 위해 《매일신보》에 근무하면서, 그 어느 것보다 《개벽》 복간을 고대하였다. 다행히 소춘 김기전[35]이 앞장을 섰다. 1920년대 말엽 이후로 병마(폐결핵)로 생사의 기로를 오가던 김기전은 기적처럼 생환하여 《개벽》 복간과 천도교청우당 복당을 주도하여 마침내 1946년 1월 호로 복간의 기치를 올렸다(1949.3까지 통권9호). 그러나 청오는 《개벽》지 발행과 일제 말기의 암울한 시대 상황 속에서 몸을 상할 대로 상한 이후 이미 1945년 말경 회복할 수 없을 만큼 병약해졌다. 그해 연말이 되자 언어장애가 왔고, 겨우 겨울을 넘기는가 싶더니 1946년 3월 24일(음2월 20일) 저녁 7시 10분 다시는 돌아오지 못할 먼 길로 떠나고 말았다.

---

35 김기전(金起田), 소춘(小春), 소암(素菴), 필명 묘향산인(妙香山人) 외, 1895년 6월 3일 구성군 시마면 대성동 출신, 한문을 10년간 배우고 1909년 천도교에 입교했다. 오산학교를 거쳐 보성학교를 졸업하였다. 《매일신보》 기자를 거쳐 개벽사 주간, 신인간사 주간으로 활동하며 청년운동과 어린이운동을 하였다. 청년당과 천도교단의 중요 직책을 두루 섭렵하였다. 1930년대 중반 이후에는 지병 치유차 전국을 떠돌며 수도에 전념하다가, 해방 이후 교단 재건과 청우당 복원의 핵심 역할을 떠안았다. 청오보다 앞서 《개벽》지 주간을 역임한 소춘은 주로 사상, 교리 방면의 논설을 발표했다. 《개벽》의 주필을 맡아보면서 이 잡지에 매호 논설·수필·시 등을 발표했다. 해방 후 복간한 《개벽》은 7호까지 발행하였으며, 북한지역에서 천도교회 수습을 목적으로 활약 중 1948년 3월 1일 반공의거운동(3·1재현운동)이 일어났을 때 행방불명되었다. 교인들은 1948년 4월 북조선종무원(宗務院) 대회에서 그를 종무원 도사장(道師長)에 추대하였다. 『동학천도교 인명사전』(도서출판 모시는사람들)

보국안민(輔國安民), 그 길은 오직 청빈(淸貧)과 절개(節介)로 사는 길이요, 그 길이 인생의 정도(正道)다.

이 말이 차상찬의 자제 차웅렬 선생이 차상찬 선생의 부인인 어머니(홍순화 여사)로부터 전해 들어 가슴에 담고 있는 차상찬의 유언이다. 이러한 차상찬의 유훈이 그저 그런 수사(修辭)가 아닌 것은 그의 생애가 증명하고도 남음이 있다. 그나마 다행인 것은 "일제가 우리 땅에서 물러나기 전에는 눈을 감을 수 없다"던 평소 그의 신념이 통해, 해방된 조국에서 귀국한 독립지사 동지들의 문상을 받을 수 있었다는 점이다. 향년(享年) 59세였다.

천도교단의 선후배들이 나서서 상가를 꾸리자 사회 각계와 천도교인들의 조문 행렬이 줄을 이었다. 한 사람의 죽음이 아니라 시대정신의 죽음이었고, 해방정국의 혼돈 속으로 치닫고 있던 당대의 혼잡을 필봉으로 질타해 줄 의인(義人)을 잃은 슬픔이 북촌 일대에 차고 넘쳤다.

선생을 실은 영구차는 천도교 수운대신사탄생백주년기념관(개벽사가 있던 건물) 앞에서 노제를 지내고 경춘철도 편으로 고향으로 향했다. 남춘천역에서 상여에 실린 청오는 내를 건너고 재를 넘어 그날 자정에 이르러서야 고향 자라우에 도착했다.

이튿날 춘천 지역 유지와 친척들, 그리고 서울에서부터 따라온 동지, 후배들의 오열 속에 그가 그토록 자랑해 마지않던 강원도의 바람이 불고, 강원도의 꽃이 피고, 강원도의 비가 내리는 유택에 모셔졌다. 청오 개인으로서는 안식(安息)의 영면(永眠)이었다.

4. 나오는 말

해방 직후 청오는 《매일신보》 정리부(=편집부: 필자 주)에 근무하였다. 그때 청오를 찾아뵈었던 최영수(동아일보사 기자, 화가)의 증언이 전한다.

> 얼마 지나 해방 후 《매일신보》 정리부 자리에서 선생을 보았다. 의자 위로 올라앉아서 책상다리를 하고 담배를 힘들여 피우고 계시었다. "아 선생님, 웬일이십니까?" "교정 보죠." 이 이상의 대화를 더 계속할 수가 없었다. 볼일을 보고 나오려는데 "일송(一松)!" 하고 부르는 소리가 났다. 돌이켜보니 청오 선생이시다. "일송, 해방 되었는데 잡지 안 하겠소?" 그 표정과 음색을 통해서, 이 한마디 속에는 해득(解得)하기 어려운 운명조차 교류(交流)된 것 같아서, 난 "글쎄요" 하고 뛰쳐나오듯이 나와 버렸다.[36]

청오에게는 모든 것이 '잡지 할' 이유였을 터이다. 동학-천도교인에게 "천도교는 믿는 것이 아니라 하는 것이다"라는 격언이 전하여 오는 것처럼 청오에게 '잡지'는 "하는 것"이며, 그때 '함'은 곧 '개벽하는 것'이었다. 그에게 잡지는 생명과도 같았고, 암울한 시대를 꿰뚫어줄 화살이었고, 비천한 인간의 삶을 천국으로 인도해 갈 등불과 같은 것이었다. 그것이 지금도 살아 흐르고, 100주년을 맞으며 더욱 활활발발 꽃피기 시작하는 《개벽》의 꿈이고, '개벽 세상'의 꿈이며, 또한 '차상찬의 꿈'이다.

---

36 최영수, 「困憊의 書」, 1949.

2부
문화와 문학

차상찬의 민족문학 발굴 공적
—김삿갓 한시 수집과 한국문헌설화 재정리

심경호

1. 머리말

청오 차상찬(車相瓚, 1887-1946)은 일제강점기 한국 잡지 언론의 선구자로 불리는 인물이다. 2018년에 차상찬전집편찬위원회는 차상찬이 잡지 《개벽》에 발표한 글들을 재정리하여 『차상찬 전집』 1·2·3권(금강 P&B, 2018.12.31)을 발행하였다. 2017년부터 여러 편집위원들(편집위원장 정현숙)과 교열·주해자들이 《개벽》에 수록된 글을 다른 잡지나 차상찬의 단행본에 실린 글들과 비교하여 상호 관계를 밝혔고, 차상찬의 저술을 오식이나 오타까지도 그대로 옮기되, 원문의 탈오자나 난해한 어구에 대해서는 각주를 붙였다.

필자는 김삿갓 한시에 관해 연구를 하는 중에 차상찬이란 인물을 접하게 되었다. 곧, 필자는 1970년대 중반부터 한문 자료를 분석 대상으로 삼기 시작하면서 김삿갓이라는 문제적 존재와 격투해야 했다. 김삿갓의 시를 읽으려면 이응수(李應洙, 리응수, 大空應洙로 창씨개명, 1909-1964)의 편집본을 우선 활용해야 한다. 이응수는 1939년 『김립시집』을 초간하고 1941년 대중보판을 출판했으며, 1956년 평양 국립출판사에서 정선본이라고 할 『풍자시인 김삿갓』을 간행하였다.[1]

---

1 이응수는 1939년 학예사에서 『상해(詳解) 김립시집(金笠詩集) 전(全)』을 처음 펴내고,

김삿갓의 실제 인물로 간주되는 김병연(金炳淵)은 향시에서 과시(科詩)로 장원했다는 이야기가 전한다. 이응수는 그것을 김병연의 작이 아니라 하면서도 대중보판에 '과시'로 실어 두었다. 이 18연 시는 과시가 아니다. 천태산인(天台山人) 김태준(金台俊, 1905-1950)은 그것을 '고풍'이라고 분명히 말했다. 즉, 정약용이 『아언각비』에서 말한 대고풍(大古風)이다. 김삿갓 작이라고 필사되어 전하는 '동시(東詩)' 가운데는 과시가 아니라 대고풍도 섞여 있다. '동시'란 조선의 과거에서 사용되는 과시(과체시, 공령시, 행시)와 조선의 민간에서 유행한 대고풍을 합한 개념이다. 그 양식을 우리 문학사에서 일정한 의미를 지닐 수 있도록 만든 장본인이 바로 김삿갓이다.

이후 필자는 김삿갓 시를 되읽으면서, 시 양식의 문제에서부터, 이응수의 『김립시집』 편찬 과정, 일제강점기 김삿갓 형상의 조형에 이르기까지, 많은 의문들에 맞닥뜨렸다. 그 의문을 풀어 나가는 과정에서, 이응수 이전에 김삿갓 시를 대대적으로 수집한 인물이 《개벽》 시절의 차상찬이란 사실을 알게 되었다.

차상찬은 고려대학교 전신인 보성전문학교 법학과를 나오고 또 법학과 간사를 지냈다. 1930년대에는 수많은 야담 소설을 창작하여 민족문화를 발굴하는 데 앞장서서, 제국주의 실증주의 도그마에 저항하는 한 가지 유력한 지적 방법론을 모색했다.

1941년 한성도서에서 『대중보판 김립시집』을 출판했으며, 1956년 평양 국립출판사에서 『풍자시인 김삿갓』을 정리해 내었다. 이후 2000년에 실천문학사에서 평양 국립출판사의 『풍자시인 김삿갓』을 번각한 『正本 김삿갓 풍자시 전집』이 나왔다.

2. 차상찬의 인문지리지와 세태 보고서 작성

차상찬은 강원도 춘천 신동면 송암리(현 춘천시 송암동)에서 출생하였다. 1913년 보성전문학교 법과를 졸업하고(법과06)[2] 1913년 3월부터 1918년 9월까지 모교의 간사로 있었다. 1918년 8월, 천도교 기관지《천도교회월보》의 발행인 겸 편집인으로 활동하던 형 차상학(車相鶴)이 지병으로 작고하자, 차상찬은 형의 뜻을 계승해서 1920년《개벽》창간 때 동인으로 참가하였다. 천도교단의 개벽사는 1920년 6월 25일《개벽》창간호를 발간하였는데, 당시 사장은 최종정(崔宗禎), 편집인은 이돈화(李敦化), 발행인은 이두성(李斗星), 인쇄인은 민영순(閔泳純) 등이었다.《개벽》의 창간 동인은 이돈화·이두성·박달성(朴達成)·민영순·차상찬·김기전(金起田) 등이었고, 최종정과 변군항(邊君恒)이 거액을 기부하여 창업 기반을 마련하였다고 한다.

《개벽》의 동인이었던 차상찬은 1921년 11월 한국 최초의 기자 단체인 무명회(無名會)에 가입하고, 1924년 6월 31개 사회단체 대표 1백여 명이 결성한 언론집회압박탄핵회에 실행위원으로 참가하였다. 1925년 3월 무명회가 주관한 전조선기자대회준비위원회에서는 서무위원으로 활동하였다.《개벽》은 민족의식을 고취한다는 이유에서 정간·발행금지·벌금, 그리고 발행정지 등의 부당한 처벌을 많이 받다가, 1926년 8월 1일 통권 제72호(8월호)를 끝으로 일제에 의하여 폐간되었다.

차상찬은 1927년『별건곤(別乾坤)』에 보성전문학교 영어 교수 백상규(白象圭)의 인물평을 게재했다가 문제가 되어 3개월간 옥고를 치렀다. 『별곤

2 고려대학교 교우회보 특집,「펜으로 칼에 맞선 일제 치하 지성계의 숨은 보석: 대한민국 최초 종합 월간지《개벽》이끈 청오(靑吾) 차상찬 (법과06) 교우」, 2007.12.21.

건』은 개벽사가 1926년 11월 1일 자로 창간한 대중잡지로 1934년 8월 통권 제74호로 종간되었는데, 1928년에 차상찬은 《별건곤》의 편집주간 겸 발행인으로 있었다. 1929년 3월 조선소년총연맹 상무위원, 1929년 11월 조선어사전 편찬위원 발기인, 1931년 조선잡지협회의 창립위원을 지냈다. 1934년 11월에는 이돈화·김기전(金起田)·방정환(方定煥)의 뒤를 이어 편집인 겸 발행인으로서 《개벽》을 속간해서 1935년 3월 1일 자로 폐간될 때까지 모두 4호를 발행하였다. 1936년 조선어학회 조선어표준어사정위원회 위원으로 활동하고, 경성방송국(JODK)의 방송위원으로 야사와 민담을 방송하였으며, 1937년 이후 저술에 전념하다가, 광복 후 1946년에 전조선문필가협회 추천 위원으로 활동하였다. 2010년 11월 1일 제45회 잡지의 날에 은관문화훈장 이 추서되었다.[3]

차상찬은 청오(青吾)라는 호를 주로 사용하되, 취운생(翠雲生)·월명산인 (月明山人)·수춘학인(壽春學人)·강촌생(江村生)·차천자(車賤子)·주천자 (酒賤子)·차돌이·관상자(觀相者) 등 48종의 필명을 사용하였다.[4]

『차상찬 전집』 총 3권(금강 P&B, 2018.12.31)의 제1·2권은 개벽사가 기획 하여 1923년 2월부터 1925년 11월까지 차상찬, 박달성, 김기전 등이 14회에 걸쳐 조사하여 저술한 '조선문화의 기본조사' 가운데 차상찬이 직접 답사한 경상남도, 경상북도, 강원도, 충청남도, 경기도, 평안남도, 함경남도, 충청북 도, 황해도, 전라남도, 전라북도 등 11도에 관한 조사 보고서를 발표 순서에

---

3 일제 말 총독부의 강압으로 결성되어 여운형을 비롯해 우익, 좌익 인사들이 다수 포함된 조선임전보국단(1941.10.22-1942.10.29)에 이름이 올라 있다. 하지만 친일파로 분류되 지는 않는다.
4 『차상찬 전집』 연구진들은 이를 확인하고 《개벽》에 게재된 차상찬의 글들을 상당수 새 로 발굴하였다. 연구진들은 차상찬의 20여 필명을 더 검토하는 중이라고 한다.

따라 수록하였다. 3권은《개벽》에 차상찬이 여러 필명으로 게재한 나머지 글들을 역시 발표 순서에 따르면서 한시, 사회 비평, 역사 담론, 잡문, 수필 등 유사한 종류끼리 묶어서 정리하였다.

『차상찬 전집』 제1 · 2권의 '조선문화의 기본조사'는 1920년대 한국의 인문지리지이다. 각도 인문지리의 경개(梗槪), 조선인 교육과 일본인 교육, 지리 · 교통, 종교 · 문화, 농산 · 공산 · 수산 현황, 특산 · 농장, 역사 · 전설 · 민속 · 풍습 · 민중 생활 · 민요, 그리고 각 지역의 구술사와 자작시를 첨부하였다. 면 단위의 사무소에서 얻은 통계자료표를 부기하여, 일제의 침략과 약탈 현황을 잘 알 수 있게 보고한 것도 특징이다. 토지조사사업, 학교연습림의 지정 등으로 조선인의 농토와 산림이 유린당하는 사실도 알렸다. 관련 인물들을 실명으로 보고하여 신빙성이 높고, 각 사실을 해학적인 어조로 논평하여 친근성을 느끼게 한다.

『차상찬 전집』 제3권은 세태 보고서의 집성이다. 각 글들은 속사(速寫) 방식이어서 현장감이 있다. 게다가 해당 사실의 인물에 관해 실명까지 거론해서 신빙성이 높다. 소작인상조회, 무산자동맹회, 조선교육협회, 조선협회, 조선노동연맹회의 관계를 다룬 '까마구의 자웅'을 시작으로, 1920년대, 1930년대 총독부의 음험한 지배 방식과 지사들의 저항, 식민지 경성의 모순된 면모, 교육계와 언론계의 현실, 보천교와 장발적 파문, 구시대의 양반과 당시 부유층의 축첩, 당파 싸움과 당시 각종 단체의 알력, 백정 등 소외계층의 형성과 단결, 양요 등 외세의 침략 과정, 동학 전쟁과 의병 투쟁의 전개 등을 상세하게 보고하였다. 관찰자의 해학적인 논평을 삽입해 두었으므로, 독자로서 저작자의 시점에 공감하기 쉬웠다. 총독부 내의 권력 암투, 조선 지식인의 허위의식을 드러내어 보여준 글들은 자못 통렬하다.

《개벽》 제49호(1924.7.1)에 실렸던 '색색형형의 경성 첩마굴(妾魔窟) 가경가

증(可驚可憎)할 유산급(有産級)의 행태'에서는 대한제국 마지막 왕 순종의 장
인으로 친일반민족행위자였던 윤택영(1876-1935)을 비판하였다.

> 그러면 年前에 집 가지고 초란이 作亂을 하다가 自己 집도 긴이지 못하고
> 安洞에 新日本村만 맨들어 노코 京城 內如干貸金業者는 一網打盡에 다망
> 해 준 後 中國으로 휙 쌘 澤榮大監은 엇더한가, 그는 本來 쇵물오입장인 까
> 닭에 妾은 別로 업고 그 대신 男妾이 만타 今日 李王職 속에 잇는 金某 李某
> 도 다 前日에 大監 밋헤서 된가님씨던 德分에 要位를 모다 차지하게 된 것
> 이다, 그 大監이 敗家하고 逃亡을 하되 日本이나 西洋에로 가지 안코 特히
> 中國에 간 것은 그 나라가 男色을 崇尙한다는 말을 듯고 野心이 잇서 갓는
> 지도 모르겠다.

《개벽》 제70호(1926.6.1)에 실렸던 '경성잡화'의 다음 내용은 이와 상관이
있다.

> 負債王尹澤榮侯는 國喪中에 歸國하면 아주 債鬼의 督促이 업슬 줄로 安
> 心하고 왔더니 各 債鬼들이 私情도 보지 안코 벌쎄가티 니러나서 訴訟을
> 提起함으로 裁判所 呼出에 눈코 쓸새가 업는 터인데 日前에는 엇지나 火症
> 이 낫던지 그의 아우 대갈大監과 대갈이가 터지게 싸움까지 하엿다고 한
> 다. 그러케 싸우지 말고 國喪 핑게씸[삼]에 아주 ㅇㅇ이나 하엿스면 忠臣稱
> 號나 듯지.

단, 차상찬의 인문지리지와 세태 보고서에는 전문(傳聞)에 의거하여 확증
이 없는 경우도 없지 않다.

우선,《개벽》에서 행한 '조선문화의 기본조사'에는 많은 현황표들이 실려 있다. 그런데 차상찬 등은 그 출처를 전혀 밝히지 않았다. 일제의 군청이나 면사무소 등에서 수집한 듯하므로, 그 수치에 상당한 왜곡이 있었으리라 예상된다.

또한 차상찬이 세태를 속사(速寫) 방식으로 보고한 글들은 논거가 명확하지 않고 기록이 부정확한 예도 없지 않다. '조선축첩사'에서 안평대군의 애첩을 '운영보(雲英寶)' 등등 10인이라고 한 것은 소설 「운영전」의 내용에 의한 듯한데, 안평대군의 첩은 계유정난 후 외방 관비가 된 대어향(對御香) 1인뿐이었다. 그 외 집안의 여종으로 사랑귀(思郞貴)·비귀연(非貴燕)·약비(若非) 3인이 있었다.

3.《개벽》의 김삿갓 시 모집과 차상찬의 김삿갓 평설

김삿갓은 1920년대 후반부터 1940년대 초까지 좌우 지식층에 의한 '김삿갓 만들기' 프로젝트의 산물이라고 할 수 있다. 본래 19세기를 방랑하던 김삿갓은 한 사람이 아니었다. 심지어, 1930년대 말까지 어떤 김삿갓은 생존해 있었다고도 할 수 있다. 김삿갓은 김병연이라는 한 인물을 중핵으로 하면서 과객(科客)과 방랑 시인들을 망라하는 특수한 지칭이다. 그 지칭은 근세의 출판과 우편이 발달하면서 '조선의 대시호'요 '무산자의 일인'으로서 생명력을 부여받았다.

1920년대 후반《개벽》편집부는 우편제도를 이용하여 김삿갓의 시문을 모집하고 행적과 일화를 수집하기 시작하였다.《개벽》편집부는 반만년 조선 역사에 가치 있는 '유서(遺書, 영향을 끼친 책)'가 없다고 개탄하였다. 그리고 '사회제도에 복종치 않고,' '일생을 여로에서 비참과 불평과 울분으로써 마처 버린' 김삿갓 시에서, 민족예술의 역사적 기원을 증명하고 '민족의 사상 발전의 과정'을 예증할 수 있으리라 기대하였다.

1926년 천도교 잡지《개벽》의 문예부는 김삿갓의 시문과 전기 자료를 대대적으로 수집하였다.《개벽》제7년 제3호/통권 제67호(1926.3.1)의 표지 뒷면(1면에 가까운 면)의 권수에는 '김삿갓선생시문대모집, 6월 15일까지'의 광고가 실려 있다.

근대 조선의 대표적 시인인 김 선생(金先生) 시화(詩華)의 성집(成集)

인생(人生)에게는 정서(情緒)와 생활(生活)이 잇스니 정서(情緒)는 생활(生活)의 환경(環境)을 쌀하서 희로애락(喜怒哀樂)의 표현(表現)의 본질(本質)을 다르게 하며 쏘한 그 표현 방식(表現方式)의 구체적(具體的) 결화(結華)는 인생(人生)의 시대적(時代的) 정서(情緒)를 창설(創設)하는 것이며 인생(人生)에게는 이지(理智)와 사색(思索)이 잇서서 그 생활(生活)을 향상(向上)케 하며 그 생활(生活)을 진화(進化)케 하니 전자(前者)는 예술적(藝術的) 표현(表現)이며 후자(後者)는 사상적(思想的) 기능(機能)이 그것이다. 그럼으로 생활(生活)의 적극적(積極的) 향상(向上)의 정서적(情緒的) 표현(表現)은 예술(藝術)이오 그 사색적(思索的) 표현(表現)은 사상행동(思想行動)이 그것이다.

이럼으로써 인류(人類)가 잇스매 반드시 그들의 문학(文學)과 그들의 사상(思想)의 흔적(痕迹)이 잇서 그 미래(未來)의 발전(發展)을 도(圖)하엿스니 이제 우리는 그 예증(例證)으로 각국(各國)의 문학사(文學史)가 그것을 교시(教示)하는 것이다. 쌀하서 영국민족(英國民族)은 영국(英國)의 문학사(文學史)를 가지고 잇고, 러시아의 민족(民族)은 러시아의 문학사(文學史)가 잇고 대화족(大和族)은 일본문학사(日本文學史)를 가지고 잇서 그들의 사회환경(社會環境)과 민중(民衆)의 사상(思想)을 역사적(歷史的)으로 남기여 논 것이 안인가?

이제 조선(朝鮮)은 반만년(半萬年)의 역사(歷史)가 잇다고 하면서 오히려 일책(一册)의 가치(價値) 잇는 유서(遺書)가 업다 하면 이제 우리 이천만(二千萬) 민족(民族)의 예술(藝術)의 역사적(歷史的) 기원(起源)은 그 무엇으로써 증명(證明)하며 우리 민족(民族)의 사상 발전(思想發展)의 과정(過程)은 무엇으로서 예증(例證)하려는가? 엇지 붓그럽지 안이하고 엇지 울분(鬱憤)의 정(情)을 금(禁)할 수 잇스랴! 그러나 조선(朝鮮)의 예술(藝術)은 근본(根本)으로 근절(根絶)된 것이 안이라 다만 운무(雲霧)와 가티 산재(散在)하여서 거둘 자(者)가 업섯스며 그들의 예술(藝術)은 잡초(雜草)와 가티 무이해(無理解)의 사회적(社會的) 환경(環境)에서 소실(消失)되고 말앗다. 이제 우리는 역사적(歷史的) 사실(事實)을 존중(尊重)하려는 것이 안이라 또한 지나간 문화(文化)를 우상화(偶像化)하려는 것이 안이라 다만 가치(價値) 잇는 역사적(歷史的) 사실(事實)쭌만이 현(現) 민중(民衆)에게 던지여 준 참고(參考)와 현(現) 민중(民衆)의 퇴폐적(頹廢的) 정서(情緒)에게 교시(敎示)할 수 잇는 문화(文化)를 살피여 볼 필요(必要)는 절실(切實)이 잇는 것이 안인가? 이러한 의미(意味)에서 일생(一生)을 여로(旅路)에서 비참(悲慘)과 불평(不平)과 울분(鬱憤)으로써 맛처 버린 우리의 자랑할 만한 시인(詩人) 김립(金笠, 炳然) 선생(先生)의 시문(詩文)을 모집(募集)하게 되엿스며 그의 행적(行跡)과 일화(逸話)까지도 모집(募集)하게 된 것은 본지(本誌) 독자(讀者)와 한가지로 반가운 일이라고 할 것이다.

김 선생(金先生)은 근대(近代)에 잇어서 우리 조선(朝鮮)의 대시호(大詩豪)이엿스니 지식계급(知識階級)으로부터 무지(無智)한 아동(兒童)에 이르기까지 몰으는 사람이 업고 그를 경모(敬慕)치 안는 이가 업스니 이는 무산자(無産者)의 일인(一人)으로써 당시(當時)의 사회제도(社會制度)에 복종(服從)치 안코 불평(不平)으로써 표연(飄然)히 고향(故鄕)을 써나 동서(東西)로 방랑(放浪)하엿으니 그는 낭인(浪人)이오 불평객(不平客)이오 시인(詩人)이엿섯다.

이제 우리가 선생(先生)의 시문(詩文)을 모집(募集)함이 그 엇지 무가치(無價値)한 일이리 할 것이랴!

규정(規定)

(種類) 시문(詩文)・서(書)・일화(逸話)・기타(其他). 시문(詩文) 십수(十首) 이상(以上)을 응모(應募)하시는 분에게는 상당한 사례(謝禮)가 유(有)함.

(注意) 동일(同一)한 시문(詩文)이 응모(應募)될 째에는 원고(原稿) 도착순(到着順)으로써 정(定)함.

(發表) 칠월중(七月中). 응모자(應募者)는 씨명(氏名) 주소(住所)를 명기(明記)할 것이며 피봉(皮封)에는 「개벽사문예부(開闢社文藝部)」라고 명기(明記)하시요.

개벽사

1926년 5월 1일 발행《개벽》 제69호 33면에도 '김삿갓 선생 시문 대모집 6월 15일까지'라는 개벽사의 공고가 있다.[5] 또 같은 해 7월 1일 발행《개벽》 제71호 8면에는 '김삿갓 시문 원고 막대함, 모집 기한 한 달 연장'의 사고(社告)가 실려 있다.

수월 전부터 본사 문예부에서 모집하여 오던 김립 선생의 시문과 기타 전기(傳記)는 금일까지 독자 제씨의 열렬한 후원 아래서 그 원고가 산과 같이 쌓이게 된 것은 실로 즐거운 일이다. 아직까지도 속속(續續)히 투고가 끊어

---

5 최수일, 『《개벽》 연구』, 소명출판, 2008, 《개벽》 쪽기사, 사・공고, 주요 광고 목록', 717-737쪽.

지지 않으므로 부득이 편집 종료 기일을 1개월간 연기하오니 투고하실 분
은 속히 원고를 보내 주시면 하는 바이다.

천도교단의 개벽사는 1920년 6월 25일《개벽》창간호를 발간하였다. 창간
당시 사장은 최종정(崔宗禎), 편집인은 이돈화(李敦化), 발행인은 이두성(李
斗星), 인쇄인은 민영순(閔泳純) 등이었다. 민족의식을 고취한다는 이유에서
정간·발행금지·벌금, 그리고 발행정지 등의 부당한 처벌을 받았다. 1926
년 8월 1일 통권 제72호(8월 호)를 끝으로 일제에 의하여 폐간되었다.[6]

《개벽》의 문예부는 "조선은 반만년의 역사가 있다고 하면서 오히려 일 책
(一册)의 가치 있는 유서(遺書, 영향을 끼친 책:필자 주)가 없다."라고 개탄하고,
"가치 있는 역사적 사실뿐만이 현 민중에게 던져 준 참고와 현 민중의 퇴폐
적 정서에게 교시할 수 있는 문화를 살펴 볼 필요"에서 김삿갓의 시와 관
련 자료를 모집하였다.

위에서 보았듯이 1926년 7월 1일 발행《개벽》제71호는 수개월 전부터 문
예부에서 모집하여 오던 김립 시문과 기타 전기의 원고가 산과 같이 쌓인
데다가 아직도 속속 투고가 끊이지 않아 부득이 편집 종료 기일을 1개월간
더 연기한다고 공고하였다.

《개벽》문예부가 김삿갓 시를 모집한 배경에는《개벽》의 창간 동인으로
서 당시 편집에 실질적인 역할을 하고 있었던 차상찬의 의지가 작용한 면이
있는 듯하다.

---

6 1934년 11월 차상찬이 속간하여 제1호부터 제4호까지 내었으나, 1935년 3월 1일 폐간되
   었다. 1946년 1월 김기전(金起田)이 발행인 겸 편집인으로《개벽》을 복간하여, 1926년
   폐간된《개벽》의 호수를 이어 제73호부터 시작하여 1949년 3월 25일(통권 제81호)까지
   모두 9호를 발행하고 자진 휴간하였다. 최수일, 『《개벽》 연구』, 소명출판, 2008.

그런데 김삿갓은 단일한 인물이 아니다. 어떤 김삿갓은 경기도 양주에서 나고 자란 김병연(金炳淵)으로서 시에 뛰어난데도 궁폐(窮廢)하여 19세기 중반에 방랑하며 살았다. 어떤 김삿갓은 과시「작북유록탄불견백두산(作北遊錄歎不見白頭山)」에서, "문장을 하나 적어 봉선의 예식이 있기를 기다리나니, 부디 우리 황제께서 새로 봉선의 조칙을 반포하시길 바란다."라고 하였다. 이 사람은 대한제국 시기의 인물이 분명하다.

삿갓이나 패랭이를 쓰고 방랑하는 시인 김삿갓에 관한 오래된 기록은 이우준(李遇駿, 1801-1867)이 1852년경 엮은『몽유야담(夢遊野談)』(고려대본 3권 3책)에 나온다. 이우준은 삿갓 시인이 스스로 '김병연'이라고 성명을 밝혔다고 하면서도, 그가 '어떤 사람인지 알 수 없다.'라고 했다. 출생과 가계를 일부러 기록하지 않은 듯하다.

이후 김삿갓에 관한 활자 기록은 1918년 2월 신문관에서 간행한『대동시선』에 처음 나온다. 즉,『대동시선』제9권에 '김병연'의「촉석루(矗石樓)」와「영립(詠笠)」을 싣고, 김병연에 관해서, 자(字, 관례 이후의 이름)는 성심(性深), 호는 난고(蘭皐), 본관은 안동이며, 순조 정묘년(순조 7, 1897)에 태어났다고 밝혔다. 그리고 "평소 댓가지로 만든 약립(篛笠, 삿갓)을 쓰고 다녔으므로 세상 사람들이 김립(金笠, 김삿갓)이라고 불렀다."라고 적었다. 그 뒤 이규용이 편집해서 1919년 10월 15일 회동서관에서 발행된『증보해동시선』에 김병연의 시 3수를 수록하였다. 김병연=김삿갓의 행적은 1926년 강효석이 간행한『대동기문』에 실린 '김병연이 관서(평안도)에 발길을 끊은 이야기'라는 글에서 더 구체화되었다. 김병연이 과체시를 잘 지어 관서 지방에 이름이 나자, 그를 싫어하는 자가 김익순(김병연의 조부)을 비난하는 시를 지어 유포시켰고, 이에 김병연은 관서 땅을 밟지 않게 되었다고 한다.

바로 이 1926년에 천도교 잡지《개벽》의 문예부는 김삿갓의 시문과 전기

자료를 대대적으로 수집하기 시작한 것이다.《개벽》문예부가 김삿갓의 시와 전기를 모집한 것은《개벽》의 창간 동인이자 실질적인 편집자였던 차상찬의 발의에 의한 듯하다.

1928년 2월 발행《별건곤》제11호는 '세외세(世外世) 인외인(人外人) 기인기사록(奇人奇事錄)'이란 제목으로 여러 사람의 글을 묶어 게재하였는데, 그 속에 풍악낭인(楓岳浪人)의 '회해풍자(詼諧諷刺)로 일생 방랑 불우 시인 김삿갓'이란 글이 있다. 이 글은 차상찬이 『조선 4천 년 비사』(大成書林, 1930, 하버드옌칭도서관 소장)를 간행하면서 수록한 「불우 시인 김삿갓」의 내용과 완전히 일치한다. 한자 병기가 약간 다를 뿐, 어휘의 면에서는 '못거지에'를 '축에'로 고친 정도가 있을 뿐이다. 차상찬은 1936년 2월《중외일보》에 「불우 시인 열전」과 「불우 시인 김삿갓」을 발표하였으며, 같은 1936년 2월, 『조선 4천 년 비사』를 재발행하였다.《중외일보》에 발표한 글의 '부기'에서 차상찬은 "이분의 시는 내가 모은 것도 약 300수가량 되나 여기에 다 발표할 수 없고, 또 그의 평생 행적과 모든 일을 지금에 수집 중인즉 불원한 장래에 기회를 타서 자세한 발표를 하기로 약한다."라고 하였다.

사람의 골상을 똑똑하게 쓰고 의관을 분명히 가지는 이 사회에 나서서 綾羅綿繡의 화려한 의복을 떨치며 峩冠博帶의 장엄한 의식을 꾸미어 일평생을 豪氣스럽게 지낸다 해도 남의 못거지에 빠질서라 하는 마음이 더욱 더욱 늘어 가면서 압 보고 뒤 보고 하거늘 그 만흔 衣冠叢中에서 남이 가지는 의관을 가지지 못하고 그 신세를 그럭저럭 방랑 비젓하게 보내고 만다면 누구나 徹天의 恨이 업섯슬 것 안인가 한다.

지난 憲哲 兩朝時代에 경기 충청 양도를 비롯하야 조선 八域에 발잣취 가지 안흔 곳이 업슬 만치 돌아다니기를 잘하는 金삿갓(笠)선생이 잇서 항상

동저고리 바람에 갈삿갓만 쓰기 때문에 세상 사람들이 그의 姓인 金 字를 머리에 노코 金삿갓 혹 金쏫이라고 부르니 기괴라면 기괴하고 이상하면 이상하든 것이다. 그러면 그는 쓴 갓과 입은 옷이 모다 업슴으로 삿갓만 쓰고 다닌 것이며 姓만 타고 나고 일음은 업슴으로 남들이 姓만 알게 되어서 그러한 것이라 할가. 그런 것이 아니다. 金이란 姓을 가저도 그 당시에 薰天의 부귀가 전국에 웃뜸가든 北壯洞 金氏의 金이며 일음을 지어도 그 당시에 金炳國金炳鶴金炳冀 갓튼 達官貴戚이 경성듬웃하든 炳字 行列에 炳字를 부처 번듯한 金炳淵이란 三字를 가젓거든 거긔 딸어 行世 자리에 떨치고 나설 의관이 그러케 업서서 그러케 된 것이랴. 다만 잘못 태어난 것을 한탄할 뿐이다.

金炳淵이 처음에 呱呱一聲을 질으고 뚝 떨어지든 그 門地는 그 당시에 두 말할 것 업시 조핫지마는 '하라비' 잘못 맛난 것이 큰 缺節이다. 그 '하라비'가 누구인가 하면 「家聲壯洞甲族金 明字朝端行列淳」이라 하든 金益淳이니 남이 하라비 노릇하기에 무엇이 부족하얏슬가마는 그도 팔자가 불행하야 外任이라고 나아간 것이 순조 12년경 平安道 龜城府使로 잇다가 純平民的勢力을 거두어 平西大元帥의 旗幟를 날리고 嘉山에 비롯하야 平北일대를 席捲하든 洪景來亂을 맛나서 그와 가티 굉장한 聲勢에 공포심이 낫든지 또 그 가운대에 비밀한 黙契가 서로 잇섯든지 그것은 알 수 업스나 어쨌든지 龜城府使의 당당한 印綬를 찬 몸이 반정부 首魁 洪景來에게 귀순하야 그 動亂의 협조자가 되엿다가 그 動亂이 평정된 뒤에 국법의 容貸할 수 업는 反逆律이란 죄목하에서 誅戮의 慘刑을 밧고 말게 되니 洪景來의 起兵한 主義과 自的이 엇떠하거나 그 기병에 참가한 이유와 사정이 엇떠하거나 그것은 이 자리에서 말할 것 업고 다만 그로 말미암아 그러한 극형을 바든 바에는 그 자신의 악명을 씨슬 곳이 업슬 뿐 아니라 그것이 連坐로 그 자손까지 소위 廢族이란 것이 되어 관대한 처분을 물어야 겨우 鄕谷에 추방되여 실낫 갓튼 잔명을 보존할 뿐이오 아들 자손 증손 내지 몃 대가 되어도 伸寃이란 特赦를 맛기 전에는 天羅地網가튼 無形的 禁錮에 싸이어 비틀비틀하는 가련한 혈맥을 이어 갈 뿐이니 그 裡間에 역적의 자손 폐족의 가문이란 모욕과 능멸이 압뒤에 일으러 血性 남아로는 참지 못할 境界인들 얼마나 만엇슬가. 이것은 한갓 金炳淵이란 一人뿐이 아니라 幾千百年을 두고 그와 가튼 嚴刑峻法이 시행되든 과거 시대에 잇서서는 그러한 情景의 사람이 千人인지 萬人인지 알 수 업는 것을 거두어 불상하게 하는 바이다.

그리하야 그 金笠 선생이 永世禁錮된 불운에 싸인 가문에 태어나서 갈 데 업는 폐족의 신세가 되고 보니 聰明穎悟한 천성의 才分을 어느 곳에서 써 볼 것이냐. 삼척동자도 장래의 顯達을 自期하것마는 그 自期가 혼자 업스며 온 세인이 과거 보러 간다고 떠들 것마는 그 과거를 혼자 볼 수 업게 되니 그 가슴에 서린 불만과 불평은 짤은 한숨 긴 탄식으로 彼蒼은 마압시사 하는 소리의 부르지짐이 나올 뿐이다. 그리다가 치미는 불댕이를 눌을 수 업서서 왈깍 냅뜨는 마음으로 정처업시 나서면 名山麗水의 探勝客도 되고 遠鄕近村의 訪友者도 되고 또 가다가 술자리나 맛나서 마음것 긔운것 마시고 나면 모진 木枕을 둥굴게 비어 이리 굴고 저리 굴며 여덜팔자로 벌린 활개의 손등으로는 엽헷 사람을 탁- 들入자로 모은 두 발로는 방바닥을 쾅- 벌떡 일어나서 비틀비틀 거러가면 오른손에 든 삿갓으로 길가의 먼지를 부치면서 좌우 갈지자 거름으로 前路의 斜陽을 바라보고 울며 우스며 또 노래하고 춤추기를 함부로 하는 그 행동이 엇지 단정한 것을 숭상하는 사군자의 行世操를 몰나서 그리 하얏스랴. 그래서 비상한 그 天才도 秀才의 書堂 속으로 돌아단이면서 尋章摘句하는 功令詩의 糟粕이나 흉내내고 吟風咏月하는 唐宋의 餘唾나 그려 내니 그 재능을 재능답게 발휘할 터전이 어대 잇스

랴. 그럼으로 金笠의 명성은 詩에 만히 나타낫고 金笠의 詩는 滑稽가 만어
서 혹자는 詩家의 체격에 맛지 안는다는 鼻笑를 내기도 하지마는 그러한 心
懷의 不平聲을 울리는 글이 詩格에 맛고 안 맛는 것을 당초에 생각할 까닭
이 잇섯슬가.

그 시의 예를 들면

어느 집에 가서 薄待를 밧고

二十樹下三十人(스무나무 알에 설은 된 사람이)

四十者家五十飯(마흔 놈에 집에 쉬인 밥이라)

하는 것과

開城 어느 집에 가서 자기를 요구하다가 거절되고서

邑號開城何閉門(골 일음이 개성인데 문을 왜 닷노)

山名松嶽豈無薪(산 일음이 송악인데 섭이 업슬가)

黃昏逐客非人事(황혼에 손 쪼는 것이 인사가 아니다)

禮義東方子獨秦(예의동방에 자네 혼자 진나라인가)

하는 것과

「鴻門宴見樊噲」라는 行詩題 初句에

將軍將軍樊將軍(장군 장군 번장군아)

事已急矣樊將軍(일이 급햇다! 번장군아)

하는 것들은 생각 업시 들고 나아가는 희영수의 소리라 할 것이며

山寺에 가서

綠蒼壁路入雲中(푸른 석벽길이 구름 속으로 들어가서)

樓使能詩客住節(다락이 능시객으로 집행을 머물게 햇다)

龍造化呑飛雪浦(용의 조화는 비설포를 생키고)

劍精神立揷天峯(칼의 정신은 삽천봉이 섯다)

仙禽白幾千年鶴(선금은 기천년학이 하얏코)

岩樹青三百丈松(암수는 삼백장송이 푸르다)

僧不知吾春睡惱(중은 내의 봄조름이 노곤한 것을 몰르고)

忽無心拓日邊鍾(무심이 햇가 북을 치노나)

하는 것은 雄偉한 胸襟을 드러낸 玩美的 酬酢이오

金剛山에 들어가면서

書爲白髮劍斜陽(글은 백발이 되고 칼은 사양이 되엿다)

天地無窮一恨長(천지는 다함이 업는대 한 가지 한만 길엇다)

痛飮長安紅十斗(서울 술 열 말을 긔것 마시고서)

秋風簑笠入金剛(가을바람의 도롱이 삿갓이 금강산으로 들어가노나)

하는 것은 多恨多感한 그 평생의 心懷를 純潔清雅하게 나타내인 것인가 한다

이 밧게도 이와 유사한 시편으로 인구에 膾炙하여 나려오는 것이 만치마는 낫낫이 적을 수 업서 그만두고 그 뒤 30년을 지나서 甲午更張 당시에 國朝 이래 모든 죄명을 蕩滌하는 바람에 그 조부의 罪案이 爻周됨으로 말미암아 그 손자 榮鎭 氏가 비롯오 官邊에 出身하야 군수도 몃 지내고 城津監理로 引退된 뒤에 若干의 治産으로 門戶를 겨우 成樣하얏스니 그러한 불평의 녁으로 알음이 잇다 하면 다소 위로됨이 잇슬가 한다.

풍악낭인 곧 차상찬은, 김삿갓이 헌종·철종 시대에 경기도와 충청도를 비롯하여 조선 팔도에 발자취를 남긴 인물이며, 동저고리 바람에 갈삿갓만 쓰기 때문에 세상 사람들이 그를 김삿갓 혹 김립이라 부른다고 했다. 그리고 김병연은 북장동(장동) 김씨로, 김병국·김병학·김병익 등 달관과 같은 항렬이되, 잘못 태어난 때문에 행세하지 못하고 삿갓을 쓰고 방랑을 했다고

적었다. 이어서 김병연은 하라비(할아버지)를 잘못 만난 것이 큰 결절(缺節)로, 그 하라비란 '家聲壯洞甲族金(가성장동갑족김), 明[名의 잘못]字朝端行列淳(명자조단항렬순)'이라 하던 김익순이라 했다. 차상찬은 김병연의 손자 김영진이 '군수도 몇 지내고 성진감리(城津監理)로 인퇴'한 뒤 약간의 재산으로 문호를 이룬 사실도 알고 있었다.

《별건곤》(1928.2.1)에서 기획한 「세외세(世外世) 인외인(人外人) 기인기사록(奇人奇事錄)」은 김삿갓을 중국의 소부·허유, 조선의 서경덕, 남언경, 임제, 이지함 등과 함께 '기인' 가운데 한 사람으로 부각시켰다.

> 천고(千古)의 이대기인(二大奇人) 소부(巢父)와 허유(許由) : 맹현학인(孟峴學人)
>
> 축호농룡조화무쌍(逐虎·弄龍造化無雙) 동방이학자(東方理學者) 서화담(徐花潭) : 취운정인(翠雲亭人)
>
> 임란(壬亂)을 전지(前知)·사일(死日)을 자측(自測) 근대예언가(近代豫言家) 남사고(南師古) : 죽서선인(竹西禪人)
>
> 호탕방달(浩蕩放達)·세속(世俗)을 초탈(超脫) 협사적문호(俠士的文豪) 임백호(林白湖) : 누하동인(樓下洞人)
>
> 표자(瓢子) 한 개로 대양(大洋)을 평지(平地) 갓치 항행(航行) 희세대술가(稀世大術家) 이토정(李土亭) : 아성야인(鵝城野人)
>
> 회해풍자(詼諧諷刺)로 일생방랑(一生放浪) 불우 시인(不遇詩人) 金삿갓 : 풍악낭인

풍악낭인은 김삿갓의 풍류를 다음과 같이 서술하였다.

> 사람의 골상을 똑똑하게 쓰고 의관을 분명히 가지는 이 사회에 나서서 능

라금수(綾羅綿繡)의 화려한 의복을 떨치며 아관박대(峩冠博帶)의 장엄한 의식을 꾸미어 일평생을 호기(豪氣)스럽게 지낸다 해도 남의 못거지(목거지-필자 주)에 빠질서라 하는 마음이 더욱 더욱 늘어 가면서 앞 보고 뒤 보고 하거늘 그만혼 의관총중(衣冠叢中)에서 남이 가지는 의관을 가지지 못하고 그 신세를 그럭저럭 방랑 비젓하게 보내고 만다면 누구이나 철천(徹天)의 한(恨)이 업섯슬 것 안인가 한다.

풍악낭인은 김병연=김삿갓이 천성의 재분을 쓸 곳이 없고 치미는 불덩이를 누를 수 없어, 산수 탐승객이 되고 향촌의 방문자가 되어, "심장적구(尋章摘句)하는 공령시의 조박(糟粕)이나 흉내내고 음풍영월(吟風咏月)하는 당송(唐宋)의 여타(餘唾)나 그려 내니" 재능을 재능답게 발휘할 터전이 없었다고 애석해했다. 그렇기에 김삿갓의 시는 심회(心懷)의 불평성(不平聲)을 울리고 골계가 많아서 시가(詩家)의 체격에 맞지 않는다는 코웃음을 받기도 한다고 지적하였다. 특히 김삿갓의 다음 시들은 '생각 없이 들고 나아가는 희영수의 소리'라고 하였다.

어느 집에 가서 박대받고 지은 '二十樹下三十人' 운운의 시.
개성에서 재워 달라고 했으나 거절되고 지은 '邑號開城何閉門'의 시.
「鴻門宴見樊噲」라는 行詩題 初句 "將軍將軍樊將軍, 事己急矣樊將軍"

또한 풍악낭인은 '웅위(雄偉)한 흉금(胸襟)을 드러낸 완미적(玩美的) 수작(酬酢)'의 예로, '산사에 가서' 지은 "綠蒼壁路入雲中(녹창벽로입운중), 樓使能詩客住節(누사능시객주공)" 운운의 시를 들었다. 또 '금강산에 들어가면서' 김삿갓이 지은 "書爲白髮劒斜陽(서위백발검사양). 天地無窮一恨長(천지무궁일한

장)" 운운의 시는 "다한다감(多恨多感)한 그 평생의 심회(心懷)를 순결청아(純潔淸雅)하게 나타내인 것인가 한다."라고 논평하였다.

차상찬은 1936년 2월에 이르러 《중외일보》에 「불우 시인 열전」과 「불우 시인 김삿갓」을 발표하였으며, 같은 1936년 2월에는 『조선 4천 년 비사』를 다시 발행하였다. 이 무렵에는 여러 사람들이 김삿갓의 시에 주목하여 신문이나 잡지에 글을 발표하고 있었으므로, 차상찬은 자신의 수집과 연구의 결과를 공개할 뜻은 있었던 것 같다. 즉, 1936년 2월 《중앙일보》에 발표한 글의 '부기'에서 차상찬은 "이분의 시는 내가 모은 것도 약 300수가량 되나 여기에 다 발표할 수 없고 또 그의 평생 행적과 모든 일을 지금에 수집 중인즉 불원한 장래에 기회를 타서 자세한 발표를 하기로 약한다."라고 하였다. 차상찬이 당시 지니고 있던 김삿갓의 300수가량의 시는 《개벽》의 우편 모집으로 구한 것일 듯하다. 하지만, 차상찬은 이후 김삿갓 시를 자세히 발표하는 일을 하지 않았다. 차상찬이 수집했다는 '300수'라는 수는 이응수의 1939년 간행 『김립시집』의 약 '283편' 수와 상당히 가깝다.[7] 이응수는 《개벽》에 기고를 하였으므로, 편집자였던 차상찬과 어떤 특별한 관련을 맺었고, 어떤 경로로든 차상찬 소유의 김삿갓 시고들을 이어받았을 것으로 추정된다.

이응수는 22세 때부터 김삿갓의 단시(短詩)를 즐겨 읊었다고 한다. 그는 1909년 함경남도 고원군에서 태어나 함흥고등보통학교를 다녔다. 1927년에는 양숙아(梁熟兒)와 무정부주의 농민문학론에 관해 논쟁을 벌였다. 1928-1929년에는 일본 구제 사가(佐賀)고등학교(제15고등학교) 문과 갑류(영어 전공)에 재학했으나, 중퇴하였다. 1930년대 초 우편으로 김삿갓 시를 부쳐 받았

---

7 정대구, 『김삿갓 연구』, 문학아카데미, 1990, 63쪽. 정대구는 차상찬과 《개벽》의 관계, 《개벽》의 김삿갓 시 모집에 대해서는 언급하지 않았다.

다.[8] 1930년 2월 8일 자《중외일보》에는 「세계시단 3대혁명가(世界詩壇三大革命家); 휫트맨·이시카와 다쿠보쿠(石川啄木)·김삿갓(金笠)」을 발표하였고, 《동아일보》 1930년 3월 27일 자부터 30일 자까지 4회에 걸쳐 「시인 김립의 면영(面影)」을 게재하였다. 이후 1936년까지 《동아일보》,《조선일보》,『삼천리』,《동광》,『신동아』 등등에 김삿갓 시 해설문을 발표하였다. 이응수는 1938년 경성제대 선과생(교양과정생)으로 있으면서 정신여학교 교사이자 한학자인 김원근(金瑗根), 조선총독부의 『순종실록』 편찬에 가담하고 성대(成大) 강사로 있던 권순구(權純九)에게서 가르침을 받았다. 이응수는 김삿갓 시집의 임시 편집본을 들고 천태산인, 곧 김태준을 찾아가 '서변(序辯)'을 부탁하였다. 천태산인이 여러 시가 위조임을 지적하자, 이응수는 천태산인의 글을 받지 않고, 1939년 2월 『상해(詳解) 김립시집』을 학예사에서 펴냈다.

이응수는 1940년에는 경성제대 법문학부 철학과에 입학해서 본과생으로 수학하고 1942년 9월 졸업하였다. 졸업 전 대공응수(大空應洙)로 창씨개명하였다. 이후 모처의 학교와 조선총독부 등에서 근무하다가 해방 후 북한으로 갔으며, 김일성종합대학 교수와 과학원 언어문학연구소 교수를 지냈다.[9] 1956년 평양 국립출판사에서 『풍자시인 김삿갓』을 간행하면서 김삿갓 시의 '인민성'을 더욱 부각시키고자, 종래 '초입문, 만가, ナグリガキ'에 불과하다고 비판했던 단율을 오히려 김삿갓 시의 본령으로 삼고 과시는 역사시

---

8 1933년 1월 23일 발행《동광》 제40호에 수집 시 10여 편을 소개한 후, "전번 『삼천리』 소재(所載)의 시초(詩抄)를 보고 직접 필자에 립(笠)의 시고를 보내주신 분들에게 지상을 통하여 사의를 올리고 더 나아가 계속적 후원이 있기를" 요청하였다. 그러자 '김립 선생의 직계 종손' 김홍한(金洪漢)이 도움을 주겠다고 서신을 보내왔다. 김홍한 스스로도 《매일신보》에 1933년 12월 2일-12월 8일까지, 7회에 걸쳐 「김립선생소고-그의 시상과 예술경」을 발표하였다.

9 崔碩義 역편, 『金笠詩選』, 東洋文庫, 平凡社, 2003.3.

로 규정하였다. 또 김삿갓이 인민을 위해 대신 작성해 주었다고 전하는 소장 등을, 산문의 파형이지 시가 아니거늘, 시의 분야에 배속시켰다. 노총각이 혼사금을 마련하려고 관아에 진정하는 상황을 설정하여 배체(俳體)로 지은 「노총각진정표(老總角陳情表)」(노총각구절표)도 시에 넣었다. 이응수는 이 관하가 부쳐 온 원고를 토대로 대중보판에 칠언율시 「백상루(百祥樓)」를 싣고 1956년판에도 실어 두었다. 하지만 이 시는 고려 충숙왕의 어제(御製)로, 『신증동국여지승람』에 실려 있다. 이응수는 그 사실을 몰랐다. 그뿐 아니라 대중보판 『김립시집』에 이 시를 실을 때 함련과 경련을 뒤바꾸어 실었고, 『풍자시인 김삿갓』에서도 그대로 수록하였다.

이응수는 한시 형식에 정통하지 않았으므로 '김삿갓 시'의 해설에서 많은 오류를 범하였다. 그럼에도 불구하고 우리는 그의 작업을 통해 '불우한 시인' 김삿갓을 알 수 있게 되었다. 그런데 '불우한 시인' 김삿갓의 존재를 사람들이 알 수 있게 된 것은 실은 차상찬과 《개벽》의 분투 때문이었던 것이다.

4. 차상찬의 야사 편찬과 야담 소설

한국문학사에서 차상찬의 주요 업적 가운데 하나는 1930년대에 수많은 야담 소설을 창작하여 민족문화를 발굴하는 데 앞장서서, 제국주의 실증주의 도그마에 저항하는 한 가지 유력한 지적 방법론을 모색하였다는 점이다.

주지하다시피 일제강점기에 야담집은 1912~1926년 사이에 본격적으로 출간되었다.[10] 1913년에 개유문관(皆有文館)에서 간행된 동주(東洲) 최상의(崔

---

10 김준형, 「근대전환기 야담의 전대 야담 수용 태도」, 『한국한문학연구』 41, 한국한문학회, 한국한문학연구, 2008.

相宜)의『오백년기담(五百年奇譚)』은 활자본, 필사본, 일본어 번역본, 현대어 번역본 등으로 다양하게 존재한다. 최상의는 조선오백년의 주요 사건을 야담을 통해 제시함으로써 조선의 역사를 이해하도록 하였고, 조선조의 역사와 인물을 되짚어 봄으로써 현실의 고난을 극복하려는 의지를 드러내기도 하였다.[11] 활자본에는 180편의 이야기가 수록되었는데, 1916년 광학서포(廣學書舖)에서 재판, 1917년 3판, 1919년 신구서림(新舊書林)에서 4판, 1923년 박문서관(博文書舘)에서 5판이 출간되었다. 1923년에는 시미지 겐키치(清水鍵吉)는 78편을 발췌하여 일본어로 번역하였다. 3·1운동 이후 조선을 제대로 알자는 취지에서 이루어진 듯하다. 그 후 백대진(白大鎭) 편『한국야담전집(韓國野談全集)』(신태양사, 1962)에 최상의의 손자 최재희(崔載喜)의 현대어역을 수록하였다.

차상찬은『조선 4천 년 비사(朝鮮四千年祕史)』(大成書林, 1930/北星堂書店, 1934)를 비롯하여,『해동염사(海東艷史)』(한성도서주식회사, 1931/1954),『조선사외사(朝鮮史外史)』(명성사, 1947),『한국야담사화전집(韓國野談史話全集)』5(동국문화사, 1959) 등을 차례로 저술하였다. 이것들은 최상의가 조선 오백년 역사를 야담을 통해 제시한 것을 한 단계 발전시킨 것으로 평가할 수 있다. 특히『조선 4천 년 비사』는 체계적인 역사서는 아니지만, 아오야기 쓰나다로(青柳綱太郞/青柳南冥, 1877-1932)[12]의『조선사천년사(朝鮮四千年史)』(경성부 황금정 조선사연구회, 1917/1918(4판))에 대항하는 의미를 지녔다고 할 것이

---

11 장경남·이시준, 「일제강점기에 간행된 야담집에 대하여-『오백년기담(五百年奇譚)』을 중심으로-」,『우리문학연구』34, 우리문학회, 2011.
12 東京專門學校(現·早稻田大學) 卒. 明治38年 韓國財務顧問部財務官을 거쳐 40-42年 韓國宮內府에서 李朝史編纂에 종사. 45年 朝鮮研究會를 主宰, 大正6年 週刊《京城新聞》발간. 저서에『朝鮮騷擾史論』,『朝鮮統治論』,『朝鮮文化史』,『朝鮮野談集』《韓國併合史研究資料) 등.

다. 차상찬의『조선 4천 년 비사』의 목차는 다음과 같다.

04 鄭圃隱 先生 實記[鄭圃隱夢周先生]

05 崔瑩 將軍 冤死錄[叛逆罪로 冤死한 崔瑩 將軍]

06 李成桂와 佟豆蘭

07 東方 理學者 徐花潭 先生[東方理學者徐花潭]

08 朝鮮大豫言家南師古

09 俠士 文豪 林白湖[俠士的文豪林白湖]

10 天下大奇人 李土亭[稀世大術家李土亭]

11 朝鮮博物學者 朴英[朴英의 少年時代]

12 張猪頭順孫奇話[張猪頭 이야기]

13 快丈夫 南怡 將軍

14 독기政丞 元斗杓

15 綠林豪傑 林巨丁

16 林慶業 將軍 實記[萬古精忠林慶業將軍]

17 不遇詩人 金삿갓

18 大院君 逸話[大院君逸話錄]

19 東學黨 首領 全琫準[東學軍都元帥全琫準]

20 三百 年 前에 歸化한 金忠善[三百年前에 歸化한 大和魂]

21 歷代樂壇의 名人物 附: 古樂變遷

『조선사천년비사』 가운데 많은 부분이, 차상찬 자신이 《개벽》에 게재하였던 글을 재록하거나 부연하거나 개작한 것들이다. 차상찬의 『조선사천년비사』 가운데 제2절 '갑신이대정변기(甲申二大政變記)', 제3절 '이대양요난기(二大洋擾亂記)', 제4절 '조선의 사화·당쟁·정당'은 부연의 글이라고 할 수 있다.

차상찬의 야담 소설 가운데 단편 「안평대군의 실연」이 있다. 풍류남아 안평대군이 무명의 선비와 겨루어 평양 기생의 마음을 사지 못했다는 이야기이다.[13] 줄거리만 보면 이러하다.

　평양에 가곡에 능하고 시문과 서화에 뛰어난 기생이 있었다. 안평대군은 평양에 가서 연광정 구경도 하고 부벽루 놀이도 하여 우리나라 제일강산의 구경을 샅샅이 하고자 했다. 사실은 그 핑계로 평양 기생을 보고자 하는 생각이었다. 이때 나이 스물의 최서방이란 자가 찾아왔다. 안평대군은 용모도 단정하고 예의도 바른 그를 기특하게 여겼다. 최서방은 신필이었으므로, 안평대군은 그에게 가르침을 청할 정도였다. 최서방은 안평대군이 평양 행으로 하려는 것을 알고 동행하게 해 달라고 청했다. 마침내 연광정에서 감사와 수령들이 연회를 열어 대군을 환대했다, 이때 저 기생도 자리에 있었다. 대군은 그 기생에 마음을 빼앗겼다. 손님들이 글귀를 지어 보려 할 때, 최서방이 여러 날 행역에 다 낡은 웃옷 자락을 부여잡고 누에 올라왔다. 대군은 그에게 손님들이 지은 글귀에 차운을 해 보라고 했다. 최서방은 '옥자골청추입죽(玉子骨淸秋入竹) 미인장습우과화(美人粧濕雨過花)'라는 연구(聯句)를 썼다. 그 기생은 그 연구를 보더니, 자리를 최서방 곁으로 옮겨 앉아 노래를 불렀고 최서방은 거문고로 화답했다. 노랫소리는 애원(哀怨)하여 하소연하는 듯하고 거문고 소리는 청아하여 반기듯 했다. 최서방은 손님들의 안색이 좋지 않음을 살피고, 안평대군에게 귀로에 모실 수가 없을 것 같다고 하면서 연광정을 내려갔다. 기생도 심복의 병이 발작하여 더 머물 수가 없다고 하고는 최서방의 뒤를 총총히 따랐다. 대군은 얼굴이 붉으락푸르락

13 심경호, 『안평 : 몽유도원도와 영혼의 빛』, 알마, 2018.

하여 그 둘이 가는 곳을 바라보았다. 최서방의 발걸음이 부벽루 위까지 이르더니 홀연 그가 사라졌다. 그 기생은 거기까지 앞서 온 최서방의 자취를 찾다 찾을 수 없자 부벽루 밑 층암절벽에 몸을 굴려 그만 세상을 등졌다.

차상찬의 이 야담 소설은 서형수(徐瀅修, 1749-1824)의 「최생전(崔生傳)」을 통속적으로 번안한 것이다.[14] 또 서형수의 「최생전」은 노명흠(盧命欽, 1692-1779)의 『동패낙송(東稗洛誦)』에 들어 있는 이야기를 각색한 것이다. 이 이야기는 실은 서형수 이후에 신광현(申光絢, 1813-1869 이후) 편 『위항쇄문(委衖瑣聞)』[15]과 1869년(철종 20) 이원명(李源命, 1807~?) 편 『동야휘집(東野彙輯)』에도 들어 있다.

서형수는 「최생전」에서 안평대군의 예술성을 일단 높이 평가하였지만, 여항의 이름 없는 최생에게는 뒤진다고 논평하였다.

　최생이란 자는 우리 조선의 문종 때 사람이다. 문종에게는 안평대군 공자 이용이라는 아우가 있는데, 서법에 뛰어나 그의 글씨를 얻는 사람들은 다투어 비단주머니에 보관했다. 안평대군은 또 풍류에 뛰어나고 빈객을 좋아했으므로, 일시의 명망 있는 사대부들이 추대하여 예를 갖추었다. 최생이 하루는 헤진 옷과 기운 두건 차림으로 안평대군의 저택으로 가서 문지기에게 말했다. "나는 최생이다. 공자를 알현하고 싶다." 문지기가 위아래를 훑어보고 웃으면서 말했다. "수재가 참 대담하구려. 공자를 무슨 일로 만

14　徐瀅修, 「崔生傳」, 『明皐全集』 권14 傳, 한국문집총간 261.
15　申光絢(聊爾居士), 『委衖瑣聞』 達城 : 廣居堂, 1933, 국립중앙도서관 소장 필사본 ; 한영규, 「신광현이 편찬한 『委港鎭聞』의 내용과 특징」, 『한국한문학연구』 55, 한국한문학회, 2014.

나려 하오?" 했다. 최생이 "말씀만 드리게."라고 하자, 문지기는 들어가 "문 밖에 최생이란 사람이 공자를 알현하고자 합니다."라고 했다. 공자는 즉시로 맞아들여 앉히고는 온 이유를 물었다. 최생은 "다른 이유가 없습니다. 다만 공의 서법을 보고자 합니다." 했다. 공자는 "쉬운 일이오." 하고는, 즉시 책상자를 뒤져서 각 서체의 글씨를 꺼내어 최생에게 보여주었다. 최생은 "위항의 천한 유자라고는 하여도 어찌 공자의 글씨를 보지 못했겠습니까? 보고 싶은 것은 곧 공자의 장허지실(掌虛指實)의 형상과 심정기화(心正氣和)의 용태입니다."라고 했다. 공자가 즉시로 붓을 빨고 먹을 갈아서 대여섯 종이를 휘호하고는 최생에게 주었다. 최생은 다 보고 나서 "단경(端勁)과 주일(遒逸)은 외습(外襲)을 빌리지 않았고, 절좌(折挫)와 사얼(槎枿)은 모두 진오(眞悟)에서 나왔으니, 정말로 고수이십니다."라고 했다. 공자가 "그 오묘함을 말로 표현할 수 있는 것을 보면 그대는 필시 글씨에 뛰어난 사람일 것이오."라고 하자, 최생은 "감히 휘호하지는 못하겠습니다."라고 했다. 공자가 억지로 권하여 글씨를 쓰게 했다. 최생도 대여섯 종이를 휘호하여 공자에 주어 보게 하니, 공자는 크게 놀라면서 "그대가 실로 나보다 낫소. 어째서 세상에 이름이 알려지지 않은 것이오?" 하고는 그 이름을 물었으나 최생은 대답하지 않았다. 공자는 "이름은 들을 수 없다고 하여도 부디 나에게 묵적(墨蹟)을 남겨 두고 가시오. 내가 늘 눈으로 보면서 조석으로 그대를 만난 듯이 여기겠소." 했다. 최생은 "제가 묵적을 남들에게 보이지 않은 것은 공자의 이름을 덮게 될까 염려해서였거늘, 지금 도리어 공자에게 묵적을 남기고 간단 말입니까?" 하고는 갑자기 종이를 취하여 북북 찢어 버리고, 일어나 읍례를 하고는 나갔으므로, 공자는 말릴 겨를이 없었다. 한참 뒤에 공자는, 기성(箕城, 평양)에 17세 된 명기가 있는데 재주와 미모가 온 나라를 기울일 정도이지만 허여하는 사람이 아주 적어서, 관찰사 이하 어느 누구도 감히 위세로 뜻을 빼앗을 수가 없다고 하는 말을 들었다. 마침내 공자는 목욕을 하겠다는 이유로 휴가를 청하여 장차 서쪽으로 떠나려고 했다. 그런데 최생이 어디에선가 홀연 이르러 왔으므로, 공자는 그를 보고는 아주 기뻐하여 "그대는 어찌하여 오랫동안 오지를 않았소?" 했다. 최생은 "저는 결코 아무 이유 없이 오지는 않습니다. 지금 온 것은 공자와 함께 기성에 가서 노닐고 싶어서입니다."라고 했다. 공자가 더욱 기뻐하여 "내가 그대를 위해 탄탄한 말과 양식을 마련해 주겠소."라고 했다. 최생은 "몸에 다리가 있고 낭탁에 돈이 있거늘, 어찌 공자를 번거롭게 하겠습니까? 기성에서 만나기로 약속하면 그만입니다."라고 했다. 공자는 그 뜻을 굽히기 어렵다고 헤아리고는 재삼 약속을 하고 헤어졌다. 공자가 기성에 이르자, 관찰사가 감영의 온 재력과 노동력을 동원하여 공자를 맞이해서, 수레와 말이 줄이었으며 부주(跗注), 군사와 아도(阿導), 병장(屛帳), 휘장과 장막과 공억(供億, 이바지), 생소(笙簫)와 가관(歌管)이 모두 사람의 이목을 놀래킬 정도로 으리으리했다. 연광정(鍊光亭)에 올라서는 공자는 최생이 왔는지 물었는데, 최생은 이미 문밖에 있었다. 불러서 동석을 하고 서로 마주하여 아주 즐거워했다. 술이 한창이었을 때 명기가 바로 좌석에 있어서 멋대로 거문고를 끌어안고 억지로 연주를 하되, 머리를 숙이고 눈썹을 찌푸리고 있었지 결코 사람을 주시하지 않았다. 공자는 안색이 좋지 않았다. 최생이 지인(知印)을 불러 "저 기녀를 거문고 들려 데리고 오라!"라고 했다. 기녀가 오자, 최생은 손으로 거문고 줄을 만지면서 번갈아 서너 곡조를 연주했다. 그러자 기녀가 홀연 자세를 고치고는 귀를 기울여 들었다. 이윽고 기녀는 일어나 최생 앞으로 가서는 웃음을 머금고 말하길, "정말 잘하십니다, 거문고 연주를! 한 곡조 타시면 제가 곡조에 맞춰 노래 부르면 안 될까요?"라고 했다. 최생이 그 말을 따랐다. 거문고 연주가 노랫소리를 얻으니 더욱 처처연(悽悽然)하고 서서연(舒

舒然)하여, 신령한 하늘의 소리와 차가운 파도 소리가 일어나 마치 학이 울고 용이 읊는 듯했다. 최생과 기녀가 서로 마주보며 웃었다. 이에 공자의 안색이 더욱 좋지 않게 되었다. 최생이 갑자기 공자에게 읍례를 하고는 "저는 술을 이기지 못하므로 먼저 여관으로 돌아가겠습니다."라고 했다. 공자가 허락했다. 최생이 나가고 얼마 되지 않아서, 기녀도 일어나 청하길 "저는 흉격에 병이 있는데 지금 마침 통증이 발했으므로 잠깐 물러났다가 조금 나아지면 다시 뵙겠습니다."라고 했다. 공자가 이번에도 허락하고는, 사람을 시켜 그가 가는 곳을 엿보게 했다. 기녀는 곧바로 최생이 있는 여관으로 달려가서 최생에게 말하길 "저는 거문고의 오묘함을 얼추 압니다만, 다만 지음을 얻어 몸을 맡기고자 했습니다. 그래서 공경대부들이 억지로 저를 찾아도 저는 도리어 마음에 내켜하지 않아 왔습니다. 오늘 요행히 군자를 얻었으니, 죽을 때까지 다른 사람을 따르지 않겠습니다."라고 했다. 최생은 웃으면서 "아까 나는 단지 그대를 시험한 것뿐이네. 공자가 어찌 그대를 놓아두겠나? 비록 공자가 그대를 놓아둔다고 해도 내가 어찌 너를 필요로 하겠나? 망령된 말을 마라!" 하고는, 즉시로 소매를 떨치고 나가서는 망망(茫茫)하게 대동강을 건너서 가 버렸다. 이후로 최생은 다시는 세상에서 모습을 볼 수가 없었다.

나는 이렇게 논한다. 기이하여라 최생이여! 글씨에 숨은 것이었나? 거문고에 숨은 것이었나? 어디든 글씨와 거문고가 아닌 것이 없었던 것이었나? 무릇 우리나라의 인재는 처음에는 세종과 문종 두 대에 성대하여, 당시의 유림에는 김숙자(金叔滋, 1389~1456)·임수겸(林守謙)이 있고 문원(文苑)에는 변계량(卞季良)·하연(河演)이 있었으니, 모두 선발에 선발을 거친 사람들이었다. 최생은 이 서너 사람들과 종유하지 않고서 경경(硜硜, 빡빡함)하게 한두 곡예로 귀공자에게 의탁하여 그 기미(機微)를 보인 것인가? 기예가 여기에 그쳐서 이름이 숨었으므로 실은 숨은 적이 없었던 것이 아닐까? 그렇기는 하지만 이것은 역시 방기(方技)에 넣을 만하니, 내가 어찌 전하지 않겠는가!

서형수의 「최생전」, 차상찬의 「안평대군의 실연」은 『운영전』과 모티브가 비슷한 면이 있다. 운영이 대군의 궁녀였던 데 비하여 이 야담 소설의 여주 인공은 평양 기생이다. 하지만 모티브는 『운영전』과 비슷하다. 한시로 사람의 마음을 사로잡을 수 있다는 발상도 똑같다. 그런데 『운영전』과 마찬가지로 이 야담 소설에서도 안평대군은 사랑의 패배자로 등장한다. 안평대군은 "용모 풍채가 일세를 압도함은 물론이고 풍류 호방한 중에도 명필로 세상에 유명해 당시에 서로 교류하는 이가 일대 명사 아닌 이가 없었다." 그렇지만 궁녀나 기생의 사랑을 얻지 못하고 절망하는 것이다. 안평대군의 궁녀나 안평대군이 마음에 둔 여인을 쟁취한 남성도 행복한 결말을 맺지는 않는다.

서형수는 세종, 문종 연간의 태평성대를 그리워했다. 그 시절 문화를 대표하는 인물이 안평대군이거늘, 그의 공적을 꼽는 데는 인색하였다. 경력을 알 수 없는 인물인 최생이 안평대군보다 글씨도 잘 쓰고 거문고도 잘 켠다고 했다. 최생이 평양기생의 마음을 사로잡는 것도 거문고 연주를 통해서다. 차상찬은 최서방이 '옥자골청추입죽(玉子骨淸秋入竹) 미인장습우과화(美人粧濕雨過花)'라는 연구(聯句)를 지어 평양 기생의 마음을 사로잡았다고 하였다. 『춘향전』등 고전소설에서 삽입시가나 시가창수가 중요한 역할을 하는 것을 의식하여 연구를 창작해 넣은 것이다. 한시가 아니라 연구인 것도, 근세 문화 공간에서 연구의 비중이 높았던 것을 의식한 결과인 듯하다.

5. 맺는 말

차상찬은 1920년 《개벽》 시절에 전국의 역사 유적을 탐방하여 많은 논저를 남겼다. 이후 민족문학과 민족사에 각별한 관심을 가지고 『조선 4천 년 비사(朝鮮四千年祕史)』(大成書林, 1930/北星堂書店, 1934)를 비롯하여, 『해동염사(海東艶史)』(한성도서주식회사, 1931/1954), 『조선사외사(朝鮮史外史)』(명성사, 1947), 『한국야담사화전집(韓國野談史話全集)』 5(동국문화사, 1959) 등을 집필하였다. 차상찬은 일제 어용학자 아오야기 쓰나다로(青柳綱太郎)의 『조선사천년사(朝鮮四千年史)』(1917)에 대항하는 의미에서 비체계적, 사건 중심, 인물 중심의 역사서인 『조선 4천 년 비사』를 엮으면서, 「역대인물열전」 20인 가운데 제17인으로 김삿갓을 다루었다. 야담의 세계에 머물던 김삿갓이란 존재를 역사적 인물로서 적극적으로 부각시킨 것이다.

1960년대 이후 한국사 연구는 실증을 중시하여 문헌사료를 대조하고 논거를 제시하는 방식으로 나아갔기 때문에 차상찬의 역사 서술은 역사학 분야에서 거의 인용되지 않게 되었다. 국문학 연구에서는 근대 이후의 문학 연구 시각을 수용하여 근대 이전의 야담집 성립 자체를 연구 대상으로 삼고 일부 야담의 허구적 특성을 소설과 연계시켜 논하는 방식이 우세했다. 이때문에 국문학 분야에서는 기존의 야담을 재구성한 차상찬의 야담 번안 작업은 주목하지 못하였다.

하지만 현대 역사학은 정제된 기록물만이 아니라 고문서와 함께 구술(口述)을 중시하기 시작하였다. 한국문학 연구는 자족적인 '벨레 리터러처(Belles literature)'가 아니라 삶의 기록과 반영을 담은 광의의 문학을 중시하고 있다. 따라서 차상찬의 기록과 저술에 대해서는 역사학에서나 한국문학에서 재평가가 요청된다. 그리고 일제강점기에 민족주의 진영의 한국학은 제국주의-실증주의의 조선학에 대항하면서 스스로의 '지적 방법'을 구현하였는데, 차상찬의 기록과 저술은 그 한 방법으로서 주목할 필요가 있다.

차상찬전집편찬위원회가 차상찬이 《개벽》에 발표한 다양한 양식의 저술들을 종합하여 『차상찬전집』을 발행한 것은 한국학의 발전에 큰 기여를 하리라고 믿는다. 더구나 이 전집은 차상찬의 글들을, 세로쓰기를 가로쓰기로 바꾼 이 외에는 원문 그대로 수록했다는 점에서 학술적인 연구자료로서 가치가 높다. 이 전집의 편찬위원회는 차상찬이 편집주간 또는 발행인을 맡았던 『별건곤(別乾坤)』에 실린 글들을 현재 조사하고 있다. 그 결과물 또한 일제강점기 학술, 언론, 문화를 이해하는 데 매우 중요한 자료가 될 것이라 기대된다.

차상찬의 지방사정 조사와
조선문화 인식*
—조선문화의 기본조사를 중심으로

김 태 웅

* 이 글은 「차상찬의 지방사정 조사와 조선문화 인식」, 『역사교육』148(2018.12)을 수정한
것이다.

1. 서언

《개벽》은 1920년 6월에 창간된 종합 월간지로서 1920년대 지식계와 일반 대중들에게 크게 영향을 미쳤다. 이에 국문학계에서 문예면이 매우 많은 점을 주목하여 일찍부터 관심을 기울였고《개벽》에 대한 집중 연구는 근대문학 전공자들을 중심으로《개벽》의 문학사적 위상을 해명하는 데 이르렀다.[1] 아울러 운동사, 지성사, 문학사 전공자들이 학제 연구의 일환으로 매체로서의《개벽》에 주안을 두고《개벽》독해에 입각하여《개벽》과 천도교의 관계, 《개벽》에 투영된 당대 조선의 사회상,《개벽》과 한국근대문학의 관계를 조명하였다.[2]

이러한 일련의 연구들은 그동안《개벽》에 수록된 다양한 글들을 활용하면서도 정작《개벽》자체를 간과함으로써 야기된 지성사적 공백을 채우고자 했다는 점에서 그 성과가 적지 않다. 하지만《개벽》을 편집하고 운영한 주체들의 세계관, 조선문화와 당대 현실에 대한 인식, 다양한 기획사업의 방향 등에 대한 심도 있는 연구로까지는 나아가지 않았다. 이에 근래《개벽》편집진의 중심축이라 할 수 있는 차상찬(車相瓚, 1887-1946)에 대한 연구는

---

1 최수일, 『《개벽》연구』, 소명, 2008.
2 임경석, 차혜영 외, 『《개벽》에 비친 식민지 조선의 얼굴』, 모시는사람들, 2007.

《개벽》의 지성사적 위치를 구명하는 데 실마리가 되리라 본다.[3]

그런데 《개벽》에 수록된 글 가운데 외부의 필자에 못지않게 개벽 편집진의 글들이 다수 보인다. 물론 차상찬의 글이 적지 않다. 이러한 글들은 단지 개인의 저술에 그치지 않고 개벽사의 기획에 따른 글이라는 점에 주목할 필요가 있다. 특히 차상찬, 박달성(春波 朴達成, 1895~1934), 김기전(小春 金起田, 1894-1948) 등을 비롯한 《개벽》의 중추인물들이 전국을 답사한 끝에 《개벽》 제31호(1923년 1월 호) 답사 공지부터 《개벽》 제65호(1925년 12월 호)까지 발표한 글들은 개벽사의 '조선문화의 기본조사'와 매우 밀접하다는 점에서 심도 있게 분석해야 한다. 즉 이러한 답사의 성과물로 발표된 일종의 각 도별 보고서는 역사, 중요 인물, 인정·풍속, 민담, 산업, 명승고적 등 지방의 내력과 제반 사정을 소상하게 담고 있을뿐더러 근대의 산물로서 국부(國富)와 민산(民産)을 일목요연하게 수치화한 각종 통계를 다수 수록하고 있어 이러한 작업의 성과를 구체적으로 파악하고 그 의미를 확장할 필요가 있다. 물론 기존 연구자들이 '조선문화의 기본조사'를 언급하면서 이러한 작업이 궁극적으로는 일제의 침략과 약탈의 실상을 한국인 독자들에게 알렸으며 나아가 조선학 연구의 기초를 마련했음을 논급하였다.[4] 즉 통계가 근대적 과학에 근거하여 인구와 경제 상태 등을 파악하고자 한 국민국가의 통치행위와 연계되어 있다는 점에 비추어 보았을 때,[5] 차상찬 등 이들 편집진이 통계자

---

3 차상찬에 대한 본격적인 연구에 관해서는 박종수, 「車相瓚論」, 『韓國民俗學』 28-1, 한국민속학회, 1996 ; 박길수, 『차상찬 평전』, 모시는사람들, 2012 참조.
4 성주현, 「조선문화론의 기수 《개벽》」, 『《개벽》 창간 90주년 및 청오 차상찬 선생 문화훈장 수상 학술강연』, 천도교중앙총부, 2010 ; 신현득, 「잡지 언론의 선구자 청오 차상찬」, 『《개벽》 창간 90주년 및 청오 차상찬 선생 문화훈장 수상 학술강연』, 천도교중앙총부, 2010 ; 박길수(2012), 위의 책, 147~163쪽.
5 국민국가 및 식민 권력의 통치 지식과 통계조사의 관계에 관해서는 박명규·서호철, 『식민 권력과 통계: 조선총독부의 통계체제와 센서스』, 서울대학교출판부, 2003, 12~16

료를 역으로 활용한 것은 일제의 통계 지식을 통한 통치행위를 극복하겠다는 절박감에서 비롯되었음에 유의할 필요가 있다. 나아가 이들 편집진의 통계 활용은 이후 한국인 식자층의 통계 재구성과 관련하여 파악해 볼 때, 조선총독부가 불리한 통계를 은폐하는 엄혹한 현실에서 민족 차별의 실상을 통계로 드러내고자 한 노력으로 이해할 수 있다.[6] 특히 조선 전체 차원에서 파악할 수 없는 군 단위 통계 추출로 지방 거주 조선 주민의 삶을 수치를 통해 구체적으로 확인할 수 있다. 다만 일각에서는 이들 편집진이 통계를 활용한 것을 일제의 검열을 의식한 나머지 실천적 움직임에서 멀어진 실증적인 태도일 뿐만 아니라 편집진 스스로가 자기통제의 방식을 내면화하는 과정으로 간주하기도 하였다.[7]

한편, 이러한 보고서에는 전술한 바와 같이 지방의 연혁, 지세, 역사, 풍속, 민담 등을 대폭 담으려고 했다는 점에서 한국 재래의 읍지 편찬 전통과 연결되어 있음에 주목할 필요가 있다.[8] 차상찬을 비롯한 이들은 지방 문화의

쪽 참조.

6 1920년대 중반~1930년대 초반 한국인 비타협적 민족주의 계열과 사회주의 계열의 식자층은 조선총독부의 통계를 재구성하여 해석함으로써 식민 지배의 필수불가결한 통계 담론을 균열시키고자 하였다. 이에 관해서는 조명근, 「일제의 통계조사와 조선인의 비판적 해석」, 『史林』54, 수선사학회, 2015 ; 이명학, 「일제 시기 조선재정통계서의 발행 체계와 구성 변화」, 『한국사연구』173, 한국사연구회, 2016 ; 김윤희, 「1920년대 초 '민족경제'와 통계 지식-담론적 실천과 효과를 중심으로」, 『역사와 담론』80, 호서사학회, 2016 ; 이명학, 「일제시기 재정통계의 활용과 해석의 지형」, 『民族文化硏究』75, 고려대학교 민족문화연구원, 2017 ; 장문석, 「사회주의와 통계 : 연구노트」, 『구보학보』16, 구보학회, 2017 참조.

7 송민호, 「1920년대 근대 지식체제와 《개벽》」, 『한국현대문학연구』24, 한국현대문학회, 2008, 18~24쪽.

8 김태웅, 「해방 이후 地方志 편찬의 추이와 시기별 특징」, 『역사연구』18, 역사학연구소, 2008 ; 김태웅, 「近代改革期 全國地理誌의 基調와 特徵」, 『규장각』43, 서울대학교 규장각한국학연구원, 2013.

전통을 제대로 인지하고 계승하는 가운데 독자인 민족 구성원과 함께 그들의 지역 제반 지식을 공유하는 작업이 매우 중요하다고 판단했기 때문이다.

따라서 이 글에서는 차상찬 등의 이러한 기획 작업을 온전하게 이해하고 역사적·사회적 의미를 천착하기 위해서 무엇보다 조사 작업의 배경과 의도, 답사 과정, 성과물의 내용, 통계표의 활용 등을 면밀하게 검토한 뒤 기저에 깔린 차상찬의 조선문화 인식을 구명하고자 한다.

2. '조선문화의 기본조사'의 추진과 내용상 특징

개벽사는《개벽》제31호(1923년 1월 호)에서 자신들의 야심 찬 기획 사업을 발표하면서 이 답사 작업을 '조선문화의 기본조사'로 명명하고 그 성과물을 각도 도호(道號)의 형태로 발표하겠다고 공지하였다.

> 우리는 입만 열면, 붓만 들면 다―가티 가로되 조선을 위한다 하며 사회를 위하노라 한다. 그러나 자기의 한몸도 아니오 또 한 집도 아닌 사회나 민족이 그러케 쉽게 위해질 것인가.
>
> 한 집을 위하는 사람은 천하의 어떠한 사람보다도 그 집의 家長된 그 한 사람이 가장 잘 그 집을 위한다. 이것은 家長된 그 사람뿐이 그 집의 情形을 가장 잘 아는 故이다. 가장 잘 아는 사람이 아니고 가장 잘 감동되는 사람이 될 수 업스며 가장 잘 감동된 사람이 아니고 가장 위하는 사람이 될 수 업는 것이다. 이것뿐은 眞言이라 미더도 잘못은 아니겟지.
>
> 우리는 지금 그러한 생각 미테서 이러한 일을 시행하기로 한다. 즉 조선의 일반 현상을 근본적으로 답사하야써 그 소득을 형제에게 공개하기로 한다. 이것은 한 달에 한 道를 답사할지오 답사한 그것은 그 翌月號의《개벽》

에 부록으로써 공개할 것이다. 무슨 別한 뜻이 잇스리오. 조선의 血孫된 누구의 머리에나 조선의 今日情形을 그대로 감명케 하야써 우리들 일반 이제 各히 분명한 조선의 戶主되게 하자 함이며 제각히 조선과 결혼하는 者 되게 하자 함이다.[9]

여기서 이러한 답사를 통해 우리의 정형(情形)을 파악하고 그 성과를 독자와 공유함으로써 우리 자신이 '조선의 호주(戶主)'가 되고자 했음을 천명하고 있다. 그리고 매달 한 도씩 답사하여 매달《개벽》에 부록으로 발표할 것임을 예고하고 있다.

이후 답사가 진행되면서 답사의 의도를《개벽》제33호(1923년 3월 호)에서 다음과 같이 명료하게 밝히고 있다.

천하의 무식이 남의 일은 알되 자기의 일을 모르는 것만치 무식한 일이 업고 그보다 더 무식한 것은 자기네의 살림살이 내용이 엇지 되어가는 것을 모르고 사는 사람가티 무식한 일이 업다. 보라, 우리 조선 사람이 조선 형편이라 하는 자기네의 살림살이의 내용을 아는 사람이 얼마나 되는가? 우리는 남의 일은 잘 알되 자기의 일은 비교적 모르는 사람이 만흐며 남의 살림살이는 잘 비평하되 자기의 살림살이는 어찌 되어 가는지 모르는 사람이 만흐다. 우리는 이 점을 심히 慨嘆하게 보아 지금의 신사업으로 조선문화의 기본조사에 착수하며 니어써 各道 道號를 간행하기로 하얏나니 이는 순전히 조선 사람으로 조선을 잘 이해하자는 데 잇스며 조선 사람으로 자기내의 살림살이의 내용을 잘 알아 가지고 그를 자기네의 손으로 處辦하고 정리하

---

9 개벽 편집국, 「朝鮮文化의 基本調查, 各道道號의 刊行」,《개벽》31, 개벽사, 1923.

는 총명을 가지라 하는 데 잇는 것뿐이다.[10]

조선 사람이 자신의 살림살이를 스스로 조사하고 자신의 손으로 문제를 해결할 역량을 키우고자 하는 데 있음을 밝히고 있는 것이다. 여기에는 조선 경제에서 한국인 살림살이 즉 한국인 경제를 분리하여 파악하겠다는 의도가 전제되어 있다.

나아가《개벽》제34호(1923년 4월 호)에서는 이러한 조사가 기초 작업이며 이후 대중들과 연계할 수 있는 고리로 삼는 한편 이런 성과는《개벽》만이 활용하는 것이 아니라 한국인 대중과 공유할 것임을 강조하고 있다.

> 今回의 조사는 조사한 그것을 일반에게 공개하야 형제 각자가 그 어들 바를 엇게 하는써 외에 우리 자신이 그것의 일부분을 黙契藏存함에 의하야써 금후 조선의 개벽적 대사업에 資하쟈는 그것이 업지 아니합니다. 딸하서 本號에 발표된 慶南의 기사도 發布할 그것을 發布한 동시에 發布치 아니할 것을 發布치 아니한 그것이 잇슴니다.[11]

여기서 이러한 조사 결과를 한국인 일반에게 공개할 뿐만 아니라 일부는 잘 보존하여 '금후 조선의 개벽적 대사업'에 제공하겠다는 의지를 보여주고 있다.

그런데 이러한 의지는 혹시 일제의 검열을 염두에 두고 공개하지 못할 사정이 있다는 것인가. 아니면 이미 언명한 대로 이들 통계자료를 개벽적 대

---

10 개벽 편집국, 「朝鮮文化의 基本調查, 各道道號의 刊行」, 《개벽》31, 개벽사, 1923.
11 개벽 편집국, 「四月號를 닑는 이에게」, 《개벽》34, 개벽사, 1923.

사업에 활용하겠다는 뜻인가. 이 둘 다일 것이다. 그렇다면 이러한 지식·정보들은 궁극적으로 천도교가 지향하였던 개벽적 사업에 적극 활용하겠다는 의지에 수렴되는 셈이다. 이러한 지향은 한 달 전에 발간한《개벽》(1923년 3월 호)에서 잘 드러나 있다.

> 우리가 조선 사정을 알어야 쓴다 하는 것은 佀히 조선 사람되기 위하야 그것을 알 필요가 잇다 하는 말뿐 아입니다. 나아가 조선을 구원하고 조선을 개조하는 첫 과정은 먼저 그것을 알지 못하면 안 될 것이라 하는 관계상으로 하는 말임니다. 路程記를 알어야 길을 감과 가티 사정을 알고야 사정을 구원하고 사정을 건지는 것이 아니겟슴니까. 조선 사람으로 조선을 구하기 위하야 이 道號를 발행하게 되엿나니다.[12]

이에 따르면 조선 사정에 대한 조사는 궁극적으로 조선의 개조에 있으며 지방 각지 사정을 도호(道號)라는 형식으로 게재하고자 했음을 확인할 수 있다. 그리고 이는 궁극적으로 '개벽적 대사업'의 기반으로 인식하였다.

그러면 여기서 지칭하는 '개벽적 대사업'은 무엇을 가리키는가.《개벽》제37호(1923년 7월 호)에서《개벽》잡지의 주의(主義)를 밝힌 대로 신사회 건설과 매우 밀접함을 추측할 수 있다.[13] 따라서 이러한 조사 내용은 평등주의를 내세워 사회 재건에 주력함으로써 인내천이 구현되는 신사회의 건설에 긴요하게 쓰일 자료였던 것이다.[14]

---

12 개벽 편집국,「우리의 二大宣言을」,《개벽》33, 개벽사, 1923.
13 개벽 편집국,「돌이켜보고, 내켜보고」,《개벽》37, 개벽사, 1923.
14 김정인,「《개벽》을 낳은 현실,《개벽》에 담긴 희망」,『역사와현실』57, 한국역사연구회, 2005, 23~27쪽 ; 박길수(2012), 위의 책, 140~145쪽.

그렇다면 왜 차상찬을 비롯한 개벽사의 중추인물들은 민간의 종합잡지간행 기관으로서 식자층의 글을 발표할 수 있는 지면을 제공하고 편집하는 차원을 넘어 이러한 거창한 작업을 기획하였을까 하는 의문이 든다. 많은 시간과 경비, 노고가 투입된다는 점을 감안할 때 그 배경을 주변 환경 즉 조선총독부의 움직임과 관련하여 파악할 필요가 있다.

이 점에서 1919년 3 · 1운동 후 일제가 벌인 각종 조사 사업을 주시하고자 한다. 즉 일제는 점진적 동화주의에 입각하여 1910년대 구관제도조사사업(舊慣制度調査事業)을 거쳐 「조선민사령(朝鮮民事令)」(1912)과 「조선형사령(朝鮮刑事令)」(1912)을 제정하였건만 3 · 1운동으로 인해 이러한 작업의 의미가 퇴색하자 '조선부락조사(朝鮮部落調査)'(1920.8~1922.10)를 비롯한 각종 조사 작업을 지속적으로 추진하였다.[15] 이러한 일련의 조사 작업은 3 · 1운동 이전에 취했던 법률과 제도 위주의 통치 방식에서 벗어나 좀 더 효과적이고 정교하게 통치할 필요성에서 조선의 농촌 · 농민을 파악하는 데 중점을 두었다. 이때 일제의 조사단은 현지를 직접 방문하여 주민들의 생활 상태를 관찰하거나 면접하였다. 물론 이 과정에서 현황 통계는 도청이나 군청에서 제공하였다. 그리하여 초기의 정치, 법제, 경제 등의 부문에서 사회 사정, 풍속, 그리고 역사 부문으로 확대하고 있었다.

다음 일제의 조사 사업과 차상찬 등의 답사 작업은 어떠한 상관관계가 있을까? 이에 대하여 직접적인 언급이 없어 그 상관 여부를 확인할 수 없다.

---

15 이에 관해서는 김태웅, 「1910년대 前半 朝鮮總督府의 取調局 · 參事官室과 '舊慣制度調査事業'」, 『奎章閣』16, 서울대학교 규장각한국학연구원, 1993 ; 이승일, 「일제의 관습조사사업과 식민지 '관습법'의 성격」, 『역사민속학』17, 한국역사민속학회, 2003 ; 김태웅, 「일제강점기 小田內通敏의 조선통치 인식과 '조선부락조사'」, 『한국사연구』151, 한국사연구회, 2010 참조.

다만 '조선부락조사'에 관한 기사가 이 시기 신문지상에 자주 보도되고 있을 뿐더러 《동아일보》는 1921년 12월 26일 사설에서 일제의 이러한 조사 작업이 지니는 구체성과 과학성을 인정하면서도 "이 시험을 일본인 측의 노력에만 맡기지 말고 조선인 역시 노력하여 행하되 특히 청년회가 이 사업에 대하여 노력을 아끼지 말 것을 희망한다."는 내용으로 끝을 맺고 있다는 점에 주목할 필요가 있다.[16] 특히 1921년 12월 일제가 '조선사편찬(朝鮮史編纂)'을 계획하면서 이에 필요한 예산이 1922년 예산에 계상(計上)되었다는 점도 유념해야 한다.[17] 일제는 법률, 제도 부문에서 시작한 조사 사업이 풍속, 지리, 경제, 문화, 역사 등 전 부문에 걸쳐 한국인의 생활을 철저하게 조사함으로써 그 결과물을 통치 자료로 활용할뿐더러 이러한 통치를 역사적으로 정당화할 수 있는 타율적이고 정체된 조선역사상(朝鮮歷史像)을 창출하고자 했던 것이다.[18] 또한 일제는 과장된 통계를 활용하여 그들의 통치 성적을 미화하고 그들만의 발전을 한국인의 발전인 양 호도하였다.[19]

이에 개벽사는 일본인을 비롯한 외국인의 경제 침략을 정확하게 파악하고 한국인의 생활 실태를 조사할 필요가 있었다. 우선 《개벽》 제30호(1922년 12월 호)에 실린 권두언에서 일제가 통계를 근거로 조선인 발전설을 주장한 것에 의혹을 제기하였다.

우리가 朝鮮人 된 탓이겠지 우리는 晝晝夜夜에 朝鮮이 발전되기를 기원

---

16 《동아일보》 1921년 12월 26일, 사설. 이와 관련하여 김윤희(2016), 윗글, 57~59쪽 참조.
17 조선사편수회, 『조선사편수회사업개요』, 1938, 115~116쪽.
18 정상우, 『조선총독부의 역사 편찬 사업과 조선사편수회』, 아연출판부, 2018, 443~444쪽.
19 김태웅, 「1915년 京城府 物産共進會와 日帝의 政治宣傳」, 『서울학연구』 18, 서울학연구소, 2002, 149~151쪽.

하엿다. 朝鮮만 발전되면 그저 그만이라 하엿다 다시 더 이악이 할 것은 업
스리라 하엿다. 그러나 이제는 「조선의 발전」이라는 그것도 미들 수가 업
게 되엇다. 웨 그러냐 하면 朝鮮에 在한 人衆은 반듯이 朝鮮人뿐이 아닌 동
시에 朝鮮의 발전으로써 곳 朝鮮人의 발전을 認할 수가 업는 故이다.

朝鮮總督府에서는 産業敎育 기타의 각 방면에 관한 年年 통계를 作出하
고 日韓合國의 당시와 對照說明하야서 朝鮮의 발전을 과장한다. 뿐 아니라
朝鮮을 잠간 통과하는 외국인들까지 往往 근래 朝鮮의 逐年 발전을 稱揚한
다. 그러나 朝鮮의 발전은 반듯이 朝鮮人의 발전이 아니다. 우리의 長嘆短
吁할 비애도 실로 여긔에 잇스며 再思決意할 이유도 반듯이 여긔에 잇는 것
인가 한다. … 朝鮮은 朝鮮人의 朝鮮이라 딸하서 朝鮮의 발전은 朝鮮人의
발전을 내용으로 한 것이 되지 아니치 못할지니. 만일 이에 반한 朝鮮의 발
전이 따로 잇다 하면 이는 朝鮮의 발전이 아니라 朝鮮의 夷滅이니 우리의
취할 목표는 오즉 「朝鮮의 발전」으로써 곳 「朝鮮人의 발전」이 되게 하기에
잇스며 이에 상응한 엄숙한 사실을 作出하기에 잇다.[20]

이에 따르면 '조선문화의 기본조사'는 한국인의 발전을 이룩하기 위해 한
국인 경제의 실상을 정확하게 파악하는 데 주안을 두었다. 즉 조선 경제에
서 한국인 경제를 분리하여 통계를 재구성함으로써 조선 경제 발전 담론의
허구성을 폭로하고자 하였던 것이다.

다음 같은 호에 실린 논설 「조선 내에 재(在)한 제외인(諸外人)의 경제적
세력」은 조선 내 농업, 공업, 상업, 광업 등 전 산업 부문에 걸친 외국인의 침

---

20 개벽 편집국, 「朝鮮의 發展과 朝鮮人의 發展」, 《개벽》30, 개벽사, 1922.

략 실태를 통계로써 보여주었다.[21] 이어서 개벽사는 일제의 통계자료에만 의존하지 않고 직접 현지답사를 통해 각도에 거주하는 한국인들의 삶을 구체적으로 조사하고자 하였다.

따라서 개벽사의 이러한 답사 작업은 일제의 통치 정책에 반발하며 한국인 일반의 여망에 부응하겠다는 의도에서 시작되었으며 이 작업이 이후 지방 청년회와 밀접하게 연계되어 전개되었다는 점에서 민족적 기획이라고 할 만하다.

그러면 무엇을 조사하고 어떻게 추진할 것인가? 이에 대해 개벽사는 다음과 같이 공언하고 있다.

> 우리가 各道에 잇서 실지로 답사할 표준은 人情風俗의 如何 産業敎育의 狀態 諸社會問題의 原因 及 趨向 中心人物 及 主要事業機關의 紹介 及 批評 名勝古蹟 及 傳說의 探査 其他의 一般狀勢에 관한 觀察과 批評
>
> 우리는 대체로 右와 가튼 표준의 미테서 各道 各郡의 실지답사를 행하되 오는 春 3월의 제 1일로써 먼저 慶尙南道의 실황을 表出할지며 다시 號를 딸아 慶尙北道, 全羅南道로 及하야 明年 甲子의 3월 1일로써 조선전면에 대한 답사를 종료할 계획이라.[22]

조사 대상은 인정·풍속, 산업·교육의 상태, 사회문제의 원인과 추향, 중심인물과 주요 도시 기관, 명승고적 및 전설, 기타 일반 상세 등이었다. 그리고 이러한 조사를 매달 한 도씩 답사하여 이듬해인 1924년 3월까지 13개월

---

21 개벽 편집국, 「朝鮮內에 在한 諸外人의 經濟的 勢力」, 《개벽》30, 개벽사, 1922.
22 개벽 편집국, 「朝鮮文化의 基本調査, 各道道號의 刊行」, 《개벽》31, 개벽사, 1923.

에 걸쳐 완료하겠다는 포부를 밝히고 있다. 그러나 조사 대상은 대체로 일관되었으나 답사 일정은 예정대로 진행되지 않았다. 무엇보다 소수 인력이 빠듯한 예산으로 추진하기에는 무리였기 때문이다. 결국 일정은 변경되어 도별·군별 답사 일정과 게재 일자는 〈표1〉과 같다.

〈표1〉 개벽사 답사단의 일정과 조사 보고서 발표 지면

답사 일정 / 각도	답사 대상	조사자	《개벽》 발표 시기
1923년 2월 2일 ~2월 말 / 경상남도	마산, 진주, 사천, 곤양, 하동, 남해, 단성, 진양, 산청, 통영, 김해, 구포, 부산, 동래 등등	沿海 방면(김기전, 박봉의), 山峽 방면(차상찬, 신용구)	《개벽》 제34호 (1923년 4월 호)
1923년 3월 1일 ~3월 말, 6월~7월 / 경상북도	대구, 의성, 선산, 김천, 상주, 문경, 예천, 영주, 봉화, 안동, 경주, 영천, 울산, 청송, 영덕, 장기, 흥해, 청하, 영해, 영양 등등	차상찬, 김기전	《개벽》 제36호 (1923년 6월 호) 《개벽》 제38호 (1923년 8월 호) 《개벽》 제39호 (1923년 9월 호) 《개벽》 제40호 (1923년 10월 호)
1923년 5월 중순 /평안북도	신의주, [중국 안동], 의주, 희천, 삭주, 창성, 벽동, 초산, 위원, 강계, 자성, 후창, 중강진 등등	국경 방면(박달성, 한중전), 철도 연선(조기간, 이성삼)	《개벽》 제38호 (1923년 8월 호) 《개벽》제39호 (1923년 9월 호)
1923년 8월 23일 ~11월 초순 /강원도	강릉, 영월, 춘천, 홍천, 횡성, 원주, 양구, 화천, 평강, 철원, 양양, 고성, 통천 등등	차상찬	《개벽》 제42호 (1923년 12월 호)
1923년 10월 6일 ~11월 하순 (47일간) /함경북도	청진, 나남, 경성, 부령, 회령, 용정[간도], 종성, 경원, 웅기, 경흥, 명천, 길주, 성진, 후창, 위원	박달성	《개벽》 제43호 (1924년 1월 호)
1923년 11월 초순 ~1924년 2월 말 /충청남도	공주, 천안, 아산, 예산, 당진, 서산, 구태안, 홍성, 강경, 연기, 대전, 부여 등등	차상찬	《개벽》 제46호 (1924년 4월 호)
1924년 6월 이전 /경기도	경성	박달성 외	《개벽》 제48호 (1924년 6월 호)
1924년 8월 이전 /경기도	강화도, 인천, 고양, 시흥, 개성		《개벽》 제50호 (1924년 8월 호) 《개벽》 제54호 (1924년 12월 호)

1924년 7월 10일 ~8월 중순 /평안남도	평양, 안주, 강동, 강서, 용강, 진남 포, 맹산, 양덕, 영원	김기전, 차상찬	《개벽》 제51호 (1924년 9월 호) 《개벽》 제52호 (1924년 10월 호)
1924년 8월~12월 /함경남도	함흥, 원산, 고원, 영흥, 장진, 신흥, 혜산, 북청, 단천, 이원, 삼수, 갑산, 홍원	차상찬, 박달성	《개벽》 제53호 (1924년 11월 호) 《개벽》 제54호 (1924년 12월 호)
1925년 1월 19일 ~1월 말 /충청북도	청주, 옥천, 진천, 음성, 충주, 괴산, 영동	차상찬	《개벽》 제58호 (1925년 4월 호)
1925년 3월 16일 ~4월 말 /황해도	재령, 신천, 안악, 봉산, 서흥, 수안, 평산, 곡산, 황주, 은율, 송화, 옹진, 장연, 벽성, 해주, 연백	차상찬, 박달성	《개벽》 제60호 (1925년 6월 호)
1925년 6월 19일 ~8월 2일 /전라남도	광주, 담양, 곡성, 광양, 순천, 여수, 보성, 화순, 장흥, 영암	차상찬	《개벽》 제63호 (1925년 11월 호)
1925년 /전라북도	군산, 전주, 옥구, 익산, 김제, 정읍, 부안, 고창, 남원, 임실, 순창, 진안, 장수, 무주, 금산	차상찬	《개벽》 제64호 (1925년 12월 호)

*비고 : 답사 장소는 답사단의 기행문에 의거했기 때문에 누락되거나 첨가될 수 있다.

우선 답사단의 구성과 차상찬의 활동 비중을 볼 때 이러한 조사 작업은 차상찬이 실질적으로 주도하였다고 할 수 있다. 차상찬이 일부 도를 제외하고는 대부분의 지방을 답사하였음을 확인할 수 있기 때문이다. 여타 답사 구성원은 차상찬의 업무를 덜어 주는 보조적인 위치에 있다고 할 수 있다.

다음 이러한 답사 과정에서 군(郡)의 정보는 청년회,《동아일보》지국을 비롯한 각종 단체는 물론 개벽사의 지사 역할을 담당했던 천도교 지방 교구 인사들로부터 확보하였음을 확인할 수 있다.[23] 당시 답사단은 출발 전부터 이들에게 지원을 요청하였고 실제로도 이들의 도움이 컸다. 물론 이들 답사

---

23 개벽 편집국,「編輯局으로부터」,《개벽》32, 개벽사, 1923 ; 차상찬,「우리의 足跡— 京城에서 咸陽까지」,《개벽》34, 개벽사, 1923.

단에는 해당 지역 감시꾼이 따라붙었다.[24] 또한 답사단은 도청, 보통학교, 상조회, 면사무소, 노농협회, 기독청년회, 자작지회 등 각종 단체를 방문하여 실상을 파악하고 통계 등 각종 자료를 확보하였다.[25] 심지어 장시를 방문하여 한국인이 주로 이용하는 장시의 실상도 파악하고자 하였다. 그리하여 경상도와 함경도에서 부녀자들의 장시 출입 여부를 확인하기도 하였다.[26] 이러한 현지답사 방식은 오다우치 미치토시(小田內通敏) 등의 근대적 조사 방식을 수용하면서도 동포들의 지원과 협조 속에서 스스로 지식·정보를 확보하고자 했던 것이다.

이들 답사단은 출발 전에 이미 해당 지역의 사정을 파악하고자 노력하였다. 그 가운데 가장 중요한 자료는 재래의 읍지였다. 후술하는 바와 같이 이러한 읍지가 해당 지역의 역사적 사정을 이해하는 데 주효하다고 판단했기 때문이다. 또 역사적 중요 사건에 대하여 해당 주민들의 구술을 받기도 하였다. 예컨대 하동군에서는 어느 청년으로부터 '갑오년 동학의 난' 때 '전남의 민군'이 이 강(섬진강)을 건너 하동을 점령할 때 '하동의 민포(民砲)'가 응전하였고 이에 민군이 하동 군민을 학살했으며 민군이 퇴각한 뒤에는 반대로 하동 군민이 섬진강을 건너서 광양 군민을 약살(掠殺)함으로써 하동 군민과 광양 군민이 서로 구적시(仇敵視)함을 들었다.[27] 또한 이들 답사단은 항일투쟁과 관련된 유적들도 방문하였다. 예컨대 경상남도 답사의 경우, 진주에서는 논개사당을, 남해에서는 충렬사를 방문하였다.[28] 이 과정에서 논개에 얽힌

24 차상찬, 「우리의 足跡— 京城에서 咸陽까지」, 《개벽》34, 개벽사, 1923.
25 김기전, 「慶南에서」, 《개벽》33, 개벽사, 1923.
26 차상찬, 「우리의 足跡— 京城에서 咸陽까지」, 《개벽》34, 개벽사, 1923 ; 개벽 편집국, 「咸南에서 본 이꼴 저꼴」, 《개벽》53, 개벽사, 1924.
27 김기전, 「慶南에서」, 《개벽》33, 개벽사, 1923.
28 차상찬, 「우리의 足跡— 京城에서 咸陽까지」, 《개벽》34, 개벽사, 1923 ; 小春(박달성),

이야기 등을 채록하였다. 그리그 이에 대한 회한을 한시로 표현하였다.

경상남도를 위시한 조사 활동이 본격화되면서《개벽》에 발표된 보고서들
도 이에 준해 수록되었다.

우선 도내 관내도가 수록되었다. 경상남도의 경우, 〈그림 1〉과 같다.

〈그림 1〉 경상남도 관내도

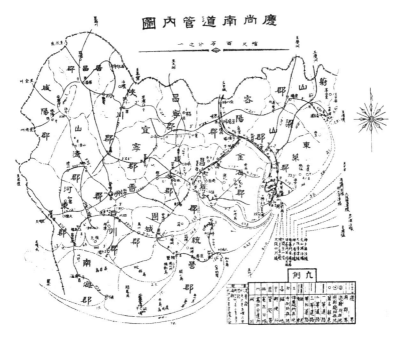

출전 : 개벽 편집국,「朝鮮文化의 基本調査 - 一部發表」,《개벽》34, 1923.

「釜山의 貧民窟과 富民窟 - 南海一帶를 어름 지내든 追憶」,《개벽》53, 개벽사, 1924.

다음은 위치와 지세(地勢), 연혁, 관구(管區)와 호구, 기후 등을 소개하였다.[29] 위치와 지세는 현대 지도에 입각하여 기술하였고 연혁은 읍지와 근대 행정구역 개편 관련 문헌을 참고하여 기술하였다. 또한 당시 한국인의 긴급 사안이었던 교육 문제가 통계를 통해 부각되었다. 특히 이런 내용을 문장으로 기술하지 않고 늘 통계표를 제시하여 일제의 차별적인 교육정책을 비판하였다. 〈표2〉에서 볼 수 있듯이 한국인 학령아동이 매우 많음에도 불구하고 일본인 학령아동에 비해 학교가 매우 적음을 지적하였다. 이러한 사항은 중등교육, 실업교육, 여성교육 등도 마찬가지였다.

이러한 통계표는 직접 조사한 뒤 작성하였다기보다는 개별 도청이나 청년회, 각종 단체를 방문하여 확보했으리라 본다.[30] 이 가운데 한국인이 교육하는 사립학교와 강습소, 서당 등에 관한 통계는 『조선총독부통계연보』에 보이지 않아 사료적 가치가 크다.[31] 현재 도별 통계의 대다수가 일실되어 있

〈표2〉 한국인과 일본인 학령아동과 학교수
출전 : 개벽 편집국, 「朝鮮文化의 基本調査──部發表」,《개벽》34, 1923.

는 점을 감안할 때 적극적으로 활용해야 할 자료들이다. 그리하여 편집국은 이 자료에 근거하여 해당 지역 청년들이 이러한 문제를 해결하는 데 앞장서

29 개벽 편집국, 「朝鮮文化의 基本調査 - 一部發表」, 《개벽》34, 개벽사, 1923.
30 차상찬, 「우리의 足跡── 京城에서 咸陽까지」, 《개벽》34, 개벽사, 1923.
31 이명학(2016), 윗글 ; 송규진, 「조선총독부의 사회경제조사 내용분석 ; 『조선총독부통계연보』를 중심으로」, 『역사와 담론』80, 호서사학회, 2016.

야 할 것을 역설하였다. 특히 이러한 통계의 발굴은 조선 교육에서 한국인 교육을 별도로 분리하여 추출하고자 한 통계 재구성의 시도라고 하겠다.

한편, 해당 도의 종교 분포 현황을 소개하며 일부 지방에서 기독교와 일본 신도가 성장하고 있음을 예의 주시하였다.[32] 그것은 답사단이 소속되어 있는 천도교의 교세를 염두에 두었기도 하거니와 기독교의 성장과 일본 신도의 침투를 우려한 것으로 보인다.

또한 농업, 수산업, 공업, 광업, 상업 등 전 산업 부문의 개황(概況)을 통계표를 통해 소개하였다. 여기서 일본인 농장을 비롯한 일본인 수산업자본가, 공업자본가들의 경제 장악 실태를 지적하면서 한국인 산업의 몰락을 개탄하였다. 당시 답사단은 이러한 민족별 불균형 성장을 보며 "우리의 심담(心膽)은 새로히 서늘해짐을 느끼지 아늘 수 업섯다."고 표현하였다.[33] 그리고 동양척식주식회사, 하자마 후사타로(迫間房太郎, 부산)를 비롯한 일본인 자본가의 성장은 한국인과 달리 조선총독부와 일본인 금융기관의 지원에 힘입었음을 강조하였다.[34] 물론 동척과 관련된 각종 사항은 늘 통계로 제시하였다. 〈표4〉는 경상남도 각군에 소재하고 있는 동척 이민자의 현황이다. 물론 수리조합도 차상찬의 비판 대상에서 벗어나지 못했다. 조합원의 대다수를 차지하는 한국인 농민에게 많은 부담을 주었기 때문이다.

수산업도 마찬가지로 한국인과 일본인 사이의 경제적 격차를 통해 그 문제점을 제시하였다.[35] 〈표3〉에 따르면 한국인의 어획량은 일본인의 어획량에 비해 1/3에 지나지 않다. 양 민족의 이러한 격차는 어업 기술, 경영 방식

---

32 개벽 편집국, 「朝鮮文化의 基本調査 - 一部發表」, 《개벽》34, 개벽사, 1923.
33 위와 같음.
34 위와 같음.
35 위와 같음.

의 차이에서 비롯되었지만 조선총독부의 보호와 장려가 크게 작용한 것도 언급하였다.

그 밖에 지리산의 산림이 교토대학과 규슈대학의 연습림으로 편입됨으로써 지리산의 생활 원료에 의존하며 생계를 꾸려 가고 있었던 주변 지역 한국인의 살림이 매우 궁핍해졌음을 기술하였다. 대학에서는 원목 대금을 지정하고 산림조합에서는 그 지정가액을 징수해서 10전을 대학의 수입으로 넘겨주고 나머지 10원은 산림조합이 수입으로 삼는 데 반해 한국인 주민에게는 도움은커녕 피해만 주었던 것이다. 그리하여 보고자인 차상찬은 다음과 같이 일제의 이러한 시책을 신랄하게 비판하였다.

> 大學의 이익이 되는 與否는 吾人의 관할 바가 안이나 소위 文化政治를 표방하는 금일에 산업이던지 교육이던지 조선인을 중심으로 한다 하면 조선의 寶庫인 智異山을 엇지 皮肉도 상관이 無한 陸幾萬里外에 在한 일본의 九州大學이나 京都大學에 貸付하는가. 영국이 인도를 병합하얏스되 인도총독부에서 雪山을 倫敦大學이나 釖橋大學에 貸付하얏다는 言을 聞치 못하얏고 불란서가 安南을 領地로 삼엇스되 雲嶺을 巴里대학에 貸付하얏다는 事를 聞치 못하얏다. 吾人은 總督府에서 智異山下 諸郡人民의 행복을 위하고 일반 조선인의 불평을 鑑하야 此 不合理하고 不徹底한 과거의 事를 覺悟하고 其 貸付權을 1일이라도 조속히 취소하야 조선인 교육사업경영자에 貸付하기를 열망할 뿐이다.[36]

차상찬은 이처럼 기술 형태로 현실의 당면 과제를 제기하는 데 그치지 않

---

36 개벽 편집국, 「朝鮮文化의 基本調査 - 一部發表」, 《개벽》34, 개벽사, 1923.

고 통계표를 제시한 뒤 그러한 수치의 의미를 도출하여 해당 사안의 문제점을 부각시켰으며 나아가 해결 방안을 요구하였다. 이러한 그의 접근 방식과 분석 방법은 자신이 보성전문학교 법과 시절에 배우고 모교에서 강사로 재직하면서 가르쳤던 사회과학적 방법론과 통계에 관한 소양에서 비롯된 것이다.[37] 또한 이런 분석 과정에서 전통사회에 대한 그의 해박한 지식과 심오한 이해가 수반되었다. 예컨대 지리산 연습림의 문제점을 지적할 때, '보천(普天)의 하(下)가 막비왕토(莫非王土)'라는 『서경(書經)』의 문구를 들어 전근대 산림 공유의 원칙을 상기시켰다.

〈표3〉 일본인과 한국인의 어획물 종류
출전 : 개벽 편집국, 「朝鮮文化의 基本調査 ――部發表」《개벽》34, 1923.

또한 일본인의 침투에 따라 경상남도 한국인 노동자의 실업률이 매우 높아지고 있음을 지적하는 한편[38] 사창(私娼)의 심각성을 강조하면서 한국인 남성과 여성의 경제적 몰락을 개탄하였다. 경상남도의 경우, 머슴과 품팔이

---

37 1910년대 보성전문학교 교과과정에 따르면 통계학 과목이 포함되어 있음을 확인할 수 있다. 김균·이헌창 편, 『한국 경제학의 발달과 고려대학교』, 고려대학교출판부, 2005, 96쪽 참조.

38 경남지역 노동자의 실업률 증가와 일본 도항 시도에 관해서는 김은영, 「1920년대 전반기 조선인 노동자의 구직 渡日과 부산시민대회」, 『歷史敎育』136, 역사교육연구회, 2015 참조.

꾼이 3집마다 1인, 유년 머슴이 5집마다 1인이며, 사창은 진주에만 600명이 있음을 언급하였다.[39] 그리고 답사 해당지 친일 부호의 재산 축적 과정과 친일 군수들의 주민 수탈을 언급하면서 이들의 행태를, 옛 노래를 상기시키며 비판하였다. 예컨대 거창군을 방문한 소감을 적은 뒤, 농민들의 저항 의식을 담은 19세기 거창가(居昌歌)를 언급하였다.[40]

		戶數	男	女	計
金	海	140	371	331	702
昌	原	134	358	317	675
固	城	84	198	198	417
泗	川	74	205	159	364
河	東	67	124	132	251
杭	谷	11	153	131	284
陜	川	3	10	11	21
密	陽	49	127	100	227
東	萊	58	135	117	253
梁	山	21	49	45	94
蔚	山	8	21	18	39
晉	州	12	32	25	57
昌	寧	4	10	12	22
居	昌	1	5	3	8
山	淸	1	8	2	5
計		702	1,822	1,601	3,423

〈표4〉 동척이민 군별 분포상황(1921년 현재)
출전 : 개벽 편집국, 「朝鮮文化의 基本調査 — 一部發表」 《개벽》34, 1923.

한편, 개별 군 단위에서 주민의 생활 상태를 조사하여 수록하기도 하였다. 경주의 경우, 한국인과 일본인의 자력 분포를 비교할뿐더러 관내의 주민을 생활비 규모에 의해 세 범주로 구분한 뒤 계층별로 상이한 생활의 질을 보여주었다.[41] 이러한 정보는 주민들의 생활을 구체적으로 파악하는 데 도움을 주는 긴요한 자료이다. 그리고 특수한 직업이라 할 해녀의 활동에 관한 조사 결과도 소개하였다.

또한 차상찬은 일제의 침략상을 서술하는 데만 지면을 할애하지 않고 각 지역의 특산물을 소개하는 동시에 역사적 유래도 언급하였다. 예컨대 단성의 문익점 목화 시배지를 방문하여 문익점의 공덕비가 퇴락하는 것을 애달파하였다.[42] 나아가 1922년부터 불기 시작한 물산장려운동과 연계하여 이

---

39 개벽 편집국, 「兄弟, 妻子, 不相見의 形形」, 《개벽》34, 개벽사, 1923.
40 일기자, 「慶南雜話」, 《개벽》34, 개벽사, 1923.
41 개벽 편집국, 「一千年 古都 慶州地方」, 《개벽》38, 개벽사, 1923.
42 차상찬, 「우리의 足跡— 京城에서 咸陽까지」, 《개벽》34, 개벽사, 1923.

러한 유적의 보존이 매우 절실함을 강조하였다.[43] 즉 그의 답사는 일제의 침략상을 비판하고 옛 유적과 정취를 탐방하는 데 그치지 않고 과거의 민족적 유산을 밑거름으로 삼아 현실의 문제를 타개하는 데 적극 활용하고자 했음을 보여준다. 따라서 그가 모범 농촌 묵곡리를 방문하여 주민 스스로가 활로를 개척하고자 하는 노력에 감명을 받고 이를 기사화한 것은 당연하였다.[44] 또한 쇠퇴해 가는 청년회를 비판하면서도 그들이 심기일전하여 교육과 식산 등에 매진할 것을 주문하였다.[45] 아울러 평안남도를 답사한 뒤 길선주, 조만식 등 기독교계 주요 인물을 소개하였다.[46] 평안도에서 교세 확장을 두고 경쟁하고 있는 기독교계 주요 인사를 비롯한 평안도 주요 인물에 대한 파악이 절실했던 것으로 보인다.

그 밖에 차상찬은 해당 지역의 전경을 촬영한 사진을 《개벽》지에 수록하였다.[47] 당시 사진은 근대 기록의 총아로서 이미 오다우치 미치토시가 활용했던 바 기록의 형태로 활용할뿐더러 독자에게 생생한 현장을 전달하고자 하였던 것이다.

3. 조선문화 인식의 기조와 현실 비판

'조선문화의 기본조사'는 크게 두 가지에 중점을 두었다. 하나는 과거의 민족 유산을 보존하되 비판적으로 계승하여 신문화 건설의 자양분으로 삼는

---

43 개벽 편집국,「一千年 古都 慶州地方」,《개벽》38, 개벽사, 1923.
44 차상찬,「우리의 足跡— 京城에서 咸陽까지」,《개벽》34, 개벽사, 1923.
45 개벽 편집국,「한님이 떨어짐을 보고, 慶南地方을 본 느낌의 一端」,《개벽》34, 개벽사, 1923.
46 踏査員 金起田 車相瓚,「朝鮮文化基本調查(其八) - 平南道號」,《개벽》54, 개벽사, 1924.
47 개벽 편집국,「朝鮮文化의 基本調查(其二), 慶北道號 上」,《개벽》36, 개벽사, 1923.

것이다. 또 하나는 민족·민중의 현실을 과학적으로 구명하고 해결 방안을 모색하는 것이다. 그런데 이 양자는 분리되어 있지 않았다. 또한 '문화' 범주에는 역사, 풍속, 민담, 민요 등에 국한하지 않고 1920년대 한반도에서 나타난 사회현상도 포함되어 있다. 그리하여 13도 각군 답사를 통해 민족 문화유산을 가감 없이 가능한 한《개벽》지에 소개하였다.

〈그림 2〉 경상북도 상주 전경

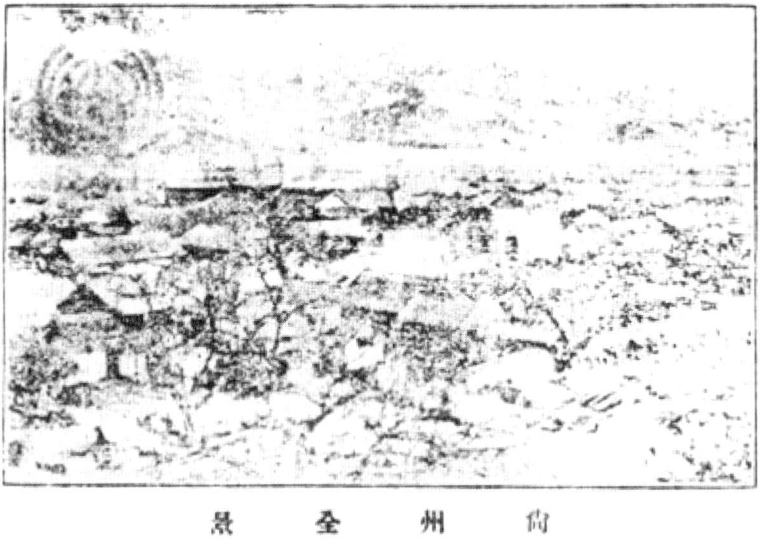

출전 : 개벽 편집국, 「朝鮮文化의 基本調査(其二), 慶北道號 上」《개벽》36, 1923.

　첫째, 읍지와 기타 자료를 활용하여 각군의 내력을 소개한 뒤 읍지에서 인용한 문구로 각 지역 주민들 삶의 특징을 잡아내기도 하였다. 예컨대 영덕의 특징을 읍지에서 빌려 왔는데 '민업경직속상순근(民業耕織俗尙淳勤)'이라는 문구를 통해 이 지방 주민들이 해빈(海濱), 산간(山間)할 것 없이 상중하의 계급을 전통(全通)하여 동절(冬節)에도 남부(男婦)가 모두 외복(外服)에 마포(麻布)를 입는 관습이며 인리(隣里) 친척 간 애경상조(哀慶相助)의 풍(風)이 여전함은 실로 동방예의(東方禮儀)의 미가 남아 있다고 하였다.[48]

둘째, 지역의 특산물은 물론 역사, 풍속, 민담, 민요 등을 소개하였다. 예컨대 민요의 경우, 경상북도 답사에서 사승노래[積麻歌], 우가(牛歌), 꽃노래[花歌], 역노가(驛奴歌) 등을 채록하여 소개하였다.[49] 또한 차상찬은 경상북도 선산에서 산유화 노래에 얽힌 슬픈 이야기도 채록하여 전하였다.[50] 이들 노래는 이후 자신의 『조선민요집』 원고에 수록되었다.[51] 나아가 이들 채록된 민요는 오늘날 민요 연구의 중요한 자료로 활용되고 있다.[52]

셋째, 이러한 민족문화유산을 활용하여 당시 한국인들의 발전 가능성을 적극 타진하고자 하였다. 예컨대 단성 문익점의 시배지(始培地)를 답사하여 민중의 의류 생활을 개선하고자 했던 선조들의 노력에 찬사를 보냈다.[53] 또한 경주를 답사한 뒤, 이곳 유적과 유물을 보존하고자 하는 경주 주민들의 노력을 《개벽》에 소개하면서 각 유적과 유물의 내력과 역사적·예술적 가치를 상세하게 전달하였다.[54]

넷째, 각 지역에 산재되어 있는 민족문화유산에 찬사를 보내는 것을 아끼지 않았다. 예컨대 경주 첨성대에 대해서는 동양 최고의 첨성대라고 규정하

48 개벽 편집국,「盈德은 엇더한 지방?」,《개벽》39, 개벽사, 1923.
49 개벽 편집국,「朝鮮文化의 基本調査(其二), 慶北道號 上」,《개벽》39, 개벽사, 1923.
50 위와 같음.
51 최경식,「유희·노동·의식요 등 팔도민요 49편 수록 차상찬 조선민요집 어떤 내용이 담겼나」,《강원도민일보》2012년 6월 25일.
52 강등학,『한국 민요의 이해』, 한국 민요 연구의 역사, 1. 민요 수집의 역사와 작업 방향 1) 민요 수집의 역사, 왕실도서관 장서각 디지털 아카이브 http://yoksa.aks.ac.kr 참조.
53 차상찬,「우리의 足跡— 京城에서 咸陽까지」,《개벽》34, 개벽사, 1923.
54 개벽 편집국,「一千年 古都 慶州地方」,《개벽》38, 개벽사, 1923.

며 형태와 내부 구조를 상세하게 소개하였다.[55] 또 석굴암에 대해서는 신라 예술의 정화라고 극찬하였을 뿐만 아니라 현금 천하 제일의 미술품임을 강조하였다. 일제에 의해 위축되고 상처받은 민족적 자부심을 제고하려는 시도라고 하겠다. 그런데 이러한 민족적 자부심 앙양은 한낱 관념적 겉치레에 머물지 않고 이러한 유산을 민중의 삶과 연계하여 역사적·사회적 의미를 부여하려고 하였다. 안동 제비원 불상을 소개하면서 다음과 같이 불상(佛像)이 당시 교통 중심지의 표지로서 민중의 의식 속에서 자리잡고 있었음을 암시하였다.

> 안동에서는 巖大佛 (彌勒)은 安東面泥川洞 (距邑一里半) 榮州街道에 在하니 顔面의 長이 二十一尺餘오 體軀도 此에 適宜하게 構成함으로 規模가 頗히 雄大하고 彫刻이 精巧하니 新羅時代의 作品이라 流行俗歌所謂 「城主푸리」에 慶尙道安東짱에 제비 院(鷰子院)이 「어듸메」냐 하는 제비 院는 則此 巖大佛의 所在地다.[56]

다섯째, 이러한 답사를 통해 민중의 애환과 그들의 변혁 의지를 발견하여 독자와 공유할뿐더러 기록으로 남기고자 하였다. 따라서 답사단은 가는 곳마다 민중의 삶이나 투쟁과 관련된 지역을 반드시 방문하고 관련 자료를 채록하였다. 예컨대 공주 등 충청남도 일대를 답사하면서 갑오동학농민군의 저항과 희생 등을 기록으로 남겼으며 각지에서 전개된 민란과 관련된 옛이

---

55 위와 같음.
56 개벽 편집국, 「朝鮮文化의 基本調査(其二), 慶北道號 上」, 《개벽》39, 개벽사, 1923.

야기 등을 소개하였다.[57] 이러한 소개는 당시 전국 각지에서 전개된 농민들의 소작쟁의 등을 비롯한 민중들의 투쟁을 역사적으로 뒷받침하고 하는 의도에서 비롯되었다. 따라서 차상찬을 비롯한 답사단원들은 농민들에게 끊임없는 애정을 보내었다. 예컨대 전라남도를 답사하면서 채록한 '농부가'에 관해서 다음과 같이 서술하였다.

男女幷鳴農夫歌

全羅道 農民의 農夫歌 잘하는 것은 누구나 다 안다. 남자뿐 안이라 여자까지도 다 잘한다. 한참 모를 내거나, 김을 맬 때에 남자가 混同하야「이뺌이, 저뺌이, 장구뺌이, 각재 거름에 잘 심어라」하고 서로 밧고 차기로 하는 것은 참으로 멋이 잇고 자미스럽고, 도한 古代의 男耕女悅이라는 말을 可想할 수 잇섯다.[58]

차상찬의 이러한 기술은 단지 농부가 자체의 풍류와 멋스러움을 찬양하는 데 그치지 않고 농민의 신성한 김매기 공동 노동을 상기하고 있는 것이다.

한편, 차상찬 등은 과거 역사를 불러들여 일제의 통치 체제를 우회적으로 비판하였다. 이들은 답사 지역마다 일제 침략에 맞서 저항하거나 물리친 인물들과 관련한 유적지를 반드시 방문하였다. 특히 임진왜란에서 일본군이 패배한 지역들을 방문하게 되면 이런 사실을 반드시 소개하였다. 예컨대 진주에서 논개사당과 의암을 찾고 남해와 여수에서 충렬사(忠烈祠), 진남관(鎭

57 일기자, 「戰史上으로 본 忠淸南道」, 《개벽》46, 개벽사, 1924.
58 靑吾(차상찬), 「湖南雜觀 雜感」, 《개벽》63, 개벽사, 1925.

南館), 타루비(墮淚碑) 등 충무공의 전적지를 방문하였다.[59] 그것은 일제의 지
배가 영원하지 않을뿐더러 한민족의 극복 가능성을 역사와 유적을 통해 독
자들에게 전달하고자 한 것으로 보인다.

그러면서도 민족문화유산 중에서 폐기해야 할 잔재에 관해서는 거침없이
비판하였다. 민중의 처지에서 반드시 폐멸시켜야 할 대상이었기 때문이다.
이 가운데 사대부 문화는 성토의 대상이었다. 송시열이 건립한 만동묘(萬東
廟)는 대표적인 경우였다.

> 尤菴後孫은 此를 京城麻浦千某에게 抵當하고 報償의 道가 無하야 現在
> 競賣中에 잇다 元來 宋氏가 建立한 萬東廟이닛가 宋氏가 賣却하야도 無妨
> 한일이다 그러나 尤菴의 靈이 만일 잇다하면 今日地下에서도 반드시「鳴呼
> 崇禎紀元後某年月에 大明之華陽洞遂競賣」라 할 것이다 나는 쏘最後에 그
> 前엇던 文士가 이 萬東廟建設한 것을 嘲笑하더라고 지은 詩一首를 紹介한
> 다 그 詩가 音으로는 비록 賤鄙하나 主義로는 尤菴派學者에 比하면 霄壤의
> 判이 잇다
>
> 步之華陽洞 不謁宋先生 區區華陽洞 何獨屬大明[60]

나아가 이러한 사대부들의 고향인 충청도 '사부향(士夫鄕)'이 어떻게 '사부
향(死腐鄕)'으로 몰락해 가는지를 다음과 같이 풍자함으로써 충청도 사대부
들을 비판하였다.

59 靑吾(차상찬),「南江의 落花와 金碧의 寃血」,《개벽》34, 개벽사, 1923 ; 滄海居士(이돈
   화),「南海遊記」,《개벽》26, 개벽사, 1922 ; 特派員 車相瓚,「全羅南道踏査記」,《개벽》63,
   개벽사, 1925.
60 개벽 편집국,「湖中雜記」,《개벽》58, 개벽사, 1925.

忠武公의 칼빛이 아즉까지 산하를 움직이고 古筠 선생의 革命血이 길이 청년의 뇌 속에 흐른다. 成忠, 興首의 直臣과 階伯, 黑齒常之, 崔瑩 장군의 義勇과 高興, 李穡, 李詹, 李達의 문학과 向德의 孝와 都彌夫人, 智異山女의 烈과 靜菴, 沙溪, 愼獨齋孤靑의 도덕이 다 忠南에서 산출하얏다. 과거의 역사를 보면 忠南은 참 士夫鄕이다. 그러나 근래에 至하야는 運이 盡하얏는지 碧海桑田의 感이 不無하다. 문명의 餘弊는 사치로 流하고 膏沃한 토지는 惰怠를 馴致하며 온화한 기후는 遊逸를 조성하얏다. 또 兩班 세력의 강대한 결과는 계급적 관념이 鞏固하고 빈부의 차별이 懸殊하고 남녀의 대우가 불평등하게 되얏다. 現 시대에 부적합하고 대모순되는 일은 忠南 사람이 모도 도맛터 한다. 다시 말하면 忠南 사람은 遊逸, 惰怠, 虛榮, 妄尊, 奢侈, 浮薄, 外飾의 性이 具有하다. 그럼으로 여간 재산가는 자기 집 안방에 安臥하야 世無我關이라 하고 좀 활동한다는 사람은 仁川米豆取引所나 京城現物取引場에 가서 일확천금에 不勞自得하랴다가 전래의 재산을 톡톡 틀고 그럿치 안이 하면 회사의 중역이나 道評議員을 獵得하기 위하야 東拓 又는 殖銀에 土地를 잡혀 쓰고 만다. 또 無産者 중 보통의 사람은 京城, 仁川 등 도회지로 출몰하면서 땅 興成群 노릇을 한다. 일기나 좀 땃듯한 때에 京城 塔洞公園이나 仁川 萬國公園에 가보면 긴 담뱃대에 갓 쓴 鄕村兩班이 4, 5人식 이 모퉁이 저 모퉁이 안저서 「허허, 웨그랴, 그래깐, 암마」 하고 숙덕숙덕하는 사람은 不問可知 忠淸道人이다. 그들은 자래로 남의 재산을 빼서 먹기는 하얏슬지라도 남을 주어보지는 못한 까닭으로 여간해서는 사회사업이나 무엇에 동정치 안는다. 또 아즉까지도 兩班의 생각이 胸中에 충만한 고로 다른 사회나 인물을 그다지 안중에 두지 안는다. 이것이 모다 금일의 忠南이 他道에 낙오된 所以다. 古人은 忠淸道 사람을 淸風明月에 비하얏지만은 나는 細風殘月에 비하고 십다. 산하는 의구하나(山도 禿山) 前日

士夫鄕이 於今에 安在哉오[61]

이러한 비판은 특정 지역에 대한 비판이라기보다는 사대부의 전통문화와 그들 후손의 퇴영적 행태를 대상으로 한 것이다.

그러나 차상찬 등의 이런 조사 보고서는 일부 지방 독자들로부터 원망을 샀다. 당시 이들 보고서는 몇몇 지방의 특성을 비하하는 발언으로 비쳤기 때문이다. 차상찬은 이러한 반발에도 불구하고 꿋꿋하게 밀고 나갔다. 자신의 기술 방침을 다음과 같이 밝혔다.

나는 작년 봄부터 朝鮮文化 基本調査의 임무를 띄고 南으로 慶尙南北道와 東으로 江原道 각군을 답사하얏다. 따라서 道號에 관한 기사도 만이 썻섯다. 그 기사 중에는 물론 남의 호평도 썻겟지만 악평을 만이 썻다는 비난을 지방 형제에게 간접으로 다소 들엇다. 그런데 금년에도 또 계속적으로 신년 벽두에 忠南 일대의 답사를 始하야 2월 말에 겨우 畢하고 이제 기사를 쓰게 되얏다. 때는 벌서 陽春 3월이나 颯颯한 東風이 아즉까지 치워서 어른 붓이 자유로 돌지를 못하고 또는 나의 버릇이 그러한지 지방의 사정이 나로 하야금 그러케 맹기는지는 알 수 업스나 여전히 악평만 하게 된다. 그러나 내가 엇지 악평만 하기를 조와 하리오. 사실를 사실대로 쓰자닛가 자연 악평이 되는 것이다. 試思하라. 兄弟-여 금일 우리 朝鮮에 잇서서 무엇을 그다지 자랑하며 무엇을 그다지 칭찬할 것이 잇는가. 總督府와 가티 각군의 孝子 烈女를 조사하야 褒揚한다 하야도 만족할 것 안이며 군청 도청에서 자기 성적 자랑하기 위하야 과장의 보고하덧시 어느 지방이 엇지 발전되얏다

61 靑吾(차상찬), 「湖西雜感」, 《개벽》46, 개벽사, 1924.

고 선전하야도 만족할 것이 안이여 賣骨鬼의 족보장이나 吸金奴의 紳士寶鑑 모양으로 無用無實의 문벌을 자랑하야도 또한 만족할 것이 안이다. 다못 우리는 서로 鞭撻하고 서로 警省식히는 수 박게는 업다. 독약이 口에는 苦하나 病에는 利롭고 忠言이 耳를 逆하나 行에는 利롭다. 우리가 이 점을 깁히 서로 양해하면 오해도 업고 비난도 업슬 것이다. 최후에 또 한 가지 말할 것은 답사한 시일이 벌서 遲遠하야 기사 중에 혹 과거담가튼 구절이 업지 안이하나 이것도 역시 事勢의 固然이라고만 알아주면 萬萬 감사할 뿐이다.[62]

이에 따르면 차상찬은 온갖 지방 독자의 비방에도 굴하지 않고 구 문화의 폐단과 통치 당국의 과시적 형식성을 일소하기 위해서는 사실에 입각하여 지방 문화를 맹렬하게 비판할 것을 강조하였다.

한편, 차상찬 등이 집필하고 발표한 이러한 조사 보고서는 궁극적으로 일제의 시책과 친일 자산가의 행태를 비판하고 민족·민중의 현실을 변혁하는 데 중점을 두었다. 그리하여 일제의 조선문화 시책부터 비판하였다. 예컨대 경주 석굴암의 현재 상태를 전하면서 조선총독부가 1915년 수보하는 과정에서 훼손하여 소우(小雨)에도 감당하지 못함을 지적하였다.[63] 나아가 이러한 조사 결과에 바탕하여 일제의 통치 방침을 다음과 같이 신랄하게 꼬집었다.

　一視同仁之下에 日鮮人의 차별은 무차별로, 식민지주의는 內地延長主義

---

62 위와 같음.
63 개벽 편집국, 「一千年 古都 慶州地方」,《개벽》38, 개벽사, 1923.

로, 同化는 融和로 변색한 명칭 또한 朝鮮人의 時勢와 民度를 적용하야 勵精圖治한다는 당국자의 관용적 熟語 이가튼 것은 童稚가 아니고야 누가 모르랴.[64]

일제의 이러한 통치 방침에 편승하여 재산을 축적하고 농민을 수탈하는 한국인 자산가들을 다음과 같이 풍자하였다.

京城에서 길을 단니자면 간곳마다 朝鮮總督府所管이란 말둑에 발이 걸이여서 못다니겟더니 全羅道는 富豪들의 施惠頌德碑에 발이 걸녀 못다니겟다. 그것은 마치 前日虐吏가 인민의 膏血을 빨아먹으면서도 暗中에 運動을 하거나 또 阿諛輩가 관리의 환심을 사기 위하야 양심에 부그러운 愛民善政碑나 永世不忘碑 세우는 것과 조곰도 다름이 업다. 그러나 시대는 벌서 변하엿다. 小作運動이 이러나자 그 富豪들의 頌德碑에는 모도 똥으로 미역을 감게 되야 頌德碑가 똥덕碑로 化하얏는데 그래도 넉살조흔 富豪들은 똥칠하면 걸직하야 돈을 더 잘 몬다고 한단다. 참 可笑.[65]

이러한 풍자는 지방 부자의 횡포는 물론 조선총독부의 통치를 풍자하면서 소작쟁의를 우회적으로 지원하였다.

끝으로, 13도 답사를 마치면서 각 지역에 대한 소감을 피력하는 가운데 각 지역 사회운동의 가능성과 한계를 다음과 같이 짚어 보면서 한국 근대 변혁운동에서 동학·천도교가 수행한 역할의 역사적 의미를 되살리고자 하였다.

64 차상찬, 「日鮮融和에 發狂된 永川倅」, 《개벽》39, 개벽사, 1923.
65 青吾, 「湖南雜觀 雜感」, 《개벽》63, 개벽사, 1925.

최후에 사상 방면으로 보면 전남은 소작운동이 제일 결렬하고 全北은 노동운동이 비교적 진전되는 모양이요 江原道는 嶺西는 보수적이 만코 嶺東은 진취적이 多하야 신사상운동도 상당한 活氣가 잇다. 其外 咸鏡, 平安은 사상운동이 비교적 미약한 중 특히 平安道人의 보수주의가 鞏固한 것은 우에 말함과 갓다. 또 黃海道는 東拓의 세력 기타 日本人土地가 多한 까닭에 그 반동으로 근래 소작운동과 사상운동이 비교적 진전되엿다. 또 踏査하는 중에 제일 끔즉하게 생각한 것은 全羅, 慶南, 忠淸, 江原(특히 洪川) 諸道를 다닐 때에 甲午혁명란에 동학群 만히 죽은 이약이와 平安, 咸鏡에는 己未운동에 天道敎人이 만히 죽은 이약이다.[66]

차상찬을 비롯한 개벽 답사단이 펼친 지방 문화 조사가 결국 조선사회의 사정을 면밀하고 종합적으로 파악할뿐더러 사회운동의 기반으로 삼고자 했음을 확인할 수 있다. 특히 천도교 운동의 역사적 기반이라 할 갑오농민전쟁을 복원하고자 하였음을 엿볼 수 있다. 이러한 조사 결과는 이후 이돈화가 1933년에 편술한 『천도교창건사(天道敎創建史)』에 중요 자료로 활용되었을 것이다.[67]

물론 강원도에 대한 그의 무한한 애정은 그의 고향이 강원도 춘천이라는 점과 관련되기도 하거니와 13도 중에서 가장 열악한 강원도를 자랑함으로써 조선 전체의 발전 가능성을 타진하고자 하는 그의 소망을 담고 있는 게 아닌가 한다.

66 개벽 편집국, 「十三道의 踏査를 맛치고서」, 《개벽》64, 개벽사, 1925.
67 『天道敎創建史』의 범례를 보면 "근년에 수집한 약간의 口傳心碑를 첨가하야 기록한 것" 이 있다고 밝혔다는 점에서 이러한 조사 결과를 활용하였으리라 짐작된다(이돈화 찬술, 『天道敎創建史』, 天道敎中央綜理院, 1933, 6쪽).

京城에는 副業共進會니 무엇이니 하는 큰 독갑이 작난을 하고 南村에는 自家를 自焚하야 火災를 成한 아착한 일이 다 생기엿다. 아, 世事는 이와가 티 순식간에 변천되는 것이다. 今日의 강자가 明日의 약자 今朝에 有産者 가 明夕에 破産者다. 弱者와 貧者는 恨할 것 업다. 世事는 都是 이러하다. 去時花發來時雪

최후에 한 말 할 것은 江原道의 자랑거리다. 이것은 강원도 사람끼리 뿐 안이라 아모에게라도 자랑할 것이다.

제1에 江原道는 산수가 美麗하다.

제2에 江原道는 삼림이 무성하다.

제3에 江原道는 인심이 순박하다.

제4에 江原道人은 건강하다(不具者殆無)

제5에 江原道는 貧富懸隔이 읍다.

이 여러 가지 점은 장래에 江原道가 특히 잘 발전될 희망이 잇는 곳이 다.[68]

즉 차상찬의 이러한 찬사는 단지 강원도가 지니는 풍부한 자원과 주민의 건강성, 격차 없는 빈부에 근거하여 강원도의 발전을 낙관하는 데 그치지 않 고 세상 만물의 변화에 따라 조선이 장차 약자와 빈자에서 강자와 부자로 변할 것이라는 낙관적인 전망을 담고 있는 것이다.

68 개벽 편집국,「江原道를 一瞥한 總感想」,《개벽》42, 개벽사, 1923.

4. 결어

차상찬을 비롯한 개벽사 중추인물들의 '조선문화의 기본조사'는 일본인 자본가의 경제 침략과 조선총독부의 통치 정책에서 비롯된 민족 구성원의 당면 문제를 통계와 구술 방법 등의 근대적 조사방법론을 적용하여 과학적으로 분석하고 해결 방안을 도출하는 데 목표를 두었다. 또한 이들의 조사는 개별 지방의 내력과 과거의 전통 유산에 초점을 맞추어 민족적·민중적 정서를 보존·계승하는 데 역점을 두었다. 비록 조사 과정에서 빠듯한 경비와 촉박한 일정, 자료 수집의 애로로 말미암아 조사 시기가 지연되었지만 신사회·신문화 건설의 역사적·사회적 기반을 구축하고자 했다는 점에서 의미가 적지 않다. 따라서 '조선문화의 기본조사'에 참여한 김기전을 비롯하여 홍명희, 안재홍, 백관수 등의 민족주의계 인사가 1925년 9월 한위건, 김준연, 이관용, 이순탁, 백남운 등 사회주의 계열 인사와 함께 결성한 '조선사정조사연구회(朝鮮事情調查研究會)'는 개벽사의 이러한 조사 작업의 연장에 서 있다고 하겠다.[69] 이 연구회의 기조를 제시했던 안재홍과 김준연은 "조선에 있는 조선인이면서 조선의 사정을 잘 모르는 것이 기괴한 사실"임을 전제하고 일제의 동화정책과 사회주의자들의 비(非)조선적인 '코스모폴리턴'을 비판한 점이 '조선문화의 기본조사'의 취지와 상통하기 때문이다.[70] 나아가《동아일보》와《조선일보》등이 지방 조사에 경쟁적으로 적극 나선 것도 결국 차상찬 등의 기본조사와 밀접하다고 하겠다.

---

69 朝鮮事情調查研究會에 관해서는 이지원, 『한국 근대 문화사상사 연구』, 혜안, 2007, 270~274쪽 참조.
70《조선일보》1926년 10월 31일, 사설, 「조선인과 조선사정」.

한편, 이러한 조사가 기존 읍지에서 보이는 전근대 지배층 중심의 통치 지식 형태는 물론 일제의 비밀주의적 또는 미화 일변도의 통치 지식 형태를 거부하고 민족 구성원과 더불어 지식·정보를 산출·공유하는 단계로 이어짐으로써 신사회·신문화 건설에 지적 기반이 조성되고 있었다. 특히 조사단이 전국 각지를 방문하여 확보한 도별 통계 및 군 단위 통계가 재구성되어 민족별 통계 형태로 추출됨으로써 일제가 공개하는 통계자료의 허구성이 폭로되었을뿐더러 일제의 민족 차별 통치가 적나라하게 드러났다.

요컨대 차상찬을 비롯한 개벽사 중추인물들의 이러한 조사 작업은 지식·정보의 민주적 공유와 민족 차원의 확산을 통해 민족적 정체성을 수립함과 동시에 일제가 야기한 한국 민중의 총체적 난국에 민족적 대단결을 통해 공동 대응함으로써, 주권을 상실했음에도 한국인이 통치 지식의 독점자인 일제에 저항하면서 현실의 당면 과제를 스스로 타결할 수 있는 주체로 성장하는 데 중점을 두었다. 이 가운데 통계를 활용한 지역 사정 분석은 민족주의 계열 및 사회주의 계열 식자층과 상호 영향을 미쳤을뿐더러 후일 이여성·김세용의 『숫자조선연구』(1931~1935)로 귀착되었다. 이러한 조사 결과 연재물 역시 일제가 자국의 이익을 펼쳤던 조선 통치의 실상과 함께 한반도와 한국인에 대한 차별 시책을 고스란히 담아 냈던 것이다.[71]

---

71 "조선인으로 조선의 실사정을 밝게 알아야 할 것은 무조건하고 필요한 일이다. … 그보다도 더 확실성 있게 사정을 통찰하고자 함에는 당해 사물의 질량을 표시하는 숫자의 행렬과 그 변화의 족적을 표시한 통계적 기록을 찾아보는 것이 가장 첩경일 것을 믿는다." (이여성·김세용, 『숫자조선연구』1, 서언, 세광사, 1931).

식민지 조선의 문화기획자 차상찬

—《개벽》을 지나《별건곤》으로

송민호

1. 들어가며

청오 차상찬은, 그간 정치적, 미학적 이념의 논쟁 과정에 대한 세밀한 집중을 통해 부조된 일제강점기 조선의 '문학계' 혹은 '언론계'에서 꽤 예외적인 존재로 평가될 수 있다. 어쩌면 그에게 붙일 수 있는 유일한 정체성은 한 평생 잡지를 만들어 왔던 '언론인'으로서의 그것만이 아닐까 하는 생각이 들기도 하나, 이는 인간 차상찬에 대한 비판적 면모로 귀결되는 것은 아니다.

이러한 관점은 오히려 지금까지 우리가 역사를 대해 왔던 태도의 문제를 상기하도록 하는 중요한 의미가 있다. 우리는 지금까지 한 인간의 역사를 단일한 이항대립의 양쪽 어딘가로 표상하고자 하는, 혹은 그렇게 하지 않을 수 없는 역사적 운동 속에 존재해 왔다고 여겼다. '일제강점기'라는 시기를 대하는 우리의 내부에 그러한 자의식이 작동하고 있었다는 의미이다. 그렇게 우리가 갖고 있는 일제강점기의 역사는 풍성하고도 다양한 의미들의 역사가 아니라, 몇몇 정치적인 '위치'와 그 '상호작용'의 역사로 귀결되고 말았다고 평가할 수 있다.

일제강점기라는 시기는 '지식'의 생산과 유통이라는 관점으로 본다면, 일본 제국주의의 통제 구도 속에서 일본을 매개로 서구의 지식이 유입되어 소개되고, 사회주의 담론이 유입되어 활성화되며 민족의 독립에 대한 정치적 태도가 요구되는 등 여러 가지 상황이 어지럽게 혼재되어 있던 시기였다고 규정할 수 있다. 이러한 상황 속에서 민족과 계급, 그리고 지식인과 대중이라는 당대 지식의 구도상에서 '차상찬'이라는 존재는 언제나 이 이항대립의 양쪽 모두를 아우르는 존재였으며, 따라서 분명 존재하였으나 '위치'를 점유하지 않는 존재였다.

한문학적인 소양과 신학문까지 너른 스펙트럼을 갖고 있던 그의 지식, 혹은 지식에 대한 태도는 '잡지'라는 미디어가 확장되어 가던 시기와 맞물려, 주제적으로는 당대의 문화나 역사 등 지식의 박물성을 추구하였고, 또 역사 바깥의 역사[史外史]에 대하여 관심을 표현하였으며, 비교적 고급 독자로부터 대중 독자에 이르기까지 그들의 '읽을거리'에 대한 요구를 해소하여 주었던 것에서 큰 의미가 있다. 다만, 앞서도 언급했듯, 이러한 차상찬의 의미가 그간 명확한 '위치'로 규정되지 못했던 것은 차상찬이라는 인물에 대한 조명이 절대적으로 부족했던 탓도 있겠으나, 그간 우리가 갖고 있던 역사에 대한 일정한 프레임 때문이기도 한 것이다.

《개벽》의 의미가 재평가되는 과정에서, 최근, 차상찬에 대한 다각적인 평가가 제기되고 있는 것이 반가운 까닭은, 한편으로는 지금까지 알려지지 않았던 차상찬의 의미가 재구성되는 과정 자체로도 그렇지만, 한국 사회가 역사를 바라볼 때 일정한 이항대립적 극단으로부터 벗어나고 있다는 징후일 수 있다는 조심스러운 판단 때문에 그러하다. 특히 '애국'이나 '민족', 또는 '사회주의'가 아니라, '문화', '지식', '편집자' 또는 '기획'이라는 다각적인 관점으로 볼 때, 차상찬이 갖는 의미는 더 풍부해지게 되는 것이다.

특히 아직은 상당 부분 숨겨져 있는 차상찬의 면모를 부각시키기 위해 그가 썼던 글들을 통하여 그의 삶을 재구성하고자 하는 전기적 접근을 꾀하고 있는 박길수의 노력이나[1] 차상찬이 잡지를 발간하기 위해 어쩔 수 없이, 혹은 의도적으로 사용한 수많은 필명을 통해 그가 관여하였던 글의 외연을 밝히고자 하는 정현숙의 작업[2] 역시 주목해 보아야 할 필요가 있다. 또한, 개벽사와 잡지 편집이라는 국면과 관련하여, 여전히 조망되지 않은 차상찬의 역할을 의미화하고자 했던 정용서의 작업[3] 역시 의미 있게 평가될 대목일 것이다.

주제적인 측면에서 본다면, 언론사 내부에서 전개된《개벽》의 '문화적 민족주의'를 매개로 하여 차상찬의 자리를 더욱 명확하게 규정하고자 했던 정진석의 조망[4] 역시 의미 있게 평가될 수 있으며, 방정환과의 연결을 통하여 차상찬의 '아동문학'에 대한 관심을 조명하고자 하는 시도[5]나,《개벽》의 '조선문화의 기본조사'를 통해 청오가 가졌던 조선문화에 대한 인식을 조명하려는 시도[6] 역시 현재 차상찬에 대해 촉발되어 가는 관심의 방향성을 보여준다.

다만, 최근 이처럼 다각화되어 가는 차상찬의 연구가 여전히 어떤 방식으로든《개벽》이라는 잡지의 존재와 매개되어 왔던 경향은 다소간 재검토해 볼 만한 여지를 남기고 있다. 물론 일제 강점 이후 무단통치 기간이 끝나

1 박길수(2012),『차상찬 평전-한국 잡지의 선구자』, 모시는사람들.
2 정현숙(2017),「차상찬 연구 (1)」,『근대서지』16, 근대서지학회, 2017, 67-94쪽.
　　　(2018),「차상찬 연구 (2)」,『근대서지』17, 근대서지학회, 2018, 443-467쪽.
3 정용서(2015),「1930년대 개벽사 발간 잡지의 편집자들」,『역사와 실학』57, 역사실학회, 225-260쪽.
4 정진석(2017),「개벽사의 '문화적 민족주의'와 잡지 언론인 차상찬」,『청오 차상찬 탄생 130주년 기념 학술대회 발표집』, 한림대학교.
5 오현숙(2017),「차상찬의 아동문학 연구」,『청오 차상찬 탄생 130주년 기념 학술대회 발표집』, 한림대학교.
6 김태웅(2016),「차상찬의 지방사정조사와 조선문화인식-'조선문화의 기본조사'를 중심으로」,『청오 차상찬 서거 70주년 기념 학술대회 자료집』, 한림대학교.

고 비로소 신문, 잡지를 발간할 수 있게 되었던 시기에 발간된《개벽》이 갖는 의미는 상상할 수 없을 정도로 큰 것이 사실이다. 천도교의 기관지로 시작하여 당시 조선의 지식인들이 갖고 있던 사상, 문화, 예술 등의 모든 역량이 바로《개벽》에 집중되었던 만큼, 종합지로서의《개벽》의 위상은 여타의 잡지에 비할 바가 없는 것이다. 다만, 차상찬을 여전히《개벽》이라는 잡지가 갖는 위상 속에 귀착시키고자 하는 시도는 여전히 '차상찬'이라는 존재를《개벽》의 상징성 속에서만 파악해 내고자 하는 태도가 놓여 있는 것이 아닌가 하는 의문이 드는 것이 사실이다.

물론, 차상찬이《개벽》의 창간 동인으로 폐간 때까지 지속적으로 함께 해 온 것은 사실이나 오히려 그의 본격적인 잡지 편집자 또는 조선문화의 기획자로서의 면모가 발휘되는 것은, 바로《개벽》의 말미부터 이어져《별건곤》으로 나아가는 과정인 것이다. 본고에서 차상찬과《별건곤》사이의 관련성을 파악하고자 시도하고 있는 것은 바로 이러한 맥락에서 비롯된다. 지금까지《개벽》에 비해 다소간 저급한 취미를 반영하는 흥미 섞인 읽을거리로 인식되고 있는《별건곤》은 차상찬이 최초로 책임 편집을 맡은 잡지로서 그가 갖고 있는 폭넓은 지식적 스펙트럼이 제대로 드러난 잡지였던 것이다.

일제강점기 조선에서 발간된 '잡지'의 역사를 통해서 보더라도《별건곤》은《개벽》에서 최초로 시도되었던 '조선문화'를 구성하는 혁신적인 기획의 연장선에 놓여 있는 것이었으며, 종합시사잡지로서《개벽》의 절대적인 위상이 폐간으로 인해 깨어지고 난 뒤, 본격적인 문화의 시대로 이전하는 데 결정적인 변곡을 이루는 중요한 의미가 있다.

2. 《개벽》을 지나《별건곤》으로
—잡지《개벽》에 대한 검열과《별건곤》의 '취미' 지향

1926년 8월《개벽》이 통권 72호로 종간되고 3개월 정도 지난 뒤인 1926년 11월에《별건곤》이 창간되었다. 주지하듯이,《개벽》은 창간호부터 기사를 압수당하는 등 온갖 고초를 당하였는데,《별건곤》제30호인 1930년 7월 호에 실린 「개벽사략사(開闢社略史)」에 따르면,《개벽》은 창간호부터 일부 기사를 삭제하고 창간 임시호를 발행하였는가 하면, 발매금지 34회, 정간 1회, 벌금 1회 등 지속적인 박해를 받았다.

3.1운동 이후 '문화통치'로 전환하여《동아일보》와《조선일보》등 민간신문과 잡지의 발행을 일부 허용하였던 사이토 마코토(齋藤實)의 통치 방식 변경 이후, 신문지법과 출판법에 의거한 검열 체제가 확립되는 과정에서《개벽》은 잡지로서 그 불안정한 과도기를 직접 겪어 냈던 것이다. 비록《개벽》이 출간된 햇수는 겨우 6년에 불과하지만, 그것이 72호나 이어질 수 있었던 것은 오히려 이 잡지의 유구한 생명력을 보여주는 것일 뿐만 아니라 편집에 관여하였던 이들의 수많은 희생에서 비롯된 것임을 넉넉히 짐작할 수 있다.

《개벽》의 시대가 막을 내리고, 새롭게《별건곤》의 시대가 열리는 과정에서 앞선《개벽》이 담지하고 있던 상징성을 어떻게 이어갈 것인가 하는 것은 중요하고도 흥미로운 문제가 아닐 수 없었다. 또한 그사이에서《개벽》의 시작과 끝을 함께했던 청오 차상찬의 방향성 역시 특별한 주목의 대상이 될 수 있다.《별건곤》의 창간호에 실린 다음과 같은 편집후기 속에는 바로《별건곤》이 시작될 무렵, 당시 편집자들의 생각이 어떠했는지 잘 드러나 있다.

우리는 벌서 일 년이나 전부터 취미와 과학을 가추인 잡지 한아를 경영하여 보자고 생각하엿섯다. 그러나 일상하는 일이지만 말이 먼저 가고 실행 이 나종 가는 것은 일반이 아는 사실이라 더 말할 것도 업지마는 별느고 별 느든 것이 일 년 동안이나 나려오다가 개벽이 금지를 당하자 틈을 타서 이 제『別乾坤』이라는 취미 잡지를 발간하게 되엿다. 물론『開闢』의 後身으로 는 언론 잡지의 출간이 허가되는 대로 또 편집을 시작하려니와『別乾坤』으 로 말하면 휴가 한겨울을 이용하야 시작한 것이니 결국 압흐로 二種의 잡지 를 우리는 기대하여 보자!

그리해서 결국 시작이 반이라고 편집에 착수한 결과 겨우 편집을 맛치기 는 하엿스나 생각하면 우리가 이상으로 생각하는 취미 잡지는 사실 고난을 면할 수 업섯다. 취미라고 무책임한 讀物만을 느러 놋는다든지 혹은 방탕 한 오락물만을 기사로 쓴다든지 등 비열한 정서를 조장해서는 안이 될 뿐만 안이라 그러한 취미는 할 수 잇는 대로 박멸케 하기 위해서 우리는 이 취미 잡지를 시작하엿다.[7]

《별건곤》 창간호의 편집후기인「여언(餘言)」에서 애초에《별건곤》은《개 벽》의 후신이 아니었으며, 진작부터 '취미'와 '과학'을 갖춘 잡지를 일 년 전 부터 고심해 왔다고 밝혔다.《별건곤》 초반부에 실린 편집후기들은 특별한 경우를 제외하고는 대부분 익명으로 제시되어 있는데,《개벽》의 말미부터 《별건곤》의 초기까지 편집의 책임을 맡고 있던 소파 방정환과 청오 차상찬 이 대부분의 편집후기를 썼을 것이라 생각된다. 그들의 생각에 따르면, 애 초에《별건곤》은《개벽》의 후신으로서 개벽사가 추구하고자 하였던 지향들 인 '취미'와 '과학' 중 '취미'를 지향하는 잡지였다.

---

7 「餘言」,《별건곤》, 1926.11, 153쪽, 밑줄 인용자.

즉 애초부터 《별건곤》은 《개벽》의 후신이 되리라 기대되었던 잡지가 아니었으며, 단지 《개벽》이 담보하고 있던 수많은 영역들 중 하나인 '취미' 영역을 전문화하여, 휴가 한철을 이용한 시작한 것이었던 셈이다. 그러면서 그 후신이 될 잡지는 조만간 출간 허가를 받는 대로 출판될 것이며, 《개벽》이후 《별건곤》과 또 다른 《개벽》의 뒤를 잇는 (아마도 '과학'을 표방하는) 잡지 하나, 총 2종의 잡지를 출간할 것이라고 밝히고 있는 것이다.

즉 이러한 정황을 보면, 《개벽》이 《별건곤》으로 이어진 정황은 자못 명확해 보이지만, '취미'와 '과학'이라는, 《개벽》이 남긴 이후의 지향성에 대한 개벽사 내부의 분석은 음미해 볼 만한 가치가 있다. 《개벽》이 창간 직후부터 지속적으로 '신문지법'의 적용과 식민지 지식 구도의 영향으로부터 자유로울 수 없었던 것을 감안하면, 《개벽》 이후의 지향이 '정치'나 '시사'가 되기 어려웠던 정황은 분명해 보이나, 《개벽》의 후신이 보일 지향성이 '사상'이나 '종교'가 아니라 '취미'와 '과학'이 되었던 배경에 대해서는 음미해 볼 만한 구석이 있다.

우선 이 문제는 《개벽》이 갑자기 '발행금지'를 당했던 1926년 8월 초에서부터 살펴볼 필요가 있다. 1926년 8월 1일 종로경찰서는 당일이 일요일임에도 개벽사에 전화를 걸어 발행을 금지하였다는 총독부 경무 당국의 결정을 통고하였다. 당시 발행인인 이두성은 다음 날 경찰서에 출두하여 '개벽 발행금지의 령'을 받아 가지고 돌아왔던 것이다. 당시 경무국의 도서과장이었던 곤도(近藤)는 다음과 같이 발행금지 결정의 이유를 밝혔다.

현재 조선에는 신문지법에 의지하야 발행권을 어든 언문 잡지는 『신민(新民)』『시사평론(時事評論)』『조선지광(朝鮮之光)』『개벽(開闢)』등 넷인데 《개벽》은 대정구년 오월 이일부로써 발행권을 어더 가지고 창간호를 발행

한 이래 칠십이호가 낫스며 텬도교(天道敎) 기관 잡지로서 처음에는 학술 종
교에 관한 긔사를 게재함으로써 목덕을 삼는다 하야 보증금도 밧치지 아니
하엿슴에도 불구하고 창간 당초부터 정치 시사 문뎨 등 제한 외에 관한 긔
사를 써서 차압이 빈번하엿슴니다 그다음에 대정 십일년에 니르러 정치 경
제 일반에 대한 긔사 게재를 허락하엿스나 론조는 의연 불온하야 당국으로
부터 경고와 설유 바든 일이 일이 차가 아니외다 이리하야 칠십이회 발행
중 삼십이회가 압수를 당하엿고 금 팔월 호에는 과격한 혁명 사상 선전에
관한 긔사를 만재하엿슴으로 경무국댱 정무총감 총독부 과쟝의 하여 단연
한 처치를 한 것이외다[8]

도서과장 곤도는 그간 《개벽》을 둘러싸고 이루어진 검열 과정에 대해 설
명하면서, 《개벽》은 천도교의 기관지로서 출발하여 처음에는 학술과 종교
에 관한 기사를 게재할 목적을 갖는다고 하여 보증금을 내지 않았으나 창간
당초부터 정치, 시사 문제 등 제한 외의 기사를 써서 차압이 빈번했다고 쓰
고 있다. 이는 앞선 많은 연구들이 보여주고 있는 바, 《개벽》이 대한제국에
서 1907년 7월 24일 자로 반포된 '법률 제5호 신문지법'에 의해 발간된 잡지[9]
였기 때문에, 정치 관련 문제를 다루기 위해서는 3백 원의 보증금을 냈어야

8 「언론계 일대 참극 개벽에 발행정지」, 《동아일보》, 1926.8.3, 3면, 밑줄 인용자.
9 李東園, 「筆頭에 臨한 感」, 《개벽》 1, 1920.6, 57쪽, "最後에 筆頭의 感으로써 長皇하여진
   것과 意味하는 곳이 那邊에 在함은 說明치 안이하거니와 筆者에 對한 外界의 願激을 諒
   察할 만한 讀者에게 委任하고 最近에 天道敎靑年會에서 『開闢』이라는 雜誌가 新聞紙法
   슈을 依하야 劈頭에 其 許可를 獲得함은 그 雜誌의 이름이 開闢인 所以를 發揮한 것과
   가튼 感도 生하고 同時에 本紙로 依하야 朝鮮文化史에 一大 貢獻의 一頁가 後日 歷史家
   의 稱讚하는 筆致로 써지기를 바라옵고 朝鮮에 在한 諸君이나 其他 經營의 任에 當한 諸
   位의 努力을 全體로 된 一部分인 拙者도 企待합니다." 이후 옛 문헌으로부터 인용할 때
   에는 원문의 표현을 존중하되, 읽기의 편의를 위해 띄어쓰기한다.

했지만, '학술기예(學術技藝)' 혹은 '물가보고(物價報告)' 등에 관한 사항을 다루는 경우에는 예외적으로 보증금이 면제될 수 있었던 상황[10]과 관련된 것이다.

이 신문지법은 이후 1908년에 개정되는데, 이는 당시 《대한매일신보》를 발간하던 영국인 배설을 신문지법으로 단속하기 위해 34조의 내용을 수정한 것이었다.[11] 이 새롭게 개정된 제34조는 원래부터 존재하던 제21조, 제26조[12]와 함께, 무단통치 기간 내내 신문지의 내용을 위한 대표적인 통제 법령으로 원용되었다. 특히 일제 강점 직후의 신문과 잡지는 대부분 이 제34조에 의거하여 발행금지당했던 것이다.

마찬가지로 앞서 1926년에 곤도 도서과장이 언급하고 있는 것과 같이, 1920년 12월 《개벽》에 대한 경무 당국의 소환 및 취조는 처음에는 신문지법 제26조 위반으로 되어 있었으나, 나중에는 제5조 위반으로 바뀐다. 앞서 언

---

10 당시 신문지법의 제4조는 "發行人은 保證金으로 金三百圜을 請願書에 添付ᄒ야 內部에 納付홈이 可홈 保證金은 確實흔 銀行의 任實金證書로써 代納홈을 得홈"이었고, 제5조는 "學術技藝 或 物價報告에 關ᄒᄂ 事項만 記載ᄒᄂ 新聞紙에 在ᄒ야ᄂ 保證金을 納付홈을 不要홈"(「法律 第五號 新聞紙法」, 《황성신문》, 1907.7.29, 1면)이었다. 《개벽》은 신문지법에 의거해 발간되어, 바로 '학술기예'에 속하는 것으로 보증금을 면제받았던 것이다. 당시 조선총독부 경무국과 개벽사 사이의 이 신문지법 조항을 둘러싼 법률 다툼에 대해서는 송민호(2008), 『1920년대 근대 지식 체계와 《개벽》, 『한국현대문학연구』 24, 한국현대문학회, 11-15쪽을 참고할 것.

11 당시 수정된 신문지법 제34조는 다음과 같다. "第三十四條 外國에서 發行흔 國文 或 國漢文 又ᄂ 漢文의 新聞紙와 又ᄂ 外國人이 內國에서 發行흔 國文 或 國漢文 又ᄂ 漢文의 新聞紙로 治安을 妨害ᄒ며 又ᄂ 風俗을 壞亂홈으로 認ᄒᄂ 時ᄂ 內部大臣은 該新聞紙를 內國에서 發賣 頒布홈을 禁止ᄒ고 該 新聞紙를 押收홈을 得홈"(「法律 第八號 新聞紙法改正에 關ᄒ 件」, 《황성신문》, 1908.4.30, 1면)

12 1907년에 제정된 신문지법의 제21조는 "內部大臣이 新聞紙가 安寧秩序를 妨害ᄒ거나 風俗을 壞亂ᄒᄂ 者로 認ᄒᄂ 時ᄂ 其 發賣頒布를 禁止ᄒ야 此를 押收ᄒ며 又ᄂ 發行을 停止 或 禁止홈을 得홈"이었고, 제26조는 "社會의 秩序 又ᄂ 風俗을 壞亂ᄒᄂ 事項을 記載흔 境遇에ᄂ 發行人 編輯人을 十個月以下禁獄 又ᄂ 五十圜以上一百圜以下에 罰金에 處홈"이었다.(「法律 第五號 新聞紙法」, 《황성신문》, 1907.7.29, 1면)

급한 것과 같이, 신문지법 제5조는 '학술 기예'를 다룬 신문지가 보증금을 내는 규정으로부터 면제될 수 있다는 것이었는데, 이 당시 검열 당국은 당시 《개벽》이 '학술기예'를 중심으로 다룬다고 하여 보증금 없는 잡지로 '발행권'을 획득하고 난 뒤, 정치, 시사 기사를 실어 신문지법 제5조를 위반하였다고 판단했다는 것이다.[13] 당시 《개벽》을 둘러싼 필화 사건은 이후 《개벽》과 편집진들로 하여금 기사의 내용적 요건에서의 불온성, 즉 정치, 시사 기사의 여부라는 문제에 구애되도록 하는 방식으로 식민지의 언론 지식을 재편하는 데 큰 역할을 하였다.[14] 이후 《개벽》은 보증금 3백 원을 내고 정치, 시사 기사를 낼 수 있도록 되었지만, 그것으로 검열을 피할 수 있었던 것은 아니었다. 단지 제5조의 문제만을 피했을 뿐, 오히려 정치, 시사를 다루는 잡지로서 본격적인 검열 구도에 휘말릴 수밖에 없는 상황에 놓이게 된 것이다.

1926년 8월 결국 《개벽》은 신문지법 21조의 적용을 받아 폐간된다. 사실 이전까지도 제21조 내지는 제26조의 '안녕질서의 방해'나 '풍속을 괴란', 혹은 '사회의 질서 또는 풍속을 괴란'이라는 조항을 유독 이 시기에 적용할 까닭이란 딱히 없는 것이었으나, 이는 아마도 1919년도부터 지속적으로 제기되고 있었던 신문지법의 개정 요구로 인해, 1926년에 신문지법과 출판법의 서로 다른 조항들이 합쳐져 '조선출판물령'으로 개정되고, 신문지와 출판물이 전면적으로 '허가주의'로 바뀌는 국면과 관련되어 있을 것으로 생각된다.[15] 당시 조선총독부의 경무 당국으로서는 '조선출판물령' 시행[16] 이전에 식민지

---

13 「本誌筆禍의 顚末」, 《개벽》 8, 1921.2, 148쪽.
14 송민호(2008), 12-13쪽.
15 「새로 생기는 朝鮮出版物令-內地서 印刷한 것도 檢閱하고 依然 許可主義를 採用」, 《매일신보》, 1926.8.1.
16 장신(2009), 「1920년대 조선의 언론출판관계법 개정 논의와 '조선출판물령'」, 『한국문화』 47, 서울대학교 규장각 한국학연구원.

조선의 잡지 중 가장 대표적인 것이었던《개벽》의 발행을 금지함으로써 이후 새로운 출판물령의 정착에 대비하려는 의도가 있었을 것이라 추측할 수 있다.

이러한 식민지 내에서의 언론 통제의 국면을 감안할 때,《개벽》의 시대가 막을 내리고, 개벽사의 그다음 방향성이 '취미'와 '과학'으로 설정될 수 있었던 것은 바로 당시 언론계가 검열 주체들과 지식 구도를 둘러싸고 투쟁을 벌이면서 나름대로 돌파구를 찾았던 것으로 볼 수 있다.

《개벽》이 최초로 조선총독부 경찰에 의해 필화 사건을 겪은 후, 마찬가지로 오히려 더 극심한 필화 사건에 휘말렸던《신생활》을 중심으로 한 사회주의 진영은 잠시《개벽》과 공존하다가『조선지광』으로 옮겨가 과학, 특히 사회과학을 표방하면서 나름대로 활동의 영역을 확보하였다. 당시의 검열과 통제의 구도 속에서 '과학' 또는 '과학주의'의 표방은 정치적 불온성을 극복할 수 있는 방향성을 획득하는 것과 직간접적으로 관련되어 있었던 것이다.[17] 제국적 통제의 구도하에서 특히 사회주의 운동의 경향성을 과학과 접맥하고자 하는 시도는 '조선과학연구회'를 비롯하여, KAPF 내에서도 지속적으로 반복되어 왔던 것이다.[18] 그러한 의미에서 '과학'이란 사상성이 담보되는 학문적 경향으로, 당시《개벽》의 주역들의 입장에서는 분명 언젠가 확보되어야 할《개벽》의 정체성임에는 틀림없었으나 쉽게 확보되기는 어려웠을 것임은 쉽게 짐작할 수 있다. 물론 그 양상은 최초와 많이 달라졌으나, 구체적

---

17 송민호(2009),「1920년대 맑스주의 문예학에서 과학적 태도 형성의 배경」,『한국현대문학연구』29, 한국현대문학회, 2009.
18 식민지 조선의 '사회주의' 진영에서 '과학'이 갖고 있었던 의미가 어떻게 이상화되는가 하는 지점에 대해서는 송민호(2012),「카프 초기 문예론의 전개와 과학적 이상주의의 영향-회월 박영희의 사상적 전회 과정과 그 의미」(『한국문학연구』42, 동국대학교 한국문학연구소)를 참고할 것.

으로는 1931년《혜성》의 등장과《제일선》으로 이어지는 장면에서야 '과학'의 영역을 어느 정도 성취했다 할 수 있을 것이다.

따라서《별건곤》이 '취미'를 그 본연의 영역으로 설정하였던 것은 어쩌면 당연한 귀결로 볼 수 있다. 실상 이 취미란 바로 '문화'에 대한 지향에 해당하는 것이다.《개벽》이 행하였던 조선문화에 대한 이해의 증진이라는 과제가 전문화된 형태로 제시된 것이 바로《별건곤》이었던 것이다. 당연하게도 이 잡지는《개벽》내내 '조선문화 기본조사'를 담당했던 청오 차상찬의 존재를 빼놓고서는 애초부터 생각하기 어려웠던 잡지이기도 하다.

3. '조선문화'에 대한 '취미' 담론의 구축
— 잡지《별건곤》이 연 취미 잡지의 시대

개벽사에서 잡지《별건곤》을 창간하고 난 뒤, 청오 차상찬이 본격적으로 전면에 드러난 것은 1928년 7월부터였다. 방정환은 편집후기에서《별건곤》의 차호부터 차상찬과 신영철이 편집 책임을 맡게 될 것이라 고하였다. 자신은《어린이》에만 전념하겠다는 것이다. 당시 개벽사가 발행하고 있던 잡지《별건곤》,《신여성》,《어린이》등을 동시에 편집하던 방정환이 병이 나자 편집 책임으로부터 자유로워지고자《신여성》은 휴간하고,《별건곤》은 두 사람에게 편집을 일임하였다.

조선자랑호의 성적이 참으로 非常히 조왓든 것을 자랑도 感謝도 하고 십습니다. 갑을 70전으로 올니기는 더러 념려되는 일이고 또 기사도 最初 企劃대로 되지 못할 것이 더 만아서 자랑 빠진 자랑호가 되고 만 것을 붓그러히 우리는 생각하고 잇섯 것만은 팔니기는 굉장히 팔리여 모자라는 책을 다시 박혀 대여도 그래도 모자랏슴은 참으로 우리로도 상상 밧기엿슴니다. 독자 여러분의 성원이 만흐섯슴을 밋고 깃분 마음으로 감사를 드립니다. / 한 가지 씀해 둘 것이 잇스니 본사 기자를 세 사람을 증원하엿든 것은 前號에서 아섯스러니와 압흐로는 -이달부터-여러분을 늘 웃키어 온 車相瓚 兄 또 暗中飛躍에 솜씨 익은 申瑩澈 兄 두 분이 『別乾坤』편집의 전 책임을 지고 신입 기자 세 분이 뒤를 도웁게 된 것이외다. '숨어서 잘 다니는 車 兄이 발행인에까지 일홈을 내걸고 나섯스니 날카로운 솜씨 더욱 날카로워질 것이 잇슬 것'을 기다려 보아 주시기 바랍니다. 나는 이젠《어린이》만 專力을 해야겟슴니다. (方) (중략)

이번부터 편집 책임을 더 지고 李乙 氏 대신 발행 책임까지 젓스나 위선 이번 호는 엇더케던지 단 하로라도 속히 내여놋차는 것만 서드러하기 때문에 기사가 골고로 뜻가티 드러서지 못한 것을 다시 사례하옵고 너무나 더위에 부댓기어 그만 만족지 못한 붓대를 놋슴니다. 위선 이것을 同情 만흐신 뜻으로 늙어 주시고 더위 니즐 涼味萬斛의 8월 호나 깃거히 기다려 주십시사는 것만 부탁합니다. (車)[19]

이 길지 않은 편집후기 속에는 꽤 여러 가지 정보가 들어 있다. 그동안 편집 책임에 발행인을 맡고 있던 이을(李乙)이 그만두고 새롭게 차상찬이 편집 책임을 맡게 되고 발행인이 되었다는 사실이다. 하지만 "숨어서 잘 다니는 차 형이 발행인에까지 일홈을 내걸고 나섯스니"라는 방정환의 말을 잘 새겨 보면, 그 전까지는 자신의 존재를 잡지 속에 감추고 있던 차상찬이 이 시기가 되어서야 비로소 문두에 들어서게 되었던 정황을 이해할 수 있다.

---

19 「編輯室」,《별건곤》14, 1928.7, 178쪽.

즉 최초에는 고작해야 한철 정도라고 생각되었던 취미에 기반한《별건
곤》의 기획은 차상찬이 잡지의 책임 편집과 발행인을 맡으면서 완성될 수
있었으리라고 보는 것이 타당하다. 청오는 총독부의 언론통제로 조선 사람
이 '정치'나 '사상'에 관하여 견해를 표출하는 것이 불가능해진 상황 속에서
《개벽》이 식민지 조선에 남긴 의미를 이어나가기 위해서 '과학'보다는 '취미'
영역을 적극적으로 일으킬 필요성을 제기하였던 셈이고,《별건곤》은 바로
그 실천의 무대였던 것이다.

그렇다면, 당연히 차상찬이 이해하고 있었으며《별건곤》을 통해 실천하
였던 '취미'의 실질적인 내용을 살펴볼 필요가 있을 것이다. 주로 '문화' 또는
'조선문화'에 대한 폭넓은 영역을 포괄하는 것으로 것처럼 보이는《별건곤》
의 '취미' 영역에 대한 지향에 대해서는 꽤 상당한 연구가 이루어져 있다.[20]
《개벽》을 둘러싼 기존 천도교의 전반적인 언론활동을 단지 '문화운동'의 일
환으로 파악하였던 연구들[21]로부터《별건곤》이하《부인》,《신여성》,《어린
이》 등의 잡지가 갖는 독자적인 의미와 파급력이 개별적인 연구의 대상이
되어가는 과정인 것이다.

말하자면 잡지《별건곤》은 앞선《개벽》이 담지하고 있던 '조선문화'에 대
한 지향을 이어 가면서, 이를 근대적인 독물(讀物)에 대한 취미의 감각으로
변모시킨 의미를 담고 있었던 것이다. 한편으로는 조선문화의 발견과 전파

---

20 잡지《별건곤》을 근대적인 '취미'의 영역과 연결시킨 연구로는 다음과 같은 것들이 있
  다. 이경돈(2004),「《별건곤》과 근대 취미독물」,『대동문화연구』46, 성균관대학교 대
  동문화연구원; 김진량(2005),「근대 잡지《별건곤》의 '취미 담론'과 글쓰기의 특성」,『어
  문학』88, 한국어문학회; 이경옥(2009),「《별건곤》의 민족 담론과 취미담론의 관계성 연
  구」, 광운대학교 대학원.
21 유준기(2002),『한국민족운동과 종교활동』, 국학자료원; 조규태(2006),『천도교의 민족
  운동 연구』, 선인.

라는 명분을 이어 가면서 다른 한편으로 근대인들이 잡지의 읽을거리를 통해 추구하는 새로운 감각을 동시에 담지하는 일이 어떻게 가능한가 하는 의문이 당연히 가능할 뿐만 아니라 그 자리에 바로 청오 차상찬이 존재한다는 당연한 판단 역시 가능하다.

결국 시작이 반이라고 편집에 착수한 결과 겨우 편집을 맞치기는 하엿스나 생각하면 우리가 이상으로 생각하는 취미 잡지는 사실 고난을 면할 수 업섯다. 취미라고 무책임한 讀物만을 느러놋는다든지 혹은 방탕한 오락물만을 기사로 쓴다든지 등 비열한 정서를 조장해서는 안이 될 뿐만 안이라 그러한 취미는 할 수 잇는 대로 박멸케 하기 위해서 우리는 이 취미 잡지를 시작하엿다.[22]

개벽이 죽은지는 기왕 다 아시겟슴니다 그려.《개벽》대신에 무슨 잡지를 하랴 하나 아작 마음대로 안 되고 지난달에 위선 내여논 것이 이 實益과 趣味를 중심으로 한 『別乾坤』이올시다. 그런데《별건곤》이 세상에 나오자 의외에도 상상 이상으로 환영 대환영을 바더서 발행한 지 몃칠이 채 못 되야 다 팔녀 바리고 그래도 지상에서 주문이 踏至하야 시내 서점에 남은 책갓지 거더드리게 되얏슴니다. 여러분도 깃버하여 주십시오.[23]

22 「餘言」,《별건곤》1, 1926.11.
23 「編輯室放送」,《별건곤》2, 1926.12. 이 제2호의 편집후기를 차상찬이 썼다는 근거로, 이 글에서 이어진 부분에 "암만 세상이 떠드러도 어린이 대장에는 小波 方定煥 군이 잇스니 걱정할 것 업고 12월 호《어린이》가 엇던 모양을 가지고 나왓는가 그것도 사서 보십시오." 같은 부분을 들 수 있다.

생각해 보면, '취미'를 표방하는 잡지로서《별건곤》을 기획하고 실천하는 것은 꽤 조심스러운 일이 아닐 수 없었을 것이다. 특히《개벽》의 잔영이 남아 있는 상황에서 '취미'를 어떻게 정의하느냐에 따라 이《별건곤》의 새로운 시도는 '변절' 또는 '타락'으로 매도될 가능성이 컸던 것이다. 제1호의 편집후기 속에 존재하는 우려를 본다든가 차상찬이 주도적으로 쓴 것으로 보이는 제2호 편집후기에서 '취미'를 다시 '취미'와 '실익'으로 나누고 있는 태도 속에서 이러한 우려가 읽힌다.

하지만, 이러한 우려와 달리,《별건곤》은 발간되자마자 그 즉시 매진이 되는 등 성공을 거두게 된다. 비교적 진지한 읽을거리를 원하는 독자들에게나, 가벼운 읽을거리를 원하는 독자들에게 모두《별건곤》은 그 다양한 스펙트럼을 통해 취미를 자극하는 면이 있었던 것이다.《별건곤》을 통해서 '취미'는 당대의 유행어가 될 수 있었다고 해도 과언은 아닐 것이다.

예를 들어,《별건곤》제9호에 실린 '엽서통신'이라는 제목의 독자란에는 《별건곤》이 제기하는 '취미'의 영역에 대한 지적이 자주 보인다.[24] 당시 독자

---

24 「葉書通信」,《별건곤》8, 1927.8, 157쪽.
　"趣味와 知識을 아울러서 生活의 原動力을 길러 주며 생활을 美化식히든 貴誌가 2개월 동안이나 世上에 나오지 안으매 실로 쓸쓸하며 無味하기 짝이 업더이다. 따라서 신문지로 대강 消息은 알고 잇섯스나 하로밧게 貴誌의 發刊을 고대하기는 실로 거짓말이 아니라 정든 님 기다리는 이상의 안탁가움을 맛보앗나이다. 그러나 이제 다시 貴社員 一動의 血汗의 結晶體인 7월 호를 다시 對하게 되니 얼마나 반갑고 깃븐지요!? 號가 거듭할수록 점점 잠시라도 貴誌를 노코는 못 백이게 됨니다그려!! 참으로 貴社의 編輯에 대한 苦心과 奇拔한 데는 한 번 놀라지 안을 수 업스며, 그야말로 男女老少 어느 계급, 어느 사회, 누구나 다 늙을 수 잇는 別의『別乾坤』이라는 찬사를 아니 올릴 수 업습니다. 走馬加鞭으로 더욱더욱 奮鬪努力하시사 그야말로 別天地 別乾坤이 되도록 하야주사이다. 끗흐로 바라는 멧 말슴은 讀者欄을 내여주시며, 文藝欄에 힘을 써 주시며《中外日報》와 갓치 투서함을 두어 주시며 현상투표지는 따로 너허주시요."
　「葉書通信」,《별건곤》9, 1927.10, 148-149쪽.
　"(京城 出目生)調味劑 업는 음식을 뉘가 맛 좃타 하랴. 생활에 不可缺할 것은 趣味일다.

들은 '취미'와 '실익'이라는《별건곤》의 지향에 크게 공감하고 있었으며, '역사', '문학(시조, 소설)', '강좌', '인물탐방' 등에서 각별한 흥미를 느끼고 있었던 것이다. 무엇보다 대상 독자의 스펙트럼이 넓다는 것이《별건곤》의 큰 장점이었던 것이다.

한편,《별건곤》제10호에서는 창간 1주년을 맞아 각계 인사들의 잡지에 대한 비판과 희망을 실었는데, 당시《중외일보》를 맡고 있던 이상협이나《조선일보》기자였던 한기악,《동아일보》의 현진건, 주요한 등의 인사들이 참여하여《별건곤》이 지향하고 있는 취미라는 방향성에 대하여 다양한 견해를 보여주었다.

이상협은 '취미 잡지'를 표방한《별건곤》이 '시세를 잘 타고 나온 것'이라 평가하며, 역시 여러 신문들을 경영해 본 입장에서 독자층을 염두에 두고《별건곤》의 성공 요인을 분석하는 듯한 발언을 하였다.[25] 실상 이상협은 주

단조무미한 내의 생활에 別乾坤 一冊이야 말로 천금의 不惜하는 터이나. 현대문명이 지구를 縮小식인 만큼 잡지, 신문은 時間催促이 太甚하다. 외국 잡지는 약 1개월을 압서나니 외국인의 두뇌가 발달하야 미래의 시간을 미리 가보는 細音이다. 신문도 하로는 이르다. 惟獨 別乾坤만이 惜寸陰하는가. 꼭 매월 1일에 발행한다면 만금이라도 사겟다만." "(北間島 黃光波)취미와 실익을 중심으로 한 잡지를 창간호로붓허 지금까지 보아 왓스며 따라서 꼭꼭 모아 왓습니다. 또는 장차 그 어느 때까지던지 독자가 되기를 결심하엿습니다. 그것은 貴誌가 그만치 독자 되기를 원하는 것보다 내가 스스로 永世愛讀者가 되게 하는 신출귀몰한 원동력… 아니 引力이 잇는 소치라고 저는 늙이고 늙이고 거듭 늙이는 늙임입니다. 끗호로 영세애독자로서 바라는 멧 가지는 소설가의 창작 단편을 號마다 이삼 편식 내어 주시며 가람 巴人 두 분 선생의 시조 민요도 호마다 내어 주시며 또는 여자의 방문기만 쓰지 말고 남자와의 방문기도 써 주시기를 바라고 바랍니다." (龍川 李炳寬)저는『別乾坤』외에도 수종의 잡지를 구독하옵는대, 참으로『別乾坤』만치 흥미잇고 실익 잇는 잡지는 업습니다. 그래서 달은 잡지는 대강대강 뛰여 가며 보지만은『別乾坤』은 한 엽 한 자 빼여 노치 안코 참으로 애독합니다. 지난 8월 호도 모조리 다 닑엇습니다. 그런대 저의『別乾坤』에 대한 희망은, 첫재, 민중강좌를 자조 니여 줄 것. 둘재, 남녀대론전을 자조 내여 줄 것. 셋재, 역사담을 만이 내여 줄 것 이럽습니다.

25 이상협(1927.10),「別乾坤에 對한 批判과 要望」울음 속에서 우슴을 구하는 우리에게」,《별건곤》10, 108쪽, "여러 가지로 밧븐 몸이라『別乾坤』을 號號히 通讀하지는 못합니다

로《별건곤》이 '취미'라는 영역을 선취하였던 것에 대하여 지적을 한 것이다. 그러면서도 또한 일제의 통제 구도 속에 놓인 언론인으로서의 동질감을 보여주고 있기도 하다. 한기악은 취미 잡지로서는 훌륭하나 정치와 시사를 못 쓰는 것이 편집자나 독자에게 유감이며, 취미 방면만큼의 실익 있는, 농촌이나 경제에 관한 실제 기사 같은 것을 기대한다고 말하였다.[26] 이 한기악의 발언 속에는 당대 지식인들이 대중적 '취미' 영역에 대하여 보인 다소간의 비판적 태도가 읽힌다. 그것은 한편으로는 정치와 시사 기사를 쓸 수 없는 편집자로서의 한계라는 자책으로 다른 한편으로는《개벽》이 담당했던 당대 농촌과 경제에 대한 '실제' 기사를 바라는 것으로 해석된다.

《별건곤》에 대한 당대 지식인들의 시선 속에 존재하는 균열된 시선을 지적한 사람은 다름 아니라 '현진건'이다. 그는 일부 사람들이《별건곤》이 좀 더 고상한 취미를 갖고 있는 기사를 쓰기를 바란다는 의견을 소개하고 나서, 이를 조선의 문화적 현상이나 수준을 잘 모르는 소리라고 쓴 비판을 던

만은 갓금 보아도 좃코 또 到處마다 매우 好評이 드구만요. 아마 部數가 相當히 나가지요? 趣味雜誌! 時勢를 잘 타고 나온 줄 압니다. 朝鮮은 모든 것이 疲廢하고 枯渴하닛가 四圍가 여간 蕭條寂寞하지가 안습니다. 靑年 老年 할 것 업시 이와 가티 蕭條寂寞한 중에서도 그래도 엇더케든지 慰安을 엇고저 합니다. 즉 울음 가운데서 우슴을 차즈려 합니다. 억지로라도 우서 보려고 애쓰는 것이 現下 우리의 心情입니다. 이러한 心情을 가진 우리에게 趣味多端의『別乾坤』誌가 잘 發展케 됨은 실로 偶然한 일이 안이라고 생각합니다. 더 一層 趣味의 方面에 努力하서서 우리의 心情을 깃겁게 해 주서요."

26 한기악(1927.10),「[別乾坤에 對한 批判과 要望] 雜誌는 汽車電車 안의 讀物 趣味로는 無二 實益을 좀 더」,《별건곤》10, 109-110쪽, "1. 취미 잡지로 하야는 더 칭찬할 말이 업지만 다만 정치와 시사를 못 쓰는 것만이편즙자로도 마음 괴로울 일이요 독자로도 유감으로 생각할 뿐인가 합니다. 하여간 잡지라는 것은 긔차나 전차 안에서 읽을 만큼 되여야 할 것인데 그 點에 잇서서 다른 잡지에 비하면 얼마나 우수한지 모르겟습니다. / 2. 원래에 귀지 본의가 취미를 中心으로 하는 것이닛가 물론 긔사의 내용도 그럿켓지만 좀 더 취미 방면 만큼 실익 잇슬 긔사도 지금보다 더 실어 주엇스면 조흘가 생각하는 동시에 따라서 농촌이나 경제에 관한 실제 긔사 가튼 것도 되도록은 좀 더 의미 잇시 긔재햇스면 조흘가 합니다."

졌다. 그는 오히려《별건곤》의 기사들이 어느 계급을 막론하고 누구나 읽을 수 있다는 점을 대단히 긍정적으로 평가하면서, 이 잡지가 가장 대중적이면서도 가장 민중적인 잡지가 될 것을 기대한다며 고평하였다.[27]

이러한 비판과 전망 속에는 바로《별건곤》이 '취미'와 '실익'이라는 지향을 바탕으로 식민지 조선에 일으킨 문화적 파문을 고스란히 이해할 수 있는 대목들이 들어 있다. 애초에 짧은 한철만 내기로 했던 이《별건곤》이라는 잡지가 근 8년 정도 이어질 수 있었던 것은 바로 이 잡지《별건곤》이 내세웠던 '취미 지향'이라는 방향성이 당대 독자들에게 새로운 영역을 개척하는 의미가 있었기 때문이다. 이《별건곤》은 따라서 이후 발간된《신동아》나《삼천리》등의 대중잡지들의 실질적인 시작을 열어, 1930년대 잡지계의 변화의 방향성을 예비한 사건이었던 것이다.

---

27 현진건(1927.10), 「[別乾坤에 對한 批判과 要望] 別乾坤은 大衆의 雜誌」, 《별건곤》10, 110-111쪽, "別乾坤은 매우 자미가 잇고 실익이 잇는 조흔 잡지로 생각합니다. 우리 조선에도 잡지가 생긴 지는 이미 력사가 오랏고 퍽 만헛지만은 대개는 엇던 계급에 한하야만 읽게 되고 일반 민중이 다 가티 읽을 만한 잡지는 이때까지 업섯습니다. 『別乾坤』은 취미와 실익을 중심으로 하야 긔사를 취급하니만큼 자미가 만코 실익이 만흔 동시에 문자가 또한 평이하야 학생이나 청년이나 구가뎡 부인이나 신가뎡 부인이나 실업가 농민 그 어느 계급을 막론하고 다 읽을 만합니다. 일부의 인사들은 취미라도 좀 더 고상한 긔사를 취급하얏스면 조켓다고 하는 말을 드럿습니다만은 그것은 일반의 뎡도와 조선의 사정을 모르는 말로 생각됩니다. 양료리가 아모리 고등 료리라 할지라도 일반 민중에게는 양료리보다도 설넝탕이나 목로집 술이 조흘 줄로 압니다. 아모리 고상한 취미긔사를 취급하더라도 일반 독자가 리해를 못하고 읽지를 안는 데야 엇지 하겟습닛가. 또 조선에 잇서서 고상한 취미 긔사를 취급하잔들 여러 가지가 빈약하고 소조적막한 우리 조선에서 무슨 고상한 취미의 재료가 잇겟슴닛가. 내의 희망까지는 『別乾坤』이 이 압프로 더욱 문제를 평이하게 하고 취미와 실익의 긔사도 좀 더 일반이 알 만한 것을 취급하야 아주 민중의 잡지가 되기를 바랍니다."

4. 독물(讀物)과 야담(野談)
—식민지 조선의 취미영역과 읽을거리 감각

본격적인 '취미 잡지'로서 자리매김한《별건곤》의 성취 속에 이 잡지가 내세운 '취미'라는 기호의 실질을 구성하는 데 바로 청오 차상찬이라는 존재가 자리매김하고 있었음은 앞서 여러 번 서술한 바 있다. 특히《개벽》시절, 차상찬이 관여했던 기사들의 면면을 확인해 보면, 이후《별건곤》으로 이어진 그의 이러한 조선문화와 관련된 읽을거리[讀物]라는 감각이 어떻게 구성된 것인지를 확인할 수 있는 지점이 있다.

박길수가 정리한「차상찬 작품 연보」[28] 속 청오의 연재글들을 살펴보면, 차상찬의 관심사가 몇 가지 방향으로 계열화되어 있다는 것을 쉽게 확인할 수 있다. 우선 초기에 몇 회 연재하던 한시(漢詩) 외에, 개벽사에서 사운을 걸고 대대적으로 행했던 '조선문화의 기본조사'의 일환으로 생각되는 기행담(답사기) 계열이 있다. 여기에는 논란이 되는 장소를 직접 찾아가 보고 들은 내용을 르포르타주 형식으로 전하는「가경가증(可驚可憎)할 유산급(有産級)의 행태(行態)」나「형형색색(形形色色)의 경성 첩마굴(妾魔窟)」(제49호)과「가경(可驚)할 황해도 내의 일본인 세력」(제60호) 등이 포함되고, 또 주요한 인물들의 인물평을 행하는「경성의 인물백태(人物百態)」(제48호) 같은 기사도 포함된다. 특히 인물을 탐방하는 형식의 기사들은 반응이 좋았는지, 이후《별건곤》의 대표적인 기획으로 자리매김한다.

한편,「오호, 사도세자」(제47호)나「허정승의 누님과 이율곡의 어머니」

---

28 수많은 필명을 가지고 잡지의 비어 있는 곳들을 채워 온 청오 차상찬의 글을 목록화하여 파악할 수 있게 된 것은 우선 박길수(2012)의 선행 작업에 힘입은 바 크다.

(제53호)처럼 역사를 단지 낱낱의 사실로 제시하는 것이 아니라 '이야기' 형식으로 다루고 있는 기사들도 하나의 계열을 이루고 있다. 특히 이러한 방식의 역사담은 이후 잡지들에서도 차상찬을 규정하는 대표적인 방향을 이루고 있는데, 그는 이러한 방식의 '사외사(史外史)' 또는 '야담(野談)'에 큰 매력을 느꼈는지, 시대와 대상을 가리지 않고 많은 지면을 할애하여 작성하였다. 특히 그가《별건곤》에서 취미와 실익이 교차하는 지점으로 주로 택했던 것은 바로 이러한 역사담이었다.

마지막으로, 청오가 주력했던 분야는 바로 '언론담'이었다. 「조선언론계의 석금관」(제59호) 등의 시도는 이후 여러 잡지를 거치면서 더욱 본격적인 언론계의 내부 전통을 제시하는 작업으로 발전해 나가게 된다.

그는 이러한 몇 가지 계열의 기사들을 직접 쓰거나 때로는 잡지의 기획으로 만들어 구성하였고, 서사를 잘 활용하여 사실과 허구를 뒤섞는 방식으로 이야기 속에 교훈을 배치하는 방식을 활용하였다.

당시《개벽》에서《별건곤》으로 옮겨갈 무렵의 차상찬이 주로 역사담이나 기행담 등을 중심으로 '야담'의 영역에 접근해 가고 있었으며, 그 속에서 새로운 '조선문화'의 영역을 발견하고 있었던 것은 분명하다. 이러한 활동의 하나로 그는 최남선, 민태원, 양건식, 이윤재, 방정환 등과 같이 1927년 11월에 조직된 조선야담사(朝鮮野談社)의 고문으로 활동했던 것이다.

> 야담! 야담! 야담이라는 술어는 조선에서 최근에 새로난 신술어(新術語)이다. 작년 십일월 이십삼일 시내 계동 김진구(金振九) 씨 숙소에서 김익환, 이종원, 민효식, 신중현, 김진구(金翊煥, 李鍾遠, 閔孝植, 申仲鉉, 金振九) 등 제씨의 발긔로 조선야담사(朝鮮野談社)를 창립하고 지난 십이월 십일에 턴도교 긔념관에서 야담 데일회 공연을 하얏다 그리하여 최남선(崔南善) 민태원(閔

泰瑗) 양건식(梁建植) 차상찬(車相瓚) 리윤재(李允宰) 방뎡환(方定煥) 등 여긔
에 만흔 취미를 가지고 잇는 제씨가 조선야담사의 고문이 되어 오늘까지 만
히 연구해 나려왓다. 야담이라는 술어가 녯날 조선에도 업든 것은 아니다.
청구야담 어우야담 가튼 것이 그것이다. 그러나 그런 것은 어대 별로 근거
도 업는 것을 엉터리로 적어 노흔 서책이라는 것을 의미하는 것이엇다. 그
러나 이것은 절대로 그런 것이 아니라 일본의 講談과 중국의 說書를 절충하
여 조선뎍으로 또 현대뎍으로 새 민중예술을 건설한 것이다. (중략) 야담은
절대로 이러케 허무맹낭한 소리나 진부한 그런 것이 아니라 적어도 력사뎍
사실(歷史的 事實)-력사 중에도 재래의 력사 다시 말하면 어떠한 특권계급(特
權階級)의 독뎜덕 력사(獨占的 歷史) 그것이 아니라 민중뎍 력사(民衆的 歷史)-
특권계급의 손으로 된 모든 추태를 음폐(掩蔽)한 재래의 력사를 홀떡 뒤집
어 노흔 리면사(裸面史) 즉 야사(野史) 속에서 그 재료를 뽑아낸이만치 민중
덕이오 현대덕 오락물(娛樂物)의 하나이라는 것을 여긔 단언한다[29]

1927년 무렵, 다른 한편에서 '조선문화'에 대한 기획과 실천을 행하고 있던
최남선과 차상찬이 마주치는 대목이 바로 이 지점이거니와, 위 인용된 기사
를 살펴보면 차상찬이 야담 또는 야사에 지속적인 매력을 느꼈던 것은 분명
하다. 그가 《개벽》과 이후 잡지들에서 특히 《별건곤》의 모든 대목에서 활용
한 역사 이야기들은 바로 정사로서의 역사가 아니라 역사 바깥에 존재하는
이야기라는 점에서 야담과 궤를 같이하고 있는 것이었기 때문이다. 게다가
당시 조선야담사나 《동아일보》 등이 갖고 있던 생각은 야담을 통해 다소간
정치적인 비판의 가능성을 담아 내고자 하는 방향성을 띠고 있는 것이었다.

29 『民衆의 娛樂으로 새로나온 野談』,《동아일보》, 1928.1.31.

이는 당시 개벽사도 마찬가지였는데, 예를 들어, 개벽사에서는 1930년 2월에 개벽사 10주년을 맞아 세계 정치 정세에 대한 강연과 야담, 동화대회를 개최하고자 하였다가 당국의 금지를 받아 취소하였다.[30] 물론 이는 야담 때문이 아니라 '강연' 때문이었지만, 개벽사 내부에서는 야담이 갖고 있는 가능성에 대한 어떤 공감대가 마련되어 있었던 것이다. 결국 야담 대회는 열리지 못하고 무기한 연기되었지만,[31] 야담으로서의 역사 이야기가 낭독되는 강연이라는 연행적 행위와 결합하는 장면에 대한 가능성을 확인하고자 하는 시도가 개벽사 내부에는 존재하고 있었던 것이다.

하지만, 이러한 노력에도 불구하고, 야담은 지속적으로 괴담이나 기담 등으로 귀착되면서 1930년대 후반부에 이르면, 문학과는 한참 거리가 먼 흥미위주의 타락한 서사로 자리매김하게 된다.[32]

다만, 《별건곤》의 초기에도, 차상찬은 주로 '사화(史話)'를 중심으로 한 역

---

30 이 상세한 내용을 알리고 있는 이는 바로 채만식이다.
「編輯室 落書」, 《별건곤》 26, 1930.2, 167쪽, "開闢社 10週年 기념사업(前號 발표)의 제일착으로 세계 정치 정세에 대한 강연과 野談及童話 대회를 사흘 동안 계속 개최하려고 모든 준비까지 하엿든 것이 당국의 不許可로 하지 못하고 보니 엇지나 섭섭하고 또 민망한지 알 수가 업다. /그러나 永永 그만두는 것이 아니라 압흐로 달은 사업을 진행하면서 기회를 어더 다시 강연과 野談及童話 대회를 긔어코 개최하려고 하니 그쯤 녀겨 기다려 주기를 바란다.(蔡)"
31 개벽사 10주년 기념 강연회와 야담, 동화 대회의 무기한 연기는 방정환이 알리고 있다.
「編輯落書」, 《별건곤》 27, 1930.3, "요전에 開催하랴던 本社 10周年 紀念大講演會 世界政局大講演 野談及童話大會 凡3일간 계획은 또한 시절이 시절인 까닭으로 當局에서 不許可가 되야 無期延期가 되엿다. 다음 기획 물론 다시 開催하겟지만은 그동안 기대하던 여러분에게 미안한 말슴을 드린다.(方)"
32 이경돈(2004), 272-280쪽, 이경돈은 전설과 설화, 그리고 역사담에 기반한 이른바 야담이 《별건곤》 내에서 어떻게 중요한 서사가 되었다가 사화의 형식이 깨어지면서 허구의 영역과 결합되는가 하는 점을 보여준다. 특히 그는 이러한 대표적인 기획으로 차상찬이 기획하고 참여한 역사적 가정을 다룬 '드면錄'이나 '歷代陰險人物討罪錄' 등을 들고 있다. 그에 따르면 이 야담은 이후 저급한 양식으로 자리매김하게 되는데, 《별건곤》에서는 여전히 중요한 자리를 차지하고 있었다.

사담의 영역과 '방문기' 등으로 대표되는 실제 취재의 영역을 자신의 기사의 중심에 두었다. 이른바 괴담이나 기담의 영역은《별건곤》의 말미 즈음을 제외하고는 다루지 않았다. 이는 차상찬이 야담 자체만으로 만족했던 것이 아니라 그 뒤에 존재하는 '사학'의 학문적 가능성을 염두에 두었기 때문에 가능했던 태도이다. 예를 들어, 1931년 1월에 발간된《별건곤》의 편집후기에서 차상찬은 다음과 같이 말하였다.

> 辛未史話 中 洪景來와 李弼의 亂記는 朝鮮에서 츰으로 發表한 紀錄인 中 特히 洪景來의 燕國國號를 稱한 것이라던지 景來의 詩 以外 그들 一派의 年齡 가튼 것은 누구나 이째 것 모르던 事實인즉 史學上 큰 參考가 될 것이오 여러 專門學者의 論文集도 쏘한 읽을 必要가 잇는 것입니다.(車)[33]

그는 홍경래의 난과 이필, 즉 이필제의 동학운동을 다루었던 자신의 기사가 지금까지 조선에서 처음으로 몇 가지 새로운 역사적 사실을 지적했다는 것을 강조하였다. 나아가 그것이 사학에 큰 참고가 될 것이라고 말하고, 독자들에게도 여러 전문 학자들의 논문집 역시 읽어 볼 필요가 있다고 제언하였다. 즉 차상찬에게 '야담', 특히 야사에 기반한 역사담은 단지 기담이나 괴담이 갖는 신기성의 측면이 아니라 박물학적 지식에 기반하여 역사에 접근해 가고자 하는 태도가 전제되어 있는 것이다. 여기에는 당대 최남선 등이 제기하였던 역사에 대한 관학적 접근이 아닌 민간학적 접근 방식을 공유하고 있는 지점이 존재한다고 할 수 있다. 차상찬의 역사담을 넘어 민간학적 역사학에 이른 '야담' 개념에 대해서는 별도의 논의가 필요할 터이나 확실한

---

33 「編輯落書」,《별건곤》36, 1931.1, 164쪽.

것은 차상찬에게, 역사담을 중심으로 추구된 야담이란 단지 잡지의 여백을 채우는 독물의 의미나 대중적 취미의 영역을 넘어서는 중요한 의미가 있었다는 사실일 것이다.

그 대표적인 실례로 다음과 같은 예를 들 수 있는데, 차상찬은 1935년 속간되어 나온 《개벽》에「조선신문발달사」라는 기사를 쓰면서, 다음과 같이 '야담'의 지위를 격상하여 표현하였다.

> <u>官報를 신문의 원조라 할 것 같으면 우리 朝鮮에 잇서서는 官報의 일종인</u>
> <u>소위『기별』紙가 신문의 원조라 하겟고 민간에 잇서서는 야담, 야사 가튼</u>
> <u>것도 또한 일종의 신문으로 볼 수 잇다.</u> 然而 그 시초된 년대에 잇서서는 아
> 즉 상세한 기록을 발견치 못하얏으나 新羅史에 의하면 神文王 12년 壬辰(서
> 기 682 = 距수 1253년 전)에 薛聰이 이두문을 지어서 官府文札에 사용하였다
> 하였은즉 그때부터 기별紙 가튼 것이 벌서 시행되었던 것을 족히 짐작하겟
> 고 또 宣祖 11년(1578)경에는 관료과 족친의 無職人들이 소위 朝報라는 것
> 을 발행하야 자생하다가 宣祖에게 觸怒되야 금지 유형된 事가 잇섯다.-宣
> 祖實錄에 云하되 遊手輩, 得政府許, 印行朝報, 賣以資生, 行之數月, 上震怒
> 流之-그때 그 朝報의 내용이 어떠하엿던 것은 지금에 足徵할 문헌이 없으
> 나 역시 官報의 일종, 다시 말하면 신문의 일종이였던 것은 사실이다.[34]

『관보』가 '기별'을 거쳐 민간의 야담, 야사로 동일시되는 대목은 그리 타당성이 높지 않은, 상상적인 연결에 해당한다. 다만, 중요한 것은 이 글이 차상찬이 '야담'이 갖고 있는 의미와 가치를 규정하는 방식을 보여주고 있다는 점

34 「조선신문발달사」,《개벽》 속간 4, 1935.3, 3-4쪽.

이다. 이 글을 보면, 우리가 앞서 차상찬의 글쓰기를 구분했던 몇 가지 계열을 차상찬 자신이 연결시키고자 하였다는 사실을 알 수 있다. 즉 차상찬의 관점에서, 야담은 단순히 역사적 사실을 서사화한 것에 지나지 않는 것이 아니라, 기자가 실제 대상을 추적하여 서사화를 통해서 알리는 모든 행위를 포함하는 개념이 되고 있는 것이다. 차상찬의 언론 활동에 바로 이 두 가지 지향점, 특히 조선 역사에 대한 탐구와 사회에서 발생하는 새로운 사실의 보도는 전혀 별개의 것이 아니라 내재적인 연결성을 갖고 있었다는 것이다.

1932년 5월《동광》의 제35호에 대한 제언에서 차상찬은 자신이 지방을 돌아다니면서 독자들에게 들은 이야기라 하면서 크게 두 가지 중요한 사항을 전하였다. 그 한 가지는 당시《동광》이 다른 잡지를 따라 취미 기사를 취급하고자 노력하는 경향에 대한 비판이다. 그는 그보다는 '조선사화(朝鮮史話)'나 '과학'에 관한 기사를 좀 더 다루어주기를 바랐다. 다른 한 가지는《동광》이 사회에서 발생하는 새로운 사실을 취급하려는 노력이 적은 것을 비판하였다.[35] 앞서 살펴본 바 '야담=신문'이라는 차상찬의 자신만만한 언술이 보여주는 것처럼, 역사에 대한 취급과 사실에 대한 태도는 최소한 이 시기 무렵의 차상찬에게는 모든 잡지가 추구해야 할 것들이었고, 그 둘은 별개의 것

---

35 차상찬(1932.5), 「東光의 特色을 保存하라」,《동광》, 1932.5, 56쪽.
  '나는 무엇이라고 충고할 말씀이 별로 없습니다. 다만 지방을 다니던 중에 貴誌讀者에게 들은 말을 참고 삼아 몇 마디 적어 보겠습니다.
  1. 東光은 내용이 충실하나 文章이 좀 어려워서 일반적으로 읽기가 어렵다.
  2. 東光은 근년에 다른 雜誌를 따라서 趣味 記事를 취급하느라고 노력하는 듯하나 그보다는 전일과 같이 朝鮮史話, 과학에 관한 기사를 많이 取扱하야 東光의 특색을 그대로 保持하엿으면 좋겠다.
   - 이것은 주로 大邱, 釜山, 淸州에서 들은 말입니다.
  3. 東光은 편집 방법과 기사 내용이 신선한 맛이 적은 것 같다.
  4. 사회에서 발생하는 新사실을 취급하는 노력이 적은 것 같다.
   - 開城, 元山 讀者에게 들은 말입니다.

이 아니었던 것이다.

즉 야담을 중심으로 한 차상찬의 언론 활동은 한편으로는 박물학적 지식이 담긴 근대적 읽을거리를 추구하였던 한편, 기자가 직접 보고 들은 아직 독자가 모를 만한 이야기를 들려준다고 하는 대중화를 담보하는 잡지 기사 쓰기의 새로운 유형을 창출하였다고 해도 과언은 아닐 것이다.

5. 나가며

식민지 조선의 문화기획자였던 청오 차상찬은 소파 방정환과 같이 《개벽》을 편집하다 그 잡지가 폐간될 무렵, 《별건곤》 등 이후의 잡지로 옮겨 가는 과정에서 '취미'와 '과학'이라는 조선 잡지가 가져야만 하는 두 가지 지향점을 도출하였다. 이는 분명 천도교의 기관지로 시작한 잡지 《개벽》이 1920년대 초반 가장 유력한 지식 중심의 대중지로 거듭나게 된 배경에 대한 분석이 전제가 된 것이었다.

《개벽》이후, 차상찬이 전력으로 기획하였던 《별건곤》은 특히 이 두 가지 지향 중에서도 '취미'에 대한 지향을 담보하고 있는 것이었다. 방정환이 병환으로 편집에서 손을 떼게 되었을 무렵, 차상찬은 본격적으로 잡지 편집에 뛰어들면서, 바로 해당 잡지가 가지지 않으면 안 되는 '취미'의 영역을 확산하는 데 크게 기여하였던 것이다. 《별건곤》이 표방하였던 '취미'의 영역은 한편으로는 일본 제국주의가 식민지 조선의 지식을 통제하는 구도의 핵심이었던 신문지법에 선명하게 제시된 '정치'와 '시사'라는 영역을 우회하기 위한 수단이었을 뿐만 아니라, 잡지를 통한 지식 대중화라는 새로운 담론을 열어젖힌 계기였다.

《별건곤》이 표방한 취미는 동시대 지식인들의 큰 관심을 얻어, 특히 대중

담론이 시작하는 데 크게 기여하였던 셈이다. 그 중심에 있던 차상찬은 역사물이나 실화담 등을 다룬 기사들을 쓰면서 야담 등의 글쓰기 양식과 결합하면서, 대중적인 지식을 담보하는 독물의 시대를 열어젖힌 식민지 조선의 문화기획자였다. 그는 '역사', '정탐', '실화' 등을 시대적인 이야기거리로 만들고, 그 속에서 계몽성과 역사성을 추구하는 방식으로, 최남선과는 또 다른 방식으로, 식민지 조선의 문화적 지식을 구성하였던 것이다.

차상찬의 민요 수집과 유형 연구*

―《개벽》과《별건곤》을 중심으로

유명희

* 이 글은『한국민요학』제54집에 수록된 것이다.

1. 머리말

차상찬은 언론인이면서 역사학자, 문학가, 민속학자 등으로 평가받고 있는 인물이다. 특히 우리나라 잡지사를 논할 때 그를 빼고는 말을 할 수 없을 정도로 근대 잡지의 아버지와 같은 인물이다. 그럼에도 그에 대한 연구는 미진한 편이다. 평전이 하나 나왔으며 연구논문도 많지 않은 편으로 그것도 최근에 시작되었다.[1] 「차상찬론」[2]과 「차상찬연구」[3]는 차상찬의 다양한 업적을 중심으로 재평가를 시도하였으며 다양한 필명에 대하여 문제제기도 하고 있다.

민속학적인 조사를 통하여 그에 관한 글을 많이 발표한 차상찬이지만 그러한 측면에 대한 평가는 부족한 것이 사실이다. 이 글에서는 차상찬의 『조선민요집』의 민요 목록을 살펴보고자 한다. 이어서《개벽》,《별건곤》에 실린 민요와는 어떤 연관관계가 있는지 비교할 것이다. 그리하여 차상찬의 민

1 한림대학교와 강원도민일보, 춘천시, 대일광업 등이 함께 주최한 최근의 학술대회는 이 연구를 촉발하는 데 중요한 역할을 하였다고 볼 수 있다.
박길수, 『차상찬 평전』, 도서출판 모시는사람들, 2012.
청오 차상찬 서거 70주년 기념 학술대회 자료집, 2016.
청오 차상찬 탄생 130주년 기념 학술대회 자료집, 2017.
2 박종수, 「차상찬론」, 『한국민속학』 28, 한국민속학회, 1996.
3 정현숙, 「차상찬연구1」, 『근대서지』 16, 근대서지학회, 2017.
정현숙, 「차상찬연구2」, 『근대서지』 17, 근대서지학회, 2018.

요 선별과 거기에 나타난 당시의 시대 인식에 관하여 고찰하고자 한다.

2. 차상찬과 『조선민요집』

차상찬의 『조선민요집』은 현재 춘천시 온의동 데미안 책방 4층에 있는 차상찬문고에 보관되어 있다. 이 책은 청오의 아들이 이곳에 보관을 맡겼는데 처음에는 권진규 미술관 달아실 갤러리에 있다가 데미안 책방이 만들어지면서 옮겨왔다. 『조선민요집』은 제본을 하지 않고 낱장을 묶어 놓은 형태로 언제 묶었는지 연도를 알 수 없다. 종이가 낡고 오래되어서 책을 보는 것에도 어려움이 따랐다. 복사를 할 수도 없을 정도로 상태가 나빴다.[4]

이 민요집은 《개벽》지의 부분을 인쇄하여 오려 붙인 부분, 직접 답사하여 손으로 적은 부분 등으로 나누어지며 그 외에도 출처를 알 수 없는 인쇄본 (딱지본 민요책인 듯) 등이 섞여 있다. 앞뒷면이 함께 필기되어 있는 쪽도 있고 어떤 뒷면에는 손으로 적은 민요에 크게 X자로 표시하여 폐기한 쪽도 있다. 또한 쪽수가 적혀 있지 않아 순서를 명확하게 알기 어렵다. 대략적으로 민요의 목록을 정리하면 다음과 같다.[5]

1. 경북 민요

---

4 차상찬의 활동 기간은 1910년경부터 1945년까지로 추정되는데 약 35년 동안 여러 잡지와 신문에 수백 편의 글을 발표하였고, 단행본도 여러 권 발간하였다. 그런데 이 중 많은 자료들이 망실되거나 훼손되어 원문을 확인하는 데에 어려움이 있다. 이 자료들 중에는 원문을 해독하기 어려울 정도로 글씨가 희미하게 훼손된 자료도 있고, 종이를 넘길 수 없을 정도로 보존 상태가 좋지 않은 자료도 있으며, 순서가 정확하지 않게 묶여 있는 자료도 있다. 정현숙, 「차상찬연구」 1, 72쪽.
5 번호는 분류하기 쉽도록 필자가 편의에 따라 붙인 것임을 밝힌다. 밑줄친 민요들은 《개벽》과 《별건곤》에 실린 민요 목록이다.

1) 대구 민요   ─나물노래, 사랑가, 봉슬금노래

2) 안동·의성민요 ─사슴노래, 사부모가, 소노래(牛歌), 꽃노래(花歌), 역노가, 생금노래, 놋다리(답교가), 기와노래(와가), 상주요─아리랑, 문경─아리랑

3) 고령 민요   ─줌치노래

2. 경남 민요

1) 지역 없음   아침 모판에서 부르는 노래─첩노래와 같음. 종금새,
               시집살이 (노래가 섞인 것인지 아님 다른 노래들을 적은 것인지)
               부르는 노래
               임금아 곰보신부,
               모심는소리, 조리자조리자 소리
               쌍금노래, 사천동무, 혼노래, 바람아

2) 진주 민요   일본어 제목 두 곡

3) 고성 민요   고성 하동 긴골목에: 첫날밤에 애낳은 신부(서사민요)

4) 하동 민요   일본어 제목, '하동천과'로 시작, 동엽 민요 3수, 집사리,
               매노래, 서모가, 경남 베틀가 '하늘에 선녀각씨~'로 시작.

3. 전라도 민요 64수

1) 제주도 진수

2) 여수 민요   10수 인쇄본 한잔등에 한각쿠야~물레야 술래야 서사민
               요 2수
               갑자기 이어서《개벽》인쇄본─이어서 제주도의 민요
               50수

4. 강원도 민요

1) 춘천 민요   밀매노래, 장사타령, 베틀가, 동요, 진득이, 춘천아리랑[6]

2) 정선(旌善)아리랑[7]

3) 정선(旌善)역금아리랑

4) 강릉요 다복노래

5. 평안도 민요   용강민요 30수

6. 평북 민요   형임온다, 거미금울, 태천 민요, 싸북동이

7. 함경도 민요   갑산 민요 2수, 함흥 민요

8. 충청도 민요   묘파러 가세, 부랑가

　이어서 책의 마지막에는 '석누한쌍심엇더니'로 시작하는 노래를 필사한 것이 나온다. 이어 마지막 인쇄본이 있는데 이것은 경북 민요의 두 번째 페이지에 해당하는 것이다. 똑같은 페이지가 잘못 들어간 것인지 나중에 보관 과정 중에 쓸려 들어간 것인지 알 길이 없다.

　위 『조선민요집』의 목록을 대강 정리하면 도별로는 경상북도, 경상남도, 전라도, 강원도, 평안도, 평안북도, 함경도, 충청도 등이다. 도에 따라 실려 있는 민요의 편차가 심한 편이다. 경상북도와 강원도는 여러 편이지만 함경도, 평안도 등은 편 수가 적다.

　앞서 말했듯이 『조선민요집』은 체계가 잘 잡혀 있는 책이 아니다. 책으로 묶기 전의 상태로 보아야 하는데 필사와 인쇄된 글은 얽혀 있고 제목도 일

6　노래는 인쇄본, 후렴은 수기로 '아리랑 아리랑 아라리오 아리랑 띄여라 노다가세'로 적혀 있음.
7　역시 수기로 적혀 있음.

목요연하게 정리되어 있지 않다. 중간중간 지역명과 민요가 결합하여 어느 지역의 민요라는 것을 알려 준다. 인쇄된 내용들은《개벽》지에 실린 글들인 경우도 있고 출처를 찾지 못한 것도 있다. 또한 필사한 내용 중에서도《개벽》이나《별건곤》에 실린 민요들이 있다.

이『조선민요집』은 '조선문화의 기본조사[8]'를 바탕으로 엮은 것으로 보인다. 주지하다시피 차상찬은 '조선문화의 기본조사'에 참여하였다. 전국 팔도를 모두 직접 답사하고 취재하고 기사를 쓰고 글을 썼다. 언론인이기도 하였던 그는 기본적인 취재는 물론 역사학적 관점을 견지하며 민속 분야에도 관심을 기울였다. 이것은 그가 쓴 글의 성격에도 드러난다.[9]

차상찬이 민속학의 초창기에 기여한 업적을 그의 주요 저술을 중심으로 정리하면 다음과 같다. 청오는 당시 어려움 속에서 지켜 온《개벽》誌를 통해 총 54편의 글을 발표하였다. 이 중에서 民譚·風俗·女俗·踏査에 관련된 글이 46%이고, 野史가 16%, 評論이 12%, 漢詩 6%, 기타 20%로 민속 분

---

8 1923년 4월 호 경남도호부터 시작하여 1925년 12월 전북도호에 이르기까지 15회에 걸쳐 진행된 이 특집 기획에서 청오는 경남도호(제34호, 1923.4.외 김기전), 경북도호(제36호, 1923.6.), 강원도호(제42호, 1923.12.), 충남도호(제46호, 1924.4.), 경기도호①, ②(제47·48호, 1924.5~6. 추정, ②는 오늘의 서울 인천), 평남도호(제51호, 1924.9. 외 김기전), 함남도호②(제54호, 1924.12, ①은 박달성), 충북도호(제58호, 1925.4.), 황해도호(제60호, 1925.6.외 박달성), 전남도호(제63호, 1925.11.), 전북도호(제64호, 1925.12.) 등 모든 특집에 빠짐없이 참여하고 있을 뿐만 아니라, 김기전·박달성·조일연 등 다른 참여자에 비해 압도적으로 다대(多大)한 취재기를 남기고 있다. 박길수, 앞의 책, 154쪽.
9 "조선의 일반 현상을 근본적으로 답사하야써 그 속을 형제에게 공개하기로 한다. 이것은 한 달에 한 道를 답사할지오 답사한 그것은 그 翌月號의 開闢에 부록으로써 공개할 것이다. 무슨 別한 뜻이 잇스리오. 조선의 血孫된 누구의 머리에나 조선의 수日情形을 그대로 감명케 하야써 우리들 일반 이제 춈히 분명한 조선의 戶主되게 하자 함이며 제각히 조선과 결혼하는 者 되게 하자 함이다."
차상찬, 「朝鮮文化의 基本調査, 各道道號의 刊行」, 『開闢』 31, 1923, 편집 후기 참조.

야의 글이 가장 많다. 이 밖에도 청오는《개벽》誌 외에 民謠‧風俗‧踏査記‧女俗에 관련된 내용의 글을 『別乾坤』에 45편, 『朝光』에 28편, 『新女性』에 27편 등을 발표했다.[10]

그렇다면 차상찬이 민속학에 관하여 적지 않은 글을 남긴 이유가 무엇인지 생각해 볼 필요가 있다. 당시는 일제의 문화 침탈이 강화되는 시기였으며 일제는 교묘한 방법으로 조선 인민들을 회유할 방법들을 고민하고 있었다. 조선의 향토 오락을 강조하는 시기도 이와 맞물리는데 문화적인 부분을 풀어주면서 식민 야욕을 감추는 방법을 택한 것이다.

민속은 사람이 살아가는 기본적인 모습을 보여준다. 청오가 민속에 집중했다면 아마도 이것 때문일 것이다. 당시 식민 사회를 살아가는 조선민의 삶을 보여주고 싶었을 것이고 기획답사를 통해 실태를 정확히 진단하고 싶었을 것이다.

그럼에도 민요의 분류 측면에서 볼 때 『조선민요집』으로 묶인 민요들의 특징은 크게 두 가지로 볼 수 있다. 첫째, 다양한 기능의 민요가 실리지 못했다는 점이다. 하나의 기능으로 치우진 경향을 보인다. 민요는 기능에 따라 노동요, 의식요, 유희요로 나뉘는데[11] 『조선민요집』에 실린 민요들은 대개 유희요에 속하는 것들이다. 물론 노랫말만 보아서는 이 노래가 어떤 기능으로 불려졌는지 명확히 알기는 어렵지만 현재까지 전해지고 있는 노래와 비교하여 유추하면 그렇다. 둘째, 서사민요의 비중이 높다는 것이다. 서사민요는 말 그대로 이야기가 있는 민요이다. 종금새, 시집살이, 꽃노래, 베틀가 등

10 박종수, 앞의 글, 261쪽.
11 강등학, 「민요」, 『한국 구비문학의 이해』, 월인, 2016.

은 모두 서사민요에 속하는 노래이다. 이 노래들의 기능은 다양할 수 있으나 형식 면에서 동일하다는 것이다. 다음 장에서 자세히 이야기하도록 한다.

그렇다면 각도의 민속을 조사한 차상찬은 다양한 민요를 싣지 않고 왜 이렇게 한쪽의 기능으로만 치우친 민요를 실었을까 하는 점이 궁금해진다. 두 가지 부분에서 생각할 수 있다. 우선은 이 조사의 목적이 민요에 있는 것이 아니기 때문일 수 있고, 민요에 대한 이해가 부족하거나 다른 이유가 있어서 이런 민요를 실은 것일 수 있다. 실상은 첫째와 둘째가 같은 얘기일 수 있는데 민요 조사가 목적이 아니기 때문에 문화 조사 중 차상찬의 취향에 맞는 민요를 선별할 수 있기 때문이다. 있는 그대로의 민요 보고서가 아닌 문화조사 결과로서 민요를 찾은 것일 수 있으며 또한 잡지에 싣는다는 목적이 중요했을 것이라 생각한다.

3. 《개벽》과 《별건곤》 수록 민요 목록 비교

『조선민요집』에 수록된 민요들은 앞서 말했듯이 체계적으로 정리되어 있지 않다. 여기에 실린 민요 중 몇몇은 《개벽》과 《별건곤》에 실렸다. 달리 말하면 《개벽》과 《별건곤》에 실린 민요들은 모두 이 『조선민요집』으로 묶인 것들과 같은 것이다. 각 잡지에 실린 민요를 잡지별로 분류하여 살펴보자.

1) 《개벽》 수록 민요 목록

《개벽》 제3호 강원도 지방의 동요
《개벽》 제36호(1923) 多恨多淚한 慶北의 民謠
사승노래(績麻歌), 思父母노래, 소노래(牛歌), 곶노래(花歌), 驛奴歌(이것은

新羅의 엇던 왕자가 驛奴의 女와 和答하던 노래), 생금노래, 놋다리(踏橋歌), 기와

노래(瓦歌), 尙州謠, 聞慶謠

《개벽》제42호(1923) 이 땅[12]의 民謠와 童謠

밀매노래, 장사打鈴, 베틀歌(織機歌), 童謠, 진득이, 春川아리랑

2)《별건곤》수록 민요 목록

《별건곤》제63호(1933) 關東 民謠 一.原州아리랑, 二.旌善舊아리랑

《별건곤》제64호(1933) 忠淸道 民謠 ー묘파러가세ー, ー점심고리ー

《별건곤》제66호(1933) 慶北 民謠 사승哥 一, 二, 三

《별건곤》제67호(1933) 龍岡 民謠 따로 제목이 없이 6편

3) 사승요(謠)와 사승가(哥)의 차이

《개벽》과《별건곤》에 실린 민요의 연도별 차이를 보면 꼭 10년이다. 《개

벽》제3호에 실린 '강원도 지방의 동요'를 빼고[13] 다른 민요가《개벽》에 실린

연도는 1923년이고,《별건곤》에 민요가 실린 연도는 1933년이다. 두 잡지에

실린 민요의 목록을 살피면《개벽》에 실린 민요의 지역 출처는 경북과 강원

도이고《별건곤》에 실린 민요의 지역 출처는 강원도, 충청도, 경상북도, 평

12 '이 땅'의 오타인 듯. 원문을 그대로 표기하였다.
13 《개벽》제3호에 실린 이 동요는 다른 호수와 달리 한 편만 잡지 하단에 따로 기재되어
   있다. 다른 민요들은 기사로 다루어져 많은 쪽수를 할애하고 있는 것과 대조적이다.

안도 등이다. 민요 출처 지역은《개벽》이《별건곤》보다 적지만 민요 편 수로 따지면《개벽》에 실린 민요가 훨씬 많다.

목록을 살펴보면 재미있는 점이 발견되는데《개벽》에 실린 민요가《별건곤》에 실렸다는 점이다.《별건곤》에 실린 사승가는《개벽》에 실린 사승요와 거의 같다. 나머지《개벽》과《별건곤》에 실린 민요는 모두『조선민요집』에 있는 것과 대동소이하다. 사승요 외에는 두 잡지에 같이 실린 민요는 없다. 그렇다면 왜 차상찬은 많은 민요 중 사승요를 골라서 다시 게재하였을까 하는 의문이 생긴다. 이를 해결하기 위해《개벽》과《별건곤》에 실린 노래를 살펴보자. 먼저《개벽》지에 실린 사승요이다.

□ 사승노래(績麻謠)

一,

盈海盈德긴삼가리[14]/眞寶靑松관솔가지[15]/우리아배관솔패고/우리올배관솔노코/이내나는비비치고/우리형님나러치고/밤새도록삼고나니/엿손가리반을추겨/닷손가리반남엇네

安東동내열늬동내[16]/동내마다송사가자/안만업시訟事가면[17] 네익이나나익이지/우리아배吏房戶長/우리올배東萊府使[18]/골방妓生얼동생아[19]/恒首

---

14 가리는 꽂지라는 말. 잡지 인용.
15 관솔은 松明. 잡지 인용.
16 이것은 며느리가 삼을 잘못 삼어서 시어머니가 남으르는 말. 잡지 인용.
17 이것는 잘못하고도 自己 親家의 세력을 자랑하는 것. 잡지 인용.
18 올배는 올아비. 잡지 인용.
19 얼은 庶. 잡지 인용.

別監얼三寸에/너익이나나익이지

二, (이것은 새벽 삼 삼는 노래)

달은벌서다젓는데/닭은어이쏘우는가/잔말만은시어머지/이내잠을쏘깨우네/眞寶靑松긴삼가리/盈海盈德관솔가지/널캉나캉웬情만어/아침저녁짜러드나/새벽길삼지기는년/사발옷만입더란다

三, (이것은 잘못 삼은 삼을 팔고 하는 노래)

미수가리를걸머지고[20]/山陽場을건더가니[21]/山陽놈의人心보아라/오돈오푼바드란다/五六七月짜른밤에/단잠을랑나못자고/이삼저삼삼을적에/두무릅이다썩엇네/어린아희젓달내고/큰아희는밥달난다/뒷집김동지거동보소/나를보고헛무슴운데

이 노래의 별명을 보면 적마요(績麻謠)라 되어 있다. 삼 삼는 소리를 이르는 말이다. 一절에서는 삼 삼는 일의 고단함을 표현하고 있다. 관솔을 놓았다는 것은 야간작업을 이르는 것이고 이리 치고 저리 치고 온 식구가 밤새도록 노동을 하였다는 것을 설명하고 있다. 이어서 동네에서 송사를 가자고 한다. 그러면서 '우리아배(吏房戶長), 우리올배(東萊府使)'이니 자신이 이긴다면서 권력을 자랑하고 있다. 송사를 하는 데에 옳고 그르고의 문제가 아니라 힘있는 자들이 이긴다는 논리이니 권력의 부당함을 보여주는 노랫말이다. 나아가서는 현실의 부당함을 노래하는 것이기도 하다.

20 미수는 잘못하얏다는 쯧. 잡지 인용.
21 山陽은 開慶場市名. 잡지 인용.

二절에서는 밤을 새우고 새벽까지 이어지는 노동의 고단함과 현실의 절망감 등을 표현하고 있다. 안 그래도 어려운 삶이 三절에서는 절정을 이룬다. 작중 화자는 삼을 팔러 장에 갔는데 헐값에 매매하려는 장꾼의 인심을 개탄하게 된다. 작중 화자는 밤을 새워 삼을 삼아서 '두 무릅이다썩엇네'[22]라면서 자신의 신세를 한탄한다. 이 와중에 아이들은 밥을 달라 젖을 달라 하면서 작중 화자를 보채면서 상황은 더욱 어렵게만 전개된다.

마지막 구절의 헛웃음은 이 모든 상황을 정리하는 노랫말이다. 웃음의 종류는 여럿이다. 여기에 나오는 헛웃음은 조소도 아니고 쾌활한 웃음도 아니다. 쓴웃음에 가까운 마음에 없는, 어이가 없는 웃음이다. 이 헛웃음에 작중 화자는 아무 말이 없다. 어려운 상황이지만 이 상황을 이겨 낼 방법이, 가능성이 없음을 시사한다.

이 민요가 실리는 지면에서 이 민요에 대한 설명을 차상찬은 다음과 같이 하였다.

慶北은 古昔 우리 朝鮮의 黃金時代라 可謂할 新羅의 中樞地일 쑨안이라 쏘한 朝鮮 近代文化의 中心地인 故로 各種의 藝術이 比較的 發達되고 쌀하서 民間의 歌謠도 甚多하다 特히 新羅 儒理王時代에 宮中으로부터 六部 女子에게 績麻를 獎勵한 遺風은 幾千載下今日에도 依然이 尙在하야 所謂 乙夜績麻라 하는 美風이 民間에 盛行(安東이 麻布特産地인 故로 最盛)한다(이하 생략).

---

22 삼을 삼는 일은 삼 껍질을 갈라 놓은 삼실을 두 개 잡아 양 끝을 이로 끊어 두 실을 무릎에 대고 싹 비벼서 연결하는 것이다. 물이 묻기 때문에 여러 시간 하다 보면 살이 터지고 피가 흐르곤 했다고 한다.

위 인용문에서 차상찬은 신라를 '조선의 황금시대'[23]라 일컬으며 신라 유리왕 당시 궁중에서 삼 삼는 대결을 하였던 일을 떠올린다. 이 사승요는 현재 안동에서 삼 삼는 '풍속이 민간에 성행'하면서 부르는 노래라는 점을 강조하고 있다. 우리는 여기에서 차상찬의 민족주의 사관을 엿볼 수 있다. 고려도 아니고 삼국 중의 신라를 우리의 황금시대로 꼽는 차상찬은 이 삼삼는 일과 이 일을 노래로 하는 것이 계속되어 옴을 강조하면서 동시에 '우리 민족의 유구한 역사를 은근히 자랑하고 있다. 동시에 노랫말이 고단한 민중의 삶, 한 치의 희망도 보이지 않는 억울한 삶 등을 보여주며 당시의 어려운 시대 상황을 대변하는 것으로 해석하고 있다고 본다.

이 사승요는 《별건곤》에 똑같이 실리는데 바로 앞에서 설명한 노래에 대한 역사적 배경이 생략되어 있다는 점이 다르다.[24] 노랫말은 같으나 역사적 배경이 사라진 것에서 10여 년의 세월이 흐르고 사회적인 변화가 있었음을 알 수 있다. 앞의 《개벽》에서 길게 설명한 신라 시대부터의 역사적 전통은 모두 사라지고 다음과 같은 짤막한 설명이 제시된다.

이 노래는 慶北의 安東 義城 等地에서 만히 流行하는 노래이다. 사승은 삼 삼는다(績麻)는 뜻이니 그 지방은 자래 麻布名産地로서 여름철에 處女들이 삼을 삼을 째에 흔이 이 노래를 부른다.

23 《개벽》 제36호 다한다루한 경북의 민요 중 驛奴哥에 대한 설명으로 '이것은 新羅의 엇던 왕자가 驛奴의 女와 和咨하던 노래'라는 설명에서도 차상찬의 신라에 대한 예찬을 엿볼 수 있다.
24 노랫말에 따른 각주의 변화가 약간 있으나 노랫말의 경우 전체적인 맥락에서 크게 다른 것은 없다.

《별건곤》에 실린 사승가(哥)는 앞의 《개벽》에 실린 사승요(謠)의 설명과 다르다. 역사적 배경은 전혀 없이 안동이 마포의 생산지로 원래부터 유명하고 여름에 삼을 삼을 때 많이 부른다고 현재의 상황만 전달하고 있다. 이는 아마도 일제의 검열에 의해 삭제된 것으로 보인다. 아니면 차상찬 스스로가 삭제하였다고도 볼 수 있다. 《개벽》이 폐간되고 《별건곤》을 다시 만든 상황이기 때문에 조심하였을 수도 있다는 것이다. 아무튼 노래는 같은데 설명이 달라졌다는 것은 시대적 상황을 반영한다고 하겠다.[25]

4) 경북 민요 목록의 문제점

1933년 당시 경북 지역의 민요는 어떠했을까? 임동권은 1933년까지 경북 지역에서 수집한 민요를 『한국민요집』 VI에 실었다.[26] 목록은 다음과 같다.

移秧謠(대구 지방) ― 어화농부 ― 창가

移秧謠(경산 지방) ― 낮꿈꾸는 농촌동포 ― 창가

移秧謠(경주 지방) ― 새야새야 파랑새야

자장謠(경주 지방)

蜻蛉謠(경주 지방)

25 이에 대한 다양한 견해가 있다. 특히 조선문화의 기본조사에 대해서 그러한데 "특히 '조선문화의 기본조사' 답사 보고서는 지역학의 관점에서 중요한 자료를 제공한다. 이 조사에 대해서는 《개벽》이 이전부터 유지하고 있었던 사상적 저항의 실천성을 차츰 배제해 나가고 당시 식민주의적 구도 속에 수립되어 있었던 실증주의적 지적 체제 속에 편입해 나가는 과정이라는 평가가 있는가 하면, 일제의 통치 지식 형태를 거부하고, 지식·정보의 민주적 공유와 민족 차원의 확산을 통해 민족적 정체성을 수립하였다는 견해도 있다." 정현숙, 「차상찬연구1」, 『근대서지』 16, 근대서지학회, 2017, 92쪽.
26 임동권, 『한국민요집』 VI, 집문당, 1981. 이 책에 이렇게 표시되어 제시되어 있다.

移秧謠(경주 지방)―이논배미 모를심어

칭칭이謠(문경 지방)―칭칭칭나네

農夫歌(경주 지방)―여봐라 농부야 말들어라 널널널 상사듸야(후렴)

방아타령(영양 지방)―국태민안 성왕이오 에야우게라 방애야(후렴)

얼사타령(없음)―어라절사 좋을시고 농촌진흥 기초로다―창가

파랑새謠(상주, 선산 지방)―새야새야 파랑새야

靑春哥(상주 지방)―노세노세 젊어서놀아

移秧謠(상주 지방)―나아가세 나아가세―창가

晝耕夜讀哥(상주 지방)―우리는 쉴새없이 일만하는몸―창가

勤農哥(상주 지방)―어화우리 농부들아

移秧謠(상주 지방)―신농씨 본을받아 …서마지기 이논뱀이

移秧謠(상주 지방)―동모여동모여 나아가자―창가

勤農哥(상주 지방)―새벽닭이 꼬기요 날이밝으면―창가

勤農哥(상주 지방)―어화우리 농부들아…자력사생 제일일세―창가

시집살이謠(안동 지방)―형님형님 사촌형님

형님謠(안동 지방)―형님형님 사촌형님

옥단춘아謠(안동 지방)―춘아춘아 옥단춘아

달 謠(김천 지방)―달아달아 밝은달아

移秧謠(김천 지방)―서마지기 이논뱀이

移秧謠(영덕 지방)―어화우리 농부들아 이내노래 들어보소 얼시구 절시구나 지화자 절시구나(후렴)월낙오경 저달지고 일출봉방 해떠온다… 새복입고 단발하니 경제되고 편리하다

農夫歌(성주 지방)―깨갱맥 깽텅깽맥 얼널널널널 상사지야 종자와 농기를 개량하야 …창가?

靑春哥(성주 지방)—청춘행락 좋다하고 재산모은 그조상

鋤禾哥(문경 지방)—어허룰룰 상사뒤야 이논을 매가지고, —확실 논매는소리

移秧謠(덕원 지방)—봄이오면 밭을갈고 자본이안인가—창가 풍년아리랑

(광덕 지방)—원정령꼭대기 실안개돌고 광덕벌풍년저 어깨춤추네 아리랑아

리랑아라리요 아리랑얼씨구노다가세(후렴)

미나리노래(광덕 지방)—캐로가세 캐로가세 미나리를 캐로가게

山頭哥(울릉도 지방)—얼널널 상사뒤야 용의머리 터를 닦아

移秧謠(울릉도 지방)—농가에는 일도많다 쾌지나칭칭나네 후렴

위 목록을 살피면 전체 민요 33편 중 노동요가 21편으로 가장 많고, 의식
요가 1편, 유희요가 11편으로 분류된다. 노동요 중 이앙요가 가장 비중이 높
은데 이 중에 순수 노동요는 4편이고 창가로 분류되는 노래가 6편이다. 이
앙요 외의 논매는 소리와 같은 농요가 6편이고 창가로 분류할 수 있는 노래
가 4편이다. 의식요는 울릉군 지역의 산두가 1편이며 유희요는 11편이다.
이와 같이 노동요의 비중이 가장 높으며 창가 11편을 빼더라도 노동요의 비
중이 가장 높다. 이를 차상찬의 경북 민요 목록과 비교하면 다음과 같다.

차상찬의 경북 민요는 우선 기능이 명확하게 드러나지 않는다. 대개 서사
민요로 삼 삼을 때 부르는 노래에 치중되어 있으나 그나마도 정확하지 않
다. 상주요는 모심는 소리로 노동요로 기능하였을 테지만 나머지 문경아리
랑이나 줌치노래 등은 기능을 알 수가 없다. 여기에서 주목할 점은 앞에 제
시한 『한국의 민요』에 나오는 이앙요를 비롯한 농요가 거의 없다는 것이다.
이것은 다음과 같은 점에서 문제가 있어 보인다. 차상찬이 《개벽》지에서 언
급한 '조선문화의 기본조사'에 임하는 자세와 어긋나는 것이기 때문이다. 민
중이 살고 있는 현실에서 가장 중요한 농업과 밀착되어 있는 농요가 없다는

것은 현실을 충실하게 반영한 것이라고 보기 어렵다.

5) 민요 선별에 나타난 차상찬의 의식

앞에서 차상찬은 조선 8도를 답사하였음에도 왜 민요 부분에서는 다양한 민요를 싣지 않고 한쪽 기능으로 치우친 민요만을 실었는가 하는 의문을 제기하였다. 이 장에서는《개벽》지를 중심으로 어떤 민요를 실었는지 살펴볼 것이다.

첫째,《개벽》제3호에 실린 '강원도 지방의 동요' 전문은 아래와 같다.

> 에대까지갓나 아즉아즉멀엇네/어대까지갓나 도랑 건너갓네/어대까지갓나 개울건너갓네

> 무엇먹고살앗나 도야지고기먹고살앗지/무슨저ㅅ갈(箸)로 먹엇나 쇠저ㅅ갈로먹엇지/누구누구먹엇나 내가혼자먹엇네/꿀꿀꿀꿀

차상찬은 이 노래를 강원도 지방에서 유행하는 노래로 소개하면서 1절 노랫말은 이상에 달하는 경로와 상태를, 2절 노랫말은 아리주의(我利主意)의 근황을 고백한 것으로 해석하였다.[27] 혼자 먹었다는 대목을 이기주의로 해석한 것이다. 그러면서 두 절이 모두 풍자하고 있다고 보았다. 그런데 어린이들이 부르는 동요에는 이러한 표현이 많이 나온다. 여러 종류의 동요가 있다.

27《개벽》제3호., 28쪽.

고모네집에 갔더니 암탉수탉 잡아서/기름이 동동 뜨는 걸 나 한 순갈 안

주더라/우리집에 와봐라 팥죽 한 순갈 주나 봐라

위 노래는 다리뽑기할 때 부르는 소리이다.[28] 위 노랫말에서는 팥죽 한 순

갈도 주지 않겠다는 작중 화자의 다짐이 보인다. 이처럼 아이들의 유치한

감정이 동요에는 가감없이 드러난다. 이것을 풍자로 읽는 것은 차상찬의 의

지가 투영되어 있다고 보인다. 노래 설명 마지막 구절은 '아츰져녁으로 자기

조선(自己祖先)의 끼친 의의 잇는 노래를 노래하는 강원도 지방의 유년 남녀

도 다복하고녀' 이렇게 끝을 내고 있다. 차상찬의 노랫말 해석에서, 예로부

터 전해지는 노래를 계속 부르는 아이들에 대한 애정과 우리의 전통적인 것

에 대한 애정이 남다르다는 것을 알 수 있다.

　　형님형님四寸형님/시집살이엇덥듸가/苦草唐草맵다더니/苦草唐草더맵

더라/시집살이三年만에/삼단가튼이내머리/다북쑥이다되얏네/白玉가튼요

나손이/오리발이다되얏네/생주가튼시누동생/말 전주가웬일인가

위 노래는 흔히 말하는 시집살이노래로 최근까지도 많이 불리는 소리이

다. 시집살이의 고됨과 괴로움을 토로하고 있다. 고추보다 맵고, 삼단같이

곱던 머리가 쑥대머리가 되고, 백옥 같던 손이 오리발처럼 변한 것이 모두

시집살이의 어려움 때문이라 호소한다. 이 역시 작중 화자를 우리 민족으로

보면 차상찬이 이 민요를 선별한 이유를 알 수 있다.

28 여러 명의 아이들이 각자의 두 다리를 엇갈려 뻗은 뒤 위와 같은 노래를 부르는데 맨 마
　지막 노래가 끝날 때 걸리는 다리를 빼는 놀이로 먼저 다리를 다 빼면 이기는 놀이이다.

童謠

첩의방은꼿밧이오/안해방은연못이라/꼿밧에는나븨가놀고/연못에는붕어가논다

오조밥에열무김치/잔득먹고잠자는년/팔을잘너흙손하고(흙손은土役用具)/살을비여개를준다

위 노래는 제목은 동요이나 내용은 첩에 대한 노래이다. 아이들이 이런 노래를 불렀을 수도 있다. 유행하는 노래는 뜻과 상관없이 부르기도 하기 때문이다. 첫 번째 절은 전국에서 흔히 불리는 첩노래의 노랫말이나, 두 번째 절의 내용은 섬뜩하기까지 하다. 팔을 자르고 살을 벤다는 내용은 노래에서 흔치 않은 표현이다. 이 노래에서 연못은 우리 조선이고 붕어는 우리 조선민족이고, 꽃밭은 일제 치하이고 나비는 일제라고 해석한다면 다음 절의 해석이 자연스러워진다. '오조밥에 열무김치 잔뜩 먹고 잠자는 년'은 첩이고 일제이다. 그 팔을 자르고 그 살을 벤다는 노랫말을 골라서 잡지에 실은 것은 차상찬이 일제 강점에 대해서 비판의 감정을 가지고 있다고 볼 수 있다.

에—라진득아/무엇을먹고살엇니/황소불알에매달녀서/진득망슨다파먹고/쑥써러지니/오는行人가는行人/지지발버/가는내밸다터젓다

위 노래에서도 진득이를 일제에 비교한다면 우리 민족의 고혈을 빨아먹고 사는 것을 진득이에 비유한다고 볼 수 있다. 이어서 참혹한 결말은 차상찬의 마음이 투영된 것으로 볼 수도 있다.

思父母노래 (이것도 또한 삼 삼을 째하는 노래)

우리아배제비더냐/집을짓고간곳업네/우리어머지나뷔더냐/알을쓸고간곳업네/우리올배거무더냐/줄을치고간곳업네/중간 생략/우리兄弟잔을잡고/제상긋헤휘어젓네(祭床)/妓生년은잔을잡고/원임압헤휘어젓네/사당년은잔을잡고/거사압헤휘어젓네

위 노래에서는 가족이 해체된 상황에서 부모를 잃고 제사상을 차린 형제가 나온다. 이와 대조적으로 기생과 사당은 자신의 안위를 위해 권력자 앞에 엎드리고 있다. 차상찬은 당시 상황에 빗대어 권력자에 아첨하는 기생, 사당을 일제의 앞잡이를 비유해 풍자한 것으로 해석하였다고 볼 수 있다.

소노래(牛歌)

肉山脯林桀紂時節에/無知한아人生들아/尋常이나안이보고/세겹들인색기줄에/목을얼거길게매고/나무휘여코를뀌고/멍애장기흙장기는/걸고미고슬면/百畝田을갈어가면/엇지한번失足하니/毒한채와모진발길/한두쌔를눌너찬다/눈을감고업퍼지니/내處所에몰아다가/救援이나하는것이/蘇復이나하는것이/人情間에恒事어던/一口難說바이업서/급히불러屠牛坦을/생소머리독기걸어/頭皮足을各各내니/天子以下大臣寵臣/내고기로다자시고/億兆蒼生萬民들은/내고기로糊口하고/各邑守令兵監司는/내고기로실케먹고/내지여익는穀食/無知한개닭들은/알을빼서주건만은/요내나는껍지주네

위 노래의 작중 화자는 소이다. 소는 코에 코뚜레를 꿰고 목에 줄을 매고 쟁기를 매고 논밭을 간다. 힘들게 노동을 하다 한 번 실수를 한 소는 바로 도축당하는 신세로 전락하게 된다. 이후 세상 모든 사람들이 소고기로 포식을 하는 상황이다. 그럼에도 곡식을 털면 알곡은 개닭들에게 주고 소에게는 껍

질인 왕겨만 준다고 푸념을 하고 있다. 여기에서 소는 몸을 속박당하고 일만 하다가 죽은 뒤에는 모든 사람에게 고기를 나눠주지만 본인은 실속 없는 곡식 껍질만 먹는 신세라고 한탄을 한다.

이 역시 소를 억울한 식민지하의 백성들로 해석할 수 있다.

꼿노래(花歌)
四時長春無窮花는/우리나라쏫이란다

우리나라 국화 무궁화를 강조하고 있다.

나머지 생금노래, 놋다리, 기와노래 중 생금노래는 오해한 오라비에게 자신의 순결을 증명하기 위해 독약을 먹고 자살한 누이동생의 이야기로 불쌍하고 억울한 죽음에 대한 노래이다. 놋다리와 기와노래는 민속놀이와 관련된 노래이다. 놋다리에 대하여 안동 지방에서 많이 불리는 노래라면서 "이노래도 由來를 자서이 알 수 업스나 前日 엇던 님금이 安東에 거동을 하엿슬 째에 婦女들이 奉迎하기 爲하야 이 노래를 지은 것이 라한다. 말을 듯고 본즉 高麗恭愍王이 安東에 播遷하얏슬 째에 생긴 것이 안인가 하는 疑가 不無하다"라고 설명하고 있다.

차상찬은 이처럼 여전히 현재 전하는 민요의 역사적 배경을 멀리 잡으면서 우리나라 전통의 유구함을 은근히 강조하였다. 이는 이어지는 의성 지방의 기와노래에서 뒷받침이 된다. "이 기와가 누구완고/나라임의 옥기와일새/이 터이 뉘 터인고/나라임의 옥터일세." 라는 노랫말이 전부인 기와노래는 의성 지방에서 안동 지방의 놋다리처럼 불리는 노래라는 설명이 붙어 있다. 굳이 몇 줄 안 되는 이 노랫말을 적은 이유는 차상찬이 앞서 설명한 놋다리노래에 대한 설명을 증명하는 자료로 제시한 것으로 보인다.

6) 《별건곤》에 실린 민요의 특징

《별건곤》에 실린 민요는 모두 해당 호의 목차 위에 실려 있어 표지에 이어 권두에 위치해 있다. 제63호에는 관동 민요라는 표제 아래 一. 원주(原州)아리랑과 二. 정선구(旌善舊)아리랑이 실려 있다. 이 두 노래는 모두 현재까지 불려지는 노래와 비슷하다.

제64호에는 충청도 민요라는 표제 아래 '묘파러가세'와 '점심고리' 두 편이 실려 있다. 묘파러가세 민요에는 다음과 같은 설명이 붙었다. "묘는 묘(墓)와 룡룡두는 와룡산(臥龍山)의 용머리란 뜻이니 충청도 근방에서는 용자(龍字)든 산에 묘를 쓰면 감물이 든다는 속신(俗信)이 잇는 까닭에 농민들이 이러한 노래를 부른다." 이 노래는 후렴이 묘 파러 가세인데 주지할 노랫말은 다음과 같다. "묘 쓴 곡절은 무엇인가/정승 판서가 다난단다/후렴/정승 판서야 나더라 한들/우리 백성은 무얼 먹고 사노"

정승 판서가 나는 일은 일반 백성과 상관이 없는 일이다. 그렇지만 가뭄이 들면 농사를 망치고 백성들은 굶어 죽는 수밖에 없다. 그렇기에 '우리 백성은 무얼 먹고 사노'라는 푸념이 이어지는 것이다. 표면적으로는 일제강점기의 민족 간 갈등보다는 계급 갈등이 드러나는 것으로 보인다. 그렇지만 정승판서가 무엇을 은유하는지 우리 백성이 또 무엇을 은유하는지 고민해 보면 답은 쉽게 나온다. 『조선민요집』에도 똑같이 충청도 민요로 실려 있는 이 민요를 《별건곤》에 실은 이유는 분명해 보인다.

제66호에는 사승가(哥)가 나오는데 이는 앞서 말했듯이 《개벽》에 실린 것과 노랫말은 같고 설명은 간략해졌다. 제67호에는 용강 민요(龍岡民謠)라는 표제 아래 제목 없는 민요가 6편 나온다. 역시 목차 위의 권두에 두 페이지에 걸쳐 실려 있다. 그중 아래 두 노래를 골라 보았다.

엄마엄마 쌀길럿다 삼화가정(三和家庭)주지마라/물바르고 새발라서 시집
사리 못할데라/모래가튼 보리밥에 꽁거이반찬 먹기실타/물래돌은 베구자
고 쏭지말이는 쥐고잔다(쏭지말이는물래의손잽이)

사촌형님 사촌형님 시집사리 엇덧습되가/열새미명 반물치마눈물짓기에
다처젓네/열냥짜리 은가락지 콧물싯기에 다녹아젓네

위 두 노래는 시집살이요의 일종으로 모두 힘거운 삶을 한탄하고 있다. 작
중 화자는 베개 대신 물레돌을 베고, 물레손잡이를 잡고 잘 정도로 제대로
잠을 못 자면서 물레질에 시달리고 있다. 아래의 작중 화자는 열세 개의 무
명 앞치마를 눈물 닦는 데 다 썼으며 은가락지는 콧물에 다 녹아 없어졌다
고 말한다. 시집살이를 하며 눈물과 콧물을 얼마나 흘려야 했는지 물건들이
삭아 없어질 정도로 고된 삶이었다고 호소한다.

4. 춘천 지역 민요와 현실 인식

《개벽》 제42호에 실린 '이 땅의 민요와 동요'에는 밀매노래, 장사타령, 베
틀가, 동요, 진득이, 춘천아리랑 등이 실려 있는데 노래에 딸린 설명으로 짐
작건데 모두 춘천 지방의 민요로 보인다.

밀매노래－이 노래는 春川地方에서만히流行하는데卽春川에는밧(田)이만
코, 짜러서밀(小麥)이만하난다녀름이면, 男子나或女子가몃명식쎄를메여, 톨
매(機械磨石)를갈면서이노래들을하는데音調는대개黃海道메나리와갓다
장사打令－이것은京城의所謂개구리打令비슷한데이노래를들으면春川

<u>各地의物産나는것을大概짐작하겟다</u>

　베틀가ー이노래는嶺東干忤城에도유행하나<u>春川에서만히한다</u>. 即春川은
自來로明紬白木, 等의織組를만히하는故로이노래가생긴 것이다

　이러한 노래에 대한 설명을 보면 차상찬이 고향 춘천에 대해 잘 알고 있
다는 것을 알 수 있다. 언론인으로서의 정보도 정보겠지만 그보다는 자신의
고향에 대해 들어서, 혹은 애정을 가지고 찾아낸 결과들일 것이다. 차상찬
은 위에 제시한 노래들이 춘천 지방에서 많이 유행하고 많이 불리는 노래라
고 소개하였다. 이 중 밀매노래는 시집살이요에 해당하는 노래이다.
　베틀가를 설명하면서 차상찬은 춘천이 직조를 많이 하는 고장이라는 점
을 강조하였다. 이는 당시에 큰 방직공장이 현재 사우동 근처에 있었던 점
을 말하고 있는 듯하다. 현재 춘천에 살고 있는 할머니들 중에는 그 공장에
서 기숙 생활을 하면서 일했다는 분들이 있기 때문이다. 이처럼 차상찬이
잡지에 실은 노래가 현실을 반영하는 측면도 있다. 밀매노래에 대한 설명에
서는 '황해도의 메나리와 같다'는 음악적 해석도 내놓았는데 강원 지역 소리
가 메나리토리로 되어 있다는 점은 주지의 사실이다.
　차상찬의 춘천 사랑은 이미 많은 이들이 지적하였다.

　우리 춘천은 군명이 춘천이니만치 봄에 경치가 다른 어느 곳보다도 매우
아름답지요. 삼산반락청천외(三山半樂靑天外)하고 이수중분백로주(二水中分
白鷺洲)한 자연의 산수도 좋거니와 소양정, 조양루는 아마 조선에서 몇째 아
니 가는 명정승루(名亭勝樓)이겠지요. 녹양방초(綠楊芳草)가 우거진 40리 평
야에 어가초적(漁歌樵笛)이 화답하는 것은 그 얼마나 한가하며 두견 척촉이
만개한 사면 청산에 촌아전부(村娥田婦)가 광주리를 들고 삼삼오오로 짝을

지어 산나물을 뜯으면서 구슬픈 목소리로 "형님 형님 사촌형님 시집살이 어떱디까. 시집온 지 3년 만에 삼단 같은 내 머리 다복쑥이 다 되었네."하고 부르는 메나리 노래는 그 얼마나 애원스럽습니까.[29]

위 인용문에는 차상찬의 춘천과 춘천 민요에 대한 자랑이 잘 나타나 있다. 춘천 지역의 대표적 농요였던 메나리에 대해서도 잘 알고 있는 듯한데 노랫말은 여전히 시집살이 노래를 들고 있다. '이 땅의 민요와 동요'에 '춘천아리랑'을 실은 것을 보아도 당시 춘천 지방에서 유행하는 노래를 몰랐다고는 볼 수 없다.

이는 춘천이 낳은 소설가 김유정과도 통하는 부분이 있다. 김유정은 괜찮은 집안에서 태어났지만 집안이 몰락하는 과정을 거치며 춘천에서 생활하기도 하였다. 그 기간에 아라리와 1930년대 당시 궁핍한 농민의 삶과 접촉하였다. 그의 수필 〈오월의 산골작이〉에는 김유정이 농사를 짓는 농민들과 함께 논두렁에서 술을 얻어 마시는 장면이 나온다.[30] 또한 작품 「솟」에서는

아리랑 아리랑 아라리요
춘천아 봉의산아 잘 있거라
신연강 배 타면 하직이라.[31]

는 노랫말이 등장한다. 이는 차상찬이 춘천아리랑이라고 소개한 첫 구절,

---

29 《별건곤》 통권6호, 1927.4. 박길수, 앞의 책, 34쪽 재인용.
30 유명희, 「들병이와 아라리」, 『한국의 웃음문화』, 소명출판, 2008, 530쪽.
31 전신재 편, 『원본 김유정전집』 개정판, 강, 2007, 174쪽.

春川아 鳳儀山 너 잘 잇거라

新延江 배머리 하즉일다[32]

와 완전히 일치한다. 같은 시대 같은 지역에서 활동한 춘천 지역 문인들이 같은 노래를 작품과 잡지에 소개한 것은 우연한 일이 아니다. 당시의 생활상을 여실히 드러낸 것이다.[33]

5. 맺음말

차상찬은 춘천이 낳은 인물이다. 그럼에도 그에 대한 평가가 최근에야 조명되는 점은 안타까운 일이다. 이 글에서는 차상찬의 『조선민요집』으로 묶여 있는 민요의 목록을 살펴보고 《개벽》과 《별건곤》에 실린 민요와 비교하였다. 앞의 논의를 정리하면 다음과 같다.

첫째, 차상찬이 묶은 『조선민요집』에 실린 민요들은 전국팔도를 답사한 차상찬이 엮었음에도 다양한 기능의 민요들이 많이 실려 있지 못한 편이다. 서사민요를 중심으로 몇몇 노래들에 집중되어 당시의 농촌 현실을 현장감 있게 살리지 못했다고 판단된다.

둘째, 《개벽》과 《별건곤》에 실린 민요도 기능 면에서 한쪽으로 치우쳐 있다. 그렇지만 《개벽》에 실린 민요들의 선별은 차상찬의 역사 인식과 민족의식을 보여주는 것일 수도 있다. 특히 『조선민요집』, 《개벽》, 《별건곤》에 모

---

32 필자는 이 노랫말을 2000년 당시 강원의 민요 조사를 위해 신북읍에 거주하는 84세 김상운에게 똑같이 들었다. 강원도, 『강원의 민요』 I, 2001, 춘천시 편 참조.
33 경북 민요에 실려 있는 상주요는 최근까지도 조사된 상주모심는소리와 같으며 문경요는 현재에도 불리고 있는 문경아라리와 같다.

두 실려 있는 '사승노래'에 대한 차상찬의 설명은 신라 시대부터 이어진 우리 민족의 유구한 역사적 전통에 대한 자부심이 드러나 있다. 또한 이 노래의 노랫말을 통해 억울한 민족의 정서를 대변하고 있다고 보았다.

셋째, 강원 지역의 민요, 특히 춘천 지역에서 유행하고 있는 민요들에 대한 설명에서 차상찬이 현실에 유행하는 민요에 대해서 모르는 것은 아니라는 것을 알았다. 춘천 지역의 현황과 그에 관계된 민요를 잘 연결하고 있으며 춘천 지역에 대한 애정이 남다르다는 것도 보여주었다.

이와 같이 볼 때 차상찬은 『조선민요집』,《개벽》,《별건곤》에 실린 민요를 통하여 일제강점기의 부당함을 고발하기 위해서 노랫말 중심의 민요를 선별한 것으로 볼 수 있다. 이어서 『조선민요집』에 실린 인쇄본의 출처를 밝히는 작업과 차상찬의 민속학적 글에 대한 연구로 확장하는 것을 앞으로의 과제로 남긴다.

차상찬의 아동문학

—복원을 위한 제언

오현숙

1. 머리말

사실 작가 차상찬의 세계는 꽤 오랫동안 문학사에 '유령'으로 존재했다. 많은 텍스트들이 존재하지만 거기에 맞는 이름을 붙여 주기 곤혹스러운 작가가 바로 차상찬이다. 아동문학사를 살펴보면, 육당 최남선, 춘원 이광수, 소파 방정환을 잇는 계보 속에 차상찬이 위치해 있다.[1] 하지만 차상찬의 역사 서사는 양적으로도 방대할 뿐만 아니라 훌륭하게 재창조한 작품도 적지 않다.

물론 그간 차상찬의 위상을 복원하기 위한 연구가 간헐적으로 이루어져 왔다. 선행 연구에 의해 민속을 대중에게 발굴 소개한 저자로,[2] 개벽사를 중심으로 활동한 언론가이자 근대적 지식인으로[3] 평가되었다. 그간 잊혀 있던 차상찬의 얼굴을 복원하기 위한 의미 있는 성과들이다.

이 글에서 필자는 아동문학의 관점에서 차상찬 전집 간행의 대상을 제안하고 이를 둘러싼 쟁점들을 살펴보고자 한다. 문인이자 아동문학가로서의 차상찬의 얼굴은 다소 낯설 수 있다. 하지만 필자가 조사한 바에 따르면, 차

---

1 이재철, 『한국현대아동문학사』, 일지사, 1978.
2 박종수, 「차상찬론」, 『한국민속학』 28, 한국민속학회, 1996.12.
3 박길수, 『차상찬 평전: 한국 잡지의 선구자』, 모시는사람들, 2012; 정용서, 「1930년대 개벽사 발간 잡지의 편집자들」, 『역사와실학』 57, 역사실학회, 2015.8.

상찬이 어린이를 대상으로 쓴 문예작품은 총 48편이다. 그의 생애를 고려할 때 1925년부터 1940년에 이르는 아동문학 활동 기간은 꽤 넓고 깊은 것이었다. 차상찬의 전집 발간에 있어, 그의 아동문학을 고려하지 않고는 작가의 위상을 입체적으로 가늠하기도 하고, 전체 작품을 온전히 복원하기도 어려울 것이다.

차상찬의 아동문학은 역사 서사에서부터 출발한다. 실화(實話)부터 전기(傳記), 사화(史話), 사담(史談)의 허구적 이야기에 이르기까지 그 범위가 넓다. 실제 일어난 역사적 사건이나 인물들을 중심으로 기(記), 화(話), 담(談)의 서사 형식과 화학적으로 결합된 경우가 많다. 이러한 차상찬의 작품은 사실과 허구, 역사와 문예, 번역과 창작의 뚜렷한 구분이 어렵거나 두 경계를 자유롭게 넘나드는 경우도 많다. 이러한 차상찬의 문학적 특징은 우리로 하여금 "문학이란 무엇인가?"하는 질문을 끊임없이 하게 한다.

도대체 우리는 왜 지금까지 차상찬의 그 많은 작품을 본격적인 문학의 범주로 보지 못했을까? 근대문학의 개척자인 이광수가 소위 근대문학이란 서양의 Literature의 번역[4]이라고 선언한 지 100년도 넘었다. 하지만 이 악명 높은 선언은 여전히 근대문학의 범위를 한정하고, 문학과 비문학의 경계를 구분 짓는 주된 원리로 작동하고 있다. 문학이 역사와 철학으로부터 독립하기는커녕, 오히려 견고하게 화학적으로 결합하고 있는 차상찬의 텍스트들 앞에서 연구자들은 그의 성과를 근대문학의 영역으로 포함시키는 것을 주저하거나 곤혹스러워할 수 있다. 이것이 일반문학과 아동문학의 영역에서 고르게 많은 작품을 남겼으나, 문학사에서 존재가 지워진 유령으로 남겨져야 했던 이유기도 하다. 또 고급 예술과 통속 예술을 구분하는 이분법 역시 차

---

4   이광수,「문학이란 하오(1)」,《매일신보》, 1916. 11. 10.

상찬에 대한 연구를 어렵게 하였다. 전위성/대중화, 독특성/규범화, 예술성/오락성 등의 가치 구분이 그 대표적인 예이다. 이러한 이원 대립 속에서 차상찬의 역사 서사에 담긴 예술성과 정신적 가치를 온전히 드러내기 어렵다.

따라서 차상찬의 문학을 복원하기 위해서는 우리가 당연시 여겨 왔던 근대문학의 경계에 숨겨진 모순들을 발견하고 다양한 틈새, 균열들 속에서 좀 더 유연하게 사고할 필요가 있다. 근대문학이란 단일한 범주가 아니다. 장르 미학, 형식, 용법을 서구나 고급문화 중심의 서사 원리로만 한정해서 고정할 수 없다. 이러한 맥락에서 차상찬은 아동문학의 영역에서 역사 서사 문법을 개척한 선구자로 새롭게 평가할 필요가 있다.

차상찬의 전집 간행은 그간 배제된 서사 전통을 복원하기 위해 꼭 필요한 일이다. 우리의 문학을 전통의 '단절'과 서구 '모방'의 결과물로 간주하였던 서구 중심주의를 극복하는 의미 있는 실천이다. 이를 위해 2장에서는 차상찬 전집을 간행하기 위한 아동문학의 대상과 범위를 한정하는 기초 목록을 작성하고, 쟁점 사항을 정리하고자 한다. 3장에서는 동양적인 서사 전통을 계승하고 있는 전기(傳記), 사화(史話), 사담(史談)을 중심으로 어떤 분류체계로 정리하고 수록할 수 있을지 살펴보고자 한다. 4장에서는 성인 독자와 아동 독자라는 상이한 내포 독자에 따라 전집의 표기 방법이 어떻게 달라져야 하는지 고려할 점을 정리해 보고자 한다.

2. 아동문학 작가로서 차상찬과 논쟁점

문학사 서술에서 배제되어 온 작가인 만큼 실증적인 연구조차 충분하지 않다. 그만큼 차상찬 전집 간행의 대상과 범위를 확정하는 것은 가장 중요한 작업이다.

아동문학을 중심으로 차상찬 전집 간행의 대상과 범위를 한정하고자 할 때 첫 번째로 논쟁적인 지점은 바로 필명이다. 안건혁이 차상찬의 필명을 취운생(翠雲生), 월명산인(月明山人), 수춘학인(壽春學人), 강촌생(江村生), 차천자(車賤子), 주천자(酒賤子), 차돌이 등으로 제시하였다.[5] 비교적 최근에 박길수에 의해 차상찬의 필명이 정리되어 차상찬 저술의 전체적인 윤곽을 그려 볼 수 있게 되었다.[6] 그가 제시한 필명은 다음과 같다. 청오(靑吾), 수춘산인(壽春山人), 월명산인(月明山人), 삼각산인(三角山人), 취서산인(鷲捿山人), 취운생(翠雲生), 강촌생(江村生), 관상자(觀相者), 사외사인(史外史人), 차기생(車記生), 차부자(車夫子), 차천자(車賤子), 주천자(酒賤子), 풍류랑(風流郎), 고고생(考古生), 문내한(門內漢), 방청생(傍聽生), 차돌이, 돌이, 각살이, 삼청동인(三淸洞人), 가회동인(嘉會洞人), 강촌우부(江村愚夫), 계산인(桂山人), 성동학인(城東學人), 성서학인(城庶學人), 강촌범부(江村凡夫), 향로봉(香爐峰), 첨구생(尖口生), C.S. 등이다.

현재 아동문학의 영역에서 가장 쟁점이 되고 있는 사항은 차상찬의 필명 확정 문제이다. 논란이 되고 있는 필명은 쌍S(雙S, 双S, SS생, 雙S生)와 삼산인(三山人, 三山生)이다. 두 필명은 기존의 선행 연구에서 방정환(1899-1931)의 것으로 간주되었다. 최영주가 방정환 사후 간행된 최초의 소파 전집의 서문에서 다음과 같이 방정환이 "몽견초(夢見草), 북극성(北極星), 쌍S(雙S), 잔물 외 수십종의 익명으로 발표되는 번안(飜案), 창작했다."고 언급한 것이 근거가 되었다.[7] 또 삼산인은 두 번째 간행된 방정환의 독본에서 새롭게 포함되

5 안건혁, 「여명의 개척자들(2) 차상찬」,《경향신문》, 1984.7.28.
6 박길수, 「차상찬 연보」, 『차상찬 평전』, 모시는사람들, 2012, 409쪽.
7 방정환, 방운용 엮음, 『소파전집』, 박문서관, 1940.5.25.

었다.[8] 이후 쌍S와 삼산인은 아동문학에서 오랫동안 방정환의 저작으로 간주되었다. 그런데 최근 이상경이 삼산인을 방정환과 차상찬이 모두 사용한 필명으로 정리하고,[9] 장정희가 두 필명을 차상찬의 것으로 새롭게 추정하였다.[10] 이에 염희경이 반론[11]을 가하면서 뜨거운 쟁점이 되고 있다.

필명을 어떻게 확정하느냐에 따라 전집에 수록될 수 있는 저작의 범위도 크게 달라진다. 만일 쌍S와 삼산인 두 필명이 차상찬의 것이라면,《어린이》 잡지에서 삼산인으로 발표된 저술 중 단순 지식과 교양 소개 글을 뺀 11편의 문예 작품이 새로운 전집 구성의 대상 작품으로 검토될 수 있을 것이다. 또《학생》 잡지에서 쌍S로 발표된 글 역시 검토 대상이 될 수 있다. 하지만 먼저 두 필명에 대한 학계의 논의가 더 진전될 필요가 있다.

한편 특정 작품을 한 작가의 것으로 고정하고자 하는 연구의 전제 자체를 의심해 볼 수도 있다. 예컨대 삼산인의 경우 당대 개벽사에서 활동하던 필진 등이 함께 번갈아 가며 사용한 필명이었을 수 있다.《어린이》에서 사용된 삼산인 필명은 당대의 과학 지식과 교양 담론을 소개할 때 주로 사용되었다. 당대 유행하던 소화(笑話)를 소개하던 '깔깔박사'라는 필명 역시 유사한 맥락이 있다. 동일한 필명에 간혹 방(方), 소파처럼 저자를 확정할 수 있는 필명을 덧붙인 경우를 제외하고 특정 저자를 확정하기 어렵다. 개벽의 필진들은 자신만의 독특한 작품을 창안하는 작가이기도 했지만, 잡지의 구성상 필요했던 짧은 교양 지식과 소화 등을 수집하고 일부 변형해서 수록하는 편집자이

---

8 방정환, 『방정환 아동문학 독본』, 을유문화사, 1961.
9 이상경, 「해제: 7. 주요필진」, 케포이북스 편집부 편저, 『부인·신여성(婦人·新女性)』, 케포이북스, 2013.
10 장정희, 「방정환 문학 연구」, 고려대학교 박사학위 논문, 2013, 61~67쪽.
11 염희경, 「숨은 방정환 찾기: 방정환의 필명 논란을 중심으로」, 『아동청소년문학연구』 14, 한국아동청소년문학회, 2014.06.

기도 하였다. 삼산인이나 깔깔박사라는 필명은 《어린이》를 담당했던 개벽사 필진들이 직간접적으로 보고들은 재미있는 이야기뿐만 아니라 주위로부터 얻어들은 당대의 단편적인 지식이나 관심사 등을 수록할 때 주로 사용하였다. 이러한 맥락을 고려할 때 방정한 사후에도 이들 필명이 지속적으로 잡지에 사용된 것 역시 자연스럽게 설명될 수 있다. 따라서 단독 저자가 아닌 공동 저자의 가능성 역시 열어 두고, 작가가 사용한 필명들 중에서 독창적인 작가로서 창작물을 쓸 때 사용한 것과 일종의 채록자 또는 편집자로서 공동으로 집필할 때 사용한 필명들을 섬세하게 구분해 나갈 필요가 있다.

필자는 우선 논쟁이 되고 있는 쌍S와 삼산인을 제외하고 차상찬이 주요 필진으로 활동하였던 《어린이》, 《학생》, 《소년》 등의 잡지를 중심으로 필명의 빈도와 문예 작품 목록을 작성하였다. 문예 작품 목록은 역사의 기록을 차용하면서도 일정한 서사 구조를 갖춘 작품을 선별한 것이다.[12] 차상찬의 저술은 본격적인 연구 대상이 되지 못한 탓에 여기서는 전집에 포함될 수 있는 아동문학의 전체적인 규모 중 일부를 대략적으로라도 확인하는 것에 의의를 두고자 한다.

<표1> 아동문학 매체별 필명 빈도와 작품 수

필명(횟수)	작품 수	잡지명	발행처	판본
車相瓚(28), 車靑吾(1), 靑吾生(2), 靑吾(1)	*35(46)	《어린이》	개벽사	『영인본 어린이』, 문헌연구원, 2011. 『미공개 어린이』, 소명출판, 2015.
車相瓚(4), 靑吾(1), 翠雲生(1)	6	《학생》	개벽사	『영인본 학생』, 보성사, 1977.
車相瓚(8)	8	《소년》	조선일보사 출판부	『영인본 소년』, 능서사, 1983.

12 다음 목록 참조. 필자, 「차상찬 전집 간행을 위한 제언: 아동문학을 중심으로」, 『청오 차상찬 탄생 130주년 기념 학술대회 자료집』, 한림대학교 아시아문화연구소, 2017, 05.12.

차상찬은 주로 고려시대와 조선시대에 실존한 무신, 문신, 건국자 등의 위대한 인물들을 중심으로 작품을 썼다. 작품에서 대상으로 다룬 순서대로 인물들을 나열하면, 이증옥, 을지문덕, 서화담, 정충신, 임경업, 곽재우, 홍경래, 이순신, 김응하, 궁예, 최윤덕, 한석봉, 서고청, 최윤덕, 정기룡, 김상용, 김유신, 장순손, 남이, 이지란, 김경손, 최윤덕, 박삼길, 정충신, 임경업, 사도세자, 강감찬 등이다. 식민지 치하에서 조선의 역사는 점차 망각되고, 단지 그 일부만이 사료로 남아 있을 뿐이다. 차상찬은 망각되어 가는 위대한 인물들을 중심으로 역사를 이야기로 재구성하고자 하였다. 특히 고려와 조선의 역사에서 실존했던 무신을 통해 국난의 위기를 극복한 인물을 이상으로 삼았다.

아동문학을 중심으로 차상찬 전집 간행의 대상과 범위를 한정하고자 할 때 첫 번째로 논쟁적인 지점은 바로 어떤 작품을 선정할 것이냐 하는 문제이다. 역사를 다룬 작품은 필연적으로 반복적이다. 예컨대 차상찬이 아동문학으로 저술한 「이십사세에 대금황제(大金皇帝)가 되려던 소년 장군 이징옥(少年 將軍 李澄玉)」은 '다른' 저자의 저술에서도 반복된다.

〈표2〉 역사 서사의 반복과 차이1: '다른' 저자

역·저자	작품명	수록 매체	대상 인물
김형식	「이조인물약전」(7)	《동아일보》, 1921.07.07	이증옥 (李澄玉)
차상찬	「이십사세에 대금황제가 되려던 소년 장군 리징옥」	《어린이》3-6, 1925.06.01	
아저씨	아장 이증옥	《동아일보》, 1938.01.16	
기자	산돼지를 산채로	《동아일보》, 1940.01.13	
이병기	어린이 역사(65) 이징옥	《동아일보》, 1940.06.23	

〈표3〉은 한학자, 작가, 기자 등 당대의 다양한 저자들이 역사적으로 실존한 동일한 인물이나 같은 화소를 반복하는 사례이다. 이러한 역사 서사의 반복성을 이해하기 위해서는 역사 서사를 한 편으로 완결되는 정적인 텍스트가 아니라 선행 텍스트와 후행 텍스트가 상호 텍스트성에 의해 연결되는 하나의 운동적 텍스트로 보고 각별히 주목해 볼 필요가 있다.

주지하듯이, 식민지 치하 지식인들에게 근대국가(nation)는 없지만 '역사'로 상징되는 민족의 혼은 단절되어서는 안 된다는 위기감과 역사 서사를 통해 이를 극복하고자 하는 의식은 상당 부분 공감대가 형성되어 있었다. 한학자였던 혁암 김형식(1886-1927)은 조선의 역사적 인물을 중심으로 전기(傳記)가 왜 다시 쓰여(rewriting)야 하는지 다음과 같이 주장하였다.

> 우리의 과거는 지나사만 학습하고 지나 인물만 숭배하더니 우리의 현재는 서양사만 학습하고 서양 인물만 숭배하야 아전 희랍의 역사는 요연재목하나 신라 고구려의 전기는 맹연부지하고, 구미 각국의 인물은 천사와 갓치 흠모하나 조선의 인물은 부족패치로 모멸하는 도다.[13]

사실 부재한 국가와 이를 대체하는 민족주의 관념은 새로운 것이 아니다. 하지만 이러한 추상적인 관념이 문화적으로 '실행'될 때, 역사 서술의 모티프, 패턴, 인물 등의 '반복성'으로 나타난다는 점에 주목할 필요가 있다. 아동문학의 영역에서 역사를 어린이 독자에게 맞는 서사로 전환한 선구자는 최남선이다. 이를 잇는 작가들이 바로 차상찬, 박달성, 윤백남, 이헌구, 신정언 등의 야담 작가들이라고 할 수 있다. 이들뿐 아니라 당대의 역사가, 한학자,

---

13 革菴 金瀅植 抄, 『李朝人物略傳(74)』, 《동아일보》, 1921.11.04.

기자 등 다양한 주체들이 유사한 위인들을 중심으로 역사 서사를 반복하였다. 하지만 개별 작자들이 단순히 과거 역사의 기록이나 선행 텍스트를 반복하는 것은 아니다. 개별 작자들의 창조성 역시 충분히 강조될 필요가 있다. 과거의 사건은 현재의 문맥 속에 재배치되어야 한다. 엘리트 중심의 역사 기록은 당대의 다양한 대중이나 어린이 독자에게 적절하게 번역되어야 한다. 또 사실의 차용과 허구적 서사의 창안이라는 이중의 전략 속에서 서사 전통을 계승하면서 차별 짓는 이중 전략을 사용해야 한다.

따라서 역사 서사의 경우 장르와 개별 작자들에 대한 새로운 시각을 요구한다. 선행 텍스트와 차상찬의 텍스트가 상호 텍스트적인 관계를 맺고 있는 운동적인 텍스트로 이해한다면, 차상찬이 역사 서사를 창안할 때 주로 참고한 판본이나, 다른 작가라도 반복적인 서사 패턴을 보이는 작품들을 충분히 검토하고 선별하여 꼼꼼하게 주석 처리할 필요가 있다. 이를 위해서는 차상찬의 작품들뿐만 아니라 당대의 많은 이본들을 자료로 수합하고 검토하는 작업이 꼭 필요하다.

한편 아동문학에서 역사 서사의 반복과 차이는 '같은' 저자 안에서도 활발히 나타난다. 아래 표는 아동문학 잡지를 중심으로 정리한 표라는 점에서, 차상찬이 필자로 참여한《개벽》,《별건곤》,《제일선》,《농민》등의 일반 잡지로 대상을 넓힌다면 역사 서사의 반복성은 더 크게 확대될 수 있다고 할 수 있다.

그런데 흥미로운 점은 동일한 대상을 다루더라도 대다수 작품들이 개별적인 독자성을 지닌 작품들이라는 점이다.

역 · 저자	번호	작품명	수록 매체	대상 인물
차상찬	1)	二百九十二年前 十二月에 이러난 丙子 胡亂과 林慶業將軍	《어린이》 6-7, 1928.12.20	임경업
	2)	萬古精忠・丙子名將 林慶業의 어릴 때 이약이	《어린이》 8-1, 1930-01-20	
	3)	林慶業 將軍의 칼	《학생》 1-7, 1929-10-15	
	4)	少年 英雄傳(1) 활 잘 쏘는 장수	《소년》 1-1, 1937-04-01	
	5)	弓裔王이약이	《어린이》 8-5, 1930-05-20	궁예
	6)	少年 英雄傳(3) 외눈백이 英雄	《소년》 1-4, 1937-07-01	
	7)	泰封國王 金弓裔	《소년》 4-6, 1940-06-01	

위와 같이 차상찬은 임경업, 궁예 등의 인물을 시차를 두거나 매체를 다르게 하면서 반복적으로 다루었다. 차상찬은 자신이 주요 필진으로 활약했던 《별건곤》에 먼저 임경업의 전기(傳記)를 수록하고,[14] 한 달 후《어린이》잡지에 아동용으로 쓴 작품을 실었다. 아동문학으로 영역을 한정하더라도, 동일한 인물의 전기를 반복하고 있는 특징을 확인할 수 있다. 하지만 같은 위인을 다루었다고, 똑같은 작품으로 간주하거나 개작한 것으로 속단해서는 안된다. 각 작품들의 특징과 차이를 보이기 위해 도입부를 인용해 보면 다음과 같다.

　　1) 이달은 十二月임니다. 우리의 력사(歷史)가 잇슨 지 四千 年 동안에 이 十二月 한 달 中에 생겨난 사실만 하야도 여러 가지의 문데(問題)되는 일이 만슴니다만은 그 中에도 우리 朝鮮 사람으로서 가장 잇지 못할 수치(羞恥) 되는 일이 한 가지 잇스니 그것은 리조인조대왕(李朝仁祖大王) 十四年 丙子

14 차상찬, 「傳記 萬古淸忠 林慶業將軍」, 《별건곤》 1-1, 1926.11.

十二月 (지금으로부터二百九十二年前)에 이러난 소위 병자호란(丙子胡亂)이라
는 란리올시다.(21면)

2) 병자호란 째에 림경업 장군이라면 어러분도 그 이름을 잘 아실 것입니
다. 그는 지금으로부터 三百十六年 전 리조선조대왕(李朝宣祖大王) 二十七
年 甲午十一月二日(丙子日) 子時－午後十一詩 사이－에 강원도 원주군 부
론면 손곡리(江原道 原州郡 富論面孫谷里)에서 나섯습니다.(충주 달내에서 나섯
다고 하는 사람도 잇스나 原州가 올습니다) 그는 키가 비록 적으나 어려서부터
큰 쯧이 잇고 담력이 남보닷 뛰어나며 말이 쏘한 천하제일이엿습니다. 여
러 동무들과 놀 째에도 다른 작난은 하지 안코 항상 병정노름을 하야 자긔
는 대장이 되고 여러 아희를 호령, 지휘하얏습니다.(8면)

3) 壯士가 나오면 반듯이 龍馬가 나오고 寶劍이 또한 나온다. 新羅의 金
分信 將軍이 十七歲 少年時代에 經國濟民의 큰 쯧을 품고 中岳石窟에 드러
가서 하눌에 祈禱하다가 神人의 指示로 天龍劒이란 新劍과 靑總이란 名馬
를 어더서 그 힘으로 三國統一의 大功을 이르덧이 丙子胡亂 째에 林慶業
將軍은(24면)

4) 임경업 씨는 병자호란 때에 유명하던 장수입니다. 그는 키가 퍽 적었
지마는 어려서부터 마음이 크고 힘이 남보다 뛰어나게 억세며, 말을 또한
썩 잘하였습니다. 여러동무들과 놀 때에도 다른 장난은 하지 않고 일상 병
정노름만 하되 자기는 대장이 되어 가지고 여러 아이들을 호령하고 가르켰
습니다.(24면)

각 작품은 사실에 기초하면서도 자유롭게 화소를 선택하는 자유분방함을 보여준다. 각기 초점화하는 역사적 사건이 다를 뿐만 아니라 순한글 표기에서부터 국한문 혼용체에 이르기까지 문체의 차이도 크다. 1)은 병자호란이라는 사건을 배경으로 임경업의 활약상에 초점을 두었다. 2)는 임경업의 어릴 때 무장으로서의 기질을 강조하였다. 3)은 임경업 장군이 보검과 명마를 얻게 된 일화를 좀 더 고급 독자에게 적합한 형식으로 옮겼다. 한자 어휘를 많이 사용하였지만 문장 구성은 한문체에서 자유롭게 벗어나 있다. 차상찬은 주요 일화뿐만 아니라 자신이 지닌 해박한 역사 지식을 함께 교차하면서 서술하였다. 4)는 2)와 같이 임경업의 어릴 때 무장으로서의 기질을 강조하는 작품이다. 이야기의 화소와 구성이 겹친다는 점에서 4)정도가 2)의 작품을 개작한 것으로 판단된다. 하지만 그는 전통적인 전(傳)의 서술 형식을 해체하면서 더욱 유연하게 서술하였다. 또 독자가 가장 쉽게 이해할 수 있는 어휘와 문체로 썼다는 차이가 있다. 따라서 위 작품들이 '임경업'을 반복적으로 대상으로 삼고 있지만, 대부분 자신이 쓴 텍스트를 개작하거나 다시 쓴 것이 아니라 독자성을 지닌 텍스트로 판단할 수 있다.

이처럼 역사 서사의 반복 속에서도 특히 아동문학의 특성을 고려할 때 개별 작품마다 질적 '차이'가 크다. 실제 역사 속에서 병자호란이라는 사건과 임경업의 생애는 이미 완결된 장대한 서사 그 자체다. 하지만 아동문학의 경우 독자의 지식틀을 고려할 때, 짧은 일화만을 다루는 경우가 훨씬 많다. 역사를 오류 없이 정확하게 옮기는 것이 아니라 각양각색의 선택과 배제, 자유로운 해석을 더하고 허구적으로 재구성한 것이었다. 물론 일반 문학에서도 전통을 당대의 맥락으로 현재화하기 위해서는 선택과 배제가 필수적이다. 하지만 서사의 구성 방식, 작품의 길이와 대상 독자를 고려할 때 아동문학에서 대상 선택과 해석의 자율성이 훨씬 커진다. 식민지 시기 아동문학에서 역사 서사는 완결된 위인의 생애를 다루기보다는 일화 중심의 일부분만을 옮긴 모자이크와 같은 형식을 취하였다. 따라서 짧은 분량 속에서 다룰 수 있는 사건의 수가 기하급수적으로 증가할 수 있다. 게다가 차상찬은 여기에 자신의 해석을 자유롭게 덧붙였다.

따라서 전집을 구성할 때 작품의 섬세한 질적 차이를 고려한 선택과 배제의 전략이 필요하다. 첫째, 차상찬의 저술 전체를 온전히 복원하려 한다면 1)에서 4)까지 모두 수록할 수 있다. 동일한 인물이나 모티프를 다루더라도 모두 개별적으로 다른 의미를 지니는 작품이라는 점을 고려할 때, 가장 합리적인 선택이라 할 수 있다. 또 그간 차상찬의 저술을 살필 수 있는 전집이 한 번도 간행된 적이 없다는 점을 고려할 때 큰 미덕이 될 수 있다. 둘째, 현재 독자와의 의사소통 가능성을 고려한다면 가장 쉽게 쓰인 4)의 저술을 선택할 수 있다. 셋째, 역사 서사의 이데올로기적 가치를 고려한다면, 가장 저항적인 민족주의 담론을 주제로 삼은 1)의 저술을 선택할 수 있다. 반면에 소극적이긴 하지만 조선의 위인을 소년 병정으로 묘사한 4)의 저술과 《소년》에 연재된 상당수 작품은 비판되거나 배제될 수 있다.

정리하면, 첫째, 차상찬의 필명을 검토하여 실증적으로 아동문학에서 차상찬 저술의 전체 규모를 확정할 필요가 있다. 본격적인 연구 대상에서 벗어나 있던 작가라는 점에서 현재 기초적인 실증 작업조차 충분하지 않다. 실증적 연구와 함께, 독창적 글쓰기와 공동의 글쓰기가 공존했던 당대의 상황을 고려한 필명 확정이 요구된다. 둘째, 아동문학에서 역사 서사의 반복과 차이라는 고유한 특성을 충분히 고려한 대상 선정이 요구된다. 차상찬의 저술에서 역사 서사가 가장 핵심적이라는 점을 고려할 때 '다른' 저자들의 저작과, 차상찬이라는 '같은' 저자 저술들 속에 나타나는 반복과 차이를 살펴보아야 한다. 이를 통해 차상찬의 작품에 대한 주석 처리 및 합본의 형태로 간행할 수 있는 주요 텍스트 선별을 할 수 있을 것이다.

3. 아동서사의 분류와 체계

차상찬이 저술한 아동문학 목록을 보면 다음과 같은 당대의 장르 표지를 확인할 수 있다. '사외사화(史外史話)', '전기(傳記)', '소년영웅전(少年英雄傳)', '사담(史談)', '야담(野談)', '사화(史話)', '어린이사화(어린이史話)', '소년사화(少年史話)', '명화(名話)', '재담·만담·기담(才談·漫談·奇談)', '일화(逸話)', '역사동화(歷史童話)', '역사(歷史)', '실화(實話)' 등의 다양한 표제를 붙여 발표하였다.

역사와 실화와 같이 실제로 있었던 일을 나타내는 표제에서부터 야담, 만담, 기담 등 이야기성을 강조하는 표제에 이르기까지 표제 장르가 내포하고 있는 의미의 폭이 넓다. 이러한 다양한 텍스트를 구분하고 범주화시키는 기준은 무엇인가? 예컨대 '정사(正史)'와 '사외(史外)'는 어떻게 구분되며, 다른 저작들은 또 어떻게 구분되는가? 독자에 따라 '어린이사화'와 '소년사화'를 구분할 수 있다면, '사화'와는 또 어떤 차이가 있는가? 게다가 사실과 허구를 모두 아우르는 장르 표지들에서 확인할 수 있는 것처럼 그 경계를 가르는 이분법적 기준은 잘 맞지 않는다. 표제를 통해 수록된 역사 텍스트의 범주를 보면 역사 서사 전통의 범위가 얼마나 복잡한지 느낄 수 있다. 이러한 맥락에서 차상찬의 저술들을 개념화하고 체계적으로 분류한다는 것은 매우 어려운 일이다.

이 구조가 제안한 장르 구분[15]에 따르면 차상찬의 저술은 '광의의 동화 〉 구전동화(민족동화)'로 구분될 수 있다. 그러나 이 구조는 서구의 동화 개념

---

15 이구조, 「童話의 基礎工事: 어린이文學論議(1)」, 《동아일보》, 1940.05.26.

을 중심으로 아동문학을 분류하는 것이다. 이 경우 역사 서사의 위치는 지나치게 좁아질 수밖에 없다. 서구의 메르헨적 환상성에 기초한 광의의 동화 개념에 속하는 하위 갈래로 구분될 뿐 아니라 그 성격 역시 '구전동화'라는 서사의 '원형성'이 강조된다. 우리의 전통적 서사 장르의 계승이라는 문제가 서구적인 장르의 도식 속에서 소실되거나 자칫 원시적인 장르로 폄하될 수 있다.

『한국현대 아동문학사』를 저술한 이재철이 제안한 장르 구분[16]에 따르면 차상찬의 작품은 대부분 '아동문학 〉 소설 〉 아동소설 〉 개작소설'의 범주에 넣을 수 있다. 그러나 창작의 대척점에 있는 장르로 한정된다는 점에서 차상찬 작품의 성격과 다소 차이가 있다. 아동 역사 서사는 과거에서 현재로, 역사에서 허구로, 성인 독자에서 아동 독자로라는 삼중의 번역 과정을 거쳐야 한다. 이러한 분류는 자칫 번역 과정에서의 창조성을 간과하거나 은폐할 수 있다. 그가 다른 저술에서 제안한 장르 체계[17]에 따르면 차상찬의 작품은 '아동문학 〉 소설 〉 아동소설 〉 소년소설 〉 역사소설'로 구분할 수 있다. 젠더적 관점이 강하게 반영된 소년소설이란 갈래 구분을 제외한다면 '아동문학 〉 소설 〉 아동소설 〉 역사소설'로 분류할 수 있다. 비교적 체계적이고 안정적인 대분류로 활용할 수 있을 것이다. 이와 같은 간략한 이론적 설계는 받아들일 만하다고 생각한다. 하지만 서정, 서사, 극 등의 서구적인 삼분법에 기초한 위의 분류로는 동양 역사 서사의 전통을 계승하고 있는 역사 서사의 다채로운 하위 갈래를 담아 낼 수 없다는 한계가 있다.

사실 동양의 전통 안에서 서사는 서구의 '서사(narrative)'에 비해 범위가 상

---

16 이재철,『한국현대아동문학사』, 일지사, 1978, 24쪽.
17 이재철,『아동문학개론』, 문운당, 1967, 181쪽.

당히 넓었다. 동양에서 서사는 곧 역사였고, 소설은 비공식적이고 불완전한 역사였다. 동양에서 역사 저작은 가장 주요한 서사 장르였다.[18] 동양에서 역사 개념은 역사적 '사실'뿐만 아니라 '서사'까지 내포한 개념이었다. 이러한 전통은 근대의 역사 서사의 전개에도 큰 영향을 미쳤다. 근대 인쇄매체의 확산과 함께 '이야기'라는 것은 우화, 신화, 전설, 민담, 고담, 기이담, 사담(史談), 역사적 인물담, 비문학적 지식의 단화(短話) 등을 모두 일컫는 말이었다.[19] 특히 아동문학에서 동화라는 새로운 술어가 생겨난 이후에도 창작동화와 함께 역사 서사는 아동문학의 주요한 한 갈래였다. 사실성에 기초한 서사 원리는 식민지 시기 아동문학의 가장 독특한 특징이라고 할 수 있다. 이러한 서사와 소설에 대한 개념의 전환을 거치지 않고서는 차상찬 작품을 분류할 수 있는 방안 역시 마련할 수 없다.

역사적 사실성(historicity)과 소설적 허구성(fictionality)의 긴밀한 결합은 차상찬 문학의 가장 큰 특징이다. 이러한 맥락을 고려할 때, 서구와 다른 동양적인 서사 전통에 대한 이해와 근대적 수용에 대한 고려가 요청된다. 차상찬 문학에 대한 깊이 있는 이해를 돕기 위해서라도 기존의 분류체계에 동양적인 서사 유형을 함께 결합할 필요가 있다. 본래 동양의 전통 서사 양식은 역사 서술로부터 시작되었다. 류샤오펑은 중국의 서사 양식을 검토하면서 다음과 같이 언급하였다.

중국 서사 이론을 서양의 서사 이론과 비교 연구할 때 첫 번째로 제기되

---

18 Lu Hsiao-peng, 조미원·박계화·손수영 옮김, 『역사에서 허구로』, 도서출판 길, 2001, 25쪽.
19 최남선, 「朝鮮歷史通俗講話(7)」, 『동명』 9, 1922.10.22.

는 문제는 서구 용어인 '서사(narrative)'와 같은 용어가 중국에는 없다는 것이다. 사실 서술하다, 말하다, 전달하다라는 의미를 가진 술(述), 서술(敍述), 서사(敍事)와 같은 용어가 비평이론 가운데 자주 등장하는 것은 확실하다. 그러나 장르 연구나 목록학에서 '서사'는 문학 범주로 인식되지 않고 있다. 서사적 글쓰기의 전체 범위를 포괄하는 말로는 사(史, 역사)라는 말만이 선택될 수 있었다. 서사시가 부재하고 극이 뒤늦게 등장하는 중국의 문학 체계에서 역사는 중심적인 위치를 차지했다. 다음의 분석에서도 드러나겠지만, 중국의 역사 개념은 '역사적 사실' 및 소설처럼 준(準)역사적인 글쓰기의 다양한 유형까지 모두 포괄하는 것으로 이해되었다.[20]

　　루샤오펑의 논의에 따르면 중국의 전통 서사 양식은 역사 서술로부터 시작된다. 사실의 기술에서 시작한 중국의 서사전통은 점차 사실성과 소설처럼 허구성을 포함한 것으로 발전해 나갔다. 이와 같은 논의는 중국에만 적용되는 것이 아니다. 조선의 경우에도 전통적인 유교적 세계관에 입각한 사실성을 중시하는 서사가 존재하였지만, 동시에 조선 후기 역사 서술의 규범으로부터 일탈하는 다양한 전의 전통이 존재하였다. 특히 아동문학 장으로 수용될 때, 서사 속에서 자연적인 것과 초자연적인 것을 섞어 놓는 것은 자연스러운 규범이었다. 이처럼 전통적으로 동양에서는 역사적 사실성(historicity)이 서사의 가장 핵심적인 원리였다. 서구의 '소설(fiction)'과 달리 동양의 '소설'은 '비공식적 역사' 또는 '역사의 보충'으로 기능하였다. 따라서 역사와 소설의 차이점은 더 이상 단순하게 사실과 꾸며 낸 이야기, 실제성과 개연성, 문자 그대로의 진실과 상상적인 진실이라는 이분법으로 구분될

20 Lu Hsiao-peng, 같은 책, 75쪽.

수 있는 성질의 것이 아니었다.[21] 이러한 동양의 '소설' 개념을 수용한다면, 신화, 전설, 민담, 고담, 기이담, 사담(史談), 역사적 인물담, 비문학적 지식의 단화(短話) 등 그간 아동문학사에서 서구적인 문학의 개념이나 체계로는 의미를 부여하기 어려웠던 작품들에 대하여 본격적인 논의가 가능할 것이다.

이에 대해 김태준은 서구와 다른 조선의 서사 전통에 대해서 다음과 같이 말한 바 있다.

> 西洋에서도 처음에는 「桶物語」와 같은 斷片的記錄에서 出發하야 大部分은 空想을 記錄하야 自己의 理想觀을 날아내인 것이니 로맨스(Romance)라고 이것을 부르더니 漸漸寫實的 現實的으로 自己의 얻은 바 事實을 그대로 率直하게 그리게 되었으니 이것을 「노-벨」(novel)이라고 하였다. (중략) 朝鮮에는 小說이 없었다고! 웨? 朝鮮에는 아무것도 人情世態를 描寫한 著作이 없었으므로! 나는 이에 對答코저 합니다. 정말 己未運動 前後로 文學革命이 일기 前까지는 롱-氏의 定義한 노-벨은 한 卷도 없었으므로써입니다. 그러나 많은 稗說 · 諧謔 · 野談 · 隨筆도 있고 그 所謂 로맨스와 스토리(Story)와 픽숀(Fiction)은 내가 이에 例證치 아니하야도 많히 存在하였고 또 存在하는 것을 알으실 것이다. 다시 말하면 예전 사람들의 意味하는 小說은 헤일 수 없이 많다.
>
> 나는 예전사람들의 律하든 小說의 定義로서 예전 小說을 考察하고 小說이 發達하여온 經路를 分明히 하고저 한다. 小說이라는 名稱이 時代를 따라 槪念에 差가 있다는 것이다.[22]

21 Lu Hsiao-peng, 같은 책, 24~28쪽.
22 김태준, 『增補 朝鮮小說史』, 학예사, 1939, 11~13쪽.

김태준은 소설의 개념이란 서구의 '노벨(novel)'이나 '문학(literature)' 개념이 보편적 지위에 있는 것이 아니라, 동양과 서양 나아가 조선에 이르기까지 역사적으로 변천하는 것이므로 상대적인 지위에 있다고 주장하였다. 그는 서구의 노벨 개념을 상대화하면서 조선에 역사적으로 존재해 왔던 다양한 서사 전통이 무수히 존재해 왔다고 하였다.

이러한 관점은 차상찬의 아동문학의 개념과 분류체계에도 적용될 필요가 있다. 물론 그 자체로 여러 논쟁점이 있는 것도 사실이다. 하지만 이를 통해서 기존의 협소한 문학 개념과 분류 범위를 크게 확장할 수 있다. 이는 아동역사소설이라는 문학 장르 내에 상이한 유형의 다채로움을 강조할 수 있는 장점이 있다. 《어린이》, 《소년》, 《학생》 등의 잡지를 중심으로 반복되는 서사의 유형으로는 1) 전기(傳記), 2) 사화(史話), 3) 사담(史談) 등이 대표적이다. 주로 역사적 인물이나 사건에 대한 짧은 이야기들로 차상찬 작품의 중심이다. 이 밖에 당시의 풍속이나 과학적 사실에 대한 단편적인 지식까지 포괄하는 글쓰기를 병행하였다.

이상의 논의를 통해서 차상찬의 저술을 산문이나 기타 잡문이 아닌 문학의 범주로 포괄할 수 있는 근거를 마련하고, 그 안에서 전대의 '소설(小說)' 개념을 계승한 서사의 하위 유형으로 체계화해서 분류하는 방안을 제시하고자 하였다.

4. 복원의 특수성

전집의 표기는 차상찬의 전집을 간행하면서, 화석화된 문학적 유산을 오늘날에 되살리는 데 핵심적인 사안이다. 역사 서사의 경우 독자가 실재한 역사적 인물이나 사건에 대하여 선험적인 지식이 없는 경우 텍스트를 온전하게 이해하기 어렵다. 과거의 지명, 인명, 풍속 등을 담고 있으며, 한자 어휘도 상당히 많이 사용되기 때문이다. 따라서 차상찬의 전집 표기는 현대어로의 번역과 주해가 반드시 요청된다. 여기에 원문 그대로 함께 수록한다면, 자료의 엄밀성이 더해질 수 있다.

아동문학의 특수성을 고려할 때 전집의 표기에서 생각해 볼 수 있는 것은 문자 표기가 아닌 기호들을 어떻게 처리할 것인가이다. 일반적인 전집 구성의 관행을 생각해 볼 때, 신문 연재나 잡지 등에 게재된 삽화는 생략되고 '문자' 중심의 작품만을 수록하는 경우가 많다. 대부분의 삽화를 서사의 단순한 보조물로 간주하는 통념 때문일 것이다.

하지만 대상 독자가 어린이라는 점을 고려할 때 그림 텍스트의 의미는 크다. 아동문학에서 삽화는 단순한 서사의 보조물이 아닌 또 다른 형식의 텍스트로서 필수적인 작품의 구성 요소인 경우가 많다. 아동 자체가 문자를 해독할 수 없거나 문자를 배워 나가는 과정 속에 있기 때문이다. 이때문에 아동문학에서는 문자뿐만 아니라 음성이나 이미지 등의 다양한 기호들이 풍부하게 나타난다. 문자 기호를 해독하려면 반드시 관습적 지식이 필요하지만 음성이나 이미지 등의 기호는 비교적 관습적 지식 없이도 쉽게 독해될 수 있기 때문이다. 따라서 차상찬 전집에서 아동문학 부분을 수록할 때 원전의 삽화를 어떻게 복원할 것인가는 상당히 중요한 문제이다. 삽화, 즉 이미지 텍스트가 문자 텍스트와 함께 복원되어야 비로소 온전한 전체 텍스트라고 할 수 있을 것이다.

사실 차상찬은 아동문학뿐만 아니라 일반 문학에서도 문자 해독력이 없거나 낮은 아동, 학생, 대중 등의 광범위한 하위계층들을 대상 독자로 삼고 글을 썼다. 따라서 삽화를 복원하는 문제는 아동문학 분야뿐만 아니라 성인 문학 분야로도 확대해서 충분히 고려해 볼 수 있을 것이다.

5. 맺음말

전집의 편찬에서 무엇보다 차상찬 저술의 현재적 활용을 고민할 필요가 있다. 전자와 통신 기술이 발달한 현대에 역사의 '이야기'성은 훨씬 주목받고 있다. 역사 서술의 견고한 뿌리였던 사실로서의 기록과 허구와의 경계는 더 이상 자명한 것으로 받아들여지지 않는다. 오히려 사실과 허구를 넘나드는 다양한 '이야기들'의 가능성이 주목받고 있으며, 대중들에게 그 자체가 즐거운 놀이가 되기도 한다.

마르크스는 "모든 견고한 것들은 공기 속으로 녹아 버린다(Alles Staendische und Stehende verdampft; All that is solid melts into air)."고 했다. 이를 차상찬에게 비유하자면, "모든 견고한 것은 이야기 속으로 녹아버린다"고 할 수 있다. 그에게는 조선에서 일상적으로 만나는 연못 하나 바위 하나에도 꼭 의미 있는 이야기가 숨겨져 있었다. 한반도의 산과 바다, 모든 곳은 늘 이야기가 흥성거리는 장소였다. 차상찬은 전통적 서사 속에 담긴 놀랍고, 흥미롭고, 가치 있는 이야기에 귀를 기울이고 어른 아이 가리지 않고 저마다에게 꼭 맞는 형식으로 그 이야기를 전할 줄 아는 이야기꾼이었다.

차상찬 전집의 편찬은 꽤 오랜 기간 우리에게 잊혀진 고유의 풍성한 '이야기들'을 되돌려 줄 것이다. 과거와 현재가 연결된 다양한 이야기들 속에서 우리는 더 두터운 현재를 살게 될 것이다. 동시에 전집 발간을 통해 다소 서구 중심의 문학 개념에 편향되었던 아동문학의 무게중심을 옮기고, 우리 문학의 정체성과 독특성을 복원할 수 있는 계기가 될 수 있기를 기대한다.

1920-1930년대 언론계와 차상찬의 위치

—단체 활동과 '신문 발달사' 서술을 중심으로

야나가와 요스케

1. 들어가며

이 글은 '신문 발달사' 서술과 각종 단체 활동을 중심으로 1920-30년대 청오 차상찬과 언론계의 관계를 살펴보고자 한다. 한국 근대사에서 문필가 또는 언론인으로 기억된 차상찬의 삶과 업적은 매우 다양한 양상을 띤다. 최근 일련의 학술 행사와 평전, 전집 간행을 통하여[1] 차상찬의 생애가 가시화되어 본격적인 연구가 시작되면서 그의 문화사적 위상이 개벽사를 중심으로 형성된 사실이 부각되었다.

《개벽》특파원으로 각 지방을 답사하여 민요를 수집한 기자 차상찬은《별건곤》,《혜성》,《제일선》,《개벽》(속간호) 편집자로 활동한 점에서 출판인이라 할 수 있다. 한편 차상찬은 주로 개벽사 발행 매체에 발표한 역사 담론을 『조선사천년비사(朝鮮四千年秘史)』(1934)와 『해동염사(海東艶史)』(1937)로 엮은 역사 저술가이자, 김탁운과 『조선야담전집(朝鮮野談全集)』(1939)을 펴낸 야담가이기도 하였다. 이러한 경력은 그가 역사물 창작과 잡지 편집을 병행하였음을 증명한다.

---

1 박길수,『차상찬 평전－한국 잡지의 선구자』, 모시는사람들, 2012; 청오 차상찬 서거 70
   주년 기념 학술대회(2016.5.20); 청오 차상찬 탄생 130주년 기념 학술대회(2017.5.12);
   청오 차상찬 전집(1차)발간 기념 학술대회(2018.11.23)

차상찬의 역사 서술 가운데 언론과 관련된 것으로 일련의 '신문 발달사'를 들 수 있다. 1930년대 차상찬은 근대 신문의 역사를 네 차례 발표한 바 있는데, 이는 언론의 역사가 체계적으로 정리되지 않았던 당시 상황에서 이루어진 선구적인 작업이었다. 후술하듯이 차상찬은 출판사의 원고 청탁을 받아 작업을 수행한 것으로 추정되지만, 언론인으로 활동한 그의 경험이 신문 발달사 서술을 가능케 한 것은 분명하다. 이하 본고는 2장에서 1920년대 개벽사의 문화운동과 차상찬의 관계를 살펴보고 3장에서 '신문 발달사' 서술의 내용과 그 특징을 검토하고자 한다.

2. 개벽사의 문화운동과 차상찬

2장에서는 1920년대 개벽사의 문화운동을 중심으로 차상찬이 참여한 여러 단체 활동에 대하여 살펴보고자 한다. 개벽사 근무 시절 차상찬은 언론·출판인으로 일제의 언론 탄압에 항의한 한편 야담 보급 운동에 적극적으로 나섰다. 차상찬이 참여한 단체로 언론집회압박탄핵회(言論集會圧迫弾劾會)와 전조선기자대회(全朝鮮記者大會), 조선야담사(朝鮮野談社), 조선어사전편찬회(朝鮮語辭典編纂會), 조선농민사(朝鮮農民社), 서울잡지협회(서울雜誌協會) 등을 들 수 있으며,[2] 조선야담사를 제외한 나머지 단체에 그는 개벽사 사원으로 참여하였다. 따라서 차상찬은 상술한 단체 활동에 개인 자격이 아니라 개벽사 대표로 참여한 것이었다. 1924년 6월 언론집회압박탄핵회(이하

---

2 이 가운데 言論集會圧迫弾劾會와 서울雜誌協會에 대해서는 항일운동의 관점에서 분석된 바 있다. 정진석, 「개벽사의 '문화적 민족주의'와 잡지 언론인 차상찬」, 『청오 차상찬 서거 70주년 기념 학술대회 자료집』, 한림대학교, 2016.5.20, 32-39쪽.

탄핵회)는 연달아 발생한 신문·잡지에 대한 검열과 기사 압수, 신문사 경영진에 대한 협박 사건을 배경으로 결성된 단체이다.[3] 차상찬은 이종린과 함께 개벽사 대표로 탄핵회 실행위원에 선임되었고 《개벽》은 1924년 상반기에 압수당한 기사와 그 이유를 목록으로 자세히 정리하였다.[4] 탄핵회는 6월 20일 저녁 천도교당에서 탄핵 대회를 열기로 계획하였으나 경찰의 방해로 무산되어 일부 실행위원이 연행되었다. 이러한 상황에서 실행위원은 모두 사직하고 차상찬과 강택진, 이헌, 한신교 등 일부 위원을 중심으로 전형위원회를 구성하여 새 실행위원 13명을 선출하였다.[5] 차상찬은 탄핵대회가 무산된 이후 전형위원으로 사건 수습에 나선 것이다.

1925년 4월 차상찬은 전조선기자대회(全朝鮮記者大會, 이하 기자대회)에 대회준비위원회 서무부 위원과 대회 서기로 참여하였다. 조선인 기자 단체인 무명회(無名會)의 발의로[6] 준비가 본격화된 기자대회는 기자 간의 친목과 협동, 언론과 집회의 자유를 주된 목적으로 기획되었다. 따라서 앞서 살펴본 탄핵회와 같은 맥락에 놓여 있다. 기자대회에 대해서는 신문 기사와 경찰 첩보를 바탕으로 연구가 진행되었지만[7] 본고는 공식 기록에 해당하는 『조선기자대회회원명부(朝鮮記者大會會員名簿)─부대회회록경과(附大會會錄經過)』(1925)에 주목하고자 한다. 고려대학교 중앙도서관에 소장된 이 자료는 대회 참가자 명단과 대회 회의록, 대회 준비 과정, 회계로 구성된 것이며,

---

3 言論集會压迫彈劾會의 결성 배경에 대해서는 다음 연구를 참조. 장석홍, 「1924년 언론 집회압박탄핵운동의 전개와 성격」, 『한국학논총』 21, 국민대학교 한국학연구소, 1999.
4 朝鮮人, 「言論集會壓迫報告」, 《개벽》 49, 1924.7. 개벽사사 또한 압수된 호수 목록을 실었다. 「開闢社 略史」, 《별건곤》 30, 1930.7.
5 「言論集會壓迫彈劾方法의 具體的決議」, 《조선일보》, 1924.6.30.
6 「全朝鮮記者大會─無名會主催로 二月頃開催」, 《동아일보》, 1925.2.2.
7 임경석, 「일제강점기 조선인 기자와 언론활동─1925년 전조선기자대회 연구」, 『사림』 44, 수선사학회 2013.

1925년 6월 20일에 발행된 것은 확실하다. 판권이 훼손된 관계로 발행처를 확인할 수 없다.

기자대회에는 《조선일보》(318명), 《동아일보》(169명), 《시대일보》(88명), 《매일신보》(34명) 등 일간지 기자가 다수 참여한 한편, 개벽사에서는 지사장을 중심으로 약 50명이 참가하였다.[8] 회원 명단에 기재된 기자 총 725명 가운데 실제 대회에 463명이 참석한 것으로 확인되며, 개벽사와 각 신문사 지국 기자들은 반값 할인 승차권을 발급받았다.[9] 개벽사가 4대 신문사와 동등한 대우를 받은 이유는 동아일보사, 시대일보사, 매일신보사와 더불어 찬조금 50원을 제공하였기 때문이었다.[10]

각 신문사 기자로 구성된 대회준비위원회에 개벽사에서는 차상찬과 김기전, 이을, 이종린이 참여하였다. 이종린은 대표위원에 선임되었고 김기전은 대회 첫날 밤 '신문 강연'에 연사로 등단하였다. 이 신문 강연 또한 조선일보사, 동아일보사, 시대일보사 등 각 신문사에서 연사를 배출하는 방식으로 진행되었다.

대회준비위원회 서무부 위원으로 활동한 차상찬은 기자대회 당일 《동아일보》 마산지국 여해, 시대일보 평남지국 김병연, 대회준비위원을 겸임한 《조선일보》 인천지국 박창한과 함께 서기로 선출되어 대회 의사록을 작성하였다. 그 기록이 바로 『朝鮮記者大會會員名簿－附大會會錄經過』이다.

---

8 개벽사가 기자대회에 적극적으로 참여한 사실은 선행연구에서 이미 지적된 바 있다. 임경석, 위의 글, 35쪽.
9 『朝鮮記者大會會員名簿－附大會會錄經過』, 발행처 미상, 1925, 28면. 대회준비위원회는 철도국과 교섭하여 반값 승차권을 발급한 한편, 경성 시내 여관 열 군데를 '지정여관(指定旅館)'으로 확보하였다. 「朝鮮記者大會 指定旅館 決定」, 《조선일보》, 1925. 4. 7; 「四月十日까지 參加記者에 五割引車券 發付」, 《조선일보》, 1925. 4. 9.
10 조선일보사는 다른 언론사와 달리 찬조금 200원을 지출하였다. 위의 책, 32-33쪽.

차상찬을 제외한 서기 세 명이 신문사 지국 기자라는 점을 고려할 때, 대회 폐막 이후 의사록의 정리 작업은 차상찬과 잔무처리위원(殘務處理委員; 이을, 이석, 신철) 주도로[11] 진행되었을 가능성이 있다. 실제로 대회준비위원회가 해산된 이후 회의록의 인쇄와 배부를 맡은 잔무처리위원회 사무소는 경운동 개벽사 내에 설치되었다.[12] 이처럼 차상찬은 전조선기자대회에 개벽사 기자로 참여하여 회의록 작성이라는 중요한 업무를 수행하였다.

『朝鮮記者大會會員名簿－附大會會錄經過』(1925) 앞표지 및 회의록

한편 차상찬은 개벽사 기자로 문인들의 원고료 제정 요구에 직면하였다. 1927년 1월 초 문인들은 출판사를 상대로 원고료와 인세, 판권 문제를 교섭하기 위하여 조선문예가협회(朝鮮文藝家協會)를 결성하였다. 종로 기독교청년회관에서 열린 창립총회에서 조선문예가협회는 소설과 평론, 시, 희곡을 비롯한 창작과 번역물 즉 '비창작(非創作)'을 구분하여 출판사가 일정한 원고

11 위의 책, 31쪽.
12 「朝鮮記者大會準備委員會 解散」,《동아일보》, 1925.5.7.

료를 제공할 것을 결의하였다.[13] 이러한 조선문예가협회의 요구에 대하여 출판인들은 신문지상에서 자신의 답변을 제시한다. 개벽사 영업국 차상찬의 의견은 다음과 같다.

글세올시다. 전부터 그 같은 소문은 들었습니다만은 어디 그렇게 얼른 되기는 어려울 것 같습니다. ◇잡지의 팔리는 정도와 경영되어 가는 비용이 상쇄나 되면 아무러나 한번 시행하여 보겠습니다만은 아직 조선 민중의 지식 정도가 그렇게까지 잡지를 많이 찾지 않으니 ◇따라서 잡지는 어느 정도 이상으로는 팔리지 않는 터이다. 당분간 시행키는 어려울 줄로 압니다. ◇물론 원고료를 이렇게 정하여 놓으면 글은 좋은 글만을 싣게는 되겠습니다만은…마음대로 되지 않는 일이라 도리어 미안합니다.[14]

인용문에서 차상찬은 일정한 원고료를 제공할 수 없는 이유로 경영 문제를 거론한다. 그는 일정한 원고료가 문인의 안정적인 글쓰기 환경을 보장할 점을 인식하면서도 잡지를 발행하는 입장에서 그들의 요구를 그대로 받아들이기가 어렵다고 한다. 다만 이 무렵《개벽》폐간에 직면한 개벽사가《별건곤》을 창간(1926.11)하여 새로운 독자층 확대에 나선 점에서 이 발언은 중요한 의미를 지닌다.[15] 그것은 대중과 취미를 지향한《별건곤》이 '조선 민중'으로 하여금 잡지를 구독하게 하였기 때문이다. 물론 인용문에서는 독자 문

---

13 「文人決議」,《동아일보》, 1927.1.10.
14 開闢社 營業局 車相讚氏談, 「難關은 民度問題」,《매일신보》, 1927.1.8. 강조는 인용자. 이 외에 文藝時代社 崔映珍과 博文書館 盧益亨의 답변도 같은 지면에 게재되었다.
15 이승윤은《별건곤》이 대중성을 확보하고 계몽의 목적을 달성하기 위한 소재로 '역사가' 활용된 점을 지적한 바 있다. 이승윤, 『근대 역사담론의 생산과 역사소설』, 소명출판, 2009, 126쪽.

제가 언급되었지만 원고난을 해결하는 동시에 잡지 제작비를 절약하는 방법으로 한 필자가 필명으로 여러 편의 글을 기고하는 경우도 드물지 않았고 대표적인 필자가 차상찬이었다.[16] 따라서 원고료 문제는 문인에게 생활과 관련된 데 반하여, 잡지 편집자에게 필명을 요구하는 것이었다.

이후 조선문예가협회는 별다른 활동을 전개하지 않은 채 소멸되었지만 문인들은 원고료 문제를 다시 거론하기 위하여 1932년 조선문필가협회(朝鮮文筆家協會)를 결성하였다. 이에 대하여 출판계는 차상찬과 김동환, 주요한 등으로 구성된 서울잡지협회를 중심으로[17] 대응책을 협의하여 원고료를 각 출판사 재정에 따라 정할 것을 확인하였다. 즉 출판계는 조선문필가협회의 요구에 응하지 않았던 것이다. 이처럼 개벽사 시절 차상찬은 탄핵회와 기자대회 활동을 통하여 언론의 자유를 주장한 한편, 문인들의 원고료 문제는 출판계 입장에서 소극적인 대응에 나섰다.

마지막으로 차상찬과 야담의 관계를 야담 운동을 중심으로 살펴보고자 한다. 1927년 11월 김진구 주도로 조선야담사(朝鮮野談社, 이하 야담사)가 결성되자 차상찬은 육당 최남선, 우보 민태원, 백화 양건식, 환산 이윤재, 소파 방정환 등과 고문으로 추대되었고[18] 첫 총회에서 야담 재료 수집과 야담사(野談師) 양성, 야담집 출판, 야담 공연 사무소 개설 등을 결의하였다.[19] 고

---

16 정현숙, 「차상찬 연구①─기초 조사와 학술적 연구를 위한 제언」, 『근대서지』 16, 근대서지학회, 2017, 73쪽.
17 서울잡지협회는 언론의 자유와 원고 검열제도 폐지, 정기간행물의 신문지법 적용을 목적으로 1931년 3월에 결성된 단체이다. 서울잡지협회의 활동 내역에 대해서는 다음 연구를 참조. 『한국잡지협회 60년사』, 한국잡지협회, 2012, 73-77면. 이 밖에 서울잡지협회는 《신여성》(1931.9) '故小波方定煥哀悼特輯欄'에 색동회, 조선소년총동맹과 함께 조문(弔文)을 발표하였다.
18 「野談社 幹事會」, 《중외일보》, 1927.12.7.
19 「野談社 創設」, 《매일신보》, 1927.11.25; 「처음 생긴 朝鮮野談社」, 《조선일보》,

문진과 총회 결의 내용을 검토할 때, 이들은 야담 재료 제공 또는 수집을 추진하기 위하여 추대되었음을 알 수 있다.[20] 그러나 여기서 유의해야 할 것은 야담사 결성 이전부터 김진구가 차상찬과 함께《별건곤》에 야담을 발표하였던 점이다. 1920년대 후반 김진구는 신문사의 후원으로 야담 운동을 전개한 한편,《별건곤》을 비롯한 매체에 야담과 사화(史話)를 발표하였다.[21] 물론 김진구가 '특권 계급의 독점적 역사'가 아니라 '민중적 역사'를 야담이라는 오락물로 보급하기 시작한 것은 야담사 결성 이후이다.[22] 야담사는 기관지『야담』을 창간할 계획이었으나 이는 무산되었다.[23] 이러한 점에서《별건곤》은 야담 운동을 간접적으로 후원한 잡지였음을 알 수 있다.

개벽사 특파원으로 '조선문화의 기본조사'에 종사한 차상찬은 조사가 일단락된 1920년대 중반 개벽사 관련 매체에 역사 담론을 집필하기 시작하는데, 이때《별건곤》이 창간되어 야담 운동이 본격적으로 시작된 시기와 겹친다. 이후 차상찬은 잡지 기자와 편집 주간을 역임하면서 역사물의 집필과 야담 창작을 병행하게 된다. 차상찬이 언론인인 동시에 문필가로 평가받는 이유는 바로 이 때문이다. 언론인 차상찬에 대해서는 잡지 기사와 단체 활동을 중심으로 그 양상이 부각되었지만 야담 창작과 관련하여 중요한 것은

1927.11.25.
20 차상찬과 최남선은 역사에 조예가 깊었고 민태원은『嗚呼古筠居士－金玉均實記』(1926)를 단행본으로 펴낸 바 있다. 한편 양건식은 중국 고전문학자로 활동하였고 이윤재는『한빛』을 창간하여 야담을 적극적으로 실었다.『한빛』의 역사 담론에 대해서는 다음 목록을 참조. 이승윤, 앞의 책, 251-252쪽.
21 김진구의 작품에 대해서는 다음 목록을 참조. 이동월,「야담사 김진구의 야담운동 연구」, 대구카톨릭대학교 박사논문, 2007, 22-25쪽.
22 김진구는 야담의 출생 시기를 1927년 11월 23일이라고 주장한다. 김진구,「野談出現의 必然性(一)－우리 朝鮮의 客觀的 情勢로 보아서」,《동아일보》, 1928.2.1.
23 「雜誌『野談』發行」,《동아일보》, 1928.4.15;「朝鮮野談社 機關誌發行」,《조선일보》, 1928.4.18.

그의 한문 실력이다. 차상찬은 한시를 지어 《개벽》에 발표한 경력을 가진 문인이기도 하였다.[24] 차상찬은 한 설문 조사에서 당시 문인들과 한문의 관계를 다음과 같이 서술한다.

현재 조선에는 문인이 너무 많은 까닭에 문단이 도리어 지저분하고 발전이 되지 않는 것 같다. 케케묵은 삼국지, 수호지 같은 것을 한문 원문대로도 번역을 못하고 일본 사람이 번역한 것을 또 번역하여 본문과는 흔히 틀리는 창작의 삼국지, 수호지를 내놓아도 왈 중국통 문인이요….[25]

문인들에게 원고를 청탁하는 과정에서 문단과 교류한 차상찬은 그들의 한문 실력을 부정적으로 평가한다. 유년기에 글방에서 공부하여 일본인 사진가와 필담으로 대화를 나눈 바 있는 차상찬에게 한문은 너무나 익숙한 것이며,[26] 역사 담론을 집필하는 과정에서도 그 실력은 매우 중요한 의미를 지닌다. 야담을 포함한 야사를 이해하기 위해서는 무엇보다 정사 즉 사실(史實)에 밝은 동시에 상당한 한문력과 해박한 학식을 갖추어야 하였다.[27] 특히 한문

24 1920년대 《개벽》에 발표된 차상찬의 한시 가운데 「關東雜詠」(1923.12)은 최근 하영휘의 번역으로 잡지에 소개되었다. 「차상찬의 관동잡영」, 『근대서지』 9, 근대서지, 2014.

25 차상찬, 「文壇에도 大淸潔施行」, 『문예공론』 2, 문예공론사, 1929.6, 139쪽. 이 글은 '社會各方面名士의 朝鮮文壇觀(2)-朝鮮文學의 現在와 将來'로 기획된 설문에 대한 답변이며, 이종린, 문일평, 유광열, 민태원 등의 글과 함께 실렸다.

26 차상찬, 「처음 보던 이야기-三十七年前 日本 寫眞師」, 《별건곤》 63, 1933.5.

27 이는 당시 야담가의 조건으로 일반에 제시된 내용을 필자가 정리한 것이다. "전문적으로 또는 상식적으로 해박한 학식이 있어야 한다." 윤백남, 「야담과 계몽」, 『계명』 23, 1932.12, 13쪽; "주로 야사에서(야담의 소재를-인용) 취하는 관계상 문인이라도 누구나 다 쓰게 되는 것이 아닌 데에 난관이 있다. 그리고 본즉 사실에 밝고 그리고 글을 잘 써야 한다는 조건이 붙어 있다." 편집생, 「편집후기」, 《월간야담》 8, 1935.5; "야담 서책은 순연히 한문으로 된 까닭에 여러 사람이 얼른 보기가 어렵게 된 것이 발달 ㅁㅁ(판독 불가)의 제일 원인이요." 調查部一記者, 「文化討議室-野談의 淵源과 그 發達」, 《조선일

독해력은 누구나 갖춘 능력이 아니었다. 이것은 야담의 유행을 배경으로 기획된 『조선야담전집(朝鮮野史全集)』이 순한문에 토를 달은 혈토식에서 독자의 편의를 위하여 원문에 구두점을 찍고 의역문을 추가한 점에서도 알 수 있다.[28] 차상찬은 사학자로 활동하지 않았으나 한문으로 기록된 사료(史料)를 읽고 그 내용을 당대 한국어로 옮기면서 역사 담론을 다수 생산하였다.

3. '신문 발달사' 서술과 그 특징

출판계에서 오랫동안 활동한 차상찬은 1930년대 전반 신문 발달사를 네 편 발표한다. 개벽사에서 잡지 편집에 종사한 차상찬이 잡지 발달사를 남기지 않은 이유[29]는 불분명하지만 그는 여러 지면에 신문 발달사를 발표하였다. 한 연구자에 따르면 당시 발표된 대표적인 언론사(言論史) 논의는 20여 편에 이르며, 한국 신문 관련 15편, 잡지 관련 2편, 세계 신문 관련 5편이라 한다.[30] 당시 신문 발달사를 연구한 인물로 육당 최남선과 민세 안재홍, 하성 이선근, 한산 이종수를 들 수 있다. 이 가운데 최남선의 논의는 전근대를 다룬 관계로 본고는 차상찬을 포함한 네 명의 논자를 분석 대상으로 삼고자 한다.

1930년대 이 논자들이 신문 발달사를 서술한 이유는 무엇일까. 우선 그들의 공통점은 언론계에 관여하되 신문학을 체계적으로 전공하지 않았다는

보》, 1940.3.13.
28 《동아일보》, 1934년 8월 19일 자 계유출판사 광고. 윤백남이 경영한 계유출판사는 《월간야담》의 발행처이다.
29 1930년대 대표적인 잡지 발달사로 이종수의 글을 들 수 있다. 이종수, 「朝鮮雜誌發達史」, 『신동아』, 1934.5-6; 이종수, 「朝鮮雜誌發達史」, 《조광》, 1936.12.
30 김영희, 「일제강점기 언론사연구와 안재홍의 "조선신문소사"」, 『한국언론정보학보』 64, 한국언론정보학회, 2013, 87-91쪽.

점이다. 경성제대에서 영문학을 전공한 이종수는 동광사 기자, 안재홍은 조선일보사 사장을 역임하였고 이선근은『조선최근세사(朝鮮最近世史)』(1931)를 서술한 사학자이다. 신문 발달사의 서지 사항과 서술 배경을 정리하면 다음과 같다.

〈표1〉 1920~30년대 신문 발달사 목록[31]

저자	제목	매체	연도	배경 기타
一記者	朝鮮言論界의 沿革	개벽	1925.5	전조선기자대회
木春山人[32]	朝鮮言論界의 過去와 現在	신민	1926.1	※미확인
	言論界의 過去와 現在	신민	1926.3	※미확인
安民世	朝鮮新聞史論	조선일보	1927.1.5-9	총 3회[33]
靑吾	新聞雜誌의 史的 考察 (가)	신인간	1930.1	
壽春學人	朝鮮新聞雜誌沿革及發達史 (나)	별건곤	1930.7	개벽사 창립 10주년 기념
李鍾洙	朝鮮新聞發達史 − 思想變遷을 中心으로	동광	1931.12	
霞汀[34]	朝鮮新聞發達史 − 思想變遷을 中心으로	신동아	1934.5	저널리즘 특집
車相瓚	朝鮮新聞發達史 (다)	개벽	1935.3	신문 특집
民世學人	朝鮮新聞小史	조선일보	1935.7.6-26	신사옥 낙성기념, 총 17회
車相瓚	朝鮮新聞發達史 (라)	조광	1936.11	창간 1주년 기념
李瑄根	朝鮮新聞發達史	사해공론	1936.11-37.4	총 3회(미완)[35]
任宇星	朝鮮新聞史	비판	1938.8	
林耕一	朝鮮의 新聞		1938	야담사 발행《신문》수록

31 이 목록은 김영희의 논의를 바탕으로 필자가 작성한 것이다.

우선 눈에 띄는 것은 대부분의 신문 발달사가 잡지 특집과 기념호를 비롯한 기획물로 발표된 점이다. 차상찬의 경우, 개벽사 창립 10주년 기념호와 《개벽》 속간호 신문 특집, 《조광》 창간 1주년 기념호에 신문 발달사를 발표하였고, 안재홍은 1935년 조선일보사 신사옥 낙성을 기념하여 「조선신문소사」를 연재하였다. 일기자의 「조선언론계의 연혁」은 전조선기자대회 발표 원고로 작성된 선구적인 작업이며,[36] 이종수의 「조선신문발달사」는 『신동아』 저널리즘 특집에 실렸다. 이 논고 가운데 안재홍의 글은 해방기 『신문평론』에 재수록되어 연구자들에게 일정한 영향을 주었고[37] 차상찬의 신문 발달사는 1970년대 초 한국기자협회 기관지에 재수록되었다.[38] 이 밖에 《동아일보》와 《조선일보》는 1940년 강제 폐간을 앞둔 시기에 신문 발간의 역사를 정리하였다.[39]

---

32 木春山人은 1920년대 매일신보 기자로 활동한 木春 洪承耇의 아호일 가능성이 높다. 목춘의 유래에 대해서는 홍승구 외, 「나의 아호」, 『중앙』 4(4), 1936.4, 186쪽. 홍승구는 차상찬과 함께 전조선기자대회 준비위원회 서무부 위원으로 참여한 한편, 1930년대 야담 작가로 활동한 인물이다.

33 안재홍은 신문의 기원에서 《한성순보》, 《독립신문》, 《황성신문》, 《제국신문》에 이르는 역사를 실제 기사를 인용하면서 서술하였다.

34 《동광》에 실린 「朝鮮新聞發達史」(1931)를 "다소 수정"하였다는 필자의 부기(附記)를 통하여 霞汀이 이종수의 필명임을 알 수 있다.

35 이선근은 신문의 기원에서 《독립신문》에 이르는 역사를 정리하였다.

36 "필자는 이번 조선기자대회 시에 일반 회원에게 조선 언론계의 연혁을 잠간 소개하려고 약간의 재료를 모집하였었다. 그러나 시간의 분망으로 소개할 기회를 얻지 못하고 유감이나마 이제 이 지면을 차(借)하여 발표하게 되었다." ―記者, 「朝鮮言論界의 沿革」, 《개벽》 59, 1925.5, 63쪽.

37 安民世, 「朝鮮新聞小史」, 『신문평론』 총6회, 1947.4-1949.7; 김영희, 앞의 글, 104쪽.

38 차상찬, 「한국신문발달사」, 『저널리즘』 5, 한국기자협회, 1971.5. 이 글은 '신문연구 자료 발굴'의 일환으로 (라)를 재수록한 것이다.

39 양제하, 「當代新聞斷片觀」, 《동아일보》, 1940.8.8-10; 「社說-新聞人의 懷古와 反省」, 《동아일보》, 1940.8.10; 咸尚勳, 「朝鮮日報二十年史」, 《조선일보》, 1940.8.11. 한편 조선중앙일보는 지령 3000호를 기념하여 신문의 역사를 정리하였고 매일신보는 총독부 시정(施政) 30년을 기념하여 신문계를 회고하였다. 「朝鮮新聞界의 過去와 現在」, 『조선

신문 발달사를 서술하는 데 중요한 것은 자료를 수집하는 일이었다. 식민지 시기 신문 소장처는 개인과 도서관으로 대별된다. 동아일보사는 사옥 신축(1927)과 창간 20주년(1940)을 기념하여 신문 보관자를 대대적으로 조사하였고[40] 언론학자 최준은 해방기에 신문 연구를 본격화하면서《황성신문》을 열람하기 위하여 육당 최남선을 찾아갔다고 한다.[41] 이러한 사실은 근대 이후 발행된 신문은 개인을 중심으로 수집 및 보관되었음을 시사한다. 물론 당시 경성제국대학교 부속도서관의 장서가 유명하였고 외국신문과 대한제국기에 발행된 신문이 다수 소장되었다고 하지만[42] 일소 오한근과 신문 수집사의 관계를 염두에 두면[43] 개인의 역할이 결코 적지 않았음을 알 수 있다. 차상찬 또한 신문 발달사를 서술하기 위하여 다양한 자료를 수집한 것으로 보이지만 1900년대 이후 한 독자로 신문에 접한 점은 주목할 만하다. 신문 발달사에서 '전성기'로 규정된 1900년대 후반기를 차상찬은 서울의 보성중학교 학생으로 보냈다. 이는 차상찬이《제국신문》과《황성신문》,《대한

중앙일보』, 1936.7.8; 卜一, 「卅年間의 朝鮮新聞界」,《매일신보》, 1940.1.1.

40 창간 20주년을 기념하여 동아일보사는 신문 보관자를 조사한 것으로 추정되지만 그 결과는 제시되지 않았다. 「創刊以来의 本報保管者」,《동아일보》, 1927.4.30; 「本報創刊二十周年記念式」,《동아일보》, 1940.4.1.

41 최준, 「나의 한국신문사 연구 회고」, 『관훈저널』 28, 관훈클럽, 1979, 228쪽. 해방기 최준은 『신천지』에 「한말의 신문 대립상」(1947.2)과 「조선의 필화 잡고」(1948.2)를 발표하였다. 1930년대 한 기사에 따르면 신문 수집가로 알려진 평양의 尹聖運이 仁貞圖書館에《동아일보》를 일괄 기증하였다고 한다. 윤성운은《동아일보》외에《황성신문》과《대한매일신보》를 수집한 것으로 전해진다. 「創刊以来의 本報를 仁貞圖書館에 寄贈」,《동아일보》, 1933.1.31. 참고로 이종수는 1930년대 초 신문 발달사를 집필하는 과정에서 안재홍의 논의와 주요한의 소장 자료를 참조하였다고 한다. 이종수, 「朝鮮新聞發達史」,《동광》 28, 1931.12, 75쪽.

42 임근수, 「한국신문학의 성립과 발달」, 차근배 외, 『한국신문학 오십년사』, 정음사, 1977, 12쪽.

43 오한근의 신문 수집에 대해서는 정진석, 『책 잡지 신문 자료의 수호자』, 소명출판, 2015, 59-76쪽.

매일신보》 등이 발행된 신문 전성기를 동시대적으로[44] 접하였음을 의미한다.

차상찬은 청오와 수춘학인, 차상찬의 이름으로 신문 발달사를 발표하였다. 1930년《신인간》과《별건곤》에 발표된 (가)와 (나), 1930년대 중반《개벽》과《조광》에 발표된 (다)와 (라)는 각각 거의 동일한 내용이며, (다)와 (라)에서는《황성신문》과《제국신문》 이후의 역사가 대폭 추가되었다. 본고는 차상찬 신문 발달사의 완성형에 해당되는 (라)를 중심으로 그 특징을 살펴보고자 한다. 각 신문 발달사의 구성과 기본 구조를 정리하면 다음과 같다.

〈표2〉 차상찬 신문 발달사 소제목

(가) 1930	(나) 1930	(다) 1935	(라) 1936
世界新聞紙의 由來	世界新聞의 由來		
朝鮮新聞의 由來	朝鮮新聞의 由來	朝鮮新聞의 起源	朝鮮新聞의 嚆矢
		朝鮮新聞의 創設時代	
美國系新聞時代 －獨立新聞	美國系新聞時代 －獨立新聞	美國系新聞時代	朝鮮最初의民間新聞時代 －獨立新聞時代
朝鮮新聞의 全盛時代	朝鮮新聞의 全盛時代와 暗黑時代	皇·帝兩新聞併立時代	朝鮮新聞의 全盛期와 暗黑期
		三新聞 鼎立時代	己未以後 民間各新聞

차상찬의 신문 발달사는 서양과 중국의 신문사와 조선시대에 발행된 기별지와 조보부터 시작된다. 조선 선조11년(1578) 선조는 조보가 발행된 사실에 분노하여 관계자를 유배시킨 사건은 『선조실록』의 한 대목을 통하여 소

---

44 예컨대 일진회 기관지로 발행된 『국민신보』에 대하여 차상찬은 "合邦建白書까지 당당하게 게재한 것은 吾人의 기억에 아직 남아 있다"고 회고한다. 靑吾, 「新聞雜誌의 史的 考察」, 《신인간》 5(1), 1930.1, 60쪽.

개된다. 이 사건은 안재홍과 이종수의 신문 발달사에서 언급될 정도로 널리 알려져 있다. 차상찬은 그 이유와 관련하여 "국가의 비밀이 외국에 알려진다면 여간한 큰일이 아닌즉 즉시 정지시키라"[45]는 선조의 발언을 인용한다. 이 발언의 출처는 미상이지만 유사한 내용을 『선조수정실록』에서 찾을 수 있다.[46] 차상찬은 선조의 발언 외에 아무런 해석도 제시하지 않았지만 안재홍이 지적한 바와 같이 신문지법으로 대표되는 일제의 언론 탄압을 상기시키는 사건이었다. 다만 기별지와 조보는 차상찬도 인정하였듯이 '신문의 기원'이 되어도 내용과 형식적 측면에서 근대적 신문과는 사뭇 다른 것이었다.

근대 신문의 효시로 차상찬은 1883년에 창간된 《한성순보》를 든다. 신문을 발행한 박문국의 설치 배경과 소재지, 문체, 기사 내용을 중심으로 한 《한성순보》는 일종의 관보로 발행된 것이며, 주된 독자는 일반 대중이 아니라 관리였다. 차상찬은 《한성순보》의 체재에 대하여 "순조선지에 구식 주자를 그대로 쓰고 문체도 순한문이어서 얼핏 보면 옛날 문집과 비슷한 감"(42면)이 있다고 서술한다. 중간에 《한성주보》로 제호를 바꾸어 발행되다가 1888년 문체를 국한문혼용체로 바꾸고 기사의 범위가 다소 확대되었다. 차상찬은 이 변화를 두고 《한성주보》가 관보에서 "비교적 대중적"(42면) 매체로 변했다고 평가한다. 이러한 서술을 보면 차상찬은 신문의 문체와 독자의 관계에 관심을 가진 것으로 보이지만 다른 신문을 분석할 때, 독자 문제를 그다지 중요시하지 않았다. 그것은 순한글과 영어로 발행된 《독립신문》의 문체와 독자의 관계를 언급하지 않은 점에서 짐작된다.[47] 1888년 박문국이

---

45 車相瓚,「朝鮮新聞發達史」,《조광》2(11), 1936,11, 41쪽. 이하 (라)에서 인용할 경우, 인용문 말미에 쪽수를 표기한다.
46 『宣祖修正實錄』卷12, 宣祖11年 2月 壬午.
47 이종수, 안재홍, 이선근은 공통적으로 '閥族打破・萬民平等'을 주장한 《독립신문》의 매

폐지되면서《한성주보》도 폐간된 이후 청일전쟁기까지 조선의 신문 발행은 그 흔적조차 찾을 수 없다.

1897년 독립협회 기관지로 창간된《독립신문》은 한국 최초의 민간신문으로 알려져 있으며, 차상찬 또한 그 사실을 강조한다. 개벽사 기자 시절 독립협회의 비사(秘史)[48]를 서술한 차상찬은《독립신문》과 같은 시기에 발행된《경성신문》과《매일신문》이 미국계 자본과 인맥을 중심으로 운영된 점에서 이 시기를 '미국계 신문 시대'라고 규정한다. 그것은《독립신문》이 미국 망명 시절 자유독립주의와 평민주의를 접한 서재필을 주필로 발행된 동시에,《경성신문》,《매일신문》과 같이 배재학당에서 발행되었기 때문이다.[49] 차상찬은 (라)의 소제목을 '조선 최초의 민간 신문 시대'라고 변경하였지만 내용은 '미국계 신문시대'와 동일하다. 그는《독립신문》의 언론사적 위치를 다음과 같이 평가한다.

> 그 신문의 내용, 체재는 물론 전일 한성순보와는 天壤의 差가 있을 뿐더러 인민의 독립, 자유의 사상을 鼓吹하여 일개 정치적 교과서가 되었다.[50]

체적 성격에 주목하였고 이선근은 그 이유를 "男女上下 貴賤 할 것 없이 모든 사람이 볼 수 있게 하는 것"이라고 분석하였다. 이종수,「朝鮮新聞發達史」,《동광》28, 1931.12, 71쪽.

48 차상찬,「朝鮮最初의 民間政黨 獨立協會의 秘史」,《별건곤》6, 1927.4.

49 최근《매일신보》가 남대문에서,《독립신문》과《경성신문》이 배재학당이 위치한 정동에서 발행된 사실이 확인되었다. 따라서 차상찬의 서술 내용은 史實과 다르지만 그 이유에 대해서는 후술하고자 한다. 오인환,『100년 전 한성을 누비다—신문사 사옥 터를 찾아』, 한국학술정보, 2008. 참고로《매일신보》의 전신에 해당하는『협성회회보』는 배재학당에서 발행된 신문이다.

50 青吾,「新聞雜誌의 史的考察」,《신인간》5(1), 1930.1, 58-59쪽. 강조는 인용자.

그 내용에 있어서 민권사상의 鼓吹와 독립자유의 사상을 주장한 激論熱說을 그 뒤 어떤 신문에서든지 此比를 見치 못할 만하였다.[51]

미국풍의 독립자주주의와 자유평등사상을 많이 鼓吹하야 일반 조선 사람에게 그 영향을 많이 끼치고 또 한글 보급에도 공헌이 퍽 많았었다. 그리고 오늘의 배재학교는 일개 교육기관에 불과하지만은 그곳이 독립당들의 근거지가 되고 언론의 發源所가 되였기 때문에 한말 정당사를 쓰는 사람은 누구나 그곳을 잊어서는 안 될 것이다. (44면, 강조는 인용자)

인용문에서 차상찬은 '독립자주'와 '자유평등'에 관한 열정적인 논의가 《독립신문》을 중심으로 형성되고 정치학의 교과서가 되었다는 점을 높이 평가한다. 실제로 《독립신문》은 배재학당에서 발행되지 않았지만 차상찬은 신문 발행처의 현장성에 남다른 관심을 가졌다. 구한말 정당사를 집필하는 자에게 배재학당이라는 공간의 역사성을 강조한 것은 바로 이 때문이다.[52] 한편 차상찬은 《독립신문》이 순한글로 발행된 사실을 한글 보급과 관련지어 언급한다. 독립협회의 입장에서는 기사 내용을 독자에게 쉽게 전달하는 방법으로 한글을 사용하였지만 이는 한글 보급 운동을 간접적으로 후원한 셈이다.

---

51 車相讚, 「朝鮮新聞發達史」, 《개벽》 2(2), 1935.3, 5쪽. 강조는 인용자.
52 차상찬의 이러한 감각은 (가)~(라)에 이르는 모든 신문 발달사에서 확인된다. 그는 《황성신문》의 발행처에 대하여 "처음의 사옥은 전날 左巡營이던 公口(黃土峴記念碑閣址 = 現光化門通記念碑閣 자리)를 빌어 사용하다가 뒤에 종로 白木廛 뒤(現崔相仁商店後址)에 이전"하였다고 설명한다. 車相讚, 위의 글, 44쪽. 오인환의 조사에 따르면 황성신문은 사옥을 여러 번 옮기는 과정에서 황토현 전 右巡廳터(1898-1902)와 종로 白木廛 뒤(1904-1910)에서 신문을 발행하였다고 한다. 차상찬은 1900년대 후반 보성중학교에서 수학한 경험을 배경으로 그 사옥 터를 생생하게 기억하였다.

차상찬은《독립신문》폐간 이후 1905년 을사조약 체결에 이르는 시기를
《황성신문》과《제국신문》을 중심으로 서술한다. 을사조약 체결 당시「시일
야방성대곡(是日也放聲大哭)」을 게재한《황성신문》에 대해서는 일반 기사가
국한문혼용체로 표기된 한편, 논설문은 기본적으로 한문이 사용된 점과 그
논조가《독립신문》과 크게 다르지 않은 점을 든다. 이러한 문체의 특징과
논조에 대하여 차상찬은《황성신문》의 주된 독자층이 상류계급이었다고 추
론한다. 이와 반대로《제국신문》은 기본적 논조가《황성신문》즉《독립신
문》과 유사하면서도[53] 순한글로 발행된 점에서 독자층을 중류 계급 이하 또
는 여성 중심으로 본다. 이와 같은 해석은 이종수의 신문 발달사에서 확인
된다.[54] 발표 시기를 고려할 때, 차상찬은 이종수의「조선신문발달사」(1934)
를 참조하여 (다)와 (라)를 집필하였을 가능성이 높다. 다만 이종수는《독립
신문》과《황성신문》,《제국신문》을 한 시기로 묶은 데 반하여, 차상찬은 미
국계 신문 시대와 황성·제국 병립 시대를 구분한 점에서 차이가 있다.[55]

---

53 《황성신문》과《제국신문》의 논조가《독립신문》과 유사하다는 지적은 이종수와 안
재홍의 신문 발달사에서도 확인된다. 안재홍은 그 연속성에 대하여《대한매일신보》
가 등장하기까지에 민간의 여러 신문은 대체로《독립신문》의 前轍을 삼가 그 鋒芒을
거두던 편"이었다고 말한다. 民世學人,「新聞小史(10)-儒生領導過程」《조선일보》,
1935.7.16),『민세안재홍선집』4, 지식산업사, 1992, 300쪽.
54 이종수의 신문 발달사에서 해당 부분을 옮기면 다음과 같다. "그 논조(《제국신문》-인
용자)는 황성신문과 대동소이하나 황성신문은 상류계급을 독자대상으로 한 데 대하여
제국신문은 중류 이하 사람과 부인을 對衆으로 하였다." 霞汀,「朝鮮新聞發達史」,『신
동아』4(5), 1934.5, 55쪽.
55 〈표3〉 저자별 신문 발달사 시기 구분

시기 구분	차상찬	이종수	안재홍
근대 이전	신문의 기원		신문의 시초
1880년대 중반	조선 신문의 효시	한성순보 시대	갑신시대
1890년대 후반	독립신문 시대	독립신문 시대	광무시대
1898-1905	황성·제국 병립(倂立)시대		
1905-1920	전성기와 암흑기	대한민보시대·암흑기	을사시대
1920-	세 신문 정립(鼎立)시대	부흥기	기미 이후의 신시대

차상찬은 1900년대 후반 한국 신문계가 전성기를 맞이하였다고 주장하고, 그 이유로《대한매일신보》를 비롯한 새로운 신문이 등장한 점을 든다. 특히 한반도 각지에서 일어난 의병 소식과 헤이그 밀사 사건을 보도한《대한매일신보》는 배일론(排日論)을 강하게 주장하였고 "일반 민중들은 열극적(熱極的)으로 환영하여 다른 민간신문이 2000부 내외에 불과하던 그때에도 일시에는 거의 만부를 돌파하는 파천황(破天荒)의 대성적"(46면)을 냈다고 한다. 차상찬은 구체적인 발행 부수의 출처를 밝히지 않았지만[56] 동시대적으로《대한매일신문》에 접한 그는 이러한 사회적 분위기를 직접 경험한 것으로 추정된다. 헤이그 밀사 사건 당시 주필 배설(裵說, Ernest Bethel)이 형사처분을 받은 사실에 대하여 차상찬은 '아직도' 누구나 기억하는 사건이라고 한다.[57] 한편《만세보》는 처음으로 한자에 한글 루비활자로 토를 달아 발행되고 주필 국초 이인직의 「혈의 누」와 「귀의 성」 등 신소설이 연재되었다는 이유로 "조선신문의 혁명지(革命紙)"(47면)라고 높이 평가한다.

《대한매일신보》와《만세보》는 앞서 언급한《황성신문》,《제국신문》 등과 동일한 시기에 발행된 점에서 차상찬은 1900년대 후반기를 한국 신문의 전성기로 규정한 것이다. 이와 달리 안재홍은 '국사(國史)에 순(殉)한 신문사'라는 소제목에서 짐작되듯이 식민지로 몰락하는 시대상을 중심으로 신문의 역사를 서술하였다. 이는 차상찬의 신문 발달사가 신문 발행인과 문체 등을 중심으로 서술된 데 반하여, 안재홍은 1900년대 후반의 언론계를 사회상 중심으로 파악하였기 때문에 생긴 차이였다. 1910년 한일합방 이후 전성기에

---

56 실제로《대한매일신보》는 1908년경 국한문판과 한글판을 합처 10000부 이상 발행되었다고 한다. 정진석, 『한국언론사』, 나남출판, 1990, 239쪽.
57 이 내용은 (다)에서만 확인된다. 車相讚, 「朝鮮新聞發達史」,《개벽》2(2), 1935.3, 7쪽.

발행된 신문은 모두 "말살"(48면)되어 암흑기를 맞이하였다. 1920년 민간신문이 창간되면서 본격화된 신문 정립(鼎立)시대에 대해서는 각 신문사별로 사사(社史)가 정리되어 있다.

4. 나오며

그렇다면 차상찬의 신문 발달사가 가진 언론사적 의미란 무엇인가?《한성순보》에서 시작되는 차상찬의 신문 발달사는 미국계 신문시대를 거쳐 황성·제국 병립시대, 전성기와 암흑기, 기미년 이후의 민간지 정립 시대라는 순서로 서술되었고 그 구조는 이종수, 안재홍의 신문 발달사와 크게 다르지 않다. 다만 차상찬은 그 역사를 선구적으로 정리한 점에서 주목할 필요가 있다. 안재홍의 신문 발달사는 기사를 통하여 당시 사회상을 파악하는 경향이 있지만 차상찬의 경우, 발행인과 창간 배경 등 기초적 정보를 중심으로 서술되어 있다. 이는 서술자의 역사 인식과 관련되기도 하지만 안재홍이 1차 신문 자료를 직접 열람한 결과라 할 수 있다.

차상찬 필명 연구[*]

정현숙

1. 들어가며

차상찬(1888-1946)[1]은 일제강점기 잡지계를 대표하는 인물이다.[2] 그의 활동 무대는 개벽사였다. 개벽사는 1920년 6월《개벽》을 창간한 이후, 15년 동안《부인》(1922.6-1923.8),《어린이》(1923.3-1934.7),《신여성》(1923.9-1934.8),《조선농민》(1925.12-1930.6),《신인간》(1926.4-현재),[3]《별건곤》(1926.11-1934.8),《학생》(1929.3-1930.1),《혜성》(1931.4-1932.4),《제일선》(1932.5-1934.3),『신경제』(1932.5-1932.8) 등 11종에 이르는 잡지를 발행하면서 근대 잡지사에 큰 획을 그었다.

차상찬은 개벽사의 정경부 주임, 편집국장, 발행인, 주간 등을 맡으며 잡지 발행에 중추적인 역할을 담당하였다. 그는《개벽》창간에 참여하였고,

---

1   차상찬은 1887년에 출생한 것으로 알려져 왔으나, 족보와 보성전문학교 학적부에는 1888년으로 기록되어 있다.
2   최덕교 편, 『한국잡지백년』 2, 서울: 현암사, 2005, 24쪽.
3   《조선농민》과《신인간》의 발행처는 개벽사가 아니지만 개벽사 구성원들이 운영에 참여하였다.《조선농민》의 발행처인 조선농민사는 개벽사 주간인 김기전과 천도교청년당 대표 등의 발의로 출발하였으며, 이돈화, 박달성, 차상찬 등 천도교청년당의 핵심 인사들이 발기인으로 참여하였다. 이광순(1977),「해제, 조선농민지의 내력」,《조선농민》영인본, 보성사, 2-5쪽. 또한《신인간》은 천도교청년당이 1926년 4월 창간하였으며, 발행처는 신인간사였지만, 발행소는《개벽》과 같은 서울 경운동 88번지였다. 차상찬은 천도교청년당의 핵심 인사였다.

《개벽》이 1926년 8월 통권 72호로 강제 폐간된 후《별건곤》 창간을 주도하였으며, 1928년 7월부터는 발행인 겸 편집인을 맡았다. 1931년 3월에 발행인 겸 편집인으로《혜성》을 창간하였고,《어린이》와《신여성》의 편집인 겸발행인이었던 방정환이 1931년 7월 23일 사망한 후,《신여성》의 편집인 겸발행인도 맡았다. 1932년 5월에는 편집인 겸 발행인으로《혜성》을《제일선》으로 개제하여 발행하였고, 1932년 5월 창간한《신경제》의 발행인도 차상찬이었다.

《개벽》은 발매금지 34회, 정간 1회, 벌금 1회 등[4] 일제강점기에 가장 혹독한 검열과 탄압에 시달리면서도 식민지 시대를 통틀어 독보적인 매체적 위상과 지명도를 확립한 잡지이다.[5]《개벽》은 창간과 강제 폐간, 속간과 폐간그리고 복간을 거듭하였는데, 차상찬은 그 영욕의 시간을 처음부터 끝까지함께한 유일한 인물이다. 그는《개벽》 창간과 발행에 핵심적인 역할을 하였고, 천신만고 끝에 1934년 11월 편집인 겸 발행인으로《개벽》 신간호 1호를발행하였으나. 1935년 3월 제4호로 폐간하였으며, 1946년 1월부터 1949년 3월까지 김기전이 발행한《개벽》 복간호에 편집 고문을 맡았다.

차상찬이 편집인 겸 발행인으로 발간한 개벽사 잡지는 120개 호에 이른다.[6] 당시 개벽사를 전면에 나서서 이끌어 간 인물은 차상찬 외에 달리 없었다. 그리고 개벽사를 마지막까지 온갖 역경을 감내하며 지켰던 인물도 차상찬이었다. 그만큼 차상찬은 개벽사와 운명을 함께했다'[7] 요컨대 차상찬은 개

4   무기명,「개벽사약사」《별건곤》 제30호, 1930.7, 9쪽.
5   최수일,『개벽연구』(소명출판, 2006), 14쪽.《개벽》의 압수, 삭제 기사는 149편에 이른다. 113-116쪽.
6   정용서,「개벽사와 차상찬」,『청오 차상찬 서거 70주년 기념 학술대회 발표집』한림대학교 국제회의실. 2016.5.20, 80쪽.
7   『동학혁명백주년기념논총』하, 398쪽 : 최덕교 편, 앞의 책, 36쪽 재인용.

벽사의 증인이자 일제강점기 잡지계의 전설이었다.

> 한 30여 년 전이었던가, 대여섯 사람이 모여 방담(放談)하는 자리에서 누
> 군가가 "일제 때의 잡지인 중에서 한 사람을 내세운다면 누구일까?" 하는
> 화두(話頭)를 냈다. 이런 경우 대개는 왈가왈부가 있게 마련인데, 좌중이 하
> 나같이 "그야 차상찬이지…." 하고 입을 모은 일이 있다. 차상찬의 이력을
> 제대로 아는 사람은 아무도 없었지만, 한국 잡지계에는 언제부터인지 차상
> 찬에 관한 이야기 글이 단편적이나마 전설처럼 흘러왔던 것이 사실이다.[8]

차상찬은 개벽사 잡지의 편집인 겸 발행인을 맡으면서 동시에 주요 필자
로 활동하였다. 개벽사 잡지뿐만 아니라,《조광》《중앙》《춘추》《삼천리》
《야담》《여성》《동아일보》《조선일보》《매일신보》등 여러 잡지와 신문에
수백 편의 글을 발표하였다.

그럼에도 정작 차상찬이 어떤 인물이며 그의 성과는 무엇이고 어떻게 평
가할 수 있는지에 대한 논의는 부진하다. 차상찬 연구를 더디게 하는 문제
중에 하나는 그가 수십 개의 필명을 사용하였다는 점이다. 필명을 사용하는
것이 당시 관습이기도 하였지만, 차상찬은 매우 다양한 필명을 사용하였다.
그 이유는 크게 두 가지이다. 하나는 검열을 피하기 위해서였고, 다른 하나
는 부족한 원고를 감당하기 위해서였다. 차상찬은 검열에 걸려 삭제당하는
글이 많았기 때문에 다양한 필명을 사용하였다.[9] 또한 여러 잡지의 편집인

---

8 위의 책, 24쪽.
9 「경주회고」, 「남한산성」(《개벽》 창간호), 「새로 추억되는 이재명 군」(《개벽》 제67호),
   「무궁화예찬」(《별건곤》 제12・13호) 등은 전문 삭제되었고,《개벽》에 실린 「동란 와중
   에 입한 재중 칠십만 동포」(제52호), 「경성잡화」(제52호), 「흔들리는 총독부속」(제52

과 발행인을 맡고 있었기 때문에 부족한 지면을 채우기 위해서 다양한 필명을 사용할 수밖에 없었다.

따라서 차상찬 연구를 위해서 무엇보다 먼저 해결해야 할 과제는 그의 필명을 정확하게 가려내는 작업이다. 차상찬은 누구이고, 어떤 글이 차상찬이 쓴 것인지에 대한 1차적인 조사와 확인은 차상찬 연구의 기초이다. 그동안 방정환의 필명으로 알려진 '삼산인(三山人)', '쌍S'가 차상찬의 필명이라는 주장이 제기되고,[10] 이에 대한 반론과 재반론이 전개되면서 필명에 대한 논의가 쟁점으로 떠오르고 있다.[11] 필명 확인은 차상찬뿐만 아니라 동시대의 다른 작가들의 연구를 위해서도 중요한 문제이다.

필명은 세 가지를 통해 확인할 수 있다. 차상찬 본인이 자신의 필명을 밝힌 것, 지인들의 증언이나 연구자들이 언급한 것, 필명으로 발표된 글의 전후 맥락이나 내용을 통해 차상찬의 글임을 밝혀내는 것이 그것이다. 이 중 두 번째는 정확한 검증 작업이 필요하다. 지인들의 회고와 증언은 착각의 가능성을 배제할 수 없고, 자의적인 해석 또한 오류에 빠질 가능성이 있기 때문이다. 따라서 구체적인 근거를 통해 차상찬의 필명을 확인하는 작업이 필요하다. 세 번째 방법 중에 하나는 차상찬이 발행한 단행본에 실린 글을 살펴보는 것이다. 그는 여러 잡지와 신문에 발표한 글을 묶어서 단행본으로

호),「호중잡기」(제58호),「기괴한 사실, 기이한 소식」(제62호),「호남을 일별하고」(6제4호),「회고조선오백년」(제70호),「오백년간의 외란일별」(제70호),「정감록」(제70호) 등이 부분 삭제되었다.

10 장정희,「방정환 문학 연구」, 고려대학교 대학원 박사학위논문, 2013.

11 염희경,「숨은 방정환 찾기-방정환 필명 논란을 중심으로」,『아동청소년문학연구』제14호, 2014.6, 염희경,「방정환, 다시 문제는 필명이다(1):「방정환의 필명 쌍S재론」을 재론함」,『아동청소년문학연구』23호, 2018.12, 장정희,「방정환의 필명 논의는 무엇을 지향하는가」, 방정환재단 주최 포럼, 2014.5.16, 장정희,「방정환의 필명 쌍S재론」,『한국아동문학연구』제33호, 2017.12.

출간하였다. 그중 『조선사천년비사(朝鮮四千年秘史)』(북성당서점, 1934), 『해동염사(海東艶史)』(한성도서, 1937), 『한국야담사화(韓國野談史話)』(동국문화사, 1959) 『조선백화집(朝鮮百話集)은 필명을 확인하는 데 중요한 자료이다. 『조선백화집(朝鮮百話集)』은 1942년 출간할 예정이었으나 검열에 걸려 출판되지 못하고 현재 초고가 남아 있다. 이 책에는 여러 필명으로 발표하였던 글이 필명 그대로 실려 있다. 또한 당시 잡지는 목차의 필명과 본문의 필명이 다르게 기술되는 경우가 빈번한데, 이러한 착오도 필명을 확인하는 데에 중요한 근거가 된다.

2. 필명 확인

먼저 기존 논의에서 차상찬의 필명이라고 알려진 것을 세세히 검토하고 확인하고자 한다. 이를 통해 차상찬의 필명과 차상찬의 필명이 아닌 것을 가려낼 것이다. 그리고 새롭게 밝혀진 차상찬의 필명을 정리하고자 한다.

1) 기존 논의에서 언급된 필명

지금까지 차상찬의 필명에 대하여 언급된 것을 정리하면 다음과 같다.

(ㄱ) 차상찬의 경우 《신인간》지에는 필명을 거의 사용하지 않았고 , 《개벽》 등에서는 20여 가지를 사용하였다…. 青吾, 壽春山人, 月明山人, 三角山人, 鷺棲山人, 翠雲生, 江村生, 觀相者, 史外史人, 車記生, 車父子, 此賤子, 酒賤子, 風流郎, 考古生, 文內漢, 傍聽生, 禿頭博士, 차돌이, 각살이, 嘉會洞

人(21종)[12]

　(ㄴ) 청오(青吾), 수춘산인(壽春山人), 월명산인(月明山人), 삼각산인(三角山人), 취서산인(鷲棲山人), 취운생(翠雲生), 강촌생(江村生), 관상자(觀相者), 사외사인(史外史人), 차기생(車記生), 차부자(車夫子), 차천자(車賤子), 주천자(酒賤子), 풍류랑(風流郎), 고고생(考古生), 문내한(文內漢), 방청생(傍聽生), 독두박사(禿頭博士), 차돌이(돌이), 각살이, 삼청동인(三淸洞人), 가회동인(嘉會洞人), 강촌우부(江村愚夫), 계산인(桂山人), 성동학인(城東虐學人), 성서학인(城庶學人), 강촌범부(江村凡夫), 향로봉(香爐峰), 첨구생(尖口生), C.S (총 31종)[13]

　(ㄷ) 차상찬 노암(蘆菴), 아호는 송암(訟巖) 및 청오(青吾). 별명 반송작(盤松雀). 필명은 취운(翠雲), 문내한(門內漢), 고고생(考古生), 성동산인(城東山人), 강촌산인(江村山人), 첨구생(尖口生) 등 30여 개를 사용하였다.[14]

　(ㄹ) C.S.C생, 관상자(觀相者), 삼각산인(三角山人), 상찬(相贊), 성동학인(城東學人), 성서학인(城西學人), 차천자(車賤者), 첨구생(尖口生), 청오(青吾), 향로봉인(香爐峰人) (10종)[15]

　(ㄱ)은 차상찬의 필명에 대하여 처음으로 언급한 글이다. 이후 여러 논자들은 이 글을 논거로 삼고 있다. (ㄴ)은 (ㄱ)을 근거로 10종의 필명을 보충하

12　성주현, 「《신인간》지와 필자, 그리고 필명」, 《신인간》 제600호, 2000.8, 73-75쪽.
13　박길수, 『차상찬 평전』, 모시는사람들, 2012, 409쪽.
14　이동초 편, 『동학천도교 인명사전』(제1판), 모시는사람들, 2015, 1514쪽.
15　최수일, 앞의 책, 738-741쪽.

여 차상찬의 필명을 31종으로 확정하였고,[16] (ㄷ)은 아호, 별명, 필명을 나누어서 기술하고 있다. (ㄹ)은 (ㄱ)과 《개벽》에 발표된 글을 근거로 10종의 필명을 제시하고 있다. 우선 (ㄱ) (ㄴ) (ㄷ) (ㄹ)에서 언급한 필명을 중심으로 확인해 보기로 한다.

① 차상찬의 필명으로 확인

위에서 보는 바와 같이 기존 논자들이 차상찬의 필명으로 언급하고 있는 것은 37종이다. 이 중 22종은 차상찬의 필명인 것으로 확인되었다. 이를 좀 더 자세히 살펴보기로 한다.

(1) 청오(青吾)

청오(青吾)는 (ㄱ)(ㄴ)(ㄷ)(ㄹ)에서 모두 언급하였다. 청오(青吾) 차상찬(車相瓚)으로 쓸 정도로 대표적인 필명이다. 청오는 차상찬 자신이 지은 호(號)이고, 이에 대하여 다음과 같이 밝혔다.

> 나는 언제나 青年 되기를 좋아하는 까닭에 명색 號를 青吾라 지었습니다. 이것은 좀 더 자세히 말씀하자면 우리 조선을 청구(青邱)라 하는데 나의 고향인 춘천은 또 朝鮮之東이오, 나의 신앙하는 教도 東學이오, 거기에 또 청년이 되기를 좋아하므로 동방의 색이 청이란 것도 사람의 청년이란 그 청

16 (ㄴ)에는 오식과 오자가 있다. 성동학인의 한자 城東虐學人에 虐은 삭제해야 하고, 성서학인의 한자 城庶學人은 城西學人으로 바로 잡아야 한다.

자(靑字)를 취해 지은 것입니다.[17]

청오(靑吾)는 조선과 고향인 춘천, 천도교와 관련되어 있으며, 청년과 청
색을 좋아하는 차상찬 자신의 뜻을 담고 있다.

(2) 수춘산인(壽春山人)

수춘산인(壽春山人)은 (ㄱ)(ㄴ)에서 언급하고 있는 필명이다. 《별건곤》 제
70호(1934.2)에 실린 「4000년 사외사(史外史)」에는 필자를 수춘산인(壽春山
人(車相瓚))이라고 필명과 실명을 병기하였다. 따라서 수춘산인(壽春山人)은
차상찬의 필명이 분명하다. 또한 필명 수춘산인으로 《조광》 제2권 제3호
(1936.3)부터 제2권 제8호(1936.8)까지 연재하였던 「조선성씨연원고(朝鮮姓氏
淵源考)」가 『조선백화집』에 필명 그대로 여러 편 수록되어 있다.

(3) 취운생(翠雲生), (4) 취운(翠雲)

(ㄱ)(ㄴ)은 취운생(翠雲生), (ㄷ)은 취운(翠雲)을 언급하였는데, 둘 다 차상찬
의 필명이다. 《조선농민》 제4권 제 6, 7, 8합병호(1928.11)에 실린 「추수기를
임(臨)하야 특히 타파할 농촌의 미신」은 필자를 취운생 차상찬이라고 필명
과 실명을 병기하였다. 《별건곤》 제14호(1928.7)에 실린 「참외로맨스」를 보
면 취운(翠雲)과 청오(靑吾)가 같은 필자임을 알 수 있다. 목차의 필명은 취운
(翠雲)이고, 본문의 필명은 청오(靑吾)이다. 또한 필명 취운생(翠雲生)으로 발
표한 「조선협객전(朝鮮俠客傳)」(3) 열녀제후(列女際厚)를 구한 신라의협아금
천(新羅義俠兒金闡)」이 필명 그대로 『조선백화집』에 수록되어 있다.

---

17 청오 차상찬, 「나의 아호」, 『중앙』, 1936.4, 27-28쪽.

(5) 관상자(觀相者)

관상자(觀相者)는 (ㄱ) (ㄴ) (ㄹ)에서 언급하였다. 《개벽》 58호(1925.4)에 「교육계(教育界)와 학생계(學生界)를 위하야-경성 교육계 인물백태(京城教育界人物百態)」와 「교육계(教育界)와 학생계(學生界)를 위하야- 형색색(形形色色)의 경성 학생상(京城 學生相)」이 나란히 실려 있는데, 전자는 목차와 본문 필자가 모두 관상자(觀相者)이고, 후자는 목차 필자는 청오(青吾), 본문 필자는 관상자로 되어 있다. 차상찬은 세태나 인물평을 쓸 때 주로 관상자라는 필명을 사용하였다. 관상자는 주로 관상자(觀相者)로 표기되나 관상자(觀相子)로 쓰인 경우도 있다. 《조선농민》 제3권 제9호에 실린 「팔도여자평(八道女子評)」의 필명은 관상자(觀相子)이다. 이 글은 차상찬이 관상자(觀相者)로 발표한 「8도 여자평」(《신여성》 제3권 제9호(통권19호, 1925.9)과 내용이 같다.

또한 《혜성》 제2권 제4호(1932.4)에 실린 「경성명인물-별명대사전(京城名人物-別名大辭典)」에는 유명 인사들의 별명을 밝히고 있는데, 이 글을 통해 관상쟁이가 차상찬의 별명 중 하나임을 알 수 있다.

> 차상찬 - 學生 時代에는 보살할멈(여러 학생 중에 먼저 삭발을 하고 염색의(染色衣)을 입은 까닭), 근대에는 장작림(張作霖, 얼굴이 장작림 비슷한데다가 생월 생일이 공교이 장작림과 똑같이 2월 12일인 까닭) 또는 盤松老雀, 車天子, 觀相쟁이 등이다.[18]

(6) 사외사인(史外史人)

이 필명은 (ㄱ) (ㄴ)에서 언급하였다. 사외사인(史外史人)으로 발표하였던

---

18 別名學博士, 《혜성》 제2권 제4호, 1932.4, 117쪽.

「병자호란잡화(丙子胡亂雜話)」, 「박세화, 안찬, 양명의(朴世華, 安瓚, 兩名醫)」 등 여러 편이 『조선백화집』에 필명 그대로 수록되어 있다. 또한 사외사인(史外史人)으로《조광》에 실렸던 「삼일 천하 이괄(三日 天下 李适)」(제2권 제3호, 1936.2), 「관북 괴걸 이시애(關北 怪傑 李施愛)」(제2권 제4호, 1936.4) 등 여러 편은 『조선사천년비사』에 그대로 수록되어 있다.

(7) 차천자(車賤者)

이 필명은 (ㄹ)에서 언급하였다. 《동광》 제24호(1931.8)에 실린 김만(金萬)의 「잡지기자 만평(雜誌記者 漫評)」을 통해 청오(靑吾), 관상자(觀相者), 차천자(車賤者) 등이 차상찬의 필명임을 알 수 있다.

> 車相讚
>
> 靑吾니 觀相者니 車賤者니 하는 아호의 익명으로 뾰족한 붓대를 도처에 휘둘으는 씨야말로 잡지 왕국 개벽사의 이채라 할 만하외다. 만일 씨의 기지가 方定煥 總理를 보조치 않앗드란들 開闢 왕국의 잡법편집에는 好奇로의 새뜻한 목차가 보기 어려울는지 몰을 것이외다.
>
> 대머리가 되어 가는 도두라진 이마에다가 하탁이 뾰족 나온 것이 웃어도 破顔大笑하는 법이 없고 입살 근처만 음직이는 것이 씨의 얼골이니 인물로 보더라도 도두라진 곳이 잇는 것은 누구나 짐작할 것이외다. 그의 붓끗이 가다가다 너무 날카롭아서 하늘 눈을 울리는 때가 많은 것도 이 얼골의 도두라진 일면이어니와 이와 같은 것은 차라리 芳香 많은 장미꽃의 가시라고 할 일이외다. 觀相者니 車賤者니 하는 익명으로 알려지지 아니한 남의 내력을 붓끗으로 점점히 오려내는 것을 악의로 해석할 이도 잇을 것이외다마는 그보다는 그의 도두라진 일면으로의 선의라고 보는 것이 온당할 일이외

다.[19]

또한 《개벽》 제49호(1924.7)에 실린 「백정사회(白丁社會)의 암담(暗澹)한 생활상(生活相)을 거론(擧論)하야 형평전선(衡平戰線)의 통일(統一)을 촉(促)함」은 『조선백화집』에 「백정(白丁)의 제도(制度)」라는 제목으로 수록되어 있다. 《개벽》에 발표할 당시 필명은 차천자(車賤者)이다.

(8) 풍류랑(風流郎)

이 필명은 (ㄱ) (ㄴ)에서 언급하였다. 차상찬은 《별건곤》에 풍류랑(風流郎)으로 여러 편의 글을 발표하였고, 이 글들을 단행본에 수록하고 있다. 《별건곤》 제12, 13호(1928.5)에 실린 「조선 고악(古樂)의 변천과 역대 악단(樂壇)의 명인물(名人物)」은 『조선사천년비사』에 「역대악단의 명인물(歷代樂壇의 名人物)」이라는 제목으로 수록되어 있고, 《별건곤》 제43호(1931.9)에 실린 「조선역대명기전(朝鮮歷代名技傳)」의 내용의 일부분은 『해동염사』에 그대로 수록되어 있다.

(9) 고고생(考古生)

이 필명은 (ㄱ) (ㄴ) (ㄷ)에서 언급하였다. 고고생(考古生)으로 발표한 「세계절품 대원각사비와 솔도파(世界絶品 大圓覺師碑와 窣覩婆)」(《별건곤》 제12, 13호, 1928.5), 「경성(京城)이 가진 명소(名所)와 고적(古蹟)」(《별건곤》 제23호, 1929.9)의 내용은 『조선백화집』 제4편 조선의 명고적과 명승에 수록되어 있다.

---

19 金萬, 「雜誌記者 漫評」, 《동광》 제24호, 1931.8.4, 61쪽.

(10) 문내한(門內漢)

이 필명은 (ㄱ) (ㄴ) (ㄷ)에서 언급하였다. 《별건곤》 제4권 제6호 통권23호 (1929. 9)는 경성특집호로 꾸며졌는데, 이 호에 차상찬은 서로 다른 필명으로 여러 편의 글을 실었다. 「국도이전(國都以前)의 경성(京城)-상하 일천삼백년간(上下一千三百年間)의 약사(略史)」(취운생), 「경성(京城)의 오백년사(五百年史)」(차상찬), 「경성오대종변정록(京城五大鍾辨正錄)」(청오), 「오래인 벙어리 종로(鐘路)인경의 신세타령」(송작생), 「대경성성벽답사기(大京城城壁踏查記)」(수춘학인), 「경성 팔대문(京城 八大門)과 오대궁문(五大宮門)의 유래(由來)」(문내한), 「경성(京城이 가진 명소(名所)와 고적(古蹟」(고고생) 등이 그것이다. 이처럼 차상찬은 여러 편의 글을 동시에 게재할 때 서로 다른 필명을 사용하였다.

(11) 첨구생(尖口生)

이 필명은 (ㄴ) (ㄷ) (ㄹ)에서 언급하였다. 첨구생(尖口生)은 7)차천자(車賤者)와 같은 필자이다. 《개벽》 67호(1926.3)에 실린 「경성잡화(京城雜話)」의 목차 필명은 첨구생(尖口生)이고, 본문 필명은 차천자(車賤者)이기 때문이다. 차상찬은 《개벽》 제52호(1924.10)부터 제71호(1926.7)까지 「경성잡화(京城雜話)」라는 제목으로 여러 편의 글을 썼다. 이 중 네 편을 첨구생(尖口生)이라는 필명으로 발표하였다.[20]

---

20 《개벽》 제60호(1925.6)에 실린 「南信北通」은 여러 명의 필자가 국경 농촌, 강화, 평양, 진주, 고원군, 간도, 경성 등의 당시 상황을 보고하는 글이다. 이 글 속에 첨구생(尖口生)의 「경성잡화(京城雜話)」가 들어 있다.

(12) 성동학인(城東學人)

이 필명은 (ㄴ) (ㄹ)에서 언급하였다. 《개벽》 제70호(1926.6)에 「사화(士禍) 와 당쟁(黨爭)」의 필자를 성동학인(城東學人)이라고 밝히고 "차편(此篇)은 형 편(形便)에 의하야 다음 호로 밀게 되엿다."[21]라고 알리고 있다. 그리고 다 음 호인 《개벽》 제71호(1926.7.1)에 제목은 같은데 필자는 청오라고 되어 있 다.[22] 차상찬은 이 글을 『조선사천년비사』에 「조선(朝鮮)의 사화 급 당쟁(士 禍 及 黨爭)」으로 제목을 수정하여 수록하였다.

(13) 삼각산인(三角山人)

이 필명은 (ㄱ) (ㄴ) (ㄹ)에서 언급하였다. 《개벽》 제70호(1926.6)에 실린 「회 고오백년조선(回顧五百年朝鮮)」(차상찬), 「이태조의 건국백화(李太祖의 建國白 話)」(차천자), 「오백년간삼대외란(五百年間三大外亂(倭亂, 胡亂, 洋擾)」(일기자), 「오백년간의 정감록(五百年間의 政鑑錄)」(삼각산인)은 모두 차상찬이 쓴 것으 로 보인다. 「오백년간의 정감록」은 설매유향(雪梅有香), 생육신과 사육신, 숙주나물 등 10개의 짧은 글로 구성되어 있는데, 이 소주제들은 대부분 차 상찬이 다른 글에서 썼던 내용들이다. 설매유향은 『해동염사』에 실려 있는 내용이고, 생육신에 관한 글은 『조선백화집』에 실려 있다.

(14) 계산인(桂山人)

이 필명은 (ㄴ)에서 언급하였다. 《별건곤》 제19호(1929.2.1)에 차상찬의 「리태왕아관파천사건 병신이월대정변기, 건양원년이월십일일(李太王俄館播

---

21 《개벽》 제70호, 1926.6, 53쪽.
22 《개벽》 제71호, 1926.7, 55쪽.

遷事件 丙申二月大政變記, 建陽元年二月十一日)」과 계산인(桂山人)의「일장서(一張書)로 천하의 불평객을 니르킨 평서(平西) 대원사(大元帥) 홍경래격문(洪景來檄文)」이 나란히 실려 있다. 글 도입부를 보면 차상찬과 계산인(桂山人)이 같은 필자임을 알 수 있다.

> 洪景來의 사실은 누구나 대개 알고 본지에도 누차 발표하얏스나 그의 檄文은 아즉까지 세상에 널리 발표된 일이 업섯다. (본지 제15호에 다소 소개되엿지만)그런데 그가 반기를 들고 關西 全道에 檄文을 轉하든 純祖 11년 辛巳(距今 118년 전) 12월 22일은 양력으로 2월 1일이고 그가 定州城을 함락하기는 또한 그 익년 壬申 정월 2일 즉 양력 2월 11일인바 이 2월 11일은 공교히 李太皇 俄館播遷하던 날과 한날이라. 이제 2월 중 발생한 俄館播遷의 기사를 揭載하는 끗헤 또한 洪 씨의 일이 생각되기에 그 檄文의 全文과 또 傳令을 발표하야 일반의 참고에 供코자 한다. 然而 世에 전하는 소위 文不過持平掌令하고 武不過萬戶僉使 云云의 句는 이 元檄文 중에는 업슨즉 후에 好事者가 添入한 지도 不知하겟다.[23]

즉 홍경래가 격문을 전하던 날과 아관파천하던 날이 공교히 같은 2월 11일이고, "2월 중 발생한 아관파천의 기사를 게재하는 끗헤 또한 홍 씨의 일이 생각되기에 그 격문의 전문과 또 전령을 발표하야 일반의 참고에 공(供)코자 한다."는 것이다. 이러한 글의 전후 맥락을 볼 때 두 편은 같은 필자가 쓴 것이다. 또한 다음의 글도 차상찬과 계산인이 같은 필자임을 말하고 있다.

23 《별건곤》 제19호, 1929.2, 11쪽.

금년 정월 『別乾坤』에는 씨(차상찬-인용자)의 洪景來傳이 실리엇거니와 이 이면에는 破顔一笑할만한 씨의 기지가 잇엇으니 그것은 여러 해 두고 모하 놓은 洪景來 사적을 容易히 제공치 아니할 것을 간파한 씨가 文 씨를 차자보고 洪景來 사적에 대하야 일대 설전을 한 것이외다. 文 씨는 꿈에도 자기가 업히우는 줄은 생각지 아니하고「자 문헌에 이러케 일일히 증거가 잇는데 내 말이 잘못이야」하면서 재료의 출처니 하는 것을 보여주엇든 것이외다. 이때에 씨는「그러타니 나도 기록해 두고서 다시 알아보겟소」하면서 기사의「엑스」를 깜작같이 옴겨다가 잠간 동안에 洪景來傳를 쓰고 말엇으니 씨가 만일 방문 기자엿든들 얼마나 기지로의 수완을 발휘하엿을 것입니까.[24]

위의 글에서 말하는 '홍경래전(洪景來傳)'은《별건곤》제36호(1931.1)에 실린「자칭대연왕(自稱大燕王), 홍경래신미반란기(洪景來辛未反亂記), 신미(辛未) 12월 18일로 지(至) 임(壬) 4월 18일」을 의미한다. 발표 당시 필자는 차상찬이다.

(15) 향로봉인(香爐峰人)

(ㄹ)에서 언급한 필명이다. 차상찬은 1923년 1월 1월부터 1925년 12월까지 34개월 동안 박달성, 김기전 등 개벽사 핵심 인사들과 함께 '조선문화의 기본조사'를 수행하고, 답사 보고서를《개벽》에 특집 '도호(道號)' 형식으로 발표하였다.《개벽》제46호(1924.4)에 실린 '충남도호'를 통해 향로봉인(香爐

---

24 金萬, 앞의 글, 61쪽.

峰人)이 차상찬의 필명임을 확인할 수 있다.[25] 충청남도 답사는 1924년 1월 초순부터 2월 말까지 차상찬 혼자 다녀왔기 때문이다. '충남도호'는 「양반(兩班)의 연수(淵藪)인 충남 지대(忠南地帶)」, 「엄벙이 충청남도(忠淸南道)를 보고」, 「전사상(戰史上)으로 본 충청남도(忠淸南道)」(일기자), 「계룡산(鷄龍山)아」(향로봉인), 「호서잡감(湖西雜感)」(청오), 「부여회고(夫餘懷古)」(청오), 「명승(名勝)과 고적(古蹟)」 등으로 구성되어 있다. 목차 필명은 모두 차특파원인데, 본문 필명이 세 편은 무기명, 두 편은 청오, 그리고 일기자와 향로봉인이 각각 한 편으로 되어 있다.

(16) 방청생(傍聽生)

(ㄱ) (ㄴ)에서 언급한 필명이다. 《별건곤》 제30호(1930.7)에 방청생(傍聽生)의 「백인백태(百人百態) 연단일화(演壇逸話)」가 실려 있다. 목차에는 필자가 없고, 본문 필명은 방청생이다. 이 글은 윤치호, 이상재, 안창호, 이승훈, 안재홍, 홍명희 등 유명 인사들의 공개 연설 스타일과 에피소드를 중심 내용으로 삼고 있다. 특히 이돈화, 박달성, 김기전 등 개벽사 인사들에 관련한 에피소드 중에는 가까운 사이에서만 알 수 있는 사소한 습성까지 언급하였다.

차상찬은 유명 인사들의 근황과 인물평을 자주 썼는데, 이때 주로 관상자(觀相者)라는 필명을 사용하였다. 「경성의 인물백태」(《개벽》 제48호, 1924.6), 「함흥과 원산의 인물백태」(《개벽》 54호, 1924.12), 「천태만상의 경성 교육계 인물」(《개벽》 제58호, 1925.4), 「경성내명물선생관상기(기일)」(《별건곤》 제3호, 1927.1), 「경성명류, 인물백화집」(《별건곤》 제27호, 1930.3), 「경성명인물 「스

---

25 《개벽》 제45호(1924.3) 사원 동정(2월 중) '차상찬 씨는 문화기본조사차로 충남지방에 출장 중'

면」록」(《별건곤》 제34호, 1930.11) 등이 그것이다. 「백인백태 연단일화」도 이 글들과 일맥상통하는 특징이 있다. 또한 이 글이 실린 《별건곤》 같은 호에 「코-바듸스?, 행방불명씨 탐사록(行方不明氏 探査錄)」이 실려 있다. 필자는 탐보군이고, 내용은 진학문, 홍사용, 오상순, 이상화, 최은희 등 당시 각 분야 유명 인사들의 근황을 소개하였다. 이 글들의 내용과 문체는 거의 같고, 관상자, 방청생, 탐보군은 모두 차상찬의 필명이다.

(17) 취서산인(鷲棲山人)

(ㄱ) (ㄴ)에서 언급한 필명이다. 《신여성》 제7권 제7호(통권61호, 1933.7)에 실린 「남국의 행락지 예찬(南國의 行樂地 禮讚)」의 목차에 필자는 차청오(車青吾)이고, 본문에 필자는 취서산인(鷲棲山人)이다.[26] 또한 《별건곤》 8권 7호(통권65호, 1933.7)에 실린 《신여성》(제7권 제7호, 통권61호, 1933.7) 광고에도 「여름의 행락지순례- 삼남지방편」의 필자가 차청오(車青吾)이다. 따라서 취서산인(鷲棲山人)과 차청오(車青吾)는 동일 필자이다.

(18) 가회동인(嘉會洞人)

(ㄱ) (ㄴ)에서 언급한 필명이다. 「야담(野談)-활인수(活人樹)」는 《조광》 제2권 제11호(1936.11)에 발표되었는데, 목차에 필명은 가회동인(嘉會洞人)이고, 본문에 필자는 청오(青吾)이다. 또한 이 글은 단행본 『차상찬-한국야담사화((韓國野談史話)』(동국문화사, 1959)에 다시 수록되어 있다. 가회동인(嘉會洞人)은 차상찬이 살았던 가회동(嘉會洞)에서 비롯된 것이다.

26 본문 제목은 「南國의 行樂地」이다.

(19) 주천자(酒賤子)

(ㄱ)에서 언급한 필명이다. 《별건곤》 제4권 제2호(통권19호, 1929.2)에 주천자(酒賤子)라는 필명으로 발표된 「주국헌법(酒國憲法)」은 차상찬의 글이다. 이를 박진은 『세세년년』(경화출판사, 1966)의 「사회풍자의 일인자 청오 차상찬」에서 다음과 같이 회고하였다.

　　어느 때는 雜種記事가 없어서 궁리 끝에 「酒國憲法」이라는 것을 制定하기로 하고 그 핑계로 술床에 마주 앉아 이런저런 이야기를 했다. 즉 憲法第1條는 「酒不雙盃」인데 그 몇 條엔가는 「酒不雙盃」라는 原則 아래 1, 3, 5, 7, 9의 法則으로 1不可, 3少, 5宣, 7可, 9足이란 普遍的인 것도 있고 그 몇條에는 "密買飮하는 者는 罰金刑에 處한다"는 것도 있었으나 이미 잊은 지 오래다. 어쨌든 奇奇妙妙하고 怪狀罔測한 「읽을거리 記事」는 다 靑吾의 솜씨였다.[27]

(20) C.S.C생

(ㄹ)에서 언급한 필명이다. 《개벽》 제36호(1923.6)에 실린 「조선문화의 기본조사(기2)」 '경북도호 상(上)'에서 이 필명을 확인할 수 있다. 차상찬은 1923년 3월 경상북도로 '조선문화 기본조사'를 다녀 온 후, 보고서를 발표하였다. 여러 편의 글 중에 경상북도의 민요를 수집한 「다한(多恨) 다루한 경북의 민요」에 영문 이니셜 C.S.C생이라는 필명을 썼다.

---

27 박진, 『세세년년』, 경화출판사, 1966, 110-111쪽.

(21) 상찬(相瓚)

(ㄹ)에서 언급한 필명이다. 차상찬은 가끔 이름을 필명으로 사용하였다. 《개벽》 제50호(1924.8)에 실린 「부자의 녀름과 빈자의 녀름」의 목차 필명은 차상찬(車相瓚)이고, 본문 필명은 상찬(相瓚)이다. 또한 《개벽》 제48호(1924.6)에 실린 「서울이란 이럿소: 중(中)에도 심(甚)한 미신굴(迷信窟)」도 상찬(相瓚)으로 발표되었다.

(22) 차돌이

(ㄱ) (ㄴ)에서 언급한 필명이다. 《별건곤》 제26호(1930.2)에 실린 「대대풍자 신춘지상좌담회(大大諷刺 新春誌上座談會)」는 사회 송작생(松雀生), 교육계 C선생, 종교계 S목사, 언론계 기자, 의사계 박사, 실업계 M은행두취, 법조계 L변호사, 다각련애가 H양, 평론가 차돌이 등 각계명사제씨(各界名士諸氏)가 좌담회 형식으로 연애 문제, 산아제한 문제, 신식결혼의식 문제, 조혼방지에 대하여, 공창폐지 문제 등을 주제로 세태를 풍자한 글이다. 여기서 차돌이는 차상찬이다.

또한 《별건곤》 제14호(1928.7)에 실린 「현대남녀 백멍텅」는 서울 멍텅이 차돌이와 시골 멍텅이 박돌이가 세태를 풍자하는 내용이다. 차돌이는 차상찬이고, 박돌이는 박달성이다. 「상하반만년의 우리 력사-종으로 본 조선의 자랑」(《별건곤》 제12, 13호, 1928.5), 「경성명물집(京城名物集)」(《별건곤》 제23호. 1929.9)도 필명 차돌이로 발표된 글이다. 그런데 (ㄴ)에서는 차돌이(돌이)로 표기하여 차돌이와 돌이를 동일 필명으로 보았으나, 박달성이 돌이로 발표한 글은 있지만, 차상찬이 돌이로 발표한 글은 찾지 못하였다.

지금까지 22종이 차상찬의 필명임을 확인하였다. 명확한 근거를 찾지 못한 15종은 차상찬의 필명이 아니거나 더 검증이 필요한 필명이다. 이를 좀 더 자세히 살펴보기로 한다.

② 차상찬의 필명이 아니거나 더 검증이 필요한 필명

(1) 월명산인(月明山人)

(ㄱ)(ㄴ)에서 언급한 필명인데, 월명산인(月明山人)은 신영철(申瑩澈)의 필명으로 보인다.[28] 그는 1925년 개벽사에 입사하여 기자로 활동하였으며,《별건곤》의 책임 편집을 맡기도 하였다. 신영철은《별건곤》제10호(1927.12)에 「백근철추(百斤鐵椎)로 만승천자(萬乘天子)를 때린 창해(滄海)의 두 력사, 려민옹(黎民雍)은 박랑사(博浪沙)에서, 허비(許羆)는 란지궁(蘭池宮)에서」를 발표하고, 글 말미에 다음과 같은 부기(附記)를 쓴 바 있다.

그 후 시황을 때린 두 력사는 엇지 되엿슬가. 하나는 유구국(琉球國) 왕으로 잇다가 도라오고 하나는 란지궁 사건을 피해 도라오다가 중도에서 우연히 맛나 고국으로 도라온 니약이 풍악선인(楓岳仙人)을 차저 신선을 배우러 갓던 니약이 실로 진진긔긔하나 너무 지리함으로 거긔에 끗치고 다시 긔회 잇기를 기다려 충분한 전후전말을 소개하려 하며 실은 강담식으로 엇더케 써 보랴 하다가 그럿케 밋그러진 것을 독자에게 사례하며 니약이의 자료를 주신 왕거 선생에게 삼가 감사한 뜻을 올리나이다.[29]

---

28 신영철은 1925년 개벽사에 입사하여 기자로 활동하였으며,《별건곤》창간 이후 편집 책임을 맡았다.

29 신영철, 「百斤鐵椎로 萬乘天子를 때린 滄海의 두 力士, 黎民雍은 博浪沙에서, 許羆는 蘭池宮에서」,《별건곤》제10호, 1927.12, 107쪽.

요컨대 이번 글을 '강담식'으로 쓰고자 하였으나 뜻대로 안 되었고, '다시 기회를 기다려 충분한 전후전말을 소개'하려고 한다는 것이다. 그 후 월명산인(月明山人)이라는 필명으로 「장편강담 창해력사(長篇講談 滄海力士)」가 《별건곤》 제47호(1932.1)부터 제60호(1933.2)까지 총 13회에 걸쳐 연재되었다. 이 글은 신영철이 말한 대로 여민옹과 허비라는 창해의 두 역사에 대한 이야기를 강담식으로 서술하고 있다. 즉 「장편강담 창해력사」와 「백근철추(百斤鐵椎)로 만승천자(萬乘天子)를 때린 창해(滄海)의 두 력사, 려민옹(黎民雍)은 박랑사(博浪沙)에서, 허비(許羆)는 란지궁(蘭池宮)에서」는 같은 필자가 쓴 것으로 보인다.

(2) 강촌생(江村生), (3) 강촌우부(江村愚夫), (4) 강촌범부(江村凡夫), (5) 강촌산인(江村山人)

(ㄱ)에서는 강촌생(江村生), (ㄴ)에서는 강촌생(江村生), 강촌우부(江村愚夫), 강촌범부(江村凡夫), (ㄷ)에서는 강촌산인(江村山人)을 언급하였다. 그런데 강촌생(江村生), 강촌우부(江村愚夫), 강촌범부(江村凡夫), 강촌학인(江村學人)이 동일 필자라고 판단할 수 있으나, 강촌생(江村生)이 차상찬의 필명이라는 확증은 아직까지 찾지 못하였다. 《별건곤》 제14호(1928.7)에 실린 「단발낭과 결혼하면 십대 조건을 이행할 남자라야」의 목차 필명은 강촌생(江村生)이고, 본문 필명은 강촌우부(江村愚夫)이다. 또한 《개벽》 신간 1호 1934.11에 실린 「동일은행과 화신(東一銀行과 和信)」에서 목차 필명은 강촌생이고, 본문 필명은 강촌우부(江村凡夫)이고, 《별건곤》 제72호(1934.4)에 실린 「애욕심만리(실화 애욕심만리!! 연연의 애화의 속(續))」의 목차 필명은 강촌생이고, 본문 필명은 강촌학인(江村學人)이다. (ㄷ)에서 언급한 강촌산인(江村山人)은 찾지 못하였고, 기존 연구에서 언급되지 않은 강촌학인(江村學人)이 강촌생(江

村生)과 같은 필자임을 확인할 수 있다.

(6) 삼청동인(三淸洞人)

(ㄴ)에서 언급한 필명이다. 그런데 삼청동인(三淸洞人)은 《신인간》의 대표적인 필자인 김도현(金道賢)의 필명이다.[30]

(7) 차천자(此賤子, 車賤子)

(ㄱ)에서는 차천자(此賤子), (ㄴ)에서는 차천자(車賤子)를 언급하였다. 그런데 차천자(此賤子), 차천자(車賤子)는 차천자(車賤者)를 잘못 표기한 것으로 보인다. 차상찬이 사용한 필명 차천자의 한자는 차천자(車賤者) 또는 차천자(車天子)이다. 차천자(車天子)를 차부자(車夫子)로 발표된 글을 아직 찾지 못하였다.

(8) 차부자(車父子, 車夫子)

(ㄱ)에서는 차부자(車父子) (ㄴ)에서는 차부자(車夫子)를 언급하였다. 차부자(車父子), 차부자(車夫子)는 차천자(車天子)에서 와전된 것으로 보인다. 즉 차부자(車天子)를 차부자(車夫子)로, 차부자(車夫子)를 차부자(車父子)로 오인했을 가능성이 있다.

(9) 각살이

(ㄱ)(ㄴ)에서 언급한 필명이다. 《별건곤》 제4권 3호(통권20호, 1929.4)에 실

30 성주현, 앞의 글, 74쪽.

린 「춘소(春宵): 팔도(市場)타령집」[31]의 필자는 각살이다. 이 글은 경기도, 강원도, 경상도, 전라도, 충청도, 황해도 평안도, 함경도의 장타령과 신유행 장타령을 모아 놓은 것이다. 이 중 강원도 장타령은 차상찬이 《개벽》 제42호(1923.12)에 발표한 '조선문화의 기본조사 - 강원도호'의 「이 땅의 민요와 동요」에 실린 것과 같은 민요가 실려 있다. 또한 차상찬은 《별건곤》 같은 호에 「지상종람 조선 각지 꽃 품평회(地上縱覽 朝鮮 各地 꽃 品評會)-요새에 피는 팔도의 꽃 이약이」(청오생)를 발표하면서, 글 중에 "옥동도화(玉洞桃花) 만수춘(萬樹春)에 가지가지 봄빛이라는 노래는 거지(乞人) 각살이까지도 흔히 하는 노래다."[32]라고 '경기 장타령 앞부분을 인용하기도 하였다.

당시 개벽사는 민족문학 발굴에 특별한 관심을 기울였다. 《개벽》의 문예부는 김삿갓의 시문과 전기 자료를 대대적으로 수집하고,[33] 《별건곤》의 권두언에 용강, 제주 등 여러 지역의 민요를 싣기도 하였는데, 차상찬은 핵심적인 역할을 하였다. 그는 '조선문화의 기본조사'에서도 그 지역의 민요와 설화를 채록하여 발표하였고, 그가 편집한 『조선민요집』(미간행)은 민요에 대한 각별한 관심을 담고 있다. 그런데 이 팔도 장타령은 『조선민요집』에 수록되어 있지 않다. 각살이를 차상찬의 필명으로 볼 수 있는 근거는 아직 명확하지 않아 유보하기로 한다.

31 본문 제목은 「八道장타령」이다.
32 靑吾生. 「地上縱覽 朝鮮 各地 꽃 品評會 - 요새에 피는 八道의 꽃 이약이」. 《별건곤》 제4권 3호, 통권20호, 1929.4, 147쪽.
33 심경호, 「차상찬의 민족문학 발굴 공적- 김삿갓 한시 수집과 한국문헌설화재정리」, 『3·1운동 100주년 기념 2019년 청오 차상찬 학술대회』, 한림대학교 국제회의실, 2019.5.10, 13-31쪽.

(10) 차기생(車記生), (11) C.S, (12) 독두박사(禿頭博士)

(ㄱ)(ㄴ)에서 언급한 차기생(車記生)은 차상찬과 관련 있으나, 필명으로 사용된 글을 확인하지 못하였다. (ㄴ)에서 언급한 C.S도 차상찬의 영문 이니셜 C.S.C과 유사하지만 필명으로 쓴 글을 찾지 못하였다. 또한 (ㄱ)(ㄴ)에서 언급한 독두박사(禿頭博士)는 대머리인 차상찬을 지칭한 것으로 보이지만, 필명으로 사용된 예는 찾지 못하였다. 후술하겠지만 대머리박사로 발표한 글은 있다.

(13) 향로봉(香爐峰)

(ㄴ)에서 언급한 필명이다. 향로봉(香爐峰)은 차상찬의 필명인 향로산인(香爐山人)과 향로봉인(香爐峰人)과 유사한 필명이지만, 향로봉(香爐峰)이라는 필명으로 발표된 글은 찾지 못하였다. 당시 필자들은 백두산인(白頭山人, 이돈화), 묘향산인(妙香山人, 김기전), 팔봉산인(八峯山人, 김기진) 등 출생지와 관련한 필명을 자주 사용하였다. 향로봉(香爐峰)은 향로봉인(香爐峰人)을 잘못 표기한 것으로 보인다.

(14) 성서학인(城西學人), (15) 성동산인(城東山人)

성서학인(城西學人)은 (ㄹ)에서 언급하였다. 성서학인(城西學人)으로 발표된 글은 「서울의 녀름」《개벽》제38호, 1923.1)과 「제자만명 가진 대교육가 렬전, 교육계의 중진 최규동론(崔奎東論)」(『삼천리』제4권 제10호, 1932.1)이 있다. 「서울의 녀름」은 서울의 여름 풍경을 묘사한 글이고, 「제자만명 가진 대교육가 렬전, 교육계의 중진 최규동론(崔奎東論)」은 최규동(崔奎東) 선생의 탁월한 점을 서술한 글이다. 차상찬은 「경기의 인물백태」《개벽》제48호, 1924.6), 「경성명류, 인물백화집(京城名流, 人物白話集)」《별건곤》제27호,

1930.1) 등 여러 편의 글에서 당시 중동학교 교장인 최규동을 언급한 바 있지만, 같은 필자인지는 명확하지 않다.

(ㄴ)에서 언급한 성동산인(城東山人)은 필명으로 확인되지 않는다. 성동학인(城東學人)을 잘못 표기한 것으로 보인다.

지금까지 살펴본 바와 같이 15종은 차상찬의 필명이 아니거나 더 정확한 검증이 필요하다.

2) 새롭게 확인한 필명

차상찬의 필명으로 새롭게 확인한 것을 정리하면 다음과 같다.

(1) 차청오(車靑吾), (2) 청오생(靑吾生), (3) 충청생(虫靑生)

전술한 바와 같이 (1) 청오(靑吾)는 차상찬의 대표적인 필명이다. 그의 필명에는 성 '차(車)' 또는 '생(生)' '인(人)' 자(者, 子) 등을 덧붙인 형태가 많다. 차청오(車靑吾), 청오생(靑吾生)은 청오(靑吾)에서 파생된 필명이다.

또한 유사 필명에 충청생(虫靑生)도 있다. 《별건곤》 제22호(1929.8)에 필명 충청생(虫靑生)으로 발표한 「통쾌무쌍기인편(痛快無雙奇人篇), 갓으로 밥짓고 박아지로 항해(航海), 천하대기인(天下大奇人) 리토정선생(李土亭先生), 기인편기삼(奇人篇其三)」은 『한국야담사화』(동국문화사, 1959)에 「철인(哲人) 이토정(李土亭)」이라는 제목으로 수록되어 있다.

(4) 송작(松雀), (5) 송작생(松雀生), (6) 반송작(盤松雀)

송작(松雀)도 청오(靑吾)와 같이 차상찬이 스스로 지은 호이다. 매일 아침

송엽을 먹는 습관에서 비롯되었다고 한다. 이에 대해 차상찬은 다음과 같이 밝혔다.

> 나는 어려서부터 일즉 이러나는 버릇이 지여젓다. 지금도 특별한 事故以外에는 午前 다섯時면 의례이 이러나서 每日 行事로 翠雲亭 뒷산에 가서 呼吸運動을 하고 가잠등 藥水두 곱부와 松葉 한 줌식을 먹는다. 그리하야 아는 親舊들에게 松蟲이니 또는 松雀이란 별명까지 듯고 나도 또한 松雀이라고 號를 쓰는 때도 있다.[34]

차상찬은 송작(松雀)뿐만 아니라 송작생(松雀生), 반송작(盤松雀) 등 송작(松雀)에서 파생된 필명도 자주 사용하였다. (ㄷ)에서 반송작(盤松雀)을 별명으로 언급한 바 있다. 차상찬은 송작(松雀)으로 「붓채와 애첩」(《별건곤》 제14호, 1928.7), 송작생(松雀生)으로 「오래인 벙어리 종로인경의 신세타령」(《별건곤》 제23호, 1929.9), 「확장(擴張)되는 녀자의 권리(權利)와 조선(朝鮮) 안에서의 실제(實際)-사회(社會)는 일층문란(一層紊亂」(《혜성》 제1호, 1931.3), 반송작(盤松雀)으로 「제비의 여행(旅行)과 기럭이의 문안(問安)」(《별건곤》 제1호, 1926.11), 「그짓말 가튼 사실기록(事實記錄), 천하괴담 상사(天下怪談相思)『뱀』이약이」(《별건곤》 제18호, 1929.1) 등 25편이 넘는 글을 발표하였다.

(7) 탐보군(探報軍), (8) 탐보생(探報生)

차상찬은 창간 2주년 기념호인《별건곤》 제3권 6, 7호(통16·17호, 1928.12)에 「조선(朝鮮)의 당쟁(黨爭)」, 「팔도녀자(八道女子) 살님사리 평판기(評判

---

34 차상찬, 「趣味一年에 무엇을 어덧나·「早起一年」, 《학생》 제2권 제2호, 1930.2. 27-28쪽.

記)」,「각 방면 제일(各 方面 第一) 먼저 한 인물들」 등 세 편의 글을 발표하였다.「조선의 당쟁」은 목차와 본문 모두 필자명이 차상찬이고,「팔도녀자 살님사리 평판기」는 목차에는 탐보군(探報軍), 본문에는 필자명이 없으며,「각 방면 제일 먼저 한 인물들」은 목차와 본문 모두 관상자(觀相者)이다. 그런데 《조선일보》 1928년 12월 3일 2면에 실린 《별건곤》 광고에는「조선의 당쟁」은 차상찬,「팔도녀자 살님사리 평판기」는 관상자(觀相者),「각 방면 제일먼 저한 인물들」은 탐보군(探報軍)으로 되어 있다. 이를 통해 관상자(觀相者)와 탐보군(探報軍)이 동일한 필자임을 알 수 있다.

또한 《별건곤》 제2권 8호(통10호, 1929.4)에 실린「명남명녀 숨은 장끼 세 모여흥경기대회(歲暮餘興競技大會)」에서 목차 필자는 관상자(觀相者)이고, 본 문은 주최 관상자(觀相者), 후원 탐보군(探報軍)으로 되어 있다. 대회를 주최 한 관상자가 여자부와 남자부로 나누어서 윤심덕, 김활란, 안석주, 김성수 등 여러 인물들의 숨은 재주를 이야기하는 내용인데, 후원 탐보군은 글 속에 등장하지 않는다. 탐보군은 '여흥경기대회'라는 제목에 맞게 주최와 후원을 배치해 놓은 수사적 기법이고, 관상자와 동일한 인물이다. 탐보생(探報生)은 탐보군(探報軍)과 유사한 필명이다.「내용모를 회(會)의 내용조사(內容調査)」 (《별건곤》 제40호, 1931.5.1)는 탐보생(探報生)으로 발표되었다.

(9) 검악산인(劍岳山人)

《혜성》 제1권 제6호(1931.9)에 실린「이등통감(伊藤統監)을 암살(暗殺)한 안중근 사건(安重根事件)의 진상(眞相)」은 차상찬의 글이다. 목차 필명은 검 악산인(劍岳山人), 본문 필명은 인악산인(釖岳山人)이다. 그런데 《어린이》 1931년 9월 호에 실린 『혜성(彗星)』 9월 호 광고에는 이 글의 필자가 차상찬 (車相瓚)으로 명시되어 있다. 《어린이》 광고에 제목은「안중근 이등암살 사

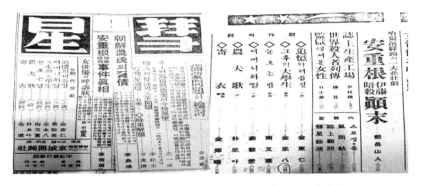

《어린이》광고에 실린 제목과 필명〉　　　〈《혜성》의 제목과 필명〉

건 진상」이고, 제목 아래 '풍운 가튼 한말의 역사도 말하자면 합이빈역두의 한마디 총소리와 가티 막을 다덧다 처음부터 끝까지 활극가티 비장한 장면 조선 사람 누가 이것을 안 읽으려 하랴.'라는 글이 덧붙여 있다.

(10) 천리안(千里眼)

《개벽》제49호(1924.7)에 실린 「천현지황(天玄地黃)」의 목차 필명은 천리안(千里眼)이고, 본문에는 필자명이 없다. 그런데 이 글 중에는 "본지 전월 경성호에 쓴 경성인물백태에 대해 밖에서는 이러니저러니 하고 꽤 말들이 많은 모양이지."라는 내용이 있다. 이는 관상자(觀相者)가 《개벽》제48호(1924.6)에 쓴 「경성의 인물백태」를 가리킨다. 따라서 천리안(千里眼)과 관상자(觀相者)는 같은 필자이다.

(11) 수춘학인(壽春學人), (12) 수춘인(壽春人)

수춘학인(壽春學人)은 전술한 (2) 수춘산인(壽春山人)과 유사한 필명이다. 차상찬의 필명에는 '학인(學人)', '산인(山人)', '정인(亭人)'의 합성 형태가 많은데, 이 필명들이 그런 특징을 나타낸다. 필명 수춘학인(壽春學人)으로 《별건

곤》제14호(1928.7)에 실린 「역대반역자렬전(歷代叛逆者列傳), 이십사세 청년
으로 자칭 대금황제(大金皇帝) 이징옥(李澄玉)과 《별건곤》 제15호(1928.8)에
실린 「조선삼대내란기(朝鮮三大內亂記), 한양조최초(漢陽朝最初) 반역아 관북
호걸(關北豪傑) 이시애란(李施愛亂)」은 『조선사천년비사』에 각각 「대금황제
리징옥난(大金皇帝 李澄玉亂)」과 「관북호걸 이시애란(關北豪傑 李施愛亂)」이
라는 제목으로 수록되어 있다.

수춘산인(壽春山人)과 유사한 필명에 수춘인(壽春人)도 있다. 《개벽》 신간
3호(1935.1)에 실린 「전설·기담-고려왕조와 서해룡돈(西海龍豚)」의 목차 필
명은 수춘인(壽春人)이고, 본문 필명은 수춘산인(壽春山人)이다. 「달밤의 괴
화(怪火)」(《별건곤》 제53호, 1932.7), 「삼한시대렬국(三韓時代列國)」(《별건곤》 제
70호, 1934.2) 등은 필명 수춘인(壽春人)으로 발표되었다.

(13) 소양학인(昭陽學人)
《개벽》 제72호(1926.8)에 실린 「육호통신(六號通信)」은 '광주편언(光州片
言)' '의주잡신(義州雜信)' '선천소화(宣川小話)' '수춘만평(壽春漫評)' 등의 소제
목 아래 여러 명의 필자가 광주, 의주, 선천, 춘천 지역의 소식을 전한 글이
다. '수춘만평'에서 차상찬은 소양학인(昭陽學人)이라는 필명으로 자신의 고
향인 춘천의 근황을 다음과 같이 전하였다.

　　조선 각 道 중 교통이 제일 불편한 곳은 아마 우리 春川일 것이다. 철도는
　그만두고 자동차길까지도 불완전한 중에 작년 홍수 이후로는 더욱 파괴가
　되어 불편이 심하다. 그런데 당국에서는 도로공사 請負人으로 遊戱를 식히
　는 모양인지 언제부터 착수한 그놈의 길이 아즉까지 완공의 前途가 망연할
　뿐 안이라 이번 폭우로 인하야 旣成한 공사까지도 대부분이 다 또 손실을

하게 되얏스니 어느 시기에나 준공이 될지 모르겟다. 도로야 잘되던 안되던 공사 마튼 일본인의 배만 불넛스면 제일 상책인가. 당국에 一問코자 한다. 교통 말이 낫스니 말이지 京春間 자동차 대금처럼 高價인 賃金은 세계에 稀有일 것이다. 불과 190리(朝鮮里)에 6원이 다 무엇이냐. 그런대 민간에서 그 賃金의 減下問題를 닐으키닛가 자동차회사 측에서 하는 말이 減下하는 것이 당연한 일이나 아즉까지 南鮮과 가티 도로가 완성되지 못한 이상에는 시간 관계상 實費가 만흔닛가 減下할 수가 업다고 하더라고. 구실로는 그를 듯하다만은 너무나 過한 구실이 안일가. 道立 機業傳習所 학생(여자) 40여 명은 일본인 선생이 사직한다고 단식동맹을 하얏다 한다. 辭職을 하엿기에 그럿치 만일 죽엇더면 전부 殉死할 터인가. 呵呵[35]

인용문에서 보는 바와 같이 '우리 춘천'이라는 표현에서 필자가 춘천 출신임을 알 수 있다. 차상찬의 고향은 춘천이고, 소양강 기슭 송암리에서 성장하였다. 그는 종종 글에서 '나는 강원도 사람이다', '우리는 춘천 사람이다'라고 밝히고, 「춘천! 춘천!! 춘천!!! 춘천의 봄」(《별건곤》제6호, 1927.4) 등 고향인 춘천에 대한 글도 여러 편 썼다.

(14) 청춘산인(青春山人), (15) 춘산인(春山人)

청춘산인(青春山人)과 춘산인(春山人)도 수춘산인(壽春山人)과 유사한 필명이다. 《별건곤》제65호(1933.7)에 실린 「삼촌설(三寸舌)로 울릉도 탈환한 해상의 쾌인용사 안룡복(安龍福)」의 목차 필명은 청춘산인(青春山人)이고, 본문필명은 수춘산인(壽春山人)이다. 이 글은 『한국야담사화』(동국문화사, 1959)

35 《개벽》제72호, 1926.8, 71쪽.

에「해상의 쾌인(快人) 안룡복(安龍福)」이라는 제목으로 수록되어 있다. 또한《혜성》제2권 제2호(1932.4)에 실린「햇쌈(炬火戰)」의 목차 필명은 수춘산인(壽春山人)이고, 본문 필명은 춘산인(春山人)이다.

(16) 취운정인(翠雲亭人)

이 필명은 전술한 (3)취운(翠雲), (4)취운생(翠雲生)과 유사한 필명이다.《별건곤》제11호(1928.2.1)에 취운정인(翠雲亭人)으로 발표한「세외세 인외인 기인기사록(世外世 人外人 奇人奇事錄)-축호·롱룡조화무쌍 동방리학자서화담(逐虎·弄龍造化無雙 東方理學者徐花潭)」은『조선사천년비사』에「동방리학자서화담(東方理學者徐花潭)」이라는 제목으로 수록되어 있다. 또한『조선백화집』에도 취운정인(翠雲亭人)으로 발표한「역대명의열전(歷代名醫列傳, 其一)」,「조선백화보(朝鮮百花譜) - 봄철에 피는 조선의 꽃」등 여러 편이 수록되어 있다.

(17) 차천자(車天子)

차상찬은 한자가 다른 차천자라는 필명을 여러 개 사용하였다. 전술한 (7)차천자(車賤者)뿐만 아니라 차천자(車天子)도 차상찬의 필명이다.《개벽》제51호(1924.9.1)에 필명 청오로 발표한「잡관잡감(雜觀雜感)」에서 차상찬은 차천자(車天子)에 대해 다음과 같이 말하였다.

내가 어든 新稱號

지방에를 만이 단니닛가 칭호도 또한 만이 엇는다. 咸鏡道에 가서는 獨立主事 나리, 장애님(掌議), 조감님(鄕校校監), 초시님(初試), 아바야(如京城당신)의 칭호를 만히 듯고 慶尙道에서는 아즉까지 碩士의 말이 남어서 각금

碩士 소리를 들엇더니 이번 平南에 와서는 風憲님, (平壤 大同江변 사람에게) 제장님, (齊長, 江西에서) 枝手나리, (龍岡에서 들엇는데 내가 답사왓다닛가 측량기수로 안 듯)라고 부르는 소리를 들엇다. 지방마다 말이 다르닛가 칭호가 각각이다. 압다 마음대로들 불너라, 나는 장난으로 자칭 車天子라고 하여 보왓다.[36]

요컨대 차천자(車天子)는 장난으로 지은 별칭이라는 것이다. 차상찬은《별건곤》제11호(1928.2)에 차천자(車天子)로「신해 정감록(新解 鄭鑑錄)」을 발표하였고, 이 글은 그의 단행본『조선사천년비사』에 그대로 수록되어 있다.

(18) 문외한(門外漢)

문외한(門外漢)은 (10) 문내한(門內漢)과 유사한 필명이다. 『조선백화집』에는 필명을 지웠거나 필명이 없는 글도 여러 편 실려 있다. 이를 통해 필명을 알 수 있는데, 문외한(門外漢)이 그중 하나이다. 『조선백화집』에는 제4편 조선명고적과 명승에「경성양대문과 사궁문(京城兩大門과 四宮門)」이 수록되어 있다. 이 글은《별건곤》제65호(1933.7.1)에「팔자 곳친 경성 시내, 육대문 신세타령」이라는 제목으로 실렸던 글을 그대로 옮긴 것이다.《별건곤》에 발표할 당시 필명은 문외한(門外漢)이다.

(19) 첨구자(尖口子)

첨구자(尖口子)는 전술한 (11) 첨구생(尖口生)과 유사한 필명이다.《개벽》제52호(1924.10)에 실린「경성잡화 대언소언(京城雜話 大言小言)」의 목차 필

---

36 靑吾,「雜觀雜感」,《개벽》제51호, 1924.9.1, 129쪽.

명은 첨구자(尖口子)이고, 본문 필명은 첨구생(尖口生)이다.

(20) 향로산인(香爐山人)

향로산인(香爐山人)은 전술한 (15) 향로봉인(香爐峰人)과 유사한 필명이다. 《별건곤》제2호(1926.12)에 향로산인(香爐山人)으로 발표된 「고려의 거령(巨靈) 미처(美妻)와 대금(大金)을 일시에 어든 엽사(獵師)의 이야기」는 『한국야담사화』(동국문화사, 1959)에 「고려(高麗)의 기품(氣品)」이라는 제목으로 수록되어 있다.

(21) 관상박사(觀相博士)

관상박사(觀相博士)는 차상찬이 자주 사용한 관상자(觀相者)에서 파생된 필명이다. 차상찬은《별건곤》제64호(1933.6)부터 제67호(1933.11)까지 '비모던 인물학' 4강을 연재하였다. 제1강 곰보 철학, 제2강 털보 철학, 제3강 난쟁이 철학, 제4강 뚱뚱보 철학인데, 주제에 따라 필명을 달리하여 발표하였다.[37] 제1강 「비모던 인물대학(제일강좌), 곰보 철학과」(《별건곤》제64호, 1933.6)의 필자는 관상박사(觀相博士)이고, 제4강 뚱뚱보 철학의 필자는 관상자(觀相者)이다.

(22) 주춘생(酒春生)

주춘생(酒春生)은 주천자(酒賤子)에서 파생된 필명이다. 주춘생(酒春生)

---

37 본문에는 횟수에 오류가 있다. 「난쟁이 哲學 非모던 人物學 基四回講座」, 「뚱뚱보 哲學, 非모던 人物學 講座其五」으로 되어 있으나, 순서상 난쟁이 철학은 3강, 뚱뚱보 철학은 4강이다. 정다연, 「《별건곤》소재 차상찬 역사 서술 연구」, 성균관대학교 대학원 석사 학위논문, 2019, 97쪽.

이 쓴 「조선(朝鮮)에 만약 금주문제(禁酒問題)가 나온다면」(《별건곤》 제7호, 1927.1)은 금주에 대한 자신의 견해를 유머러스하게 밝힌 글이다. 글은 "이 문제가 한번 나온다면 성미 급한 주국(酒國) 문외한은 당장 이러나며 이런 말을 할 것이다."라고 시작하고, "춘생도 술잔이나 하니 말이다."라고 끝을 맺는다. 문외한(門外漢)은 차상찬의 필명이고, 그는 「주국헌법(酒國憲法)」을 쓸 정도로 소문난 애주가였다.

(23) 일참관자(一叅觀者)

「조선기자대회잡관(朝鮮記者大會雜觀)」은 《개벽》 제59호(1925.5)에 발표된 글이다. 목차의 필자명은 일기자(一 記者)이고, 본문의 필명은 일참관자(一叅觀者)이다. 그런데 《어린이》 제3권 제5호(통-28호, 1925.5)에 실린 《개벽》 제59호(1925.5) 광고에는 이 글의 필자가 차청오로 명시되어 있다.

(24) 일천생(一天生)

일천생(一天生)은 전술한 (5) 관상자(觀相者)와 동일한 필자이다. 《별건곤》 제4호(1927.2)에 실린 「인물평판명물남명물녀 신춘대회(人物評判名物男名物女新春大會)」의 목차 필명은 일천생(一天生)이고, 본문의 필명은 관상자이다.

(25) 낙천생(樂天生)

낙천생(樂天生)은 전술한 (11) 첨구생(尖口生)과 동일한 필자이다. 《별건곤》 제72호(1934.4)에 「대경성의 SOS 가경(可驚)할 학생계 풍기(風紀)」와 「대경성의 SOS 패망의 마작구락부(麻雀俱樂部)」가 나란히 실려 있다. 전자는 목차 필명과 본문 필명 둘 다 낙천생(樂天生)이고, 후자는 목차 필명은 첨구생(尖口生)이고 본문 필명은 낙천생(樂天生)이다.

(26) 산신산인(三神山人)

산신산인(三神山人)으로《별건곤》제12·13호(1928.5)에 실린「화초동물
자랑-세계적 특산물, 천하령약(天下靈藥) 고려인삼」의 내용 일부분은『조선
백화집』에 그대로 수록되어 있다. 특히 '조선인삼의 기원' 부분은 두 글이 동
일하다.

(27) 청구학인(靑邱學人), (28) 창해학인(滄海學人)

『조선백화집』에는 청구학인(靑邱學人)으로 연재한「역대명의열전(歷代名
醫列傳)」여러 편이 필명 그대로 수록되어 있고, 또한 창해학인(滄海學人)으
로 연재한「조선역사전(朝鮮力士傳)」도 필명 그대로 수록되어 있다.

(29) 단발영인(斷髮嶺人), (30) 기병생(忌病生), (31)저팔계(猪八戒), (32) 일주
생(一舟生), (33) 호기생(好奇生)

『조선백화집』에는 흥미로운 필명으로 발표한 글들이 그대로 수록되어 있
는데, 이 필명들은 글의 내용과 밀접한 특징이 있다. 단발영인(斷髮嶺人)의
「단발령 후 사십년 -「상투」의 수난실화」는 단발을, 기병생의「사상에서 본
일본내지의 호열자유행기담(虎列刺流行奇談)」은 질병을, 저팔계(猪八戒)의
「대풍자(大諷刺) 대활계(大滑稽) 도야지의 신세타령」은 돼지를, 일주생(一舟
生)의「조선팔도 28폭포 경기도편 소요산폭포」는 폭포를, 호기생(好奇生)의
「기인기화집(奇人奇話集)」은 신기한 이야기를, 각각 중심 내용으로 삼고 있
다. 이 필명들은 이 글 이 외에 다른 글에 사용된 예를 찾을 수 없다.

"당시는 필진을 구성할 수 없어 신문 잡지의 편집자들은 일인삼역으로 한
사람이 몇 편씩 글을 써넣어야 하는 고역을 치룬 끝에 신문 잡지들이 나오
게 된 즉 자연 필명이라는 것이 임기응변으로 지어져서 기괴한 '팬네임'이 생

겨졌다."[38] 단발영인(斷髮嶺人), 기병생(忌病生), 저팔계(豬八戒), 일주생(一舟生), 호기생(好奇生)이 이러한 필명들이다.

(34) 장발낭인(長髮浪人), (35) 장발산인(長髮散人)

「단발여보(斷髮女譜)」는 《별건곤》 제2권 제7호(통9호, 1927.1)에 발표된 글인데, 목차 필자는 장발낭인(長髮浪人)이고, 본문 필자는 장발산인(長髮散人)이다. 《어린이》 제5권 제7호(통53호, 1927.1)에 실린 《별건곤》 1927년 1월 호 광고에는 이 글의 필자가 청오생으로 명시되어 있다.

(36) 모박사(毛博士), (37) 모단박사(貌短博士)

전술한 바와 같이 차상찬은 《별건곤》 제64호(1933.6)부터 제67호(1933.11)까지 연재한 '비모던 인물학'을 연재하였다.[39] 모박사(毛博士)는 「텁석부리 철학 비모던 인물철학 제2강」《별건곤》 제65호(1933.7)에서 사용한 필명이고, 모단박사(貌短博士)는 「난쟁이 철학 비모던 인물학 기(基) 4회 강좌」《별건곤》 제66호(1933.9)에서 사용한 필명이다.

(38) 대머리박사

대머리박사는 대머리인 차상찬을 지칭한 필명이다. 《제일선》(제2권 제6호, 1932.7)에 실린 「독두철학(禿頭哲學)- 대머리대학 하기강좌」는 차상찬의 글

---

38 이광순, 「개벽지와 「펜네임」-이중필명과 익명의 경우에 대하여」, 《신인간》 제270호, 1969.11·12월 합병호, 82-83쪽.
39 제1강 곰보 철학의 필명은 관상박사(觀相博士), 제2강 털보 철학의 필명은 모박사(毛博士), 제3강 난쟁이 철학의 필명은 모단박사(貌短博士), 제4강 뚱뚱보 철학의 필명은 관상자(觀相者)이다.

이다. 이 글은 전술한 바와 같이 외모를 주제로《별건곤》제64호(1933.6)부터 제67호(1933.11)까지 연재한 곰보 철학, 털보 철학, 난쟁이 철학, 뚱뚱보 철학과 일맥상통한다.

(39) 죽서선인(竹西禪人)

차상찬은《별건곤》제3권 제1호(통11호, 1928.2)에「세외세 인외인 기인기사록(世外世 人外人 奇人奇事錄)」이라는 주제 아래, 서로 다른 필명으로「천고(千古)의 이대기인(二大奇人) 허유(許由)와 소부(巢父)」,「축호·롱룡조화무쌍 동방리학자서화담(逐虎·弄龍造化無雙 東方理學者徐花潭)」,「임란을 전지(前知)·사일(死日)을 자측(自測) 근대예언가(近代豫言家) 남사고(南師古)」,「호탕방달·세속을 초탈(超脫) 협사적문호림백호(俠士的文豪林白湖)」,「표자(瓢子) 한 개로 대양을 평지갓치 항행(航行) 희세대술가(稀世大術家) 이토정(李土亭)」,「회해풍자(詼諧諷刺)로 일생방랑 불우 시인 김삿갓」등 여섯 편의 글을 썼다.「축호·롱룡조화무쌍 동방리학자서화담(逐虎·弄龍造化無雙 東方理學者徐花潭)」에는 이미 알려진 취운정인(翠雲亭人)이라는 필명을 사용하였고, 다섯 편은 모두 새로운 필명을 사용하였다. 그리고「천고의 이대기인(二大奇人) 허유(許由)와 소부(巢父)」(孟峴學人)를 제외한 다섯 편의 글은『조선사천년비사』(1935, 북성당서점)에 수록되어 있다.

죽서선인(竹西禪人)은「임란을 전지(前知). 사일(死日)을 자측(自測) 근대예언가(近代豫言家) 남사(南師) 고(古)」에 쓰인 필명이다. 이 글은 차상찬의 단행본『조선사천년비사』에「조선대예언가남사고(朝鮮大豫言家南師古)」라는 제목으로 다시 그대로 실려 있다.

(40) 누하동인(樓下洞人)

누하동인(樓下洞人)은 전술한 「호탕방달·세속을 초탈(超脫) 협사적문호림백호(俠士的文豪林白湖)」에 쓰인 필명이다. 이 글도 『조선사천년비사』에 「협사적문호림백호(俠士的文豪林白湖)」라는 제목으로 그대로 다시 실려 있다.

(41) 아성야인(鵝城野人)

아성야인(鵝城野人)은 전술한 「표자(瓢子) 한 개로 대양을 평지갓치 항행(航行) 희세대술가(稀世大術家) 이토정(李土亭)」에 쓰인 필명이고. 이 글도 『조선사천년비사』에 「희세대술가 이토정(李土亭)」이라는 제목으로 그대로 다시 실려 있다.

(42) 풍악낭인(楓岳浪人)

풍악낭인(楓岳浪人)은 전술한 「회해풍자(詼諧諷刺)로 일생방랑 불우 시인 김삿갓」에 쓰인 필명이다. 이 글도 『조선사천년비사』에 「불우 시인 김삿갓」이라는 제목으로 그대로 다시 실려 있다.

(43) 맹현학인(孟峴學人)

맹현학인(孟峴學人)은 전술한 「천고의 이대기인(二大奇人) 허유(許由)와 소부(巢父)」에 쓰인 필명이다. 이 글은 『조선사천년비사』에 실려 있지 않다. 허유와 소부가 중국 인물이기 때문에 수록하지 않은 것으로 보인다. 또한 맹현(孟峴)은 가회동에서 화동으로 넘어가는 고개[40]를 지칭한다. 전술한 바

---

40 차상찬, 『한국야담사화』, 동국문화사, 1959, 305쪽.

와 같이 차상찬은 가회동에 살았으며, 가회동인(嘉會洞人)이라는 필명도 사용하였다.

(44) 강촌 청오(江村 靑吾)

차상찬은 강촌 청오(江村 靑吾)라는 필명으로《매일신보》에 1942년 4월 1일부터 30일까지 총 24회에 걸쳐 칭기즈칸을 주제로 한「성길사한구주정복기(成吉思汗歐洲征服記)」를 연재하였다.

(45) 다언생(多言生)

《별건곤》제9권 제2호(통70호, 1934.2)에 실린「비중비화-백인백화집(秘中秘話-百人百話集)」은 목차에는 필자명이 없고, 본문 필명은 다언생(多言生)이다. 그런데《어린이》제12권 제1호(1934.1)에 실린《별건곤》1934년 2월 호 광고에는 이 글의 필자가 관상자(觀相者)라고 명시되어 있다.

(46) 비문생(秘聞生)

《제일선》제2권 제8호(1932.9)에 실린「빼앗긴 이야기」는 목차와 본문 필명이 비문생(秘聞生)이다. 그런데《어린이》제10권 제9호(1932.9)에 실린《제일선》1932년 9월 호 광고에 이 글의 필자가 첨구생(尖口生)이라고 밝히고 있다.

(47) 만년청(萬年靑)

《월간야담》제5권 제8호(통44호, 1938.8)에 만년청(萬年靑)이 발표한「일사기문(逸事寄聞)」은 차상찬의 글이다.《제일선》제3권 제1호(1933.1)에 차상찬을 "십년전 그날이나 십년 후 오늘이나 변치 안은 그이(勿稱一片丹心) 우리는 그이를 일컷되 만년청(萬年青)"41이라고 지칭하고 있다.《혜성》제1권 제7호(1931.10)의 '혜성여적'에도 청오(靑吾)를 만년청(萬年靑)이라고 지칭하였다.

(48) 오공랑(蜈蚣郎)

오공랑(蜈蚣郎)은 전술한 충청생(虫靑生)과 같은 필자이다. 앞에서 보았듯이 충청생의「갓으로 밥짓고 박아지로 항해, 천하대기인(天下大奇人) 리토정선생(李土亭先生)」『(별건곤』 제22호, 1929.8)은『한국야담사화』(동국문화사, 1959)에 수록되어 있다. 그런데《어린이》제7권 제6호(통67호, 1929.7)에 실린《별건곤》제22호 광고에는 이 글의 필자는 오공랑(蜈蚣郎), 제목은 '천하대기인 이토정'으로 나와 있다.

(49) 차 특파원(車特派員)

차상찬은 '조선문화 기본조사'를 다녀와서《개벽》에 보고서를 발표할 때, 차 특파원이라는 필명을 자주 사용하였다. 예를 들면 함경남도를 조사하고《개벽》제54호(1924.12)에 발표한 '함경남도호'를 보면 목차 필명은 차 특파원이고, 본문 필명은 차상찬이다.

이 밖에 개벽사 잡지의 사고(社告), 편집후기, 편집 낙서 등에 쓰인 차(車), 청(靑) 등은 차상찬을 지칭한다. 그런데 이를 필명에 넣지는 않는다.

지금까지 살펴본 바와 같이 차상찬의 필명 49종을 새롭게 확인하였다. 앞에서 확인한 22종을 합하면 현재까지 차상찬의 필명은 71종에 이른다.

---

41 김규택,「꼬꼬-合唱(讀者 諸氏께 問安드립니다)」,《제일선》제3권 제1호, 1933.1, 77쪽.

3. 나가며

이 글에서는 구체적인 자료를 근거로 차상찬의 필명 71종을 확인하였다. 기존 연구에서 언급한 37종 중 22종을 확인하였고, 15종은 차상찬의 필명이 아니거나 더 정확한 근거가 필요한 것으로 밝혀졌다. 그리고 49종의 필명을 새롭게 찾아냈다. 이 중에는 여러 차례 사용한 필명도 있지만, 한두 번 사용한 필명이 더 많다. 청오(靑吾), 관상자(觀相者), 첨구생(尖口生), 송작(松雀), 탐보군(探報軍) 등은 자주 사용한 필명이고, 검악산인(劒岳山人), 단발영인(斷髮嶺人), 죽서선인(竹西禪人) 등은 단 한 번 사용한 필명이다.

필명 확인은 두 가지 전제로부터 논의를 전개하였다. 하나는 잡지에 실린 글과 단행본에 수록된 글이 동일 필자인 차상찬의 글이라는 전제이다. 특히 『조선백화집』에 필명 그대로 실린 글은 모두 차상찬의 글이라고 판단하였다. 『조선사천년비사』는 차상찬 저(著)라고 되어 있지만 다른 필자의 글도 실려 있다. 당시 광고에는 차상찬 편저(編著)라고 되어 있다. 차상찬은 자신이 쓴 글이 아닌 것은 야뢰기(夜雷記), 호암기(湖巖記), 신미기(辛未記) 등 말미에 필자와 연도를 밝혀 놓고 있다. 따라서 필자를 밝히지 않은 글은 모두 차상찬의 글이라고 보았다. 다른 하나는 목차 필명과 본문 필명을 같은 필자로 본다는 전제이다. 오식이나 탈자의 가능성이 전혀 없는 것은 아니지만 일단 동일한 필자로 보고 필명을 확인하였다.

71종을 확인하였지만 아직까지 차상찬의 필명이 몇 종인지 그 전모를 알수 없다. 논란이 되고 있는 '쌍S'(雙S, SS생, 雙S생), 성서인(城西人), 삼산인(三山人), 삼산생(三山生), 산삼인(山三人), 은파리 등을 포함하여 확인해야 할 필명이 20종이 넘는다. '쌍S'와 '삼산인'은 방정환 사후에도 사용되었기 때문에 더 정확한 확인이 필요하다. 성서인(城西人)도 방정환 필명으로 알려져 왔으나,

더 정확한 검증이 필요하다. 《신여성》 제9호(1924.10)에 실린 「가을의 시」는 회월(懷月)로 발표되었는데, 《개벽》 제2호(1924.10)에 실린 《신여성》 광고에는 필자가 성서인((城西人)이다.[42] 주지하는 바와 같이 회월(懷月)은 박영희의 필명이고, 박영희는 개벽사 기자로 근무하였다. 또한 '은파리'는 방정환 사후 차상찬이 사회풍자 기사에 썼다[43]는 증언이 있으나 이 역시 확인이 필요하다.

차상찬의 글 중에는 일기자 또는 필자를 밝히지 않고 발표한 경우도 적지 않다. 《개벽》과 《별건곤》 등에는 일기자(一記者) 또는 무기명으로 발표된 글이 매우 많다. 이 글들은 주로 개벽사 기자들이 익명으로 쓴 것인데, 이 중 상당 부분은 차상찬의 글로 추정된다. 예를 들면 《개벽》 제68호(1926.4)에 실린 일기자의 「갑오동학란의 자초지종」은 『조선사천년비사(朝鮮四千年秘史)』에 「갑오동학란기(甲午東學亂記)」라는 제목으로 실려 있고, 《별건곤》 제12 · 13호(1928.5)에 실린 일기자의 「동아대지(東亞大地)를 호령(號令)하는 날의 조선해군」도 『조선사천년비사』에 「조선해군비사(朝鮮海軍秘史)」라는 제목으로 실려 있다. 필명도 확인하기 어려운데 익명으로 숨어 있는 글을 찾아내기란 쉬운 일이 아니다.

---

42 《신여성》 광고에 제목은 「가을을 읊흔 詩篇」이다.
43 이광순, 앞의 글, 183쪽.

부록

1. 차상찬(青吾 車相瓚) 연보

2. 차상찬 글 목록

3. 차상찬 관련 기사 · 연구 목록

1. 차상찬(靑吾 車相瓚) 연보

* 이 연보는 『차상찬전집』(차상찬전집편찬위원회 편,2018)3권 〈부록1〉 차상찬 연보를 보완한 것이다.

1887.02.12.	출생. 강원도 춘성군 신동면 송암리(현 춘천시 송암동)에서 부친 차두영(車斗永)과 모친 청주 한씨 사이에 5남 1녀 중 막내로 성장. 어려서부터 한학을 공부. [본적:강원도 춘성군 남내면 5리]
1896.01.26.	춘천 의병 봉기 현장 목격. 매형인 정인회(鄭寅會)가 의병을 주도.(「병신병란 관동민병난비화」,《개벽》신간1호, 1934)
1904.00.00.	상학(相鶴), 상준(相駿) 두 형과 함께 천도교에 입교.
1906.03.01.	보성중학교 제1기생으로 입학.
1908.02.08.	서대문 원각사에서 안창호(安昌浩)의 연설을 듣고 깊은 인상과 감격을 받음(「천하대소인물평론회-명사의초인상」,《삼천리》8권호, 1936.1.;《황성신문》1908.2.11))
1908.03.10.	관동학회(창립일: 3월 15일: 초대회장 남궁억) 조직을 위해 형 차상학, 남궁억 등과 함께 창립 발기인으로 활동. 안창호를 관동학회 조직기념 연설회 연사로 초청, 안창호가 30원 관동학회에 희사.(차상찬, 「관동학회 회고기」,《학생》2권6호,1930.6.;《황성신문》1908.3.10)
1908.11.15.	관동학회 내 〈관동학생친목회〉 조직 결성 주도.(《황성신문》1908.11.15.)
1910.04.00.	보성중학교 제1회 졸업(1등 우등상), 그해 9월부터 《천도교회월보》〈학술부〉를 담당하면서, 통권 2호~8호까지 6회에 걸쳐 「무기화학」 「화학」 발표.
1910.06.00.	개성에 있는 사립 보창학교 교사로 부임. 《보중친목회보》제2호, 1910.12)
1913.03.29.	보성전문학교 법과 제6회 졸업(3.29). (《천도교회월보》제34호, 1913.5.15)
1913.08.00.	모교인 보성전문학교에서 교수로 후진양성(1913.8~1918.9). (《보성교우회보》제1권, 1931.9)
1913.08.00.	천도교중앙총부는 보성소학교 교감 차상찬을 보성전문학교 간사로 전임 (천도교중앙총부《현기관일기》1913.09.06)
1919.09.00.	천도교청년교리강연부 창립에 참여. [이후 천도교청년회(1920.4.25.), 천도교청년당(1923.9.2.)으로 명칭 변경](『천도교청년당소사』, 1935) 이돈화, 박달성, 이두성 등과 함께 〈개벽사〉 창립 준비에 참여.
1920.01.00.	청년교리강연부에서 월간 잡지 발간 결정, 제호를 《개벽(開闢)》으로 정하고 당국에 허가원 제출에 참여. (《천도교회월보》제116호, 1920.4.15)
1920.04.00.	〈동아일보 창간을 독함〉 축사 게재. (《동아일보》1920.4.21)
1920.06.25.	《개벽》 창간. 창간호에 한시 두 편 〈慶州懷古(경주회고)〉, 〈南漢山城(남한산성)〉을 실었으나 전문 삭제 당함.

1920.07.13.	〈조선체육회〉 창립 발기인(7.13). 당시 신분은 보성소학교 교원. (『대한체육회90년사(1)』, 2010)
1920.09.09.	천도교청년회 주최 순회 강연회 강사로 활동. 〈조선청년의 희망〉(함흥: 신흥지회) 강연(《동아일보》1920.9.23.), 특별대강연(북청지회)(《매일신보》1920.10.26). [박사직과 함께 함흥, 신흥, 풍산, 장진, 삼수 담당, 《천도교회월보》1920.10.15] 9월 11일, 함흥지회에서 1천여 명의 청중이 참석하여 옥외강연회(자아를 각하라: 차상찬, 개조의 조선과 천도교: 박사직)를 개최(《동아일보》1920.09.16.4면) 9월 13일, 신흥지회 주최 강연회(조선청년의 희망: 차상찬, 급히 해결할 조선민족의 종교관: 박사직)를 강예덕의 사회로 신흥교구실에서 3백여 명이 참석하여 개최.(《동아일보》1920.09.25.4면)
1921.04.00.	천도교청년회 포덕부에서 조직한 〈천도교청년회소년부〉에 김기전, 박달성 등과 함께 발기위원으로 참여. (《청년회회보》제3호, 1921.12.30)
1921.10.00.	관동학우회 임시총회에서 회장으로 선출. (《동아일보》1921.10.22)
1922.02.00.	〈개벽사〉 정경부 주임으로 활동.
1922.03.00.	천도교청년회 간무(서무담당) 선출(3.4). 《천도교청년회회보》4호, 1922.9)
1922.04.04.	〈천도교청년회소년부〉를 김기전, 박달성, 방정환, 구중회 등과 함께 발기하여 〈천도교소년회(天道敎少年會)〉로 개편. 천도교소년회의 슬로건은 "우리는 참되고 씩씩하게 자라는 가운데 인정 많은 소년이 됩시다." 소년회원은 54명. 《동아일보》1929.01.04/제1기 소년운동)
1922.05.01.	〈천도교소년회〉에서 5월 첫 일요일을 〈어린이의 날〉로 제정하는 데 참여. 천도교소년회 주최 강연회 사회자로 활동. (《매일신보》1922.6.20) 조선소년지도자회 실행위원으로 활동.
1922.06.00.	《부인》 창간(6.1)에 참여.
1922.12.25.	천도교 전위단체인 〈만화회(萬化會)〉(회장 최린, 부회장 주옥경, 정광조) 창립총회에서 이종린, 박래홍 등과 함께 이사로 선출. (《매일신보》1922.12.27., 《천도교회월보》1923.11.15)
1923.02.02.	〈개벽사〉에서 기획한 〈조선문화의 기본조사〉 사업에 참여. 경상남도 답사(1923.2.2.~3월초). 경상북도 답사(1923.3월말~5월말), 강원도 답사(1923.8.23~11.19), 충청남도 답사(1924.1월초~2월말), 경기도 답사(1924.3~6), 평안남도 답사(1924.7.9.~8.10), 함경남도 답사(1924.8.30.~10.8), 충청북도 답사(1925.1.15~2월 중순), 황해도 답사(1925.4.10.~5월초), 전라남도 답사(1925.6.19.~8.2), 전라북도 답사(1925.11.8~11.22).
1923.03.01.	《어린이》 창간(3.20)과 편집에 참여, 주로 역사인물 위인전 게재.
1923.09.01.	《신여성》 창간(9.1) 참여.
1923.09.02.	천도교청년당 창립(9.2)에 참여. 중앙집행위원 및 간부 위원으로 활동, 노

동부위원(1926), 청년부위원(1927), 상민부위원(1928), 특종위원 철학부원(1932), 학술연구위원 사회부원(1933)으로 활동. (조기간, 『천도교청년당소사』 1935)

1924.04.22.	5월 1일 〈어린이데이〉 준비모임을 천도교당에서 진행. 방정환, 김기전, 이종린, 이두성, 김옥빈, 조철호, 심상덕, 조기간, 강우 등과 함께 준비실행위원으로 활동. (《동아일보》《매일신보》1924.04.23, 《조선일보》1924.04.24)
1924.04.24.	소년운동협회 임시총회를 천도교중앙대교당에서 개최. 의연금 모집위원으로 참여.
1924.04.00.	어린이날(5월 1일) 행사를 위한 실행준비위원으로 활동. (《매일신보》1924.4.23)
1924.06.09.	일제의 언론 탄압에 맞서 전체 언론인들과 더불어 언론집회압박탄핵회를 결성하고 실행위원으로 활동. (《시대일보》1924.6.9)
1925.03.06.	〈전조선기자대회〉에 준비위원으로 추대(《동아일보》1925.3.15), 〈전조선기자대회〉 개최 결정, 서무부위원에 선임(《동아일보》1925.3.17), 경성 천도교기념관에서 오전11시 〈전조선기자대회〉 개최(4.15~4.17) 서기로 선임, 5개항의 결의문 채택. (《동아일보》1925.4.16)
1925.03.25.	모친 춘천 자택에서 별세(3.25). (《매일신보》1925.3.29)
1925.04.03	전조선기자대회 준비회(대표위원 이종린) 제3회 준비위원회에 각 지역 개벽사 기자들과 함께 참여.
1925.04.15.	오전 11시, 무명회(無名會)에서 주최하는 조선 초유의 〈전조선기자대회〉가 천도교 기념관(수운탄생백주년)에서 전국 500여 명의 기자가 참석한 가운데 개최. 차상찬은 서기로 참여. (기념대회 준비위원회 사무실은 기념관 내의 〈개벽사〉에 설치)
1925.10.29.	천도교청년당 산하 조선농민사 설립(10.29) 창립준비위원으로 활동.
1925.12.00.	《조선농민》 창간에 참여.
1926.01.00.	천도교중앙총부 월간 기관지(機關誌)《신인간》 창간에 참여, 책임 집필자로 활동. (《시대일보》1926.1.22)
1926.06.16.	6.10만세 사건으로 취조 수감된 후 14일에 석방. (《동아일보》1926.6.16)
1926.08.01.	《개벽》통권 72호로 강제로 폐간 당함.
1926.09.20.	천도교청년당 조직 개편에서 차상찬은 '노동부위원'으로 선임. (《신인간》1926.10.10)
1926.11.01.	《별건곤》 창간(11.1)에 참여.
1927.04.26.	서대문형무소에 백상규, 김명순의 필화사건으로 구검되었던 차상찬과 방정환 석방(4.26). (《동아일보》1927.4.29,《매일신보》1927.4.28)
1927.11.23.	〈조선야담사〉 창립(11.23) 발기인, 고문으로 추대. (《동아일보》1928.1.31)
1928.07.00.	《별건곤》14호부터 74호(1934.8.1 종간호)까지 편집 겸 발행인으로 활동.

1928.10.01.	세계아동예술전 개최(10.1) 준비위원 및 정리부로 활동. 《동아일보》 1928.9.25)
1928.11.00.	편집국장으로 개벽사 잡지 발간 총괄. (박진, 『세세년년』, 경화출판사, 1966)
1929.03.00.	《조선농민(朝鮮農民)》 이사로 선임.
1929.05.00.	〈개벽사〉 대표로 어린이날(5.1) 준비특별위원으로 활동. (《매일신보》 1929.4.25)
1929.07.24.	라디오(JODK)(7.24.오후7:10) 강연. 삼복의 유래. (《조선신문》1929.7.24)
1929.10.31.	〈조선교육협회〉 주최 조선사전편찬회 창립(10.31) 발기인으로 총회 참석. (《동아일보》1929.11.2)
1929.11.24.	경성차가인동맹설치대회(12.24) 준비위원회 참석. 《동아일보》1929.11.26)
1930.04.02.	천도교청년당 제4차 전당대표대회에서 중앙집행위원으로 선임. (《조선일보》1930.04.07,《신인간》1930.05.01,《동아일보》1930.04.08)
1930.04.06.	조선농민사 전조선대표회(4.6) 부이사장 겸 중앙이사(조사출판부원)로 선출.(《동아일보》1929.4.11)
1930.05.00.	평북 철산사건 진상조사차 출장.(《매일신보》1930.5.30)
1931.02.16.	천도교청년당과 청년동맹 합동대회에서 중앙집행위원으로 선임.(《조선일보》1931.02.18.석간2. 청년당과 동맹 해체 청우당으로 탄생.《매일신보》1931.02.18.2면. 청우당 성립으로 천도교 완전통일(《천도교회월보》1931.02.21)
1931.03.01.	《혜성》1호(3.1)부터 13호(1932.4.15)까지 편집 겸 발행인으로 활동.
1931.03.00.	언론자유를 요구하기 위해 경무국 도서과 방문 청원. (《매일신보》1931.3.12)
1931.03.15.	〈서울잡지협회〉 창립위원(3.15)으로 선임. (《동아일보》,《매일신보》1931.3.17)
1931.05.12.	천도교청우당 노동부에서 창립한 〈조선노동사〉의 중앙위원으로 선임. (《천도교회월보》1931.07.21.《조선일보》1931.5.15.《동아일보》1931.5.17.《당성》1931.06.02)
1931.09.01.	《신여성》39호(9.1)부터 71호(1934.6.1 종간호)까지 편집 겸 발행인, 주간으로 활동.
1931.10.27.	종로기독교청년회관에서 〈만주조난동포문제협의회〉를 조직하고 집행위원으로 선임(10.27). (《동아일보》1931.10.29)
1932.05.01.	《신경제》1호(5.1)부터 10호(1933.6, 종간호)까지 편집 겸 발행인으로 활동.
1932.05.08.	〈서울잡지협회〉 제2회 정기총회(5.8) 출판법규 급속개정결의 신임위원으로 활동. (《동아일보》1932.5.12.《매일신보》1932.5.12)
1932.05.20.	《혜성》을 〈제일선〉으로 제호를 변경하고 1호(5.20)부터 10호(1933.3.15)까지 편집겸 발행인으로 활동.
1932.12.23.	천도교청년당 중앙집행위원으로 임명(12.23). (《매일신보》1932.12.26)
1932.12.25.	〈조선농민사 임시대회〉(12.25) 중앙이사로 선임.
1933.9.14.	조선우생협회(優生協會) 발기인으로 참석(《우생협회》제1호, 1934.9)

1934.04.04.	천도교청년당 제8차 전당대회에서 중앙집행위원으로 선임.(《당성》 1933.05.01.《조선일보》1934.04.08.조간.《동아일보》1934.04.08.석간)
1934.07.09.	조선어학회의 한글통일안 준용 성명서 발표(7.9).(《동아일보》1934.7.10)
1934.10.25.	『조선사천년비사(朝鮮四千年悲史)』(북성당서점, 1934.10.25) 간행.
1934.11.01.	《개벽》신간1호(11.1)부터 신간4호(1935.3.1)까지 편집 겸 발행인으로 활동.
1935.08.05.	조선어학회 주최 조선어표준어 사정회 선정위원으로 참석.(《동아일보》 1935.8.5)
1936.01.01.	천도교가 신구파로 분열된 가운데서도 춘암 박인호 선생(上師) 신년 인사. (『춘암상사댁일지』1936.01.01.-03)
1936.04.29.	최초 역사장편소설「장희빈」(《조선중앙일보》1936.4.29~9.4) 연재. 일장기 말소 사건으로 강제 폐간됨으로 연재 중단.
1936.07.23.	방정환 5주기를 맞아 홍제원 화장장에 보관했던 유골을 양주군 아차산 가족묘지(10평)으로 옮기고 묘비(童心如仙)를 세운 후 차상찬 사회로 제막식 거행.《조선중앙일보》《동아일보》《매일신보》1936.07.22/08.02)
1936.08.00.	소설고문(장편)으로 차상찬, 이태준, 이기영, 심훈 등 4인을 필자로《조선중앙일보》에서 초빙.(『신동아』6권 8호. 1936.8)
1937.01.01.	중앙대교당 신년배하식 후 춘암상사 댁으로 신년 인사.(『춘암상사댁일지』 1937.01.01)
1937.12.20.	『해동염사(海東艷史)』(한성도서출판부, 1937.12.20) 간행.
1939.00.00.	《건강조선》주간으로 활동(경성공생약업사 발행).
1941.06.00.	『조선백화집』 총독부 검열에 걸려 출판 금지.
1944.05.20.	천도교중앙총부 본관 사무실 정리에서 〈개벽사〉 이동 정리를 차상찬이 주관하에 진행.(《교령실일지》1944.05.20)
1945.06.00.	〈매일신보사〉 편집국 교열부 근무.
1946.03.13.	전조선문필가대회(3.13) 창립 회원.(《동아일보》1946.3.11)
1946.03.24	(음2.20) 59세를 일기로 서울 가회동 202의 1번지 자택에서 별세. 28일 오전 11시 발인. 장지는 춘천 유택.(《동아일보》1946.3.29.)
1947.00.00.	유저로『조선사외사』 출간.
1959.00.00	유저로『한국야담사화』 출간.
1984.08.00.	독립기념관 제5운동관에 유고집『조선백화집』외 18점 전시.
2002.03.21.	노암 차상찬의 유품 중 일부가 한국잡지협회에서 개관한 〈한국잡지정보관〉에 영구 보존.(《천도교월보》제261호, 2002.04.15)
2004.11.01.	강원도에서 선정하는 '자랑스런 강원 문화 인물(11월)'로 선정.(《강원도민일보》, 강원도문화원연합회 공동선정)
2006.04.28.	〈청오 차상찬 선생 60주기 선양 심포지엄〉 개최.(춘천민예총 주최, 춘천문화

도시연대 주관, 한림대학교 고령사회연구소 국제회의실)

2010.10.00. 청오의 한시 모음집인 『청오시고』 발굴.

2010.11.01. 제45회 잡지의 날 기념식에서 은관문화훈장 수여 (《천도교월보》제364호, 2010.11.19.《신인간》제722호 2010.11.14)

2010.12.19. 천도교중앙총부 주최 《개벽》 창간 제90주년 및 차상찬 선생 은관문화훈장 수상 기념학술강연회가 중앙대교당에서 2백여 명이 참석하여 개최. (《천도 교월보》제365호 2010.12.22.《신인간》제724호, 2011.01.14)

2012.04.26. 청오 차상찬 특별전시회(4.26-4.15)가 《강원도민일보》와 송암아트리움 공동 주최로 춘천의 송암아트리움에서 개최. (《천도교월보》제382호, 2012.05.18.《신 인간》제740호, 2012.05.17. 차상찬 화보)

2015.05.29. 강원도민일보와 차상찬기념사업회(회장 김중석)가 주최하는 청오 차상찬선 생의 동상제막식이 기관장과 주민 등 200여 명이 참석하여 춘천시 공지천 공원에서 거행. (조각 백윤기, 좌대 2.2m)《천도교신문》제43호 2015.06.01. 및 제44 호, 2015.06.16.《신인간》제776호 2015.06.10)

2016.04.01. 〈차상찬 문고〉(춘천 소재 〈권진규미술관〉 내) 개관. 〈개벽사〉 간행 잡지 대부 분과 청오 차상찬 유품 등 전시.

2016.05.20. 〈청오 차상찬 서거 70주년 기념 학술대회〉(한림대학교 국제회의실) 개최.

2017.05.12. 〈청오 차상찬 탄생 130주년 기념 학술대회〉(한림대학교 국제회의실) 개최. (《천도교신문》제90호, 2017.05.25)

2017.12. 〈차상찬 문고〉(춘천 소재 〈데미안책방〉 내) 이전

2018.11.23. 〈청오 차상찬 전집(1차) 발간 기념 학술대회〉(한림대학교 국제회의실) 개최.

2018.12.31. 『차상찬전집』(1,2,3권) 발행.

2019.05.10. 〈3.1운동 100주년 기념 2019년 청오 차상찬 학술대회〉(한림대학교 국제회의 실) 개최.

2019.06.14. 〈2019 범우출판포럼 학술세미나-잡지인 차상찬 연구〉(〈데미안책방〉 내 〈차 상찬 문고〉)

2. 차상찬 글 목록(《개벽》)

■ 일러두기

1. 《개벽》 창간호(1920.6)부터 《개벽》 신간 4호(1935.3)까지 발표된 순서에 따라 작성하였다. '조선문화의 기본조사'는 소제목을 기준으로 정리하였다.
2. 본문을 기준으로 필자명, 제목, 권호, 발행월 순서로 정리하였으며, 필자명과 제목이 본문과 다른 경우 괄호에 넣었다.
3. 전문 삭제, 부분 삭제, 공동 집필 등 세부 사항은 비고에 밝혀 두었다. '조선문화의 기본조사'의 공동 필자는 성씨만 표기하였다. (예: 김기전은 (김), 이재현은 (이), 박달성은 (박))
4. 이 목록은 『차상찬전집』 3권(차상찬전집편찬위원회 편, 2018)의 〈부록2〉의 '《개벽》에 발표한 글 목록'을 일부 수정·보완한 것이다.

《개벽》				
필자	제목	권	발행일	비고
靑吾 車相瓚	漢詩·慶州懷古	1	1920.06	전문삭제
靑吾 車相瓚	漢詩·南漢山城	1	1920.06	전문삭제
車相瓚	漢詩·秋日往牛耳洞拜孫義庵先生墓	29	1922.11	
尖口生	싸마구의 雌雄	34	1923.04	
	朝鮮文化의基本調査·慶南道號	34	1923.04	1923.2.2-3월초: 차상찬, 김기전 답사
	먼저慶南의大體로부터說去하면	34	1923.04	(김)
	朝鮮人敎育과日本人敎育의比較	34	1923.04	(김)
	本道宗敎의槪況	34	1923.04	(김)
	農産,水産,工産一本道의三大産業	34	1923.04	(김)
	各地의特産一束	34	1923.04	(김)
	山靑瓷器硏究의苦心人閔永直君	34	1923.04	
	慶南人民의怨府인智異山大學林	34	1923.04	
靑吾	南江의落花와金碧의冤血	34	1923.04	
(一記者)	智異山譜 (雪裏花開四時長春의智異山)	34	1923.04	
	兄弟妻子不相見의 形形	34	1923.04	(김)
一記者	慶南雜話	34	1923.04	
車相瓚	우리의足跡一京城에서 咸陽까지	34	1923.04	
	朝鮮文化의基本調査·慶北道號	36	1923.06	1923.3월말~5월말:차상찬, 이재현 답사
	一府,二十二郡,一島의 辰韓古國	36	1923.06	(이)
	南鮮의寶庫인 慶北의 産業(産業界)	36	1923.06	(이)

	依舊不振하는本道의教育現況	36	1923.06	(이)
	地方發展의中心이 되는 本道의 靑年團體	36	1923.06	(이)
	癩病患者의恩人「왜렛싸」氏의創設한大邱癩病院	36	1923.06	(이)
靑吾	三百年前에歸化한 大和魂:慕華堂金忠善公의 奇行	36	1923.06	《조선사천년비사》수록
C·S·C生	多恨多淚한慶北의民謠 : 새벽길삼지기는년,사발웃만입더란다」	36	1923.06	
靑吾	漢詩: 過大邱將臺,桃李寺,採薇亭,聞山有花歌,香娘淵,甘文國懷古,尙州懷古,伽倻懷古	36	1923.06	
靑吾	(噫) 魚腹의 香魂 : 時代의 罪냐 社會의 罪냐 悲絶凄絶한 香娘의 죽엄	36	1923.06	
	民怨이 漲天한 義城郡廳	36	1923.06	(이)
一記者	나의 본 慶北의 各郡: 大邱-善山-金泉-尙州-聞慶醴泉-榮州-奉化-安	38	1923.08	(이)
	一千年古都慶州地方	38	1923.08	(이)
	朝鮮文化의基本調査:江原道號	42	1923.12	1923.8.23-11.19:차상찬 답사
	江原道장打令	42	1923.12	
	朝鮮의 處女地인 關東地域	42	1923.12	
	道內敎育及宗敎槪況	42	1923.12	
	萎靡不振한江原道의 産業	42	1923.12	
	嶺西八郡과嶺東四郡:春川-洪川-橫城-原州-楊口-華川-平康-鐵原-江陵-襄陽-高城-通川	42	1923.12	
	이쌀의 民謠와 童謠	42	1923.12	
靑吾	(漢詩) 關東雜詠:莊陵,藥城,大滄,寒松亭,烏竹軒,龍池,養魚池,三日浦,洪川豊巖,鐵原	42	1923.12	
一記者	泰封王金弓裔는엇더한人物인가	42	1923.12	
	悲絶壯絶한閔大將의 略史	42	1923.12	《조선사천년비사》수록
(一記者)	世界稀有의 私設 遊廓 (鐵原의 私設 遊廓)	42	1923.12	
靑吾	江原道를一瞥한總感想	42	1923.12	
靑吾	(趣味雜話)쥐의四面觀	43	1924.01	
	朝鮮文化의基本調査:忠南道號	46	1924.01	1924.1월초순~2월말:차상찬 답사
車特派員	兩班의 淵藪인 忠南地帶 (疲弊의 忠南! 更生의 忠南)	46	1924.04	
車特派員	産業一瞥	46	1924.04	
車特派員	엄벙이忠淸南道를보고:公州-天安-牙山-禮山-唐津-瑞山-舊泰安-洪城-江景-燕岐-大田	46	1924.04	
一記者 (車特派員)	戰史上으로 본 忠淸南道(壬辰亂,李夢鶴亂, 東學亂, 義兵亂=百濟物語=特産一瞥)	46	1924.04	

香爐峰人 (車特派員)	鷄龍山아	46	1924.04	
靑吾 (車特派員)	湖西雜感	46	1924.04	
靑吾 (車特派員)	扶餘懷古	46	1924.04	
(車特派員)	名勝과 古蹟	46	1924.04	
	朝鮮文化의基本調查:京畿道號	47	1924.05	1924.3~6월:개 벽사기자 답사
靑吾	嗚呼思悼世子 (遺恨千古의思悼世子(哀話))	48	1924.05	부분삭제
(尖口生)	天玄地黃	48	1924.06	
	朝鮮文化의基本調查:京城號	48	1924.06	1924.3~6월:개 벽사기자 답사
一記者(靑吾)	京城의 花柳界 (서울이란이럿소: 花柳界의種種相)	48	1924.06	
(相瓚)	京城의 迷信窟 (서울이란이럿소: 中에도甚한迷信窟)	48	1924.06	
(一記者)	京城의 名勝과 古蹟 (서울이란이럿소: 名勝과古蹟)	48	1924.06	「京城이가진名 所와古蹟」(考古 生《別乾坤》23 호)와 내용 유사
觀相者	京城의人物百態	48	1924.06	
車賤者	白丁社會의暗憺한生活狀을擧論하야衡平戰線의統一 을促함	49	1924.07	
車相瓚	사람은「개고리」가 안이다 (夏休中의學生諸君을 爲 하야:故鄕에만 가지마라)	49	1924.07	
觀相者	色色形形의 京城 妾魔窟 可驚可憎할 有産級의 行態(可驚可憎한 彼等有産者一流의 私設遊廓經營)	49	1924.07	
(天里眼)	天玄地黃	49	1924.07	
相瓚(車相瓚)	貧者의 녀름과 富者의 녀름	50	1924.08	
靑吾	各地의 녀름과 그-通信:牡丹峰에서	50	1924.08	
	朝鮮文化의基本調查:平南道號	51	1924.08	1924.7.9~8.10: 차상찬, 김기전 답사
(車相瓚)	總言 (平南二府十四郡 : 總言)	51	1924.09	(김)
(車相瓚)	錦繡江山 - 平壤府	51	1924.09	(김)
(車相瓚)	平壤基督敎會의發展經路	51	1924.09	(김)
(車相瓚)	平壤의 社會運動	51	1924.09	(김)
(車相瓚)	平壤의 天道敎會	51	1924.09	(김)
觀相者 (車相瓚)	平壤人物百態	51	1924.09	
(車相瓚)	西京夜話	51	1924.09	(김)
靑吾記 (車相瓚)	鹿足夫人・桂月香・玉介	51	1924.09	

(車相瓚)	(列邑大觀) 平壤府의 藩屏인 大同郡:쌀이 만코 鑛이 만흐나 百姓에겐 無所關	51	1924.09	(김)
(車相瓚)	安州-西鮮에 일홈잇는 商業地	51	1924.09	(김)
(車相瓚)	鐵의 産地로 著名한 价川郡-그러나 그것은 벌서 民衆의 것이 아니다	51	1924.09	(김)
(車相瓚)	非山非野의 江東王國-檀君墓가잇고 三十六洞天이 잇다	51	1924.09	(김)
(車相瓚)	風靜浪息의 成川郡-思想轉換,新局面展開의 必要	51	1924.09	(김)
(車相瓚)	藥水名地 江西郡	51	1924.09	(김)
(車相瓚)	黃龍古國-龍岡郡	51	1924.09	(김)
(車相瓚)	西鮮良港 鎭南浦	51	1924.09	(김)
(車相瓚)	平南 米倉 平原郡	51	1924.09	(김)
(車相瓚)	松茸名産地陽德郡-本邑서元山·平壤이 各二百八十里	51	1924.09	(김)
(車相瓚)	山邑中妙邑인孟山郡-핏네릿내가오히려 코를 찌르는 孟山邑	51	1924.09	(김)
(車相瓚)	火田民逐出로廢邑이 될 地境인-畫短夜長의 寧遠郡	51	1924.09	(김)
(車相瓚)	山邑中에雄州인德川郡-四山環匝作重城,一野蔓蔓掌樣平-	51	1924.09	(김)
(車相瓚)	西鮮과 南鮮의 思想上分野:政治運動에 압장서고社會運動에 뒤썰러진 西鮮 (總觀:西鮮과南鮮의思想上分界)	51	1924.09	(김)
(車相瓚)	듯던 바와 다른 西道의 貧富懸隔 : 資本閥의 橫行, 地主級의 無嗟!	51	1924.09	(김)
(車相瓚)	滿洲粟에목을매는細民의生活苦:쓸것은만하가고벌이는줄고人心은薄해가고	51	1924.09	(김)
(車相瓚)	平南의二大民弊-蠶繭共同販賣와道路競進會	51	1924.09	(김)
靑吾	雜觀雜感	51	1924.09	
車相瓚	戰亂過中에 入한 在中七十萬同胞	52	1924.10	
(尖口子)	京城雜話 (大言小言)	52	1924.10	부분삭제
觀相者	흔들리는 總督府 속 :新來種의凋落과 在來種의 擡頭	52	1924.10	부분삭제
靑吾	西京雜絕	52	1924.10	
	京城雜話	54	1924.12	
車賤者	昌皮莫甚한普天教의 末路	54	1924.12	
	朝鮮文化의基本調査:咸南道號	54	1924.12	1924.8.30.~10.8:차상찬, 박달성 답사
調査員 車相瓚(車特派員)	咸南列邑大觀:家給人足의 咸鏡南道 (其二) 咸南首府인咸興郡	54	1924.12	
(車特派員)	日新日興의 新興郡	54	1924.12	
(車特派員)	山長水長한 長津郡	54	1924.12	

(車特派員)	間於兩興 定平郡	54	1924.12	
(車特派員)	明紬名產地인 永興郡	54	1924.12	
(車特派員)	鰱魚名產地인 高原郡	54	1924.12	
(車特派員)	咸南의 木炭庫인 文川郡	54	1924.12	
(車特派員)	元山의 울타리 德源郡	54	1924.12	
(車特派員)	明太王國인 元山府	54	1924.12	
(車特派員)	大豆特產地 安邊郡	54	1924.12	
靑吾	北國千里行	54	1924.12	
觀相者	咸興과 元山의 人物百態	54	1924.12	
靑吾(車相瓚)	牛譜	55	1925.01	
車賤者	長髮賊의最後蠢動	56	1925.02	
(一記者)	流言蜚語(최근 경성의 유언비어)	56	1925.02	
觀相者	千態萬狀의京城敎育界人物 (敎育界와學生界를 爲하야-京城敎育界 人物百態)	58	1925.04	
(靑吾)	形形色色의 京城 學生相 (敎育界와學生界를 爲하야 形形色色의 京城 學生相)	58	1925.04	
	朝鮮文化의基本調査:忠北道號	58	1925.04	1925.1.15.~2월 중순:차상찬 답사
特派員 車相瓚	踏査記를쓰기前에(忠淸北道踏査記:踏査記에先하야)	58	1925.04	
	總論	58	1925.04	
	말숙한淸州郡	58	1925.04	
	空殼만 남은 鎭川郡	58	1925.04	
	邑殘民疲한 陰城郡	58	1925.04	
	黃煙에 목을 매인 忠州郡	58	1925.04	
	漸次衰退하는槐山郡	58	1925.04	
	問題만흔 永同郡	58	1925.04	
	土肥穀豊한沃川郡	58	1925.04	
	忠北의 三大名物 二大鑛山	58	1925.04	
	湖中雜記	58	1925.04	부분삭제
一衆觀者 (一記者)	朝鮮記者大會雜觀	59	1925.05	
(一記者)	開會前에 禁止된 民衆運動者大會	59	1925.05	
(一記者)	朝鮮言論界의 沿革 (朝鮮言論界의 昔今觀)	59	1925.05	
(尖口生)	京城雜話	60	1925.06	
	朝鮮文化의基本調査:黃海道號	60	1925.06	1925.4.10.~5월 초:차상찬, 박달성 답사

(車相瓚)	黃海道의 總觀-位置, 地勢, 沿革, 戶口, 敎育, 宗敎, 産業, 其他에 대하야	60	1925.06	(박)
(車相瓚)	各方面으로 본 黃海道 17郡 - 延白郡은 黃海道 穀倉	60	1925.06	(박)
(車相瓚)	海州는 第二 開城	60	1925.06	(박)
(車相瓚)	長淵郡은 黃海道 樂地	60	1925.06	(박)
(車相瓚)	瓮津郡은 海西의 處女地	60	1925.06	(박)
(車相瓚)	松禾는 去皮 三十里	60	1925.06	(박)
(車相瓚)	殷栗은 棉花자랑	60	1925.06	
(車相瓚)	可驚할黃海道內의日本人勢力-農業·林業·鑛業·漁業·商業·金融業·其他에對하야	60	1925.06	
靑吾	天惠가特多한朝鮮의地理	61	1925.07	
(尖口生)	異常한 事實, 奇怪한 消息	62	1925.08	
	朝鮮文化의基本調査 :全南道號	63	1925.11	1925.6.19.~8.2 :차상찬 답사
特派員 車相瓚	全羅南道 踏査記	63	1925.11	
靑吾(車相瓚)	踏査記를 쓰기前에 (踏査記에 先하야)	63	1925.11	
(車相瓚)	朝鮮의 寶庫인 全羅南道의 總觀 (朝鮮의 寶庫 全南總觀)	63	1925.11	
(車相瓚)	全南의三代産業인 農産,工産,水産	63	1925.11	
(車相瓚)	(郡勢槪觀) 後百濟의 古都 光州郡 - 只今은 全羅南道의 道廳所在地	63	1925.11	
(車相瓚)	全南西蜀和順郡-人蔘根源地同福과 趙靜菴流配所綾州와 合郡	63	1925.11	
(車相瓚)	竹細工의 名地인 潭陽郡-竹林面積 二○四町步·竹細工品産額年八十萬圓	63	1925.11	
(車相瓚)	黨爭是事하는谷城郡 - 邑에는 丁氏의 骨肉爭 村에는 安趙兩姓의 兩班爭	63	1925.11	
(車相瓚)	山中藝術鄕求禮郡 - 詩人과 歌客이 特히 만타	63	1925.11	
(車相瓚)	江南佳麗地인順川郡-溝水東流碧玉流, 七分明月古徐州	63	1925.11	
(車相瓚)	外力이特多한 光陽郡	63	1925.11	
(車相瓚)	全羅左水營이던麗水郡-李忠武公의創建한鎭南館과 그의墮淚碑가잇다	63	1925.11	
(車相瓚)	邑殘村富한寶城郡 - 邑無一酒家, 村有八萬翁	63	1925.11	
(車相瓚)	三代特産地長興郡 - 苧麻耕地面積 一三○町步 年産一萬五千匹 海苔 二六九二七貫의價格三十二萬三千圓 銀魚四,二○○貫에 價格 八千四百圓	63	1925.11	
(車相瓚)	眞梳名産地靈岩郡 - 眞梳年産額 三百萬個로價格十八萬圓이오 쏘 天下名僧訥國師의誕生地로 著名한다	63	1925.11	
(車相瓚)	全羅南道에 在한 地主의 勢力	63	1925.11	

(車相瓚)	漸次 組織化하는 全南의 農民運動	63	1925.11	
(車相瓚)	民怨漲天한 所謂 大學演習林의 內容	63	1925.11	
靑吾(車相瓚)	湖南雜觀 雜感	63	1925.11	
	朝鮮文化의基本調査:全北道號	64	1925.12	1925.11.8.~11. 22:차상찬 답사
特派員 車相瓚	全羅北道踏査記	64	1925.12	
(車相瓚)	一府十四郡인全羅北道의 縱橫觀	64	1925.12	
(車相瓚)	朝鮮人敎育과日本人敎育	64	1925.12	
(車相瓚)	産業上으로본全羅北道	64	1925.12	
(車相瓚)	日本人에게全滅된 全北의 土地	64	1925.12	
(車相瓚)	全北의重要列郡槪況-平野部一府七郡과山間部七郡	64	1925.12	
(車相瓚)	이쌍의 名勝과 古蹟	64	1925.12	
(車相瓚)	全北의靑年運動과勞働運動	64	1925.12	
靑吾(車相瓚)	湖南을 一瞥하고	64	1925.12	부분삭제
(一記者)	十三道의踏査를맛치고나서	64	1925.12	
車相瓚	六十年前의朝鮮과 洋擾	65	1926.01	
一記者	回顧 七十一丙寅	65	1926.01	
靑吾	天下名物인山君의 六面相	65	1926.01	
尖口生	京城雜話	66	1926.02	
車賤者 (尖口生)	京城雜語	67	1926.03	
車相瓚	새로追憶되는李在明君	67	1926.03	전문삭제
靑吾	花譜	68	1926.04	
一記者	甲午東學亂의自初至終	68	1926.04	《조선사천년비 사》수록
車相瓚	(訪花隨柳記) 牛耳洞의봄을찻고서	69	1926.05	
尖口生	京城雜話	69	1926.05	
靑吾	春宵漫筆	69	1926.05	
車相瓚	回顧二十七歷代:萬事初創인 太祖朝(回顧五百年朝鮮)	70	1926.06	
車相瓚	改革期에入한定宗朝	70	1926.06	
車相瓚	整頓時代의太宗朝	70	1926.06	
車相瓚	李朝의黃金時代인 世宗朝	70	1926.06	
車相瓚	多淚多恨한文端兩宗朝	70	1926.06	
車相瓚	文烈武揚의世祖時代	70	1926.06	
車相瓚	泰平天下인成宗時代	70	1926.06	
車相瓚	暗黑時代인燕山朝	70	1926.06	
車相瓚	士禍不絶한中宗朝	70	1926.06	

車相瓚	外戚用權의始期인 明宗朝	70	1926.06	
車相瓚	黨爭과兵亂에苦惱한 宣祖朝	70	1926.06	
車相瓚	大北의天下인光海朝	70	1926.06	
車相瓚	內禍外患이幷起한 仁祖時代	70	1926.06	
車相瓚	北伐論이高調된孝宗時代	70	1926.06	
車相瓚	黨爭激甚한 · 顯 · 肅 景三宗時代	70	1926.06	
車相瓚	其命維新의英。正兩朝	70	1926.06	
車相瓚	外戚이跋扈한純, 憲, 哲三宗朝	70	1926.06	
車相瓚	多事多艱한光武時代	70	1926.06	
車相瓚	噫二十七代의 隆熙朝	70	1926.06	부분삭제
車賤者	李太祖의 建國百話	70	1926.06	
城東學人	士禍와 黨爭	70	1926.06	목차에만 있음. 71호 게재
(一記者)	五百年間의外亂一瞥 [五百年間三大外亂(倭亂,胡亂,洋擾)]	70	1926.06	부분삭제 「六十年前의朝鮮과洋擾」 관련
(三角山人)	政鑑錄 (五百年間의 政鑑錄)	70	1926.06	부분삭제
尖口生	京城雜話	70	1926.06	
靑吾(車相瓚)	士禍와 黨爭	71	1926.07	
尖口生	京城雜話	71	1926.07	
靑吾	再興國의 新人物	72	1926.08	강제폐간호
昭陽學人	六號通信-壽春漫評	72	1926.08	
車	回顧 8年 (卷頭言)	신1	1934.11	
壽春山人	丙申丙亂關東民兵亂秘話	신1	1934.11	
	百人百話	신1	1934.11	
	百人百話	신2	1934.12	
車相瓚	滿五十周年을맞는 甲申改革亂의回顧-十二月四日=陰 十月十七日-	신2	1934.12	
	百人百話	신3	1935.01	
靑吾	朝鮮蓄妾史	신3	1935.01	
壽春山人	傳說 · 奇談-高麗王祖와 西海龍豚 (高麗王祖와 龍豚)	신3	1935.01	
司洞畜 猪八 戒	大諷刺 · 大滑稽 "도야지"의身勢打令	신3	1935.01	《조선백화집》 수록
	百人百話	신4	1935.03	
車相瓚	朝鮮新聞 發達史	신4	1935.03	

3. 차상찬 관련 기사 · 연구 목록

고대신문사,「잡지 정보관에 모교 출신 차상찬 유품, 유고 영구 보존」,《고대신문》 2002.4.8.

김만,「잡지기자만평」,『동광』제24호, 1931.8.

김근수,『한국 잡지사 연구』, 한국학연구소, 1992.

김성근,「일제하의 저널리스트, 청오 차상찬」,《경원대학보》, 1990.3.20.

김영희,「일제 시기 잡지 언론인 차상찬 연구」,《지역 언론의 과거와 현재 그리고 미래 세
미나 자료집》, 강원언론학회, 2008.10.16.

김용천,「초창기의 잡지인-차상찬」,『현대의 인물』, 태극출판사, 1974.

_____,「청오 차상찬과 종합잡지 개벽」,《청오 차상찬 선생 60주기 선양 심포지엄(자료
집)》, 2006.4.28, 한림대학교 고령사회연구소국제회의실.

김응조,「개벽사와 차상찬」,《천도교월보》, 2009.4.

_____,「청오 차상찬과 개벽사」,《신인간》 380호, 1980.8.

김정숙,「잡지인 차상찬 연구: 차상찬이 만든 잡지를 중심으로」,『한국출판학연구』45, 한
국출판학회, 2019.8.

김태완 · 민경욱,「《개벽》 창간한 차상찬 선생 잡지와 사랑에 빠졌던 한 남자의 독립투쟁
기」,《월간조선》, 2011년 4월호, 2011.4.

김태웅,「차상찬의 지방사정조사와 조선문화인식 - '조선문화의 기본조사'를 중심으로」,《청
오 차상찬 서거 70주년 기념 학술대회(자료집)》, 한림대학교 국제회의실, 2016.5.20.

_____,「차상찬의 지방사정 조사와 조선문화 인식」,『역사교육』148, 2018.12.

김호동,「'안용복' 역사적 사실과 '안용복' 소설」,『민족문화논총』66, 민족문화연구소,
2017.8.

김헌,「경계인 차상찬의 강원 문화 인식」《청오 차상찬 전집발간(1차) 기념 학술대회(자료
집)》, 2018.11.23. 한림대학교 국제회의실.

이상점,「차상찬」,『한민족의 슬기』, 靑化, 1983.

박진,「사회 풍자와 인물만평 등 당대의 제일인자 청오 차상찬」,『세세연년』, 동화출판사,
1966.4.

박길수,『한국 잡지의 선구자 - 차상찬 평전』, 도서출판 모시는사람들, 2012.

_____,「청오 차상찬과 강원도」《청오 차상찬 서거 70주년 기념 학술대회(자료집)》,
2016.5.20. 한림대학교 국제회의실,

박미현,「잡지 언론의 선각자 차상찬 선생」,《강원도민일보》, 2002.5.30.

박종수,「차상찬론」,『한국민속학』28-1, 한국민속학회, 1996.

_____,「차상찬-한국민속인물사」,『제25회 민속학회전국대회발표자료집』, 용인대전통
문화연구소, 1996.11.

박학래, 「모교를 빛낸 교우들-청오 차상찬 교우」, 《고대교우회보》 304호(8면), 1995.11.5.

백 철, 「개벽시대-차상찬」, 《조광》, 조선일보사, 1936.9.

_____, 「개벽사 편집실 풍경」, 《중앙일보》, 1969.5.8.

_____, 「남기고 싶은 이야기」, 《중앙일보》, 1978.1.10.

보성중고교우회, 「차상찬과 천도교」, 2009.7.15.

성주현, 「《신인간》지와 필자, 그리고 필명」, 《신인간》 600호, 2000.8.

_____, 「청오 차상찬의 천도교 활동에 대한 고찰」, 《3.1운동 100주년 기념 2019년 청오 차상찬 학술대회(자료집)》, 2019.5.10. 한림대학교 국제회의실

_____, 「청오 차상찬의 천도교 활동에 대한 고찰」, 『한국민족운동사연구』 99, 한국민족운동사학회, 2019.

송민호, 「차상찬과 별건곤: 식민지 조선의 문화 기획」, 《청오 차상찬 전집발간(1차) 기념 학술대회(자료집)》, 2018.11.23. 한림대학교 국제회의실.

신현득, 「잡지 언론의 선구자 청오 차상찬」, 《청오 차상찬 선생 60주기 선양 심포지엄(자료집)》, 한림대학교 고령사회연구소국제회의실, 2006.4.28.

심경호, 「김삿갓 한시에 대한 비판적 검토」, 『한문학논집』 51, 근역한문학회, 2018.

_____, 「차상찬의 민족문학 발굴 공적 - 김삿갓 한시 수집과 한국문헌설화재정리」, 《3.1운동 100주년 기념 2019년 청오 차상찬 학술대회(자료집)》, 2019.5.10. 한림대학교 국제회의실.

_____, 「『차상찬 전집』(1~3, 차상찬전집편찬위원회, 2018)에 관한 단상(斷想)」, 『근대서지』 20, 근대서지학회, 2019.12.

안건혁, 「여명기의 개척자들-차상찬」, 《경향신문》, 1984.7.28.

야나가와 요스케, 「1920-1930년대 언론계와 차상찬의 위치 - 단체 활동과 '신문 발달사' 서술을 중심으로」 《3.1운동 100주년 기념 2019년 청오 차상찬 학술대회(자료집)》, 2019.5.10, 한림대학교 국제회의실.

오현숙, 「차상찬 전집 간행을 위한 제언 - 아동문학을 중심으로」, 《청오 차상찬 탄생 130주년 기념 학술대회(자료집)》, 2017.5.12, 한림대학교 국제회의실.

유명희, 「차상찬의 민요수집과 유형 연구」《청오 차상찬 전집발간(1차) 기념 학술대회(자료집)》, 2018.11.23, 한림대학교 국제회의실

_____, 「차상찬의 민요 수집과 유형 연구: 개벽과 별건곤을 중심으로」, 『한국민속학』 54, 한국민요학회, 2018.12.

유용태, 「언론계의 거목 청오 차상찬 선생 - 펜으로 일제의 칼에 맞서 싸운 민중운동가」, 《강원일보》, 2009.4.15.

_____, 「언론출판계의 거장 청오 차상찬 일제강점기 - 최고 잡지 개벽 이끈 강원인의 자랑」, 《강원일보》, 2009.8.6.

_____, 「청오 차상찬의 유묵」, 《강원일보》, 2004.9.13.

유정월, 「『어린이』 소재 차상찬 역사동화연구 - 자료와 서술방식을 중심으로」, 『리터러시
　　연구』11. 한국리터러시학회, 2020.

윤석중, 「청오와 어린이운동」, 《신인간》 205호, 1974.11.

이광순, 「개벽지와 '팬 네임' - 이중필명과 익명의 경우에 대하여」, 《신인간》 270호,
　　1969.11 · 12.

이동초, 「한국잡지언론계의 선구자 노암 차상찬」, 《신인간》 647호, 신인간사, 2004.7.

이지호, 『청오 차상찬』, 서울삼락회, 1997.12.

이혜정, 「천도교와 개벽사 그리고 차상찬」, 《청오 차상찬 탄생 130주년 기념 학술대회(자료
　　집)》, 2017.5.12 , 한림대학교 국제회의실.

임명숙, 「청오의 애국적 계몽사상」, 《신인간》 550호, 1996.5.

잡지협회, 「잡지 언론계의 선구자 차상찬」, 2009.10.1.

장정희, 「방정환의 필명 쌍S재론」, 『한국아동문학연구』, 한국아동문화학회, 2017.

정광수, 「차상찬」, 『해동문학』, 2005.1.

정다연, 「《별건곤》 소재 차상찬 역사 서술 연구」, 성균관대학교 대학원 석사학위논문,
　　2019.

정용서, 「1930년대 개벽사 발간 잡지의 편집자들」, 『역사와 실학』57, 역사실학회, 2015.

_____, 「개벽사의 잡지 발행과 편집진의 역할」, 《한국민족운동사연구》 83, 한국민족운동
　　사학회, 2015.

_____, 「차상찬과 개벽사」, 《청오 차상찬 서거 70주년 기념 학술대회(자료집)》, 2016.
　　5.20. 한림대학교 국제회의실.

정지창, 「해학과 재치의 문필가 청오 차상찬」, 『사람과 문학』75, 도서출판 사람, 2015.

정진석, 「개벽과 차상찬」, 《잡지뉴스》, 한국잡지협회, 2008.3.

_____, 「개벽사의 '문화적 민족주의'와 잡지 언론인 차상찬」, 《청오 차상찬 서거 70주년
　　기념 학술대회(자료집)》, 2016.5.20. 한림대학교 국제회의실,

정진섭, 「개벽사와 차상찬」, 2008.4.10.

정현숙, 「차상찬연구 1 - 기초조사와 학술적 연구를 위한 제언」, 『근대서지』16, 근대서지
　　학회, 2017.12.

_____, 「차상찬연구2 - 필명 확인①」, 『근대서지』17, 근대서지학회, 2018.12.

_____, 「차상찬연구3 - 필명 확인②」, 『근대서지』20, 근대서지학회, 2019.12.

_____, 「차상찬의 이동과 연대의 시간 -『개벽』의 '조선 문화의 기본 조사'를 중심으로」,
　　『구보학보』24, 구보학회, 2020.4.

조갑준, 「우리나라 잡지 언론의 선구자이자 독립군: 광복의 달 8월에 되새기는 차상찬 선
　　생」, 『프린팅코리아』194호, 대한인쇄문화협회, 2018.8.

조진미, 「청오의 항일적 대민관」, 서울교대윤리학과 졸업논문, 1985.11.

조진태, 「일제에 항거한 필봉(筆鋒)은 살아 있다」, 『교육세계』, 1976.5.19.

조진태,「청오가 남긴 충절의 삶」,『충효교육』, 문종서관, 1977.

차상찬전집편찬위원회,『차상찬전집』1-3, 금강 P&B. 2018.12.

차수열,「차상찬」,《강원일보》, 1972.12.12.

_____,『태백의 인물 차상찬』, 1992.12.1.

차웅렬,「청오 차상찬 선생」,《화계초등학교 교지》, 1993.2.10.

_____,「나의 아버지 청오 차상찬」,《신인간》543호, 1995.9+10.

_____,「언론의 선각자 청오 차상찬」,《색동문화》창간호, 2000.2.18.

최덕교 편,「잡지 언론의 선구자 청오 차상찬」,《잡지뉴스》, 잡지협회, 1997.9,

_____,「청오 차상찬」,『잡지백년사(개벽사편)』, 현암사, 2004.5.15.

_____,『한국잡지백년』2, 현암사, 2005.

최영수,『곤비(困憊)의 서』, 경향신문출판부, 1949.6.

춘천국악원,〈청오 차상찬 신생 민요를 곁들인 국악 무용의 모임〉, 2006.5.14.

편집실,《개벽》에 얽힌 회상」,《신인간》283호, 1971.2+3.

_____,「잊혀진 이름, 언론의 선각자 청오 차상찬 선생」,《강원일보》, 1982.10.5.

_____,「언론 출판계의 선구자 차상찬 선생」,《보성고교 교보》, 1986.2.20.

_____,「차상찬 선생 유품 잡지정보관에 영구보존」,《천도교월보》, 2002.5.15.

_____,「민족지《개벽》주간 청오 차상찬」,《강원도민일보》, 2004.11.1.

_____,「한국 잡지 · 언론계의 선구자, 청오 차상찬」①②③,《잡지뉴스-MAGAZINE NEWS》, 한국잡지협회, 2009.10.11.12월호.

하영휘,「차상찬의 관동잡영(關東雜詠)」,『근대서지』9, 근대서지학회, 2014.6.

한희민,「개화기 춘천 지식인의 현실인식과 문학적 표현」, 강원대학교 대학원 석사학위논문, 2018.

참고문헌

식민지 조선의 항일 문화운동과 개벽 · 정진석

노아자,「소년에게」,《개벽》, 1921.11~1922.3. 이광수는 이 때 '노아자(魯啞子)'라는 필명을 사용했다.

박용옥,「여성잡지 부인과 신여성」,『신인간』, 1986.4.

백 철,「개벽시대」,『한국문단 이면사』, 깊은 샘, 1999.

백순재 · 하동호,「개벽지 총목차를 제공하며」,『개벽지 총목차: 1920~1949』국회도서관, 1966.

안병욱,「이광수의 민족개조론, 민족 백년대계를 구상한 대 경륜의 서(書)」,『사상계』, 1967.1.

_____,「작품해설」,『춘원의 명작논문집 민족개조론』, 우신사, 1981.

윤석중, 어린이 잡지 풀이,『어린이』영인본 1, 보성사, 1976.

이광수,「민족개조론과 경륜, 최근 10년간 필화사」,『삼천리』, 1931. 5월 호.

_____,「문단생활 30년의 회고,3, 무정을 쓰던 때와 그 후」,『조광』1936.6.

이재철,「민족주의 소년운동의 보루」,『어린이』영인본1, 보성사, 1976.

정용서,「해제, 새로 발견한 어린이를 영인하며」,『미공개 어린이』4, 2015.

정진석 편,『신문지요람』1926, 경성지방검사국:『극비 총독부 언론탄압 자료총서』1.

정진석,「개벽사의 '문화적 민족주의'와 잡지 언론인 차상찬」, 청오 차상찬 서거 70주년 기념학술발표회, 한림대학교 아시아문화연구소, 2016.5.21.

_____,「개벽의 문화적 민족운동과 항일」, 청오 차상찬 탄생 130주년 기념 학술대회, 주제발표, 한림대학교 아시아문화연구소, 2017.5.12.

_____,『언론인 춘원 이광수』, 기파랑, 2017, 110 제3장 이하.

Michael E. Robinson,『일제치하 문화적 민족주의』(Cultural Nationalism in Colonial Korea, 1920-1925), 김민환 역, 나남, 1990.

청오 차상찬과 천도교 · 성주현

1. 기본 자료

《천도교회월보》	《매일신보》
《동아일보》	《조선일보》
《중외일보》	《중앙일보》

《시대일보》　　　　　　　　　『천도교청년회회보』
《신인간》　　　　　　　　　　《당성》
《개벽》　　　　　　　　　　　《별건곤》
『家政の友』　　　　　　　　　『野談』
『半島の光』　　　　　　　　　『四海公論』
『女性』　　　　　　　　　　　『新時代』
『白光』　　　　　　　　　　　『蒼空』
『博文』　　　　　　　　　　　『春秋』
「天道敎ノ動靜ニ觀スル件」, 1925.
「朝鮮少年總同盟常務委員會ノ件」, 1929.

2. 논저
박길수, 『차상찬 평전』, 모시는사람들, 2012.
성주현, 「천도교청년당(1923-1939) 연구」, 한양대학교 대학원 박사학위논문, 2009.
유명희, 「차상찬의 민요 수집과 유형 연구:개벽과 별건곤을 중심으로」, 『한국민속학』 54,
　　　한국민요학회, 2018.
유석환, 「개벽사의 출판활동과 근대잡지」, 성균관대학교 석사학위논문, 2006.
이돈화 편저, 『천도교창건록』, 천도교중앙종리원, 1934.
이요섭, 「천도교 잡지 간행에 관한 연구」, 중앙대학교 석사학위논문, 1994.
이지원, 『한국 근대 문화사상사 연구』, 혜안, 2007.
장정희, 「방정환의 필명 쌍S 재론」, 『한국아동문학연구』, 한국아동문화학회, 2017.
정용서, 「1930년대 개벽사 발간 잡지의 편집자들」, 『역사와 실학』 57, 역사실학회, 2015.
_____, 「개벽사의 잡지 발행과 편집진의 역할」, 『한국민족운동사연구』 83, 한국민족운
　　　동사학회, 2015.
정지창, 「해학과 재치의 문필가 청오 차상찬」, 『사람과 문학』 75, 도서출판 사람, 2015.
정현숙, 「차상찬 연구①-기초조사와 학술적 연구를 위한 제언」, 『근대서지』 16, 소명출
　　　판, 2017.
_____, 「차상찬 연구②-필명 확인①」, 『근대서지』 17, 소명출판, 2018.
조기간, 『천도교청년당소사』, 천도교청년당본부, 1935.
차웅렬, 「나의 아버지 청오 차상찬」, 《신인간》 543호, 신인간사, 1995.
천도교청년회중앙본부, 『천도교청년회팔십년사』, 글나무, 2000.
최덕교 편, 『한국잡지백년』 2, 현암사, 2005.
최수일, 『《개벽》 연구』, 소명출판, 2008.

청오 차상찬의 개벽사 활동 · 박길수

도종환, 『정순철평전』, 충청북도, 옥천군, 정순철기념사업회, 2011.
박길수, 『한국 잡지의 선구자 차상찬 평전』, 도서출판 모시는사람들, 2012.
자료집, 『청오 차상찬 선생 문화훈장 수상기념 학술강연회』, 2010.12.19, 천도교중앙대
　　　교당.
최수일, 『개벽 연구』, 소명출판, 2008.
표영삼 외, 『천도교청년회80년사』, 천도교청년회중앙본부, 2000.

차상찬의 민족문학 발굴 공적 · 심경호

김준형, 「근대전환기 야담의 전대 야담 수용 태도」, 『한국한문학연구』 41, 한국한문학회,
　　　한국한문학연구, 2008.
박길수, 『차상찬 평전』, 모시는사람들, 2012.
심경호, 『김삿갓 한시』, 서정시학, 2018.
_____, 『안평 : 몽유도원도와 영혼의 빛』, 2018.
이응수, 「세계시단 3대 혁명아 윗트맨, 石川啄木, 金笠」, 《중앙일보》, 1930.2.8.
_____, 『(詳解)金笠詩集』(초판), 학예사, 1939.
_____, 『金笠詩集』, 有吉書店, 1939.
_____, 『(大增補版)金笠詩集』, 漢城圖書株式會社, 1941.
_____, 『金笠詩集』, 鍾三書籍, 단기 4282년(1949) 제5쇄(제1쇄는 단기 4273년 8월 간행).
_____, 『풍자시인 김삿갓』, 평양: 국립출판사, 1956.
_____, 『正本 김삿갓 풍자시 전집』, 실천문학사, 2000.
장경남 · 이시준, 「일제강점기에 간행된 야담집에 대하여-『오백년기담(五百年奇譚)』을
　　　중심으로-」, 『우리문학연구』 34, 우리문학회, 2011.
차상찬, 「불우 시인 김삿갓」, 『朝鮮四千年秘史』, 북성당서점, 1936.
_____, 「불우 시인 열전」, 『중앙』, 1936.
차상찬집전편찬위원회, 『차상찬전집』 1-3, 청오차상찬기념사업회, 2019.
최수일, 『《개벽》 연구』, 소명출판, 2008.
한영규, 「신광현이 편찬한 『葵港鎖聞』의 내용과 특징」, 『한국한문학연구』 55, 한국한문
　　　학회, 2014.
허수, 「1920년대 《개벽》의 정치사상 - '범인간적 민족주의'를 중심으로」, 『정신문화연구』
　　　제31권 제3호, 통권 112호, 2008.

차상찬의 지방사정 조사와 조선문화 인식 · 김태웅

1. 기본 자료

《개벽》 《동아일보》
《조선일보》 『조선사편수회사업개요』

2. 국내 논문 및 단행본

김균·이헌창 편, 『한국 경제학의 발달과 고려대학교』, 고려대학교출판부, 2005.

김윤희, 「1920년대 초 '민족경제'와 통계 지식-담론적 실천과 효과를 중심으로」, 『역사와
　　담론』80, 호서사학회, 2016.

김은영, 「1920년대 전반기 조선인 노동자의 구직 渡日과 부산시민대회」, 『歷史敎育』136,
　　역사교육연구회, 2015.

김정인, 「《개벽》을 낳은 현실, 《개벽》에 담긴 희망」, 『역사와현실』57, 한국역사연구회, 2005.

김태웅, 「1910년대 前半 朝鮮總督府의 取調局·參事官室과 '舊慣制度調査事業'」, 『奎章
　　閣』16, 서울대학교 규장각한국학연구원, 1993.

＿＿＿, 「1915년 京城府 物産共進會와 日帝의 政治宣傳」, 『서울학연구』18, 서울학연구
　　소, 2002.

＿＿＿, 「해방 이후 地方志 편찬의 추이와 시기별 특징」, 『역사연구』18, 역사학연구소,
　　2008.

＿＿＿, 「일제강점기 小田內通敏의 조선통치 인식과 '조선부락조사'」, 『한국사연구』151,
　　한국사연구회, 2010.

＿＿＿, 「近代改革期 全國地理誌의 基調와 特徵」, 『규장각』43, 서울대학교 규장각한국
　　학연구원, 2013.

박길수, 『차상찬 평전』, 모시는사람들, 2012.

박명규·서호철, 『식민권력과 통계 : 조선총독부의 통계체제와 센서스』, 서울대학교출판
　　부, 2003.

박종수, 「車相瓚論」, 『韓國民俗學』28-1, 한국민속학회, 1996.

성주현, 「조선문화론의 기수《개벽》」, 《개벽》 창간 90주년 및 청오 차상찬 선생 문화훈
　　장 수상 학술강연』, 천도교중앙총부, 2010.

송규진, 「조선총독부의 사회경제조사 내용분석; 『조선총독부통계연보』를 중심으로」,
　　『역사와 담론』80, 호서사학회, 2016.

송민호, 「1920년대 근대 지식체제와《개벽》」, 『한국현대문학연구』24, 한국현대문학연구
　　회, 2008.

신현득, 「잡지 언론의 선구자 청오 차상찬」, 《개벽》 창간 90주년 및 청오 차상찬 선생 문
　　화훈장 수상 학술강연』, 천도교중앙총부, 2010.

조명근,「일제의 통계 조사와 조선인의 비판적 해석」,『史林』54, 수선사학회, 2015.

이명학,「일제시기 조선재정통계서의 발행체계와 구성 변화」,『한국사연구』173, 한국사
연구회, 2016.

_____,「일제시기 재정통계의 활용과 해석의 지형」,『民族文化硏究』75, 2017.

이승일,「일제의 관습조사사업과 식민지 '관습법'의 성격」,『역사민속학』17, 한국역사민
속학회, 2003.

이여성·김세용,『숫자조선연구』1, 세광사, 1931.

임경석, 차혜영 외,『《개벽》에 비친 식민지 조선의 얼굴』, 모시는사람들, 2007.

장문석,「사회주의와 통계 : 연구노트」,『구보학보』16, 구보학회, 2017.

정상우,『조선총독부의 역사 편찬 사업과 조선사편수회』, 아연출판부, 2018.

최수일,『《개벽》 연구』, 소명, 2008.

3. 인터넷 및 기타 자료

강등학,『한국 민요의 이해』, 한국 민요 연구의 역사, 1. 민요수집의 역사와 작업방향 1)
민요수집의 역사, 왕실도서관 장서각 디지털 아카이브 http://yoksa.aks.ac.kr.

식민지 조선의 문화기획자 차상찬 · 송민호

1. 자료

《개벽》 　　　　　　　　《별건곤》
《혜성》 　　　　　　　　《제일선》

2. 논저

김은규,「1920/30년대 근대 취미독물 잡지《별건곤》을 통한 개벽사의 매체 발행 전략에
대한 연구-발행 주체, 편집 방향, 발행 체제를 중심으로」,『한국출판학연구』65, 한
국출판학회, 2013.

김진량,「근대 잡지《별건곤》의 '취미 담론'과 글쓰기의 특성」,『어문학』88, 한국어문학
회, 2005.

김태웅,「차상찬의 지방사정조사와 조선문화인식-'조선문화의 기본조사'를 중심으로」,
『청오 차상찬 서거 70주년 기념 학술대회 자료집』, 한림대학교, 2016.

박길수,『차상찬 평전-한국 잡지의 선구자』, 모시는사람들, 2012.

박종수,「차상찬론」,『한국민속학』28, 한국민속학회, 1996.

송민호,「1920년대 근대 지식 체계와《개벽》」,『한국현대문학연구』24, 한국현대문학회,
2008.

_____, 「1920년대 맑스주의 문예학에서 과학적 태도 형성의 배경」, 『한국현대문학연구』 29, 한국현대문학회, 2009.

_____, 「카프 초기 문예론의 전개와 과학적 이상주의의 영향-회월 박영희의 사상적 전회 과정과 그 의미」, 『한국문학연구』 42, 동국대학교 한국문학연구소, 2012.

오현숙, 「차상찬의 아동문학 연구」, 『청오 차상찬 탄생 130주년 기념 학술대회 발표집』, 한림대학교, 2017.

유기준, 『한국민족운동과 종교활동』, 국학자료원, 2001.

이경돈, 「《별건곤》과 근대 취미독물」, 『대동문화연구』 46, 성균관대학교 대동문화연구원, 2004.

이경옥, 「《별건곤》의 민족담론과 취미담론의 관계성 연구」, 광운대학교 석사학위논문, 2009.

임경석, 차혜영, 『《개벽》에 비친 식민지 조선의 얼굴』, 모시는사람들, 2007.

장신, 「1920년대 조선의 언론출판관계법 개정 논의와 '조선출판물령'」, 『한국문화』 47, 서울대학교 규장각 한국학연구원, 2009.

정용서, 「1930년대 개벽사 발간 잡지의 편집자들」, 『역사와 실학』 57, 역사실학회, 2015, 2015.

_____, 「개벽사의 잡지 발행과 편집진의 역할」, 『한국민족운동사연구』 83, 한국민족운동사학회, 2015.

정진석, 「개벽사의 '문화적 민족주의'와 잡지 언론인 차상찬」, 『청오 차상찬 탄생 130주년 기념 학술대회 발표집』, 한림대학교, 2017.

정현숙, 「차상찬 연구(1)-기초 조사와 학술적 연구를 위한 제언」, 『근대서지』 16, 근대서지학회, 2017.

_____, 「차상찬 연구(2)」, 『근대서지』 17, 근대서지학회, 2018.

차상찬의 민요 수집과 유형 연구 · 유명희

1. 기본 자료

《개벽》 3호, 36호, 42호

《별건곤》 60, 63, 64, 66, 67호

2. 논저

박길수, 『차상찬 평전』, 도서출판 모시는사람들, 2012.

박종수, 「차상찬론」, 『한국민속학』 28, 한국민속학회, 1996.

유명희, 「들병이와 아라리」, 『한국의 웃음문화』, 소명출판, 2008.

임동권,『한국민요집』VI, 집문당, 1981.

전신재 편,『원본 김유정전집』개정판, 강, 2007, 174쪽.

정현숙,「차상찬연구」1,『근대서지』16, 근대서지학회, 2017.

_____,「차상찬연구」2,『근대서지』17, 근대서지학회, 2018.

〈청오 차상찬 서거 70주년기념 학술대회 자료집〉, 2016.

〈청오 차상찬 탄생 130주년기념 학술대회 자료집〉, 2017.

차상찬의 아동문학 · 오현숙

1. 기본자료

《동아일보》　　　　　　　　　《별건곤》

《어린이》　　　　　　　　　　《소년》

《학생》

2. 국내 논문 및 단행본

김태준,『增補 朝鮮小說史』, 학예사, 1939, 11~13면.

김형식,「李朝人物略傳(74)」,《동아일보》, 1921.11.04.

박길수,『차상찬 평전: 한국 잡지의 선구자』, 모시는사람들, 2012.

박종수,「차상찬론」,『한국민속학』28, 한국민속학회, 1996.12.

방정환, 방운용 엮음,『소파전집』, 박문서관, 1940.5.25.

_____,『방정환 아동문학 독본』, 을유문화사, 1961.

안건혁,「여명의 개척자들(2) 차상찬」,《경향신문》, 1984.07.28.

염희경,「숨은 방정환 찾기: 방정환의 필명 논란을 중심으로」,『아동청소년문학연구』14, 한국아동청소년문학회, 2014.06, 103~165쪽.

이광수,「문학이란 하오(1)」,《매일신보》, 1916.11.10.

이구조,「童話의 基礎工事: 어린이文學論議(1)」,《동아일보》, 1940.05.26.

이상경,「해제: 7. 주요필진」, 케포이북스 편집부 편저,『부인 · 신여성(婦人 · 新女性)』, 케포이북스, 2013.

이재철,『아동문학개론』, 문운당, 1967.

_____,『한국현대아동문학사』, 일지사, 1978.

장정희,「방정환 문학 연구」, 고려대학교 박사학위 논문, 2013.

정용서,「1930년대 개벽사 발간 잡지의 편집자들」,『역사와실학』57, 역사실학회, 2015.8, 225-260쪽.

최남선,「朝鮮歷史通俗講話(7)」,《동명》9, 1922.10.22.

3. 국외 논문 및 단행본

Hsiao-peng, Lu, 조미원·박계화·손수영 옮김, 『역사에서 허구로』, 도서출판 길, 2001.

1920-1930년대 언론계와 차상찬의 위치 · 야나가와 요스케

김영희, 「일제강점기 언론사연구와 안재홍의 "조선신문소사"」, 『한국언론정보학보』 64, 한국언론정보학회, 2013.
박길수, 『차상찬 평전−한국 잡지의 선구자』, 모시는사람들, 2012.
이동월, 「야담사 김진구의 야담운동 연구」, 대구카톨릭대학교 박사논문, 2007.
이승윤, 『근대 역사담론의 생산과 역사소설』, 소명출판, 2009.
임경석, 「일제강점기 조선인 기자와 언론활동−1925년 전조선기자대회 연구」, 『사림』 44, 수선사학회 2013.
임근수, 「한국신문학의 성립과 발달」, 차근배 외, 『한국신문학 오십년사』, 정음사, 1977.
오인환, 『100년 전 한성을 누비다−신문사 사옥 터를 찾아』, 한국학술정보, 2008.
장석흥, 「1924년 언론집회압박탄핵운동의 전개와 성격」, 『한국학논총』 21, 국민대학교 한국학연구소, 1999.
정진석, 『한국언론사』, 나남출판, 1990.
_____, 『책 잡지 신문 자료의 수호자』, 소명출판, 2015.
_____, 「개벽사의 '문화적 민족주의'와 잡지 언론인 차상찬」, 『청오 차상찬 서거 70주년 기념 학술대회 자료집』, 한림대학교, 2016.5.20.
정현숙, 「차상찬 연구①−기초 조사와 학술적 연구를 위한 제언」, 『근대서지』 16, 근대서지학회, 2017.
하영휘, 「차상찬의 관동잡영」, 『근대서지』 9, 근대서지, 2014.
『朝鮮記者大會會員名簿−附大會會錄經過』, 발행처 미상, 1925.

차상찬 필명 연구 · 정현숙

1. 자료
《개벽》　　　　　　　　　《별건곤》
《부인》　　　　　　　　　《신여성》
《어린이》　　　　　　　　《혜성》
《제일선》　　　　　　　　《학생》
《조선농민》　　　　　　　《조광》

『중앙』   《동광》
『조선백화집』   『조선사천년비사』
『해동염사』   『한국야담사화』

2. 논저

김만, 「雜誌記者 漫評」, 《동광》 제24호, 1931.8.
박길수, 『차상찬 평전』, 모시는사람들, 2012.
박진, 『세세년년』, 경화출판사, 1966.
성주현, 「《신인간》지와 필자, 그리고 필명」, 《신인간》 600호, 2000.8.
염희경, 「숨은 방정환 찾기-방정환 필명 논란을 중심으로」, 『아동청소년문학연구』14호, 2014.6.
_____, 「방정환, 다시 문제는 필명이다(1) : 「방정환의 필명 쌍S재론」을 재론함」, 『아동 청소년문학연구』23호, 2018.12.
이광순, 「개벽지와 「팬 네임」-이중필명과 익명의 경우에 대하여」, 《신인간》270호, 1969.11 · 12호 합병호.
이동초 편, 『동학 천도교 인명사전』(제1판), 서울: 모시는사람들, 2015.
장정희, 「방정환 문학 연구」, 고려대학교 박사학위논문, 2013.
_____, 「방정환의 필명 논의는 무엇을 지향하는가」, 방정환재단 주최 포럼, 2014.5.16.
_____, 「방정환의 필명 쌍S재론」, 『한국아동문학연구』33호, 2017.12.
정다연, 「《별건곤》 소재 차상찬 역사 서술 연구」, 성균관대학교 대학원 석사학위 논문.
정용서, 「개벽사와 차상찬」, 『청오 차상찬 서거 70주년 기념 학술대회 발표집』, 2016.5. 20, 한림대학교 국제회의실.
최덕교 편, 『한국잡지백년』 2, 현암사, 2005.
최수일, 『개벽연구』, 소명출판, 2008.

찾아보기

차상찬 연구

등록 1994.7.1 제1-1071
1쇄 발행 2020년 7월 1일

기 획   강원문화교육연구소
지은이   김태웅 박길수 성주현 송민호 심경호 야나가와 요스케 오현숙
         유명희 정진석 정현숙
펴낸이   박길수
편집장   소경희
편 집   조영준
관 리   위현정
디자인   이주향
펴낸곳   도서출판 모시는사람들
         03147 서울시 종로구 삼일대로 457(경운동 수운회관) 1207호
전 화   02-735-7173, 02-737-7173 / 팩스 02-730-7173
홈페이지 http://www.mosinsaram.com/

인 쇄   (주)성광인쇄(031-942-4814)
배 본   문화유통북스(031-937-6100)

값은 뒤표지에 있습니다.
ISBN   979-11-88765-89-8   93810

이 도서의 국립중앙도서관 출판예정도서목록(CIP)은 서지정보유통지원시스템 홈페
이지(http://seoji.nl.go.kr)와 국가자료공동목록시스템(http://www.nl.go.kr/kolisnet)
에서 이용하실 수 있습니다.(CIP제어번호: CIP2020025536)